D1389328

Het leugendagboek

Patry Francis

Het leugendagboek

2007 – De Boekerij – Amsterdam

Oorspronkelijke titel: The Liar's Diary (Dutton)
Vertaling: Annemieke Oltheten
Omslagontwerp: Wil Immink Design
Omslagfoto: Laura Hanifin

ISBN 978-90-225-4660-4

© 2007 by Patry Francis
© 2007 voor de Nederlandse taal: De Boekerij bv, Amsterdam

Voor mijn moeder, Eleanor Heney Doody,
een beter mens bestaat er vast niet.

En ter nagedachtenis aan mijn vader, Richard Doody,
die genoot van elke nieuwe dag
en altijd thuiskwam met een geweldig verhaal.

1

Er was van tevoren al zo veel afgekletst over de nieuwe muzieklerares dat haar komst bijna een anticlimax was. Maar ik zou er gauw achter komen dat Ali Mather zich nooit liet imponeren – zelfs niet door al die publiciteit vooraf. Op de allereerste lesdag trok ze misprijzend haar neus op toen een leerling haar aansprak met 'mevrouw Mather'. 'Alsjeblieft,' zei ze. 'Ik heet Ali, hoor.' Onze directeur, Simon Murphy, was er natuurlijk als de kippen bij om haar uit die droom te helpen. Op de tweede schooldag stond er in koeienletters MEVROUW MATHER op haar bord geschreven. Met een ironisch glimlachje zette Ali de zaak recht: de leerlingen moesten haar *mevrouw* Mather noemen op last van *meneer* Murphy. Toen ze klaar was met haar praatje, was het duidelijk dat in de wij-tegen-hensfeer die er vaak op school hing, Ali bij *hen* hoorde. Maar ze moesten haar wel mevrouw Mather noemen.

Als secretaresse van de school was ik de eerste die haar zag bij het begin van het nieuwe schooljaar. Ze moest al tegen de veertig lopen, maar ze vloog zo kwiek langs de balie heen dat ik haar bijna voor een leerling hield. Misschien kwam het door het haar dat in weelderige golven over haar schouders viel, of door de spijkerbroek die ze droeg, ondanks de kledingvoorschriften. Maar ik denk dat het voornamelijk kwam door dat enthousiasme, die levenslust waar de vonken bijna vanaf spetterden toen ze door de hal zwierde.

'Wat een verrukkelijke morgen, hè?' riep ze lachend.

'Ja, heerlijk,' zei ik. Ik kwam vanachter mijn bureau vandaan en vroeg me af wat voor iemand de euvele moed had het woordje 'verrukkelijk' te combineren met deze bewolkte dag, die veel te klam was, geen dag om in een school opgesloten te zitten.

Avery Small, de conciërge, die meestal zo'n kater had dat hij alleen maar 'hallo' kon mompelen, kwam uit zijn bergkast tevoorschijn en leunde op zijn bezem. 'Jazeker, het is een heerlijke dag,' riep hij Ali na met een hoogst ongebruikelijke glimlach op zijn gezicht. 'Zo'n prachtige dag hebben we in tijden niet gehad.' Zijn verlekkerde toon was niet mis te verstaan, en de blik die hij op haar achterwerk wierp ook niet.

'Heb je niks te doen?' vroeg ik bits. 'Moet je niet ergens wat braaksel opruimen of zo?' Maar Ali wierp alleen maar haar stralendste glimlach over haar schouder. Die vrouw was wel wat scheutig met haar charmes.

Avery liep mopperend weg met zijn bezem. Onderwijl stond ik in de hal in een soort trance de nieuwe lerares na te staren. Haar vioolkist zwierde uitdagend mee op het ritme van haar tred. Het was een aftands oud geval – niet bepaald wat je van een beroepsmusicus zou verwachten. Het deed denken aan de bekraste kisten die de kinderen op woensdag mee naar school zeulden als er vioolles werd gegeven. Maar ik dacht niet aan die leerlingen toen ik gebiologeerd stond te kijken naar de vioolkist die als een metronoom ritmisch met Ali meedeinde. Nee, toen ik ernaar keek, kwam er een herinnering bij mij boven die veel dieper zat. Op een plek waar ik eigenlijk niet meer mocht komen.

Ik deed mijn ogen dicht en zag in gedachten mijn broer door het huis banjeren, zwaaiend met zijn versleten vioolkist. 'Hé, J.J., ben je thuis?' riep hij altijd zodra hij binnen was, en dan bonsde hij op de deur van mijn slaapkamer. Hoe lang was het al geleden dat iemand mij J.J. noemde? Dat was vroeger thuis mijn koosnaampje.

Opeens sprongen de tranen me in de ogen. Wat had ik toch? Het was verdorie de eerste schooldag. Ik rechtte mijn rug en veegde mijn gezicht af. Wat was er in godsnaam met me aan de hand? Mijn broer was al vierentwintig jaar dood, en ik dacht bijna nooit meer aan hem. Ook niet aan mijn ouders trouwens, die kort daarna waren overleden. O, ik miste ze wel eens, maar je schoot er niets mee op als je lang bij het verleden bleef stilstaan. Dat had ik van mijn man, Gavin, geleerd.

Ali bleef plotseling staan, draaide zich om en keek mij recht in de ogen, bijna alsof ze mijn gedachten kon lezen. Waarschijnlijk heb ik het me verbeeld, maar het leek net alsof ik in haar ogen mijn eigen verdriet en verwarring weerspiegeld zag. Maar wat me vooral opviel was dat die ogen me zo begripvol aankeken. Bijna griezelig. Opnieuw moest ik moeite doen om niet toe te geven aan de belachelijke aanvechting om nota bene midden in de school in huilen uit te barsten. Gelukkig draaide de muzieklerares zich om en liep door naar het klaslokaal, voordat ik me volslagen belachelijk kon maken.

Waarom weet ik niet precies, maar ik was toch wel wat uit mijn doen. De rest van de dag zag ik telkens als ik een blik de hal in wierp waar Ali was verdwenen, mijn broer met zijn viool door het huis lopen, begeleid door mijn moeders stem. *Een uurtje oefenen maar, Jimmy. Meer vraag ik niet.*

Hoeveel middagen had ze hem niet aan zijn hoofd zitten zeuren dat hij moest oefenen? Als ze had geweten hoe vlug hij er niet meer zou zijn, hoe vlug ze er geen van allen meer zouden zijn, had ze hem misschien met rust gelaten. Ik slaakte een diepe zucht.

Zodra ik klaar was met het invoeren van de afwezigen op de absentenbriefjes in de computer, bedacht ik een smoes waarom ik de lade moest openmaken waarin de sollicitaties werden bewaard. Het eerste wat ik over onze nieuwe muzieklerares te weten kwam was dat 'Ali' in werkelijkheid gewoon Alice heette. Alice Christine Mather. LEEFTIJD: zesenveertig. *Zesenveertig!* Ik moet toegeven dat ik minstens drie keer naar haar geboortedatum heb gekeken voordat ik het kon geloven. Ik controleerde het zelfs nog eens extra door te kijken naar het jaar waarin ze van de middelbare school was gekomen, en van het conservatorium. Maar ik had me niet vergist. Ali was zesenveertig – negen jaar ouder dan ik. Onder BURGERLIJKE STAAT had ze 'gescheiden van tafel en bed' geschreven. Met potlood, alsof er ieder moment verandering in die situatie kon komen. Ik wist alles over haar man, dankzij de roddels die met de hardnekkigheid van een akelig virus door ons stadje waarden. De helft van de vrouwen in de stad dacht dat Ali hoogstpersoonlijk George Mather van hén had afgepakt. Je zou het nu niet meer zeggen als je hem zag, maar toen hij nog die advocatenpraktijk had in Main Street, had Ali's echtgenoot de harten van tientallen vrouwen in vuur en vlam gezet als hij in zijn donkere pak en met zijn peinzende, blauwe ogen door de straten flaneerde. Met zijn verstrooide uiterlijk en zijn haviksneus kon je Ali's man niet echt knap noemen, maar hij behoorde wel tot een zeldzame soort: hij was een echt góéd mens. Er werd gezegd dat zijn talent in de rechtszaal enkel en alleen werd overtroffen door een groot mededogen dat zowel slachtoffer als beklaagde gold.

Aan al die fantasieën over deze plaatsgenoot, de broeierige advocaat, kwam abrupt een einde toen er een mooie violiste de stad binnenzeilde die op Howell College een concert kwam geven en die en passant onze meest begerenswaardige vrijgezel inpikte. Na zijn huwelijk met Ali onderging George een dramatische verandering. Op een dag keerde hij zich opeens tegen zijn eigen cliënt en zei dat hij niet langer iemand wilde vertegenwoordigen die overduidelijk schuldig was. Daarna scoorde hij een driepunter toen hij zijn aktetas feilloos in de prullenmand mikte. Toen liep hij de rechtszaal uit met een groter gevoel van vrijheid dan de eerste de beste beklaagde die net is vrijgesproken.

Toen George besloot weer te gaan studeren om een graad te halen in de filosofie en toen hij de collegezalen in dook in het gekreukelde pak dat er in de rechtszaal zo elegant had uitgezien, veranderde het verlangen dat hij eens had opgewekt in medelijden. Zij die dachten dat ze George Mather kenden, wisten precies aan wie dit nieuwe excentrieke gedrag te wijten was: aan zijn zogenaamd kunstzinnige vrouw, de violiste die zo veel reisde dat men haar bijna nooit in de stad zag.

Bij CONTACTPERSOON had Ali niet haar toegewijde echtgenoot opgegeven, maar Jack Butterfield, een andere bekende naam in Bridgeway. De knappe Jack Butterfield, eigenaar van de Saab-garage, van wie werd beweerd dat hij met zijn charmes meer vrouwen een auto had laten kopen die ze eigenlijk niet wilden hebben, dan alle andere autoverkopers in de staat. Ook 'gescheiden van tafel en bed', als ik het me goed herinnerde. Toen ze iets over hun relatie moest invullen, had Ali 'goede vriend' opgeschreven.

Ik zat nog steeds over die provocerende woorden te peinzen, toen Simon Murphy binnen kwam lopen. Vliegensvlug legde ik het dossier terug en ramde de metalen lade zo hard dicht dat ik er bijna een pas gemanicuurde nagel tussen kreeg. Gelukkig is Simon Murphy niet achterdochtig van aard. Het enige waar hij zich zorgen over maakte was de koffie die ik voor het eerst in acht jaar had vergeten te zetten. Toen ik koffie in het apparaat deed, gaf ik mezelf een standje dat ik zo'n risico had genomen. Ik hoefde toch helemaal niet in die dossiers te gaan zitten wroeten? Niet als je even goedkoop en gemakkelijk aan roddeltjes kon komen als aan taaie pizza in de schoolkantine.

Ik hoefde niet lang te wachten om mijn nieuwsgierigheid te bevredigen. Die dag ging ik op mijn vaste plekje zitten naast Brian

Shagaury, de handvaardigheidleraar. Onze tafel stond in een rustig hoekje, ver uit de buurt van de roddelaars. We hadden allebei de pest aan de manier waarop de leerlingen al een etiket kregen opgeplakt van 'herrieschopper' of 'luilak' voordat ze een echte kans hadden gekregen. Ik voelde me altijd speciaal aangesproken als er een leerling over de tong ging, want ik vroeg me dan onwillekeurig af wat ze over mijn zoon Jamie zeiden als ik niet in de buurt was.

'Pas op! Alarmfase 3!' zei Brian, toen ik met mijn dienblad tegenover hem ging zitten. Dat was onze benaming voor het geroddel dat doorging voor onschuldig gekeuvel in de lerarenkamer. Het was al snel duidelijk dat ze het inderdaad hadden over Ali Mather, die haar lunch opat op het grasveld pal voor het raam. Naast haar zat Adam Belzner, lekker achteroverleunend op het gazon, aandachtig naar haar te luisteren. Hij was een van de intelligentste leerlingen van de school en zelf ook een talentvol musicus. Hij had kennelijk net iets heel geestigs gezegd, want Ali gooide lachend haar hoofd in haar nek, waardoor haar gouden haren rood oplichtten. Ik dacht eraan hoe grauw de morgen eerder was geweest en vroeg me af of de zon tevoorschijn was gekomen, alleen omdat Ali erom had gevraagd.

'Moet je die spijkerbroek zien. Weet ze niet dat er hier kledingvoorschriften gelden?' zei Eleanor Whitfield verontwaardigd. Ze gaf al zo lang algebra dat niemand precies wist hoe lang, en de leerlingen zeiden gekscherend dat ze al dezelfde drie gebreide jurken droeg toen hun ouders bij haar in klas zaten. 'Ze had voor de eerste schooldag toch wel iets fatsoenlijks aan kunnen trekken?'

Op dat moment verscheen Nora Bell in de deuropening in haar witte kantine-uniform. Hoewel ze zich zelden in de lerarenkamer waagde, leek het wel alsof ze over een ingebouwd waarschuwingssysteem beschikte dat in werking trad zo gauw er werd geroddeld, vooral als het de muzieklerares betrof. Ali was haar overbuurvrouw en Nora beschouwde zichzelf als de belangrijkste autoriteit van de hele wereld als het over het leven van haar buurvrouw ging.

'Pas op, daar heb je de directrice van de "N.V. Roddel" persoonlijk,' waarschuwde Brian, omdat ik met mijn rug naar de deur zat. Ik moest lachen om onze bijnaam voor Nora Bell, maar Brian was al opgestaan en gooide de rest van zijn lunch in de vuilnisemmer. 'Ik heb geen honger meer. Ga je mee buiten een sigaretje roken?'

'Je moet me niet in verleiding brengen,' zei ik. 'Ik probeer ermee te stoppen.' Onder invloed van het onophoudelijke gezeur van mijn man probeerde ik alsmaar van mijn verderfelijke verslaving van een pakje per dag af te komen. Wat me alsmaar niet lukte. Brian, die alles af wist van mijn tot mislukken gedoemde pogingen, wierp me een sceptische blik toe voordat hij koers zette naar de plek waar Ali zat te picknicken. Ik wilde niet toegeven dat ik voor deze ene keer eigenlijk ook wel wilde weten wat Nora te melden had.

'Waarom zou ze zich druk maken over kledingvoorschriften? Ze heeft deze baan helemaal niet nodig,' zei Nora, die ondertussen een kruimeltje van haar blouse veegde. 'George Mather geeft haar elke maand geld – en flink wat ook. Vorige week nog zei ze dat ze niet ging werken voor het geld. Ze doet het omdat ze het leuk vindt met jonge mensen om te gaan.'

Nora had net zo goed een brandende lucifer de kamer in kunnen gooien. 'Als ze het geld niet nodig heeft, kan ze de cheques meteen wel naar mijn adres laten doorsturen,' zei de geschiedenisleraar. Het was algemeen bekend dat Tom Boyle net een scheiding achter de rug had en maar met moeite de alimentatie voor zijn kinderen kon ophoesten.

'Vindt ze het léúk om met pubers te werken? Het zal mij benieuwen hoe lang dat duurt,' voegde Eleanor Whitfield er onder luid gelach aan toe.

'Die arme George Mather,' zei Nora, waarmee ze het gesprek weer terugbracht op het privéleven van Ali. 'Hij is zo intelligent, maar toch ziet hij niet dat hij zich stom gedraagt. Hij verschijnt nog steeds regelmatig om zeven uur 's avonds voor een wandelingetje en een kopje koffie – als zijn vrouw tenminste geen andere afspraak heeft.' Nou, zo kon-ie voor mij wel weer. Ik dacht aan de vriendelijke blik in haar ogen toen ze me in de hal had aangekeken – en aan die zwierende vioolkist. Als er hier partijen werden geformeerd, dan was de beslissing niet moeilijk: ik stond aan de kant van Ali. De kleingeestige roddelaars zaten nog steeds te kakelen en te giechelen in de lerarenkamer toen ik naar buiten glipte, op zoek naar Brian.

Vanaf die dag glimlachte ik, als ze met grote passen langs de receptie liep en dan meestal goedgemutst een opmerking maakte over het schitterende weer. En als ik hoorde dat Ali weer eens tegen een regel had gezondigd of als ik haar in de hal met een leerling hoorde lachen, dan juichte ik dat inwendig toe. *Goed zo, meisje*, dacht ik dan bij mezelf als ik haar nakeek wanneer ze de hal doorliep. *Goed zo.*

Wat Ali betreft, de enige keren dat ze mijn bestaan opmerkte was als ze 's ochtends langs de receptie kwam en me een van die uitbundige begroetingen toeriep. Ze bleef nooit staan met de vraag of ik iets voor haar wilde kopiëren of iets op de computer voor haar wilde opzoeken, zoals de andere leraren. En als ze bij wijze van uitzondering in de lerarenkamer at, trok ze zich niets aan van de collega's die in een kluitje aan de formicatafeltjes zaten te klagen over lastige leerlingen of over klassenassistenten die hun werk niet deden. Ali deed nooit een poging om zich in te dringen in de vaste groepjes, zoals de meeste nieuwkomers. In plaats daarvan groette ze iedereen vrolijk en dook dan met haar neus in een van de boeken uit haar rugzak; meestal romans met onbekende titels. Af en toe haalde ze een boek tevoorschijn met een dieprode zijden omslag en zat daar dan rustig in een hoekje in te schrijven. Dan schreef ze een paar regels, kauwde peinzend op de punt van haar pen en ging weer verder. Ik benijdde haar om haar vermogen zich af te sluiten voor het geroezemoes in de lerarenkamer.

'Wat is dat? Haar dagboek?' vroeg Tom Boyle een keer terwijl hij toekeek hoe Ali zat te schrijven. 'Dat gedoe is volgens mij meer iets voor meisjes van dertien…'

'Je hebt blijkbaar nog nooit gehoord van Anaïs Nin. Of van de dagboeken van Sylvia Plath,' zei ik, wat vinniger dan mijn bedoeling was.

'Ho ho, niet zo agressief, alsjeblieft!' zei Tom, en hij hief zijn hand op alsof hij een stopteken gaf. 'Is ze soms familie van je?'

Ik gaf geen antwoord, maar de vraag bleef hangen. Waarom vatte ik een belediging van een vrouw die ik nauwelijks kende zo persoonlijk op? Omdat ze viool speelde, net als Jimmy vroeger? Omdat ze op de eerste schooldag vriendelijk tegen me had geglimlacht? Zat ik zo te snakken naar een teken van vriendschap? Ik voelde me opeens wat draaierig, pakte mijn dienblad en gooide mijn lunch onaangeroerd in de afvalemmer. Ik wist dat Tom Boyle zag wat ik deed, maar dat kon me niets schelen.

Misschien had Ali ook een paar onaardige opmerkingen over haar dagboek opgevangen. Of misschien was ze bang dat een nieuwsgierige leerling erin zou gaan zitten lezen. Hoe het ook zij, ze nam het niet meer mee naar school. En uiteraard was dat ook weer koren op de molen van de zich vervelende meute in de lerarenkamer.

'Ik denk dat iemand haar eindelijk heeft verteld dat pornografische literatuur niet toegestaan is in het schoolgebouw,' zei Marnie Lovejoy op overdreven vrolijke toon. Marnie gaf maatschappijleer en ze was tot de komst van Ali flink over de tong gegaan in de lerarenkamer. Vanwege haar wanhopige speurtocht naar een echtgenoot. De korte rokjes die ze droeg ondanks haar dikke benen. De manier waarop ze altijd klaarstond om Tom te 'troosten' als hij het over zijn scheiding had.

Ik werd er wel eens mee geplaagd dat ze ook een oogje op mijn man had. Hij had een paar jaar geleden haar arm gezet. Het was een lelijke breuk geweest en sindsdien had ze alsmaar gezwijmeld over de knappe orthopeed die haar 'gered' had. Ze had het altijd beneden haar waardigheid gevonden om mij, een nederige secretaresse, een blik waardig te keuren, totdat ze in de gaten kreeg dat ik de vrouw van dr. Cross was. Sindsdien was ze de vriendelijkheid zelve. Ze had me zelfs vereerd met haar onhandige bakpogingen. Onverteerbare koffiekoeken die dagenlang als een steen op je maag lagen. Of chocoladekoekjes die aan de onderkant waren verbrand.

'Zeg maar tegen dr. Cross dat ze van Marnie zijn,' zei ze dan met een knipoogje. Ik zei altijd tegen haar dat Gavin ze heerlijk vond, hoewel in werkelijkheid mijn gezondheidsbewuste echtgenoot koffiekoek ongeveer even erg vond als de meesten van ons rattengif.

Aan ons rustige tafeltje zei Brian Shagaury op gedempte toon tegen mij: 'Maar goed dat Ali tegenwoordig haar dagboek thuis laat. Stel je voor dat een van die haaibaaien het in handen krijgt. Ze zouden het meteen met grote koppen in de *Bridgeway Patriot* zetten.'

Ikzelf was helemaal niet geïnteresseerd in wat de muzieklerares in haar dagboek schreef. Misschien was het wel zoiets onschuldigs als een muziekpartituur. Wist ik veel? Ik was veel meer geïnteresseerd in de boeken die ze las. Als ze weg was, krabbelde ik de titels in het opschrijfboekje dat ik in mijn tas had zitten. Ik was zelf ook gek op lezen. Ik verslond meer dan honderd boeken per jaar en soms las ik tot diep in de nacht. Ik las totdat ik een of ander moeilijk voorval dat er die dag in mijn gezin had plaatsgevonden, was vergeten of totdat het boek uit mijn hand viel. Maar de boeken die Ali las waren anders. Niet alleen speelden ze zich

16

merendeels af op exotische plekken, ze voerden me ook dieper mee in het landschap van de menselijke ziel dan ik ooit geweest was. Eerlijk gezegd voelde ik me bij sommige boeken wat ongemakkelijk, vooral als ze diep ingingen op probleemgezinnen. Maar ik bleef ze wel lezen.

Eén keer zag Ali een van de boeken die ze onbewust had 'aanbevolen', liggen op de tafel waar ik mijn spullen had laten slingeren.

'Wie is hierin aan het lezen?' vroeg ze toen ze op de stoel tegenover de mijne ging zitten.

Toen ze hoorde dat ik het was, knikte ze, alsof ze dat wel had verwacht. 'Vind je het niet fantastisch?' vroeg ze.

Ik genoot stiekem van de blikken die werden uitgewisseld toen ze ons bij elkaar zagen zitten, pratend over een boek dat we allebei prachtig vonden. Het gesprek duurde maar heel kort, want toen lazen we allebei weer verder in ons eigen boek, maar die dag ontstond er een band die verder ging dan boeken. Als een van de leraren een bijzonder minachtende opmerking over een leerling maakte, keek Ali me even over de rand van haar boek aan. De woede die dan een seconde in haar ogen opflakkerde, was niet mis te verstaan, en ik weet zeker dat ze bij mij dezelfde blik herkende.

Maar Ali liet zich niet zo vaak in de lerarenkamer zien. Misschien voelde ze aan dat, behalve Brian en ik, niemand haar aanwezigheid bijzonder op prijs stelde. De spaarzame keren dat ze probeerde zich in een gesprek te mengen, zorgden haar opmerkingen er alleen maar voor dat ze zich nog meer van haar collega's vervreemdde. Op een middag, toen een invalster voor Engels zat te klagen over de hoge kosten van een reparatie die ze aan haar suv had moeten laten verrichten, keek Ali onverwacht op van haar boek, zette haar leesbril af en begon haar mening over auto's in het algemeen te spuien. Ze had haar rijbewijs vijftien jaar geleden laten verlopen, zei ze, en ze had er nooit spijt van gehad. 'Als je het mij vraagt, zijn auto's de pest voor Amerika. Niet alleen vanwege de luchtverontreiniging en de olie die opraakt – we zijn er ook dik en lui van geworden.' Na haar toespraakje stond ze op en spoelde haar koffiekopje om bij de gootsteen. Toen beende ze de lerarenkamer uit, waarbij ze ons nog even liet genieten van het zicht op haar goed geproportioneerde achterste.

Even was iedereen met stomheid geslagen, maar toen kwam de invalster leuk uit de hoek. 'Ik weet niet hoe het zit met de rest van jullie dikke, luie mensen, maar ik neem nog een chocolade-cakeje.'

Oké, misschien kwam Ali inderdaad wel wat pedant over, maar ze had wel een punt. Ik wilde dat net naar voren gaan brengen, toen ik zag dat Brian, die tegenover me zat, meer dan alleen maar geïrriteerd was. Hij was gewoon ontzettend kwaad. Toen onze blikken elkaar ontmoetten, wist ik op datzelfde moment dat er iets gaande was tussen hem en Ali. O, het was niet iets tastbaars. Het was gewoon een van die dingen die je wíst.

Er gingen weken voorbij en ondertussen hield ik mijn vriend in de gaten in de hoop dat ik het bij het verkeerde eind had. Maar Brian begon de lerarenkamer te mijden en in toenemende mate ook mij. Toen de andere leraren hem bij Ali's lokaal zagen rondhangen, of in de gaten kregen dat ze met z'n tweeën thee zaten te drinken op het grasveld, begonnen zij ook achterdochtig te worden. Maar voor mij was die ene blik voldoende om te weten dat Alice Christine Mather weer een 'goede persoonlijke vriend' aan haar verzameling had toegevoegd.

Ik voelde me bijna persoonlijk verraden. Brian Shagaury was de enige leraar die ik echt aardig vond. We lunchten niet alleen samen, hij kwam ook vaak langs in mijn kantoor met verhalen over zijn drie kinderen, of over zijn persoonlijke hartstocht: de metalen sculpturen die hij in het weekend in zijn garage maakte.

18

Ik was hem ook dankbaar voor de fijngevoelige manier waarop hij omging met leerlingen die een fobie voor het handenarbeidlokaal hadden – zoals Jamie. Wat me nog meer stak was dat ik had gehoopt dat Ali en ik vriendinnen zouden kunnen worden. Maar sinds ze iets had met Brian, leek het wel alsof ze het hele schoolpersoneel meed – inclusief mij.

Ik probeerde mezelf uit alle macht wijs te maken dat zowel de roddelgroep uit de lerarenkamer als ik met mijn eigen intuïtie het bij het verkeerde eind had. Want zeg nou zelf? Waarom zou Ali hem willen hebben? Ze had verdorie al een man en een vriendje. En Brian was pas eenendertig, dus veel te jong voor haar. Maar dan dacht ik aan alle redenen waarom ik me zelf tot Brian aangetrokken voelde: zijn gevoeligheid, de indruk dat hij in dat hoge, chaotische schoolgebouw niet helemaal thuishoorde, zijn rustige, aantrekkelijke uiterlijk. Hij en de flamboyante violiste vulden elkaar prima aan.

Tot overmaat van ramp kende ik de vrouw van Brian ook. Voor de geboorte van haar derde kind was Beth Shagaury een paar keer voor iemand ingevallen op school, en we liepen elkaar nog vrij vaak tegen het lijf.

Hun kinderen waren veel jonger dan Jamie, maar Beth en ik zagen elkaar regelmatig op het voetbalveld tussen de wedstrijden. We deden kennelijk ook onze boodschappen op dezelfde tijdstippen. Op zaterdagmiddag kwam ik haar vaak tegen in de gangpaden van de Shop 'n Save. Dan zag ze er moe en geïrriteerd uit als ze haar twee drukke zoontjes door de winkel probeerde te loodsen, terwijl de baby, een jongetje van een maand of negen, vanaf zijn plaatsje op haar heup spullen uit de vakken probeerde te pakken.

Na die blik van Brian in de lerarenkamer, keek ik zijn vrouw de keer daarop dat ik haar in de supermarkt zag, wat beter aan om haar te kunnen vergelijken met de haar onbekende rivale. Beth droeg haar donkere haren in een kort kapsel dat niet veel onderhoud vergde en op haar gezicht was geen spoortje make-up te zien. Maar aan de andere kant had ze het soort natuurlijke aantrekkelijkheid waar niet veel cosmetische toverkunsten aan te pas hoefden te komen. Ze had een smetteloze huid met een mooie teint en sprekende ogen. Waarschijnlijk was ze van nature mooier dan Ali ooit geweest was. Maar wat had je als vrouw aan een glanzende haardos en mooie jukbeenderen als je voorhoofd voortdurend gefronst was, als je nooit iets anders aanhad dan een slobberige spijkerbroek en een sweatshirt en als je waarschijnlijk je bed in kroop met de lucht van geprakte worteltjes om je heen.

Ik sloeg haar gade terwijl ze nietsvermoedend appels stond uit te zoeken op de versafdeling en vroeg me af hoe ze zou reageren als ze erachter kwam dat haar man iets had met een vrouw die haar moeder wel had kunnen zijn.

Bijna alsof ze mijn gedachten voelde, keek Beth op en zag me staan. Onmiddellijk zag ik voor me hoe Brians gezicht was gaan stralen toen Ali langs ons heen liep in de hal. 'Ben je klaar voor vandaag?' had ze aan Brian gevraagd. Het was een doodgewone vraag, maar iets in haar toon maakte dat het flirterig klonk. Opwindend zelfs. Alsof de dag plotseling overliep van mogelijkheden die er voorheen nog niet waren, zo energiek liep Ali de hal door. Brian liep achter haar aan als een van die verliefde schooljongens die haar door de hele school als een schaduw volgden. 'Ik spreek je nog wel, Jeanne,' riep hij over zijn schouder, bijna alsof hij er op het laatste moment nog aan dacht.

Beth zwaaide even naar me en daarna richtte ze haar aandacht weer op de appels. Kennelijk hoopte ze daarmee onder het plichtmatige gesprekje uit te komen dat we meestal op zaterdagmorgen hadden. *Hoe gaat het met Jamie? Heeft hij zin om weer te gaan voetballen? O, wat groeit de baby hard. Ja, hij zit overal aan, dat zie je wel, hè... Nou, prettig weekend dan maar.*

Maar juist die dag voelde ik opeens wat schaamte opkomen –

alsof het feit dat ik op de hoogte was van wat er tussen haar man en de muzieklerares gaande was, me op de een of andere manier medeplichtig maakte. Ik sloeg opeens af, het volgende gangpad in en raadpleegde mijn boodschappenlijstje. Onder aan het velletje papier had Jamie nog een paar dingen voor hemzelf opgeschreven in zijn krampachtige, kinderlijke gekrabbel, de helft in hoofdletters en de andere helft in kleine letters. *PaPriKaCHips. LeVerWOorst. PeCanNotEnIjs. PiDaroTsjeS.* Helemaal onderaan stond er nog een smekend, *AlsJeBlief, MAM!* Bij het lezen van het lijstje kreeg ik het gebruikelijke draaierige gevoel in mijn maag. Ik wist niet precies waar ik me het meest aan ergerde: het kinderlijke handschrift, de fouten in de spelling en de idiote hoofdletters, of het verzoek om nog meer ongezond voedsel, terwijl hij wist dat hij eigenlijk op dieet was.

Jamie was zestien en minstens twintig kilo te zwaar. En ondanks mijn oprechte pogingen om de raad van de kinderarts op te volgen, kon ik hem blijkbaar gewoon niet afhouden van de zoetigheden en de vettige hapjes waar hij constant naar snakte. Ook als ik niet op zijn eisen inging, ook als ik thuiskwam met alleen maar fruit en worteltjes, wist ik dat ik dezelfde hoop snoeppapiertjes, frisdrankblikjes en chipszakken achter in zijn kast en onder zijn bed zou vinden. Maar ondanks deze bewijzen van verboden voedsel en ondanks mijn nieuwsgierigheid naar waar hij het geld ervoor vandaan haalde, confronteerde ik Jamie nooit rechtstreeks met mijn vondsten. Op de een of andere manier had ik het gevoel dat deze nooit aflatende honger naar de dingen die in al die verpakkingen zaten een schandelijk geheim tussen ons was, dat ik er net zo goed schuldig aan was als hij.

Ik ging weer overstag en gooide een pak chocorepen met pindavulling in mijn karretje. Waarom maakte ik me er nog druk over. Waarom zouden we ons sowieso nog ergens druk over maken. Vanuit het gangpad naast het mijne hoorde ik de stem van Beth Shagaury die tegen haar oudste zei dat hij een doos met mueslirepen voor haar moest pakken. Toen ik dacht aan al die moeite die ze deed voor haar gezin en dat haar man nu werd ingepikt door een vrouw die hem waarschijnlijk niet eens wilde hebben, mikte ik een pak Marsrepen waar Jamie helemaal niet om had gevraagd, in mijn karretje. Ik liet mijn boodschappenlijstje en de verantwoord geplande menu's, keurig gebaseerd op de schijf van vijf, waarin alle voedinggroepen voorkwamen, voor wat ze waren en gooide in het wilde weg mijn karretje vol, omdat ik zo gauw mogelijk de winkel uit wilde.

Toen ik bij mijn auto stond, beefde ik. *Wat heb je toch?* vroeg ik aan mezelf terwijl ik de plastic tassen in de auto tilde. *Je hebt geen bewijs dat Ali en Brian iets met elkaar hebben. En ook al hebben ze dat wel, wat heb jij daar dan mee te maken?* Maar diep in mijn hart wist ik dat het niet ging om die arme Beth die met haar kinderen door de winkel zeulde terwijl haar man zat te zwijmelen over de nieuwe muzieklerares. Het ging om Jamie. Het ging om mijn eigen gezin, mijn eigen huis, een plek waar ogenschijnlijk alles in orde was, helemaal onder controle. Maar dat was niet zo. Niet echt.

2

Toen ik thuiskwam, stond Jamie op de oprit toe te kijken hoe een stel van zijn vrienden aan het basketballen waren. Pas een week daarvoor had Gavin een basket opgehangen, in de zoveelste poging zijn zoon voor sport te interesseren. 'Heb je gezien hoe Jamie gegroeid is?' had Gavin gezegd met dat geforceerde optimisme waardoor ik altijd met hem te doen had. Mijn man was van nature sportief en op de middelbare school had hij voor drie verschillende sporten in het schoolteam gezeten. Vanaf het moment dat hij zijn zoon in zijn armen had gehouden, had hij gehoopt dat Jamie die belangstelling zou delen.

'Hij is al langer dan een meter vijfentachtig en hij is pas zestien; op die leeftijd was ik nog maar een negenenzeventig,' vervolgde hij. Zonder een woord te zeggen draaide ik me om, liep naar het huis en liet Gavin op de oprit staan. Jamie bleef toekijken hoe zijn vader met zijn sterke atletische armen de spijkers erin sloeg.

Achteraf, toen we alleen waren, zat Jamie vlak naast me op de bank, zodat Gavin door de muren heen niet kon horen waar we het over hadden. 'Niet tegen pap zeggen, hoor, maar ik ben veel te traag voor basketbal. Ik zal het nooit goed leren, ook al word ik nog zo lang.'

Niet tegen pap zeggen. Jamie en ik zeiden dit steeds vaker tegen elkaar. *Niet tegen pap zeggen wat er op mijn rapport staat; hij ziet het verschil toch niet, mam. Hij weet niet eens wanneer de proefwerkweek is afgelopen.* En als ik Jamie had getrakteerd op een verboden ijscoupe met warme karamelsaus of als ik me te buiten was gegaan aan een paar veel te dure schoenen voor mezelf, zei ik precies hetzelfde: *niet tegen pap zeggen… Je vader hoeft het niet te weten.* Mijn relatie met Jamie was gebaseerd op geheimen, op onze impliciete belofte dat we er niet over zouden praten. En dat zouden we nooit doen ook.

Toen Jamie mijn jeep in de gaten kreeg, verscheen er een brede glimlach op zijn gezicht, en hij liep met grote passen naar mij toe. 'Kan ik helpen?' vroeg hij. Hij had het portier al opengemaakt voordat ik helemaal tot stilstand was gekomen. Toen ik zijn lachende gezicht zag, viel die onverklaarbare spanning die in de supermarkt was begonnen, van me af en in plaats daarvan voelde ik die hulpeloze liefde die typisch is voor de moeder van een enig kind. Ik zette de motor af en gooide de sleutels naar hem toe, zodat hij de achterklep kon openmaken. 'Je hoeft niet zo te staan trappelen,' plaagde ik. 'Ik heb niets van jouw lijstje gekocht.'

Heel even was er een beteuterde uitdrukking op het gezicht van Jamie te zien, maar toen kreeg hij de zak chips in de gaten die uit een van de tassen piepte. Hij dacht niet meer aan zijn aanbod om te helpen, graaide de zak tevoorschijn en scheurde hem open. Nadat hij een paar handenvol chips voor zichzelf eruit had gepakt, gaf hij de zak door aan zijn vriend. Toby Breen was een nette, sportieve jongen die ogenschijnlijk evenveel at als Jamie, maar die nooit één grammetje aankwam. 'Ik zei toch dat mijn moeder ons niet zou teleurstellen.' Jamie glimlachte hartveroverend.

'Niet zo veel,' waarschuwde ik. 'We gaan zo eten, hoor.'

'Oké, mam,' riep Jamie vanaf de oprit, hoewel we allebei wisten dat hij pas binnen zou komen als de zak helemaal leeg was. Nou ja, ze zijn met z'n drieën, zei ik tegen mezelf. Drie opgroeiende pubers. Verwachtte ik soms dat ze nog van die kleine zakjes chips aten, net als toen ze nog maar vijf waren?

Toen ik de inkopen had weggeborgen, keek ik op de klok. Het was bijna vijf uur. Gavin zou over minder dan een halfuur thuiskomen. Bij de gedachte aan de thuiskomst van mijn man spande elke spier in mijn lichaam zich. Ik was van plan geweest om coq-au-vin te maken, ik had die morgen zelfs een briefje daarover op het prikbord in de keuken gehangen met een vrolijk uitroepteken erachter. Maar ik was tijdens het winkelen zo verstrooid geweest dat ik de helft van de ingrediënten was vergeten. Nou ja, besloot ik, toen ik de koelkast begon door te snuffelen, dan moest ik maar iets simpels maken.

Ik was de kipfilets aan het platslaan, toen Gavin de deur in kwam. 'Hallo daar,' riep hij vanuit de bijkeuken. *Hallo daar.* Waarschijnlijk begroette hij de patiënten in zijn praktijk op dezelfde onpersoonlijke manier. Toen ik hem even onpersoonlijk teruggroette, ging dat schijnbaar aan Gavin voorbij. Hij slenterde naar het raam dat uitkeek op de oprit en tilde het gordijn op. 'Jamie vindt die basket duidelijk leuk, hè?'

Zonder iets te zeggen scheurde ik romanasla in stukjes voor de salade. Langs de randjes was hij al bruin, maar ik had niets anders. Pas toen Gavin naar boven was gegaan om zich om te kleden, mompelde ik: 'Als je eens echt naar je zoon keek, zou je zien dat de basket wordt gebruikt door zijn vrienden, niet door hemzelf. Jamie heeft de hele middag nog geen bal aangeraakt.' Ik schrok van mijn verbitterde toon en toen ik de oven opendeed om te kijken hoe de gepofte aardappelen ervoor stonden, sloeg ik die zonder het te willen met een klap weer dicht.

Een paar minuten later drentelde Gavin door de keuken in een spijkerbroek en een T-shirt. Hij snoof eens of hij kon raden wat we aten.

'Kip met kruiden,' zei ik als reactie op zijn onuitgesproken vraag.

'Ruikt lekker,' zei Gavin afwezig. Hij schonk zichzelf een gin-tonic in. Zodra hij zich in de woonkamer had geïnstalleerd, zet-te hij zijn iPod aan en begon ondertussen de krant te lezen. Ik wist dat Gavin gek was op zijn nieuwste 'speeltje', maar telkens als hij de oordopjes indeed, voelde ik me een beetje beledigd. Vroeger had in ons hele huis muziek geklonken als we thuis wa-ren, vroeger hadden we levendige gesprekken daarover gehad en waren we vaak naar concerten gegaan. Onze onderlinge band was gebaseerd op muziek. Op de keper beschouwd had muziek ons bij elkaar gebracht.

Iedereen was verbaasd geweest toen dr. Cross, de aantrekkelijke orthopeed in opleiding, zich voor mij begon te interesseren: ik was die saaie Jeanne, de secretaresse van het ziekenhuis die er het laatst bij was gekomen, en die zo onopvallend was dat ze in haar hele leven nog maar twee keer een afspraakje met iemand had gehad. Jamie zou het nauwelijks kunnen geloven, maar ik was zelfs nog nooit naar een feestje op de middelbare school geweest. Ik had nooit in een pizzatent rondgehangen of op een andere plek voor afspraakjes in afwachting van een bepaalde jongen. Ik was nooit bij een vriendin blijven slapen en had nooit de hele nacht liggen giechelen en kletsen. Tenminste niet na het ongeluk van mijn broer.

Jimmy had het huis met leven gevuld en toen hij stierf, vlak voor zijn veertiende verjaardag, had de familie nooit echt haar evenwicht hervonden. Wij woonden in een huis waar het ver-driet zo tastbaar aanwezig was dat je het kon proeven in elk ge-recht dat mijn moeder opdiende, dat je het kon horen in het ge-kraak van de vloerplanken als we door het huis liepen, kon zien in de gordijnen die oud en versleten raakten, en stoffig werden, maar die nooit werden vervangen of gerepareerd. Als het ongeluk op zoek was naar een deur om aan te kloppen, dan was ons verwaarloosde huis, waar de gordijnen altijd dicht waren, het ideale adres. En het klopte ook aan.

Mijn vader stierf aan een hartaanval, slechts zeven maanden na het ongeluk. Mijn moeder liet altijd een verbitterd lachje horen als iemand zijn dood 'onverwacht' noemde. We wisten allebei dat hij al stervende was vanaf het moment dat we dat telefoontje over Jimmy kregen.

De vier jaren daarna leefden mijn moeder en ik gescheiden levens in een en hetzelfde huis. Ze deed verschrikkelijk haar best om het niet te laten merken, maar ik wist dat ze altijd een beter contact met Jimmy had gehad dan met mij. En ze leken ook zo sterk op elkaar dat ik het haar niet kwalijk kon nemen. Na zijn dood was ze ontroostbaar. Een huildag kon door letterlijk alles worden aangezwengeld: een flard muziek die hij ooit had gespeeld, een ontmoeting met een van zijn vrienden, het blauw van een overhemd dat hij graag had gedragen.

Hoewel ik ooit de hoop had gekoesterd naar de universiteit te gaan, was daar geen denken meer aan na de dood van mijn vader. Er was om te beginnen geen geld voor; maar wat nog belangrijker was: ik kon me niet voorstellen dat ik mijn moeder alleen zou laten. Ze was eenenvijftig toen er alvleesklierkanker bij haar werd geconstateerd, en het leek net of ze er opgelucht over was. Haar enige zorg was wat er met mij zou gebeuren als ze er niet meer was. Gavin Cross bood een oplossing voor deze angsten en zorgen die elke verwachting te boven ging. Ze heeft altijd gevonden dat het huwelijk haar verdienste was. Het was in de kersttijd, en ondanks de slechte prognose leek mam iets van haar vroegere levenslust en energie te hebben herwonnen. Het ging eigenlijk zo goed met haar dat ik haar verraste met kaartjes voor het jaarlijkse Bachkerstconcert. Ik had mezelf zelfs een nieuwe, zwarte cocktailjurk cadeau gedaan. In gelukkiger tijden waren mijn ouders vaak samen naar het concert gegaan. Ondanks hun bescheiden inkomen zag mam er dan chic en fantastisch uit in een zwarte jurk met een parelsnoer. Muziek, zei ze vaak, was de grote gelijkmaker; en ze wilde per se niet dat iemand op haar neerkeek terwijl ze ernaar luisterde.

Maar op de dag van het concert kon mam nauwelijks uit bed komen. Ik wilde thuis bij haar blijven, maar ze stond erop dat ik ging. 'Die muziek is zo vreugdevol, Jeanne; het is precies wat je nodig hebt,' zei ze met mijn hand in de hare. Het was de eerste keer dat ik besefte hoe zwak ze was, hoe gauw ik alleen zou achterblijven.

Ik kleedde me zorgvuldig, leende zelfs het oude parelsnoer van mam en deed een heel klein beetje make-up op. Toen ik klaar was, kreeg ik een schok toen ik de jonge vrouw zag die me vanuit de spiegel aankeek. Ze was bijna knap; en ondanks de sombere stemming in huis zag ze er verbazingwekkend levenslustig uit.

Maar later, toen ik alleen tussen de gelukkige paren en families zat, werd mijn eenzaamheid alleen maar sterker voelbaar. Het leek net alsof de lege stoel van mijn moeder naast me een enorme kloof vormde die me scheidde van alle anderen in de zaal. Ik was waarschijnlijk de enige die moest huilen tijdens de jubelende adventscantates. Je kunt je wel voorstellen hoe ontsteld ik was toen ik opkeek naar de overkant van het gangpad en zag hoe een bekend gezicht mijn kant op keek. Ik herkende dr. Cross onmiddellijk. In het ziekenhuis maakte hij altijd de indruk omringd te zijn door zwermen zoemende meisjes, die er allemaal schaamteloos voor uitkwamen dat ze met een dokter wilden trouwen. Maar hier, bij het concert, was hij kennelijk ook alleen.

Ik kon het nauwelijks geloven toen hij opeens opstond en het gangpad overstak. Hij ging op de lege stoel van mijn moeder zitten en vroeg: 'Mag ik bij je komen zitten?' Het klonk niet als een vraag.

Later, toen de overweldigende muziek maakte dat ik mijn lang onderdrukte emoties de vrije loop gaf, deed Gavin me weer opschrikken toen hij mijn hand vastpakte. Hij hield hem nog steeds vast toen het tijd was voor de pauze.

'Ik heb gehoord dat je moeder zo ziek is, Jeanne. Ik vind het heel erg voor je,' zei hij zacht.

Eerlijk gezegd was ik geschokt. Ik had nooit geweten dat die knappe dokter zich bewust was van mijn bestaan, laat staan dat hij mijn naam wist – of dat hij wist dat mijn moeder aan een terminale ziekte leed.

Aan het eind van het concert vroeg Gavin of ik zin had in een drankje. Toen schoot hem kennelijk te binnen dat ik nog geen eenentwintig was en veranderde hij zijn aanbod in koffie. Maar die avond kwam ik zo los dat je gedacht zou hebben dat ik flink wat op had. Daar, in dat donkere café, aangemoedigd door de warmte in Gavins ogen, vertelde ik alles, te beginnen bij het overlijden van mijn broer en eindigend bij de dag dat we de diagnose van mijn moeder te horen kregen.

'Hoe kunnen er in één familie zo veel rampen gebeuren?' vroeg ik. Toen, voordat Gavin kon reageren, flapte ik eruit wat me werkelijk dwarszat. 'Soms denk ik wel eens dat er een vloek op ons rust.'

Opnieuw pakte Gavin mijn hand. 'Maar dat is niet zo,' zei hij. Hij zei het zo zeker en zonder aarzelen dat ik bijna lijfelijk voelde dat er een last van me werd afgetild. Bij het verlaten van het café voelde ik me voor het eerst in jaren gelukkig.

Mijn moeder adoreerde Gavin vanaf het moment dat hij bij ons de drempel over kwam. Eerlijk waar, ik weet niet hoe ik het in de laatste weken van haar ziekte had volgehouden zonder zijn aanwezigheid en zijn hulp. We trouwden in de ziekenkamer van mijn moeder, nog geen drie maanden na dat Bachconcert. Hoewel ze geen week meer te leven had en haar lichaam geteisterd werd door pijn, had ze er sinds de dood van mijn broertje niet zo sereen uitgezien.

'Je gaat een prachtig leven tegemoet,' fluisterde ze na de ceremonie tegen me. 'Het soort leven dat je vader en ik altijd voor je hebben gewenst.'

Tegen Gavin zei ze alleen maar: 'Dank je wel.'

Aangezien we altijd in een huurhuis hadden gewoond, bestond mijn erfenis uit een blokhut in New Hampshire, een huisje waarin alle geesten uit de gelukkige tijden van mijn familie een plekje hadden gevonden. Ik had er al vaak heen gewild om het huisje te laten zien aan mijn man en mijn zoon, maar Gavin maakte zich zorgen over de hoeveelheid verdriet en verlies die ik in mijn korte leven had moeten meemaken. 'Je weet nooit wat het teweegbrengt, Jeanne,' zei hij altijd. 'Herinneringen kunnen gevaarlijk zijn.'

En ik legde me er altijd bij neer. Waarom zou ik een terugkeer naar de donkere dagen over me afroepen, dagen die mijn jeugd hadden verwoest?

En nu, telkens als ik merkte dat ik in mezelf zat te mopperen over Gavins veelvuldige kritiek op Jamie en mij, of over het feit dat ik me soms eenzaam voelde ondanks alle feestjes waar we heen gingen en het aanzien dat we in de gemeenschap genoten, wreef ik mezelf onder mijn neus hoe ik had geboft. Niet alleen had Gavin ervoor gezorgd dat die pijnlijke herinneringen ons zonnige huis niet binnenkwamen, maar hij had mijn moeder ook een vredige dood laten sterven. Ik dacht eraan wat ze vaak tegen me had gezegd als ik voor een examen zakte, of als ik niets kon aanvangen met een muziekinstrument en er sowieso niets magisch aan kon ontlokken zoals mijn broer dat kon: *Je doet gewoon niet genoeg je best, Jeanne.* Keer op keer beloofde ik plechtig dat ik harder ging werken aan mijn huwelijk, dat ik meer begrip en geduld zou proberen op te brengen, dat ik een betere echtgenote zou zijn. En als Jamie klaagde dat zijn vader hem te veel op de huid zat, herinnerde ik hem eraan hoe hard Gavin werkte, hoe gestrest het leven van een dokter is. Maar steeds vaker kwamen mijn woorden en pogingen me leeg voor.

Toen we aan tafel zaten, gedroegen Gavin en Jamie zich zoals altijd: Jamie was vrolijk en pijnlijk gretig om zijn vader in een gesprek te betrekken. Gavin was stil en chagrijnig. Ik schepte de salade op en ondertussen zat Jamie te kleppen over de nieuwe mountainbike van Toby. 'Weet je hoeveel hij voor dat dingetje heeft betaald?' vroeg hij met opengesperde ogen. 'Bijna zestienhonderd dollar. Maar het ding rijdt lekker! Het is stoer en licht tegelijk.'

'Hopelijk heeft hij jou er niet op laten rijden,' zei Gavin. Hij keek op van zijn eten om zich in het gesprek te mengen.

Eerst dacht ik nog dat de wreedheid van de opmerking van zijn vader niet tot Jamie was doorgedrongen, maar toen zag ik hoe hij langzaam rood werd. Een blos die begon in de huidplooien in zijn nek maar die zich daarna langzaam vleksgewijs uitbreidde naar zijn voorhoofd. 'Het kan geen kwaad, hoor,' zei hij. 'Die dingen kunnen minstens honderdvijftig kilo aan. Zoals ik al zei, het zijn echt stoere dingetjes.'

Gavin schudde zijn hoofd op een kille, afwijzende manier en ging toen weer verder met eten. Zoals wel vaker tijdens het eten voelde ik een vreemde combinatie van paniek en woede in me opkomen. Opeens werd ik kotsmisselijk toen ik naar de kip keek die in zijn eigen gestolde vet lag.

'Heb je nog huiswerk?' vroeg ik aan Jamie, nadat ik discreet een hap van het voedsel dat me tegenstond in mijn servet had uitgespuugd.

Toen dat gevreesde onderwerp ter sprake kwam, zakte Jamie onderuit in zijn stoel. Huiswerk was de enige bron van conflicten tussen ons.

'Niet zo veel. Alleen een paar wiskundesommen,' zei hij. Hij probeerde van de tafel weg te lopen. 'Die kan ik straks wel doen.'

'Nou, voordat je weggaat wil ik toch echt eerst je agenda zien,' zei ik.

'Als jij zijn huiswerk niet meer maakte, zou hij misschien leren zelf verantwoordelijkheid te nemen,' zei Gavin. Hoewel ik er langzamerhand aan gewend zou moeten zijn, werd ik nog steeds van mijn stuk gebracht door zijn vijandige toon, de duistere emoties vlak onder de beleefde buitenkant van ons huwelijk.

'De school juicht de betrokkenheid van ouders toe,' zei ik. Ik klonk net als een van de nieuwsbrieven die ik verfrommeld en wel uit Jamies rugzak had gehaald.

'Betrokkenheid van ouders is één ding; het huiswerk maken voor je kind is iets heel anders. Waarom denk je dat Jamie het op school niet goed doet?' Zonder het rituele kopje koffie voor zichzelf in te schenken liep Gavin naar zijn studeerkamer.

'Hij doet het wél goed,' riep ik hem na, zo woedend als ik durfde. 'Het semester is verdorie net begonnen.'

'Wacht maar af,' riep Gavin cynisch voordat hij de deur van zijn heiligdom met een klap achter zich dichtsloeg. Steeds vaker bracht hij daar zijn avonden door. Soms hoorde ik hem aan de telefoon ongedwongen lachen. Dat deed hij nooit bij mij of bij Jamie, en ik vroeg me af of hij misschien een verhouding had. Het ergste was nog dat het me niets kon schelen.

Toen de echo van Gavins bijtende opmerking was uitgewerkt, haalde Jamie zijn schouders op alsof hij me gerust wilde stellen dat het hem niet geraakt had. 'Weet je hoe hard dat ding gaat?' vroeg hij gretig.

'Dat ding? Wat voor ding?' vroeg ik. Ik stond nog wat onvast op mijn benen na de storm die door de kamer was geraasd.

'De fiets van Toby, mam,' zei hij ongeduldig. 'Wat dacht je anders?' En zoals altijd glimlachte hij erbij. Ontwapenend. Bijna verlegen. Maar ook triest. Toen ik zag hoe hij in de kast in de doos met chocoladekoekjes graaide, zei ik geen woord.

Ik stond de hapjespan schoon te boenen en te piekeren over mijn woordenwisseling met Gavin, toen de telefoon ging. 'Niet te lang aan de telefoon blijven hangen, Jamie,' riep ik toen ik hoorde dat er in de andere kamer werd opgenomen. 'Denk eraan, je hebt nog huiswerk.' Hoewel ik wist dat zijn eindeloze telefoongesprekken ten koste gingen van waardevolle studietijd, was ik trots op de populariteit van mijn zoon. Hij mocht dan waardeloos in sport zijn en absoluut geen studiebol, maar met zijn extraverte persoonlijkheid en zijn grote gevoel voor loyaliteit had Jamie meer vrienden dan wie ook.

Maar tot mijn verbazing duwde Gavin de deur open en reikte mij de telefoon aan. 'Het is voor jou,' zei hij koeltjes. 'Ene Ali Mather.'

Ik pakte de telefoon aan, benieuwd naar wat de muzieklerares van me zou willen.

Ali kwam meteen ter zake. Ze had die middag haar knie bezeerd en zou een paar weken niet kunnen fietsen. Zou ze 's morgens met mij mee kunnen rijden? Natuurlijk kon ze dat, zei ik vlug.

De rest van de avond voelde ik me belachelijk opgewonden – bijna als een tiener met een afspraakje. Ik stelde me voor waar we het in de auto over zouden hebben. Moest ik haar uitvragen over haar muziek? Ik wist er best veel van af, Ali zou verbaasd staan. Dan was daar nog het boek waarin ik bezig was. Hoewel ik een ander boek van dezelfde schrijver in Ali's rugzak had zien zitten, wist ik niet zeker of ze dit boek had gelezen. Misschien kon ik haar voor de verandering iets nieuws aanraden.

Of misschien konden we gewoon wat praten, dacht ik, staande midden in mijn smettelose keuken. Ik besefte pas hoe verschrikkelijk graag ik een vriendin wilde hebben, toen ik de tranen in mijn ogen voelde prikken.

3

'Ik waardeer dit zeer, Jeanne,' zei Ali toen ze bij mij in de auto stapte. Maar ik was zo druk bezig haar huis te bekijken dat ik haar nauwelijks hoorde. Het was bedekt met klimplanten en er stond een schutting omheen die bijna bezweek onder een waterval van late rozen. Het huisje zag eruit alsof het beter paste in een dorpslaantje in Engeland dan in een buitenwijk van een provinciestad. Het was even uniek als de bewoonster.

'Je woont maar een paar blokken van mij af,' zei ik. Ali ging in de jeep op de stoel naast de mijne zitten en hield haar onhandige rugzak bij zich op schoot. Ik was nog nooit dichter bij haar in de buurt geweest en in het citroenachtige morgenlicht zag ik dat ze kraaienpootjes rondom haar ogen had.

Ik startte de motor en wachtte tot Ali weer iets zei. Maar kennelijk voelde de muzieklerares geen enkele behoefte de stilte in de auto te verbreken; ze staarde strak voor zich uit, als een passagier in een taxi. Ze gunde me alleen een blik op haar mooie profiel.

Eerlijk gezegd was ik teleurgesteld. Hoewel ik bepaald niet verwachtte dat ze me zou verblijden met onthullingen over haar relatie met Brian Shagaury, snakte ik naar zo'n stimulerend gesprek dat ze altijd voerde met leerlingen na school bij haar lokaal of tijdens de lunch, zittend op het gazon. Ik had me voorgesteld dat we tot elkaar zouden komen via een gesprek over favoriete boeken, en dat we dan vervolgens over meer persoonlijke dingen zouden praten. Dat we vertrouwelijkheden zouden uitwisselen. Dat we plannen zouden maken om samen te gaan winkelen of om iets te gaan drinken. Maar kennelijk zat Ali ergens over te piekeren; ze had geen behoefte aan praten.

We waren bijna halverwege de school toen ik de stilte in de auto niet meer kon verdragen. 'Wat is er trouwens met je knie gebeurd? Ben je met je fiets gevallen?'

'Mijn knie?' herhaalde Ali, die in diep gepeins was verzonken.

'Ja. Toen je gisteravond belde, zei je dat je niet kon fietsen omdat je je knie had bezeerd.'

'O, dat. Het is eigenlijk al een oude blessure,' zei Ali en ze gooide haar haren naar achteren. 'Een gescheurde bindweefselband uit mijn studietijd. Maar af en toe draai ik met mijn been de verkeerde kant op en dan wordt hij dik.'

Als bewijs dat ze echt iets had, rolde ze haar spijkerbroek op en liet me het indrukwekkende verband zien dat ze om haar knie had aangebracht.

'Hoe lang mag je niet fietsen?' vroeg ik.

'Als dit gebeurt, gun ik mijn knie meestal een paar weken rust, en daarna kan ik gewoon weer alles doen,' zei Ali, die even zwaaide naar de postbode toen we langs hem heen reden. Klaarblijkelijk kon ze met alle mannen in de stad goed opschieten. 'Ik hoop dat je het niet bezwaarlijk vindt dat ik met je meerijd tot mijn been weer goed is. Ik betaal uiteraard mee aan de benzine.' Ze keek strak voor zich uit alsof zij, en niet ik, achter het stuur zat.

'Geen probleem,' antwoordde ik weer. 'En maak je geen zorgen over de benzine. Ik hoef er niet voor om te rijden.' Maar inwendig stond het vooruitzicht van wekenlange ongemakkelijke stiltes op mijn dagelijkse rit naar school me helemaal niet aan. Ik had daar thuis al genoeg mee te maken.

In de eerste week werd het niet veel beter, en na verloop van tijd voelde ik me steeds ongemakkelijker met Ali naast me – om niet te zeggen geïrriteerder. Had ik me de band tussen ons gewoon verbeeld? Ik bloosde bij de gedachte dat ik me iets in mijn hoofd had gehaald wat er helemaal niet was. Tot overmaat van ramp leek het net alsof Ali zich prima op haar gemak voelde in deze stilte. Als ik een gesprekje probeerde te beginnen, gaf ze mij verstrooid een eenlettergrepig antwoord. Dan keek ze weer eens in haar agenda, of ze controleerde in het spiegeltje hoe ze eruitzag. Soms zong ze zelfs een paar regels van een liedje, bijna alsof ze volledig vergeten was dat ik er ook nog was. Ik geloof niet dat ik ooit zo'n absolute – en ergerniswekkende – zelfverzekerdheid had gezien.

'Vind je het goed dat ik een cd opzet?' vroeg ze in de tweede week. Ik schrok op bij het geluid van haar stem, een stem die zo stiekem verleidelijk was als een saxofoon. Ik weet niet waarom ze nog moeite deed het me te vragen. Ik had nog niet eens kans gehad te reageren of ze had het dunne schijfje al in de gleuf geschoven, waarna de auto overspoeld werd door rauwe hardrock. Het soort dat aan mijn zenuwen vrat als Jamie het op zijn kamer draaide.

'Allemachtig,' flapte ik eruit. 'Ik dacht dat je aan klassieke muziek deed.'

Heel even vergastte Ali me op het zilverachtige lachje waarmee ze een groot deel van de mannelijke bevolking van de stad had betoverd. 'Het klinkt wel heftig, hè?' vroeg ze, maar ze deed geen poging de cd eruit te halen. Ze was ook niet bepaald scheutig met haar uitleg. Pas nadat we het hele liedje – als je het zo kon noemen – hadden moeten aanhoren, zei ze: 'De cd is van een van de leerlingen op school: hij wilde dat ik ernaar zou luisteren. Je kunt een heleboel over iemand te weten komen door de muziek die hem wat doet.'

'Nou, ik heb hoofdpijn van deze muziek gekregen,' zei ik. 'Misschien kun je er beter thuis naar luisteren.'

Maar Ali maakte weer eens de indruk dat ze was vergeten dat ik er was. Ze ging helemaal op in de muziek, en zat waarschijnlijk te denken aan de leerling van wie ze de cd had geleend. Heel even zag ik een ongeruste blik op haar gezicht, maar toen drukte ze opeens het knopje in, waardoor de cd weer tevoorschijn kwam. Ik was heel benieuwd naar de naam van de leerling die haar bezorgdheid had opgewekt, maar Ali bleef de rest van de rit naar buiten staren, verdiept in haar eigen gedachten. Het merkwaardigste van alles was, dat het net leek of ze kwaad op mij was. Toen we bij de school waren, stapte ze uit de jeep en sloeg zonder een woord te zeggen het portier met een klap dicht.

'Geen dank!' riep ik haar achterna, hoewel de ramen dicht waren en Ali me niet kon horen. Ik was zo woedend dat ik in de auto bleef zitten totdat ze de voordeur in was gegaan. Ze was al aan het lachen met een jongen die ik herkende als Aidan Whittier, een van Jamies vrienden. Toen ik uiteindelijk de jeep uit kwam, sloeg ik van de weeromstuit het portier ook met een klap dicht. Wat een lef, zeg, zei ik tegen mezelf, toen ik klikklakkend de parkeerplaats over liep op mijn nieuwe elegante leren laarzen die ik het weekend daarvoor had gekocht. Ze bezoedelt mijn auto en mijn geest met die afschuwelijke muziek, en dan is ze kwaad op mij!

Simon Murphy had meteen in de gaten dat mijn humeur niet zo zonnig was als normaal. En bij hoge uitzondering vertelde ik zowaar aan iemand anders wat me dwarszat – al had ik er niet veel aan. Simon lachte alleen maar toen ik de botheid van de muzieklerares beschreef.

'Typisch Ali,' zei hij. 'Maar je moet toegeven dat de leerlingen met haar weglopen.' Hij had nog steeds een binnenpretje toen hij de deur van het kantoor achter zich dichtdeed. Kennelijk had ze niet alleen de leerlingen betoverd.

Toen ik even alleen was, legde ik mijn hoofd in mijn handen. Ik hoorde nog steeds de muziek die Ali in de auto had gedraaid.

Nog nooit had ik zulke boze muziek gehoord. Behalve in mijn eigen huis, vanuit de kamer van mijn zoon. Een moment vroeg ik me af of Jamie misschien die leerling was van wie Ali de cd had geleend. Maar ik verwierp die mogelijkheid vrijwel meteen. Hordes middelbareschoolleerlingen luisterden naar dat soort muziek – waarschijnlijk zelfs het merendeel. En bovendien zat Jamie dit jaar niet bij Ali in de klas. Waarom zou hij haar opzoeken of haar een cd lenen? En toch bleef ik de hele dag met het onaangename gevoel zitten dat Ali die muziek opzettelijk in mijn aanwezigheid had aangezet. Dat er in die heftige drumsolo's en in die afschuwelijke teksten iets zat waarvan ze wilde dat ik het hoorde.

Tegen het eind van de dag was ik vastbesloten haar te vertellen dat ze maar aan iemand anders een lift naar school moest vragen. Ik had mijn smoes zelfs al klaar: ik was achter geraakt met mijn administratie en vanaf vandaag zou ik een halfuur eerder beginnen. Voor Ali was het zo al moeilijk genoeg om op tijd klaar te zijn en dus wist ze dan dat ze beter iemand anders kon zoeken met wie ze mee kon rijden.

Maar toen we naar huis reden was het duidelijk dat ze besefte dat ze te ver was gegaan. Ze deed zowaar haar best om met me te praten – niet fanatiek, alleen een paar neutrale opmerkingen over het footballteam van de school, en over een belangrijke wedstrijd die in het weekend zou plaatsvinden. Toen vroeg ze of mijn zoon meespeelde – wat me verbaasde. Meestal kreeg ik de indruk dat ze zich absoluut niet van mijn bestaan bewust was, laat staan dat ze wist dat ik een zoon had.

'Jamie is niet zo sportief,' zei ik, en ik voelde weer die bekende scheut van schaamte. 'Maar hij is een enorme sportfan. En een heleboel vrienden van hem zitten in het team.'

'Dat lijkt wel op mij op die leeftijd; ik was ook een enorme kluns op sportgebied,' zei ze. 'Ik ken eigenlijk niemand anders die ooit gezakt is voor gym.'

Ik zei het niet, maar ik was een beetje geschokt door deze bekentenis. De meest fanatieke fietser uit de stad was gezakt voor gym? Misschien was er toch nog hoop voor Jamie.

Ali zette de radio aan alsof ze daar het volste recht toe had. 'Naar wat voor soort muziek luister jij, Jeanne, als je alleen bent?' vroeg ze. 'Wat voor muziek doet jouw hart sneller kloppen?'

Het was eigenlijk zo dat ik nu naar oude liefdesliedjes luisterde als ik alleen was en dat ik de verheven muziek waar Gavin en ik ooit samen van genoten, meed. Of het nu een sentimenteel melodietje was uit de jaren veertig of de bekende wijsjes die de hele dag werden gespeeld op de gouwe-ouwezenders, ik was gek op elke liedje waarin de woorden voorkwamen die mijn man nooit meer tegen me zei. Maar dat ging ik Ali niet vertellen.

'Klassiek,' zei ik zonder een moment te aarzelen. 'Waarom zet je de klassieke zender niet aan?'

Ik denk dat mijn antwoord haar verbaasde – en toen ik ook nog wist dat ze het tweede hoornconcert van Mozart uitzonden, was ze helemaal verbaasd. Misschien dat ik daarom besloot om haar niet te zeggen dat ze iemand anders om een lift moest vragen. Om de een of andere reden – ik weet niet precies waarom – had ik er behoefte aan te bewijzen dat Jeanne Cross interessanter was dan ze dacht. Veel interessanter.

De ochtend waarop alles tussen Ali en mij veranderde, was een buitengewoon saaie morgen. Ik stopte voor haar huisje en zag een donkerblauwe Saab slordig geparkeerd op de oprit staan. Ik herkende de auto niet, maar het bordje met de naam van de garage zette me op het juiste spoor. Hij was van Ali's 'goede persoonlijke vriend'. Jack Butterfield had kennelijk zo'n haast gehad om binnen te komen dat hij niet eens de moeite had genomen om zijn auto fatsoenlijk neer te zetten, dacht ik, en zonder duidelijke reden voelde ik me ontstemd.

Het was kwart voor acht, het tijdstip waarop ik Ali iedere morgen ophaalde, maar ze was in geen velden of wegen te bekennen. Ik had haar meteen in het begin verteld hoe belangrijk stiptheid voor mij was. In al die acht jaren was ik nog nooit te laat op mijn werk gekomen, en ik was niet van plan dat record kwijt te raken. Ik trok op omdat ik dacht dat Jack Ali wel naar school zou brengen en ik was behoorlijk kwaad dat ze me niet even had gebeld. Maar op dat moment verscheen Ali heftig gebarend in de deuropening.

'Jeanne, wacht!' vormde ze met haar lippen. En toen ik het raampje opendeed, riep ze: 'Ik ben er zo.' Ze had geen spoortje make-up op, zelfs geen lippenstift, en je kon goed zien dat ze een lange nacht achter de rug had. Ik wilde net tegen haar zeggen dat ik niet kon wachten, toen tot mijn verbazing het portier van de Saab openging en Jack Butterfield uitstapte. Hij liep met grote passen naar Ali toe. Ze wierp even een blik in mijn richting, stak een wijsvinger op en maakte me met een smekende blik duidelijk dat ik niet weg moest gaan.

Ik trapte op de rem, niet omdat ik dacht dat Ali zo nodig een lift nodig had, maar vanwege de uitdrukking op haar gezicht: ze was bang. In het grauwe morgenlicht leek Jack Butterfield totaal niet meer op de gladde verkoper die ik in de Saab-garage had ontmoet toen Gavin op zoek was naar een nieuwe auto, of op de knappe man met het plagerige lachje die er op liefdadigheidsfeesten in zijn smoking beter uitzag dan wie dan ook. Zijn donkerblonde haren waren ongekamd en aan de baardgroei te zien had hij zich minstens twee dagen niet geschoren. Bovendien waren zijn spijkerbroek en T-shirt zo gekreukeld dat het leek alsof hij erin had geslápen. Die morgen was de temperatuur gedaald tot net boven het vriespunt en daarvoor was hij veel te dun gekleed, maar dat had hij kennelijk evenmin in de gaten. Het enige waar hij oog voor had was Ali.

Maar het gekke was dat Jack Butterfield, hoewel hij te weinig had geslapen en hoewel hij in de war was, er aantrekkelijker uitzag dan ooit. 'Charmant' was niet het juiste woord en 'glad' ook niet, evenmin als al die andere bijvoeglijke naamwoorden die de vele bewonderaarsters in de stad gebruikten om hem te beschrijven. Er ging gewoon een dierlijke aantrekkingskracht van hem uit. Ik keek naar hem en had het gevoel alsof ik verlamd was. Voor het eerst begreep ik waarom Ali haar huwelijk met een geweldige echtgenoot als George Mather had kapotgemaakt voor een autoverkoper.

Het was mij onderhand wel duidelijk dat Ali bang was, maar dat ze niet van plan was om bakzeil te halen. Ze draaide haar lange haren in een vlecht en slingerde die over haar schouder – een gebaar waaruit zowel uitdaging sprak als zelfbescherming. Ondertussen kwam Jack steeds dichterbij. Zittend in de jeep kon ik zijn stem horen, maar de enige woorden die mij nog enigszins verstaanbaar bereikten, waren vloeken.

Toen hij Ali ruw tegen de deur duwde, sprong ik de jeep uit. Maar Jack keek niet op of om. Hij keek alleen naar Ali. Toen ik zo snel als mijn laarzen met hoge hakken me konden dragen naar hen toe rende, stak Ali een hand op om aan te geven dat ik moest blijven staan. Hoe dichter ik bij hen in de buurt kwam, des te duidelijker kon ik zien dat Jack Butterfield eerder radeloos was dan dreigend. Het was ook duidelijk dat hij me niet herkende van al die keren dat we elkaar op bijeenkomsten hadden ontmoet. Mijn aanwezigheid drong nauwelijks tot hem door.

Toen je kon zien dat Jacks boosheid wegebde, streek Ali hem over zijn borst en drukte hij zijn voorhoofd tegen het hare, alsof hij zich per se toegang wilde verschaffen tot haar gemoed. Het zag er zo intiem uit dat ik het gevoel had dat ik ze betrapt had in de slaapkamer. Het leek alsof ze met hem aan het onderhandelen was; waarschijnlijk zei ze dat ze naar haar werk moest en misschien beloofde ze hem wel dat ze hem later zou ontmoeten. Ten slotte deed Jack een pas achteruit en streek nog eens door zijn haren. Heel even schudde hij zijn hoofd en toen stormde hij weer naar zijn slecht geparkeerde auto. Hij reed zo wild achteruit, de oprit af, dat hij me zeker zou hebben overreden als ik niet was weggesprongen.

Ali stond als aan de grond genageld in de deuropening. Ze had haar ogen dicht, maar toen ik naar haar toe rende en mijn armen om haar heen sloeg, trilde ze helemaal. 'Gaat het? Hij heeft je toch geen pijn gedaan?'

Ali schudde haar hoofd. 'Ik wou dat dat waar was,' zei ze bedroefd. 'Maar ik vrees dat het andersom was. Soms weet ik gewoon niet wat er met mij aan de hand is.' Ik had nog niet eerder gezien dat ze zulke opvallende goudkleurige ogen had. Zelfs zonder make-up was haar huid doorschijnend en stralend van de emotie.

'Weet je zeker dat het weer gaat? Simon begrijpt het heus wel als je niet naar school kunt komen.'

Maar Ali schudde alleen haar hoofd. 'Nee,' zei ze vlug. 'Ik moet hier weg. Ik moet heel even weg uit mijn eigen leven.' Ze keek me diep in de ogen. 'En jij dan, Jeanne? Ken jij dat gevoel?'

Ik wist even niet wat ik moest zeggen toen de aandacht opeens op mij werd gericht, maar ik zou er in de toekomst wel achter komen dat dit plotselinge veranderen van onderwerp typisch was voor haar. Telkens als ik net tot de conclusie was gekomen dat Ali Mather de meest egocentrische persoon was die ik ooit had ontmoet, zette ze me op het verkeerde been. Dan toonde ze een gevoeligheid voor anderen die me perplex deed staan.

Natuurlijk stond ik niet helemaal met mijn mond vol tanden. Ik had de gebruikelijke antwoorden al klaarliggen. De leugens die ik aan iedereen in mijn omgeving vertelde – ook aan mezelf. *Ik toch niet. Ik had het veel te druk voor dergelijke gevoelens. En bovendien was mijn leven zo saai en alledaags…* Maar ergens midden in mijn bekende praatje merkte ik dat ik stokte toen ik probeerde nog iets te zeggen. Het was meer dan de spreekwoordelijke brok in de keel. Nee, wat me tegenhield toen ik mijn gebruikelijke verhaal wilde ophangen, was niets meer of minder dan de waarheid. De waarheid die ik niet langer kon verzwijgen.

'Ja,' zei ik, terwijl ik Ali diep in haar topaaskleurige ogen keek. 'Dat voel ik ook. Bijna altijd.'

Die dag, op de terugweg van school naar huis, zwegen we allebei, maar het was een ander soort zwijgen dan de stilte van onze eerdere ritten. Het was een wetende stilte. Voor de verandering had ik het gevoel dat ik iets meer te weten was gekomen over Ali Mather. Ik begreep hoe de charme die zo veel afgunst en geboeidheid opwekte bij anderen, haarzelf vaak vermoeide en verbaasde. Wat had ze ook alweer gezegd? *Soms weet ik niet wat er met me aan de hand is.* Het was een verklaring die even krachtig en belangrijk was als mijn eigen bekentenis.

Toen we bij haar huis waren, keek Ali me een beetje bedroefd aan – en met die vermoeidheid die ik tijdens de rit had gevoeld. In een opwelling stak ik mijn hand uit en legde die over de hare. 'Bedankt dat je vanmorgen zo begripvol was, Jeanne,' zei ze. 'Het was heel belangrijk voor me.'

Ze was al halverwege het pad. De rugzak die ze gewoonlijk hoog op haar rug had zitten, sleepte ze als een enorme last achter zich aan. Ik wilde net optrekken toen ze opeens de rugzak liet vallen en terugliep naar de auto. 'Heb je zin om nog een glaasje wijn te komen drinken?' vroeg ze, toen ik het raampje opendraaide.

Het standaardantwoord was nee. *Natuurlijk niet.* Naar mijn mening waren koffiepartijtjes en boekenclubs, om nog maar te zwijgen over middagborrels, activiteiten voor mensen zonder discipline. Voor mensen die niets anders te doen hadden dan een beetje te zitten roddelen. Wat mijzelf aanging, ik moest naar huis. Jamie zou er zijn, ongetwijfeld met een stelletje vrienden, en ik was niet zo'n moeder die een groep pubers alleen in huis liet zitten. Als ze weg waren, was ik van plan even te gaan joggen en daarna zou ik het eten gaan klaarmaken. Er was ook post die per omgaande beantwoord moest worden (mijn regel was om een poststuk nooit twee keer aan te raken), er lag een stapel vuile witte was en er moesten nog boodschappen worden gedaan. Het geheim van het efficiënt voeren van een huishouden was om nooit met iets achterop te raken, iets waar de meeste vrouwen – inclusief Ali Mather – weinig van af wisten.

En ondanks dat verbaasde ik mezelf voor de tweede keer die dag door de motor af te zetten. 'Een glaasje wijn, dat klinkt heel aantrekkelijk,' zei ik. Toen ik naar binnen liep, wierp ik even een blik op mijn horloge en ik beloofde mezelf dat ik maar een halfuurtje zou blijven.

Ali zette de stereo-installatie aan met een gebaar dat zo op een automatisme leek dat ik aannam dat ze dat altijd meteen bij thuiskomst deed. Een fractie van een seconde was ik bang dat ze mijn oren en mijn hart weer zou aanvallen met de boze muziek die ze in de auto had gedraaid, maar het zoetgevooisde stemgeluid van Ella Fitzgerald stelde me algauw gerust. Ali gooide haar jas op een stoel en liet haar rugzak ernaast op de grond vallen. Toen gebaarde ze naar me dat ik mee moest komen naar de warme, ruime kamer die dienstdeed als woon- en eetkamer tegelijk. 'Ga maar lekker zitten,' zei ze en ze verdween toen in het mini-keukentje. Ik moest lachen. De keuken was de grootste ruimte in mijn huis, maar kennelijk speelde koken niet zo'n belangrijke rol in het leven van Ali.

'Rood of wit?' riep ze vanuit de keuken.

'Doe maar wat jij zelf ook neemt,' zei ik. Omdat ik niet wist waar ik mijn jasje moest laten, vouwde ik het netjes op en legde het op dat van Ali. Toen slenterde ik de kamer in waar ik van haar moest gaan zitten. De meubels bestonden uit een gezellig allegaartje, maar het eerste wat me opviel was de chaos. Er lagen overal cd's zonder hoesjes, boeken naast overvolle boekenkasten en op het bijzettafeltje stonden twee wijnglazen, nog halfvol met rode wijn, en een lege fles, kennelijk overblijfselen van de afgelopen nacht. Maar waar mijn blik meteen naartoe werd getrokken was een zwart kanten onderbroekje dat naast de bank op de grond lag. Precies onder de plek waar ik zat met mijn handen op mijn schoot gevouwen, als een kuise bibliothecaresse.

'Doe maar niet te veel moeite, ik kan niet lang blijven,' zei ik lichtelijk gegeneerd, toen Ali in de deuropening verscheen met een dienblad met kaas en crackers.

'Het is geen moeite, en ik weet wel dat je weg moet,' zei ze, alsof ze mijn gedachten kon lezen. Haar blik dwaalde naar het eenzame onderbroekje, maar ze deed geen poging het op te rapen. En ze maakte ook geenszins de indruk dat ze erdoor in verlegenheid werd gebracht. Opnieuw zat ze me aan te kijken zoals ze die morgen had gedaan. Alsof ze me beter kende dan ik mezelf kende. Ze glimlachte even, alsof ze het wel amusant vond dat de aanblik van dat broekje me nogal in verwarring bracht.

Ik keek weg, omdat ik me wat onbehaaglijk voelde.

Ali nam een slokje wijn en lachte. Ze had haar benen onder zich gevouwen en haar haren hingen los over haar schouder. 'Je ziet dat ik gisteravond gezelschap had.'

'Meneer Butterfield,' zei ik, en ik stelde me een ruzie tussen geliefden voor, gevolgd door een slapeloze nacht voor beide partijen.

'Nee, het was Jack niet. Het was…' ze aarzelde, alsof ze nog niet zeker wist in hoeverre ik te vertrouwen was en zei toen alleen maar: 'iemand anders. Het probleem was dat *meneer Butterfield*, zoals jij hem noemt, besloot om op een, eh, uiterst ongeschikt moment langs te komen.'

'Bedoel je dat hij een eigen sleutel heeft?' Ik had allang vermoed dat Ali seksuele relaties onderhield met meer dan één man, maar ik was toch geschokt toen ze het er zo plompverloren over had.

Opnieuw moest Ali lachen om de details waar ik me op focuste. 'We gaan al drie jaar met elkaar om, Jeanne. Natuurlijk heeft hij een sleutel; niet dat dat er iets toe deed trouwens. De deur zat op de knip, maar de auto die voor de deur geparkeerd stond en de dichtgetrokken gordijnen zeiden hem genoeg. *Bewijsmateriaal*, noemde hij het.' Bij die herinnering draaide ze haar haren om haar vingers heen. 'Hij is de hele nacht in zijn auto blijven zitten. Ongelooflijk, toch?'

Toen ik dacht aan hoe Jack er die morgen had uitgezien, vond ik dat helemaal niet zo ongelooflijk. 'En? Is er een confrontatie geweest? Ik bedoel, toen die andere man wegging?' Ik weet niet waarom, maar ik zag in gedachten hoe die arme Brian Shagaury in elkaar werd geslagen door de veel grotere en slankere Butterfield, en daarna naar huis moest, naar Beth, en moest vertellen waarom hij zo bont en blauw was.

Ali schudde haar hoofd. 'Dat is ons tenminste bespaard gebleven. Hij is weggegaan via de serre achter en is toen door de tuin van de buren naar zijn auto geslopen. Jack heeft waarschijnlijk alleen de voordeur in de gaten gehouden. Of misschien is hij wel in slaap gevallen.'

'Hij was zo boos,' mompelde ik, en ik dacht aan de dierlijke energie die Jack Butterfield had uitgestraald toen hij het gazon overstak. 'Denk je dat hij achter hem aan gaat?'

Maar weer schudde Ali haar hoofd. 'De woede van Jack is helemaal op mij gericht. Ik ben degene die hem heeft verraden – tenminste, zo noemt hij dat.'

'Maar jij niet?'

Ali stond op en begon in de kamer heen en weer te lopen met het glas wijn in haar hand. 'Ik heb nooit aan iemand trouw beloofd. Ik weet niet eens of ik daartoe in staat ben. Maar dat betekent niet...' Ali bleef midden in de kamer staan en zette haar glas op de tafel, zodat zij de tranen kon wegvegen die ze opeens in de ogen had.

'Het betekent niet dat het je niet spijt dat je hem hebt ge-

46

kwetst?' zei ik, de zin voor haar afmakend.

'Precies,' zei Ali, en ze pakte haar wijnglas weer. 'Ik hou van Jack. Echt waar – ondanks de verschillen tussen ons.' Ze liet zich in haar stoel zakken en keek me aan. Toen herhaalde ze de woorden van die morgen. 'Soms weet ik niet wat er met me aan de hand is, Jeanne.'

Ik had nog nooit iemand zo ongelukkig zien kijken. Voor de tweede keer die dag omhelsde ik haar en rook ik weer de subtiele geur van haar huid.

Toen we elkaar loslieten, was Ali ogenschijnlijk wat gekalmeerd. Ze streek haar haren uit haar gezicht en nam weer die charmante houding aan van daarvoor: voeten onder zich gevouwen, haar hoofd een beetje schuin naar boven. 'God, nou doe ik het warempel toch.'

'Wat?' vroeg ik. Ik wist absoluut niet waar ze het over had.

'Ik neem een andere vrouw in vertrouwen. Misschien is dat iets heel normaals voor jou en voor alle andere vrouwen op deze planeet, maar niet voor mij. Ik heb nog nooit een echt goede vriendin gehad. Ik denk dat ik veel te veel bezig ben geweest met mijn muziek.'

En met mannen, dacht ik. Maar het enige wat ik zei was: 'Voor mij is het ook niet zo normaal.' Het was vast een van de grootste understatements die ik ooit had gebruikt.

4

Sinds de avond dat mijn broertje door een auto-ongeluk om het leven kwam, raak ik onmiddellijk in paniek als midden in de nacht de telefoon gaat. Daarom klopte mijn hart in mijn keel toen ik die zondagmorgen in alle vroegte werd opgeschrikt door het harde gerinkel van de telefoon. De cijfers op mijn digitale wekker vertelden me dat het 5.16 uur was. Zo vroeg dat het alleen maar een fout nummer of een noodgeval kon zijn.

Gavin is meestal niet met een kanon wakker te krijgen, maar hij was nog eerder dan ik uit bed. Uit bed en al op weg naar de hal, met de telefoon in de hand. Toen ik wat was bijgekomen van de onaangename associaties die het telefoontje bij me had veroorzaakt, riep zijn manier van doen wel wat vragen bij mij op – dat hij zo snel had opgenomen en dat hij kennelijk het duidelijk verwachte telefoontje voor mij geheim wilde houden. Misschien wilde hij mij niet wakker maken, redeneerde ik. Maar ik vroeg me toch onwillekeurig af sinds wanneer hij zo attent was. En waarom.

Even later kwam Gavin terug de slaapkamer in en gooide de telefoon op het bed. 'Het is voor jou,' zei hij, en hij streek geïrriteerd met zijn hand over zijn kortgeknipte haren. 'De een of andere vent die bij jou op school werkt. Dat zegt hij tenminste.' Bij een andere man zou dit misschien jaloers hebben geklonken, maar bij Gavin was er alleen maar sprake van irritatie. Irritatie dat hij gestoord was. Irritatie dat de beller niet degene was die Gavin verwachtte.

Ik volgde zijn voorbeeld, nam de telefoon mee de hal in en vroeg me onderwijl af wie er van mijn werk in vredesnaam zo vroeg zou bellen. En nog wel een 'vent'… Ik leunde tegen de muur in de hal. 'Hallo?'

Toen er geen antwoord kwam, dacht ik dat er iemand verkeerd gebeld had – of misschien dat iemand een grap uithaalde. Waarschijnlijk een stelletje leerlingen die de hele nacht hadden doorgefeest, flink bier hadden zitten zuipen en die nu de nummers draaiden van verschillende personeelsleden van de school. Omdat ik nog niet bekomen was van dat angstige moment dat mijn jeugdtrauma weer tot leven had gebracht, begon ik woedend in de telefoon te praten. 'Hoor eens, ik weet niet wie mij nu belt, maar daar kom ik wel achter. En reken maar dat ik de politie bel als dit nog een keer gebeurt.'

Ik wilde net de knop op de telefoon indrukken die de beller voorgoed uit mijn leven zou bannen, toen ik een diepe zucht hoorde. 'Het spijt me dat ik je heb wakker gemaakt, Jeanne. En geloof me, ik had het anders nooit gedaan, maar ik word gek van angst.'

Ik zweeg, maar ik slaagde er niet in de stem van de beller te herkennen en mijn hart begon weer als een gek te bonzen. In gedachten ging ik na waar mijn geliefden zich bevonden – of moet ik zeggen 'geliefde'? Jamie lag boven in zijn bed te slapen. 'Het spijt me, maar wie…'

Ik was nog niet uitgesproken toen de beller uitstootte: '*Ik* ben het Jeanne… Brian.'

'Brían?' herhaalde ik stomverbaasd. Sinds de geruchten over hem en Ali waren begonnen, was mijn vroegere bondgenoot mij op school uit de weg gegaan. 'Wat is er?'

Het was even stil, alsof Brian moed bij elkaar aan het rapen was. 'Het is mijn vrouw, Jeanne. Beth heeft gisteren de kinderen meegenomen en is vertrokken.'

Ik wreef in mijn ogen, waar de slaap nog in zat. 'Wat naar voor je, Brian,' zei ik. Ik was er nog steeds niet achter waarom hij nu juist mij had gebeld. Beth Shagaury en ik waren niet meer dan oppervlakkige kennissen.

'Ik… ik dacht dat jullie misschien de laatste tijd nog met elkaar hadden gepraat,' zei Brian onzeker. 'Dus ik dacht dat je misschien iets wist.'

'Praten? Beth en ik?' herhaalde ik. Had hij het nu over onze incidentele gesprekjes als we in de rij stonden te wachten bij de delicatessenafdeling? Of die keer een week geleden toen we elkaar toevallig tegenkwamen in de sportwinkel, en een zwaarwichtige conversatie hadden gevoerd over de dure ijshockeyspullen die zij voor haar oudste zoontje moest aanschaffen?

Weer klonk er een diepe zucht aan de andere kant van de lijn. 'Nogmaals, het spijt me dat ik je uit bed heb gebeld, maar misschien had je haar iets verteld over… en daarom dacht ik…' Toen, zonder zijn raadselachtige zin af te maken, zei hij: 'Luister, je moest maar weer naar bed gaan.'

Maar de latente paniek in zijn stem had bij mij een herinnering naar boven gehaald. Het was dezelfde paniek die ik een paar minuten daarvoor zelf ook had gevoeld, toen ik bang was dat iemand die mij na stond in gevaar was. Hij wilde kennelijk net op gaan hangen, toen ik hem tegenhield. 'Wacht even, Brian. Zullen we elkaar bij Ryan's ontmoeten, je weet wel, dat donutzaakje op de hoek van Ames Road? Laten we zeggen, over een kwartier? Ik heb begrepen dat ze op dit onchristelijke uur al open zijn. Misschien kan ik je toch helpen.'

'Weet je het zeker?' vroeg Brian. Hij klonk even onzeker als de pubers met wie hij zijn dagen doorbracht. 'Ik bedoel, vindt je man dat wel goed?'

'Gavin is mijn baas niet, hoor,' zei ik fel. Ik hoefde alleen maar te denken aan de avond tevoren of ik werd weer kwaad. Ik was amper thuis of Gavin gaf Jamie er geweldig van langs omdat hij een onvoldoende had voor zijn geschiedenisproefwerk. Eerlijk waar, soms leek het net of hij de jongen haatte.

Zo zachtjes mogelijk trok ik een spijkerbroek en een trui aan. Ik deed het snel en ondertussen luisterde ik of ik Gavin hoorde, maar het was doodstil in huis. Mijn man was weer in slaap gevallen – of, wat meer voor de hand lag, hij lag in bed op me te wachten. Omdat hij een verklaring wilde hebben waarom iemand míj belde. En een man nog wel. Nou, zei ik tegen mezelf, vervuld van een nieuw soort opstandigheid, laat hem maar in zijn vet gaarsmoren. Voor het eerst in ons huwelijk had ik mijn eigen vrienden, mijn eigen intriges, mijn eigen geheime leven.

Gedurende de eerste weken van het schooljaar had ik mijn haar iets laten groeien. Tot mijn verbazing was het lang genoeg om in de speld te blijven zitten die ik onder in mijn toilettas had gevonden. Ik droeg mijn haar nu wat uit mijn gezicht en ik had het gevoel alsof ik weer een glimp te zien kreeg van een deel van mezelf dat ik lang was kwijt geweest. Alsof er een kant van mijn persoonlijkheid tevoorschijn kwam die wat roekelozer was. Nadat ik een veeg knalrode lippenstift en een dun streepje eyeliner had opgedaan en mijn sportschoenen en een spijkerjasje had aangetrokken, glipte ik het huis uit.

Eenmaal buiten keek ik om. Ik schrok toen ik Jamie zag staan, die me vanuit de deuropening stond na te kijken, met een nieuwsgierige uitdrukking op zijn gezicht. De deur ging met een ruk open en hij riep: 'Mam! Waar ga je heen? Is er iets?'

'Gewoon een eindje wandelen,' zei ik. Ik had geen zin in een omslachtige uitleg. 'Ik ben voor het ontbijt terug.'

Maar Jamie duwde de deur verder open en stapte op blote voeten de stoep op. Hij had alleen maar een boxershort aan en een T-shirt van de universiteit van Columbia dat een van Gavins neven hem laatst had gestuurd en hij stond met zijn X-benen in de deuropening. En in het scherpe licht dat uit de keuken naar buiten viel, zag zijn lijf er nog bleker uit dan normaal; zijn onschuldige gezicht leek opgezwollen van het vlees. Ik werd weer overspoeld door de gebruikelijke golf van medelijden bij het zien van mijn zoon in die kwetsbare, half geklede toestand.

'Een eindje wandelen?' vroeg hij. Hij keek me met samengeknepen ogen aan. 'Het is nog donker buiten, mam. Zal ik met je meegaan, je weet wel, ter bescherming?'

'Ik ben een volwassen vrouw, Jamie. Ga nou gauw naar binnen, anders vries je dood.' Mijn stem klonk strenger dan mijn bedoeling was.

'Je gaat naar hém toe, hè,' zei Jamie met ogen die schitterden van de opwinding. 'De handvaardigheidleraar – meneer Shagaury.'

Zijn woorden bevestigden een onaangenaam gevoel van de laatste tijd als ik aan de telefoon was. Het gevoel dat er iemand meeluisterde. Woordeloos keek ik hem woedend aan.

Jamie stapte vlug weer naar binnen. Ook al zat er een deur tussen ons in, ik kon zijn gekwetste gezicht zien. Maar ik liep toch door en hield mezelf voor dat ik mijn zoon later alles wel zou uitleggen. Ik nam me ook voor dat ik een ernstig woordje met hem zou spreken over het afluisteren van andermans gesprekken.

Ondanks het vroege tijdstip waren de meeste tafels en alle barkrukken in het smalle donutzaakje bezet. Ik keek om me heen en vroeg me af wie, behalve ik en een overspelige echtgenoot, behoefte had aan de ouderwetse sortering van jamdonuts en donutkrullen die Ryan's om vijf uur 's ochtends in de aanbieding had. Aan de toog stonden allemaal mannen van de pensioengerechtigde leeftijd die elkaar blijkbaar met enige regelmaat bij Ryan's ontmoetten. Feitelijk was dit vermoedelijk het hoogtepunt van hun dag, dacht ik. Vroeg wakker worden, net als toen ze nog werkten, en een ontmoeting met 'de jongens' bij Ryan's. De rest van het claustrofobisch kleine restaurant zat vol met een vreemde mengeling van vrachtwagenchauffeurs en een paar luidruchtige jongelui van Howell's College, die kennelijk de hele nacht hadden doorgefeest en nu ter afronding hier waren voor een kop koffie en een van de beroemde citroendonuts van Ryan's.

Het duurde even voordat ik Brian Shagaury tussen al die mensen zag zitten. Toen ik hem eindelijk in het oog kreeg, was ik me net aan het afvragen of ik hem wel echt aan de telefoon had gehad. Als je elke dag met zeshonderd pubers werkt, denk je algauw dat er een grap met je wordt uitgehaald. Maar toen zag ik hem in een hoekje zitten, weggedoken achter een lawaaierig groepje twintigers die zo te zien nog behoorlijk dronken waren van de uitspattingen van de afgelopen nacht.

Brian zwaaide lichtelijk besmuikt naar me en hij zag er uitgeput uit – en vreselijk overstuur. Zijn gezicht was ongewoon mager en die bruine ogen van hem leken op diepe gaten. Hoewel we in hetzelfde gebouw werkten, had ik hem eigenlijk in weken niet gezien. Sinds hij een verhouding had met Ali, had hij zowel de lerarenkamer als mijn kantoor gemeden. Ik had op school wel horen fluisteren dat hij er 'depressief' uitzag en dat hij 'niet zichzelf' was – en ook dat hij waarschijnlijk in de herfst niet terug zou mogen komen – maar die geruchten hadden me niet voorbereid op de schok van zijn veranderde uiterlijk.

In het begin, in afwachting van de serveerster bij wie ik koffie en een citroendonut had besteld, zaten Brian en ik zonder iets te zeggen wat ongemakkelijk tegenover elkaar. Hij trommelde zenuwachtig op de tafel. Wat had me in vredesnaam bezield om hier met hem af te spreken? Want wat wist ik eigenlijk over de man die daar tegenover me zat, afgezien van het feit dat we een tijdlang goed met elkaar hadden kunnen opschieten?

Nadat de serveerster de koffie had gebracht en weer was weggegaan, slaakte Brian een diepe zucht, net als aan de telefoon. 'Ik kan niet lang blijven,' zei hij met een nerveuze blik op de klok. Alsof ik hém had gebeld, dacht ik en ik voelde me steeds kwader worden.

'Dus je hebt geen idee waar ze heen is?' Ik nam eerst een slok koffie en keek Brian diep in zijn bruine ogen. Ik had hem een tijdje best aantrekkelijk gevonden, maar nu ik hem hier tegenover me zag zitten in het felle licht van de donutzaak, vroeg ik me onwillekeurig af wat mijn vriendin in hem zag. Zijn wanhoop over zijn relatie met Ali had bij Jack Butterfield die tegendraadse seksuele aantrekkingskracht alleen maar vergroot, maar bij Brian was dat zeker niet het geval. Hij zat zo zenuwachtig te wiebelen aan het piepkleine tafeltje dat hij eruitzag als een heroïneverslaafde die een shot nodig heeft.

In een opwelling pakte ik zijn hand vast. Die voelde zo klam aan dat ik bijna terugschrok. 'Brian, je moet proberen je te vermannen, anders krijg je je gezin nooit terug.'

Brian rukte zijn hand los en leunde in een verslagen houding achterover in zijn stoel. 'Ik heb tegen je gelogen. Mijn gezin ligt thuis in bed – voorlopig nog wel, tenminste.'

'Wil je daarmee zeggen dat je me zonder enige reden om vijf uur uit mijn bed hebt gehaald?'

'Ik moest met iemand praten, Jeanne; wie moest ik dan bellen – de "N.V. Roddel"?' vroeg hij, maar ons oude grapje werkte niet meer. Toen ik opstond om weg te gaan, greep hij mijn hand vast. 'Wacht, Jeanne. Gisteravond heeft Beth tegen me gezegd dat ze terug naar Indiana wil en dat ik de jongens nooit meer zal zien.'

'Dus ze weet het van Ali,' zei ik, alsof ik meer wist over zijn relatie met Ali dan echt het geval was. Ik ging weer zitten en nam een grote slok koffie.

'Ze heeft het een paar weken geleden gehoord,' flapte Brian eruit, klaarblijkelijk te moe en te overstuur om de zaak te ontkennen. 'Van iemand van school.'

'En daarom heb je me gebeld? Omdat je dacht dat ík naar Beth toe was gegaan?'

'Nou, jij bent de enige in het hele gebouw met wie Ali echt contact heeft – afgezien van mij natuurlijk,' zei Brian met een weeïg vleugje trots. 'Dus ik dacht vanzelfsprekend aan jou. En bovendien ken je Beth.'

Ali had het met mij nooit gehad over haar relatie met Brian – of wat het ook mocht zijn. Een vriendschap? Een echte verhouding? Iets wat zich grotendeels afspeelde binnen de grenzen van zijn duidelijk gestoorde geest? Ik dacht aan het kanten onderbroekje dat ik bij Ali op de vloer had zien liggen en hoe ze had toegegeven dat de avond tevoren 'iemand' bij haar was geweest. Ik had aangenomen dat die 'iemand' Brian was, hoewel ik daar geen echte zekerheid over had. Wat mij betreft kon het net zo goed die arme toegewijde George Mather zijn geweest die de jaloezie van haar minnaar had opgewekt.

'Hoor eens, Brian, je hebt een fout gemaakt, maar dit soort dingen gebeuren nu eenmaal,' zei ik, alsof ik een deskundige op dit terrein was. 'Je moet je gezin er niet door laten verwoesten. Misschien kun je er hulp bij vragen. Relatietherapie of zo. Dat…'

Maar Brian keek me alleen maar aan. 'Dat heeft Beth ook voorgesteld,' zei hij toen bruusk. 'Maar dat heeft geen zin. Ik heb mijn keuze gemaakt, Jeanne.'

'Je keuze? Waar heb je het over?'

'Ik woon al weken niet meer thuis.'

'Je hebt je gezin in de steek gelaten? Voor Ali?' barstte ik uit. 'God, Brian weet je dan niet…'

'Ik woon tijdelijk in de Oak Tree,' zei hij, voordat ik iets kon zeggen wat hij niet wilde horen.

Ik zei niets, maar Brian moet mijn onwillekeurige reactie gezien hebben. De Oak Tree was een vervallen motel waar de dronkenlappen van de stad kamers huurden die vergeven waren van de kakkerlakken en de urinestank.

'En ik heb ook geen behoefte aan jouw medelijden,' zei Brian boos. Hij wist waar ik aan dacht. 'Ik slaap liever alleen in de Oak

Tree dan dat ik nog een nacht naast een vrouw ga liggen van wie ik niet houd. Mijn gezin is waarschijnlijk beter af als ze teruggaan naar Indiana en mij verder vergeten.'

'Brian, ik ben hierheen gekomen, praktisch in het holst van de nacht, omdat jij zei…'

Maar mijn woorden stokten in mijn keel door de woedende blik in Brians ogen. 'Ik weet wat ik heb gezegd, maar ik was ten einde raad, Jeanne. Ik heb elf keer bij Ali op haar voicemail ingesproken, maar ze heeft nog steeds niet teruggebeld. Toen heb ik gisteravond bij haar huis staan wachten, maar ze is niet naar huis gekomen. Ik weet niet waar ik aan toe ben.'

Dus dit ging helemaal niet over Beth en de kinderen, dacht ik, en ik werd weer woedend namens hen. Waar Brian me werkelijk voor uit bed had gebeld, was om over zijn obsessie voor Ali te praten.

De studenten betaalden hun rekening en verdwenen met veel lawaai. Verscheidene meisjes droegen superkorte rokjes, ondanks de kou. Ik zag dat de meeste oude mannen bij het buffet ook al waren vertrokken en buiten in groepjes stonden te roken, waardoor het binnen bijna leeg was. Zelfs de serveerster was 'm gesmeerd naar de keuken, waarschijnlijk om zelf ook een sigaretje te roken.

Zodoende waren we helemaal alleen, afgezien van een romantisch uitziend paartje dat dicht bij elkaar in de hoek tegenover ons zat en dat geen oog had voor hun onaangeroerde donuts noch voor onze aanwezigheid. Ik wilde net tegen Brian zeggen dat hij de verkeerde had gebeld; dat ik Ali helemaal niet zo goed kende als hij dacht. Ik wilde gewoon weg.

Maar toen veranderde hij opeens weer van stemming, verborg zijn gezicht in zijn handen en begon te snikken. Zonder erbij na te denken reikte ik over de tafel en raakte zijn arm aan. 'Ik weet zeker dat je Beth zover kunt krijgen dat ze wil blijven om het nog eens te proberen. Dat zal niet gemakkelijk zijn, maar jullie hebben ook nog drie kinderen met wie je rekening moet houden.'

Maar Brian duwde boos mijn hand weg, waarbij hij per ongeluk met zijn bevende handen de koude koffie omstootte. 'Je snapt er niets van, hè? Ik kan niet naar huis. Ik wil niet naar huis. Tot ik Ali ontmoette, leidde ik het leven van een zombie. Ik was eenendertig en ik leefde niet. Maar nu – nou ja, jou hoef ik niets te vertellen. Je weet hoe ze is. Shit, ik voel me ontzettend schuldig ten opzichte van de kinderen, maar ik ben niet van plan haar op te geven.'

Omdat ik me opeens zelf ook wat trillerig voelde, haalde ik een pakje sigaretten uit mijn jasje. Gelukkig zat er nog een in. Ik probeerde ermee te stoppen en had in tweeënhalve week niet één sigaret gerookt, maar luisterend naar Brians precieze beschrijving van mijn leven, moest ik opeens per se roken. *Ja, ik weet hoe ze is*, beaamde ik, en ik dacht eraan hoe ikzelf was veranderd sinds het begin van mijn vriendschap met Ali. Het was niet alleen de manier waarop ik mijn haren naar achteren droeg en dat ik vaak de auto liet staan als ik ergens naartoe ging. Het was iets wat veel dieper ging.

'Je weet natuurlijk dat Ali getrouwd is,' zei ik. Ik geloofde nog steeds dat ik hem tot rede kon brengen. 'Ook al woont ze niet met George samen, ze is erg aan hem gehecht.'

'Vertelt ze dat tegen jou? Dat ze echt van die oude kerel houdt? Als je het mij vraagt, is het meer een kwestie van medelijden,' zei Brian. Maar heel even was er op zijn gezicht een sombere uitdrukking te zien die me pijnlijk herinnerde aan de manier waarop Jamie had gekeken toen ik wegging.

'Of ze nu van hem houdt of niet, Ali gaat nooit van George scheiden,' zei ik recht voor z'n raap. Ik gaf Brian een dosis onverdunde waarheid, net als iemand van school kennelijk bij zijn vrouw had gedaan. 'En ook al deed ze dat wel, ze is bijna twintig jaar ouder dan jij, Brian. Denk je nu echt dat jullie samen een toekomst hebben?'

'Vijftien jaar,' corrigeerde Brian me. 'Zo'n groot verschil is dat niet als twee mensen zo van elkaar houden als Ali en ik.'

Ik sloot mijn ogen en dacht aan Beth Shagaury in de supermarkt en aan de twee jongetjes die ruzie zaten te maken over wie de cornflakes voor het ontbijt mocht uitkiezen, terwijl hun vader ondertussen ergens anders de godganse tijd aan Ali Mather zat te denken. Voor het eerst sinds Ali en ik vriendinnen waren geworden, voelde ik ook iets van de kritische houding van de mensen in de stad ten opzichte van haar. Ali had het met mij nooit over Brian gehad, maar ik was er vrij zeker van dat hij niets voor haar betekende. En aan de gevaarlijke wanhoop in de ogen van Brian kon ik zien dat hij zich hetzelfde begon te realiseren. En dat had Ali er niet van weerhouden om bij ons op school binnen te komen waaien om niet alleen zijn leven te verwoesten, maar ook dat van zijn gezin.

'Het gaat niet alleen om haar man, weet je,' zei ik zo omzichtig mogelijk.

'Wat bedoel je?'

'Ik hoop dat je niet denkt dat jij de enige bent met wie Ali naar bed gaat. Of zelfs degene om wie ze het meeste geeft.' Ik wist dat het zinloos was en waarschijnlijk zelfs gevaarlijk om aan iemand in de gemoedstoestand van Brian de waarheid op te dringen, maar ik kon niet meer stoppen.

De kleur trok langzaam weg uit zijn gezicht. 'Je bedoelt toch niet die autohandelaar?' sneerde hij. 'Dat was al over toen ze met mij begon.'

'Ali is verliefd op Jack Butterfield. Dat is ze al jaren,' zei ik. 'Dat heeft ze me zelf verteld.'

Brian werd zo mogelijk nog bleker dan eerst. Toen begon hij langzaam met zijn hoofd te schudden. Of het een teken van ongeloof was of dat het enkel en alleen duidde op een verbijsterde reactie op de mate van zijn eigen stommiteit, weet ik niet, en ik kreeg de kans niet meer om daarachter te komen. Want precies op dat moment dwaalde zijn blik af naar de toonbank, waar een vrouw naar ons stond te kijken. Ik weet niet hoe lang ze daar al gestaan had of wat ze had gehoord, en of ze überhaupt iets had gehoord.

Beth Shagaury zag er wanhopig en afgetobd uit, maar bovenal bang. 'Alsjeblieft, Brian,' zei ze toen ze naar ons tafeltje toe liep. 'Misschien geef je niet meer om mij en misschien ook niet meer om jezelf, maar zo kun je niet verdergaan. Omwille van de jongens moet je hulp zoeken.'

5

Bij thuiskomst zag ik tot mijn opluchting dat Jamie al vertrokken was voor zijn 'morgenloopje'. Gavin had een tijd geleden een ambitieus trainingsprogramma voor hem opgesteld in de hoop dat Jamie wat spek kwijt zou raken. Maar ik vermoedde dat Jamie zodra hij de hoek van de straat om was, regelrecht naar Ryan's sukkelde voor een paar citroendonuts en een extra grote beker warme chocolade. Ik was hem waarschijnlijk net misgelopen.

Omdat ik uitgeput was vanwege mijn ingekorte nachtrust en omdat het gesprek met Brian nogal energievretend was geweest, zou ik het allerliefst weer onder de dekens kruipen om de hele dag lekker te liggen soezen, maar toen ik dacht aan het logge lijf van Gavin dat in mijn afwezigheid het hele bed in beslag had genomen, liep ik toch maar naar de keuken. Daar zette ik een pot koffie en was van plan om zittend aan de keukentafel de verontrustende gebeurtenissen van die morgen te vergeten.

Maar ik zat nog maar net op mijn vaste plekje toen ik het slordige kladje van mijn zoon voor me zag liggen: *MeVrOUw MaTHa hEEft GeBelt!*

Meer stond er niet, maar om de een of andere reden – misschien kwam het alleen al door het opgewonden uitroepteken –

brak het zweet me uit. Ik voelde me zwak en tegelijkertijd verschrikkelijk kwaad. Ik dacht eraan hoe Brian er in de donutzaak had uitgezien. Hoeveel mensen wisten waar Brian heen was gegaan behalve Jamie en ik? Ik probeerde die gedachte meteen uit te bannen en scheurde het briefje in kleine stukjes.

Het laatste waar ik op dat moment aan wilde denken was mijn groeiende bezorgdheid over Jamie: de leermoeilijkheden waarvan de oorzaak zelfs na een hele hoop tests niet boven water was gekomen, de berg snoeppapiertjes die zich iedere week in zijn kast ophoopte, en, waar ik eigenlijk helemaal niet aan wilde denken, de enorme hoeveelheid pornoblaadjes die ik onder in de la had gevonden waarin hij, al naargelang het seizoen, zijn winter- of zomerkleren had liggen. Ik had er nauwelijks een blik in geworpen, en had ze onmiddellijk in een grijze vuilniszak gegooid en ze daarna weggebracht, maar de gewelddadige beelden die ik had gezien kon ik met geen mogelijkheid uit mijn hoofd bannen.

Wie verkocht zulke dingen aan een kind, vroeg ik me woedend af, toen ik de zak naar de garage droeg. Natuurlijk nam ik me voor om Gavin ervan op de hoogte te stellen. Ik ging zelfs op weg naar de telefoon en draaide het nummer van zijn kantoor. Maar zodra zijn secretaresse me met hem doorverbond, kon ik geen woord uitbrengen. Niet alleen omdat Jamie en ik een onuitgesproken afspraak hadden dat we tegen Gavin nooit de waarheid over elkaar zouden vertellen, maar omdat ik wist hoe Gavin erop zou reageren. Als ik het lef had te suggereren dat de zoon van dr. Cross stiekem een verzameling harde porno had aangelegd, wist ik dat hij het op de een of andere manier zo zou draaien dat ik de schuld kreeg. Ik was *te toegevend*, of *overdreven beschermend*, afhankelijk van zijn stemming. Als er problemen met Jamie waren, lag dat uiteraard aan mij.

Voorzichtig drukte ik op de knop waarmee ik de verbinding verbrak. Ik wist opeens niet meer wat me had bezield om überhaupt te willen bellen. Het was niet bepaald iets waar je door de telefoon over praatte, vooral niet als Gavin op kantoor was.

Nadat ik had opgehangen, besloot ik er met Jamie zelf over te praten. Per slot van rekening waren we altijd heel open met elkaar omgegaan. We konden immers alles tegen elkaar zeggen? Misschien nog verontrustender dan de pornografie was de mogelijkheid dat mijn relatie met Jamie een afspiegeling begon te worden van de relatie die ik met zijn vader had: twee mensen die gescheiden waren door een steeds hoger wordende muur van geheimen en uitvluchten.

Op een avond toen Gavin in zijn studeerkamer zat, klopte ik op de deur omdat ik het onderwerp voor eens en altijd uit de wereld wilde helpen. Maar zodra ik hem zag, wist ik dat ik het niet kon. Hij keek over de rand van zijn bril op die typische manier van hem, alsof hij wilde zeggen dat ik hem bij iets belangrijks had gestoord.

'Ja, wat is er, Jeanne?'

Ik merkte dat ik stond te stotteren als een idioot, bij mijn eigen man, nota bene. 'Nou, ik dacht dat w-we misschien even k-konden praten... Maar als je het druk hebt... Het tijdstip is misschien niet zo geschikt, dus...' God, wat had ik toch?

'Ik ben eigenlijk druk bezig met een onderzoeksartikel voor een orthopedisch tijdschrift. Is het belangrijk?' Hij sprak op zachte toon, maar het ongeduld droop ervan af.

'Nee. Nou, ja. Ik bedoel, ik voel me de laatste tijd wat gespannen, en ik dacht dat je me misschien iets kon voorschrijven.'

Gavin legde zijn bril zorgvuldig op zijn bureau en keek me nadenkend aan. In het verleden had hij me verscheidene kalmeringsmiddelen voorgeschreven en als hij me dan de flesjes aanreikte, gebruikte hij hetzelfde woord. Ik was *gespannen*. Ik moest iets van die *spanning* wegnemen. Valium, Xanax, Ativan. Ik had dezelfde etiketten gezien op de flesjes die Gavin in de la van zijn nachtkastje had liggen. Meestal, als hij de medicijnen voor me mee had gebracht, gooide ik de inhoud weg in het toilet. Maar een paar keer had ik een of twee van die onschuldig uitziende tabletjes geprobeerd. Als ik dacht aan die zweverige, emotieloze toestand waarin ik toen was terechtgekomen, leken die pillen toch niet zo'n slecht idee.

'Ik ben blij dat je er iets aan wilt doen,' zei Gavin, en hij zat er glimlachend bij te knikken alsof ik een patiënte was. 'Je bent de laatste tijd niet jezelf, Jeanne. Dat heb ik gemerkt en ik ben vast niet de enige. Denk eraan: je werkt op de school van Jamie. Zijn problemen nog groter maken is toch zeker het laatste wat je wilt.' Hij schudde zijn hoofd, zoals altijd wanneer hij het over Jamies 'problemen' had. Maar ondertussen haalde hij het recepten-boekje, dat hij in zijn afgesloten lade had liggen, al tevoorschijn en begon er wat op te krabbelen.

Toen ik de studeerkamer uit liep, beefde ik. Gedroeg ik me echt zo vreemd? Hadden andere mensen dat ook gemerkt? Ik ging naar de keuken en schonk mezelf een glas wijn in. Toen nam ik de draagbare telefoon mee naar het terras en koos het num-mer van Ali. Het was veel kouder geworden, maar dat deerde me niet. Ik zou mezelf verwarmen met de wijn en met de warme stem van mijn vriendin.

Toen ze opnam, barstte ik meteen los met het hele verhaal over wat er in de studeerkamer was gebeurd. Van het begin tot het eind. Ik deed zelfs de nasale stem van Gavin na: 'Maar, Jeanne, waarom ben je niet eerder naar me toe gekomen?'

Eerst schoot Ali in de lach, maar haar stemming sloeg opeens om. 'Wat een klootzak,' zei ze.

Ik had er onmiddellijk spijt van. Waar was ik verdorie mee be-zig? Met een vreemde over Gavin zitten praten? En hem nog be-lachelijk maken ook? 'Ik weet wel dat hij me wil helpen, maar…' zei ik. Ik begon me wat misselijk te voelen.

'Helpen? Noem je dat zo?' drong Ali aan. Ze klonk duidelijk alsof ze te veel wijn op had. 'Dat hij tegen je zegt dat iedereen op school je in de gaten heeft? En dan ook nog eens op je schuldgevoelens werken dat het slecht is voor Jamie?' Zo te horen nam ze een grote slok wijn. 'Waar, tussen twee haakjes, allemaal niets van waar is. Als iemand vreemd doet, is het wel die man van jou.'

'Ja, hij is wel wat te ver gegaan, maar hij bedoelt het goed. Ik ben echt de laatste tijd gespannen, en dat is, denk ik, voor Gavin niet gemakkelijk geweest…'

'Als je jezelf dat wilt wijsmaken, prima, Jeanne. Het is jouw huwelijk,' zei Ali met hetzelfde vleugje ongeduld dat ik ook in Gavins stem had gehoord. Ik weet niet wie er meer zat te popelen om op te hangen, Ali of ik. Ik smeet de rest van mijn wijn op het bevroren gazon en ging naar binnen.

Maar toen ik die avond naar bed ging, kon ik haar stem niet uit mijn hoofd bannen. En haar woorden ook niet. *Als je jezelf dat wilt wijsmaken, prima, Jeanne.*

Tijdens de koffiepauze glipte ik weg om mijn recept te laten klaarmaken. Natuurlijk was ik niet van plan al een pil te nemen voordat ik thuis was, maar net toen ik de school weer in wilde gaan, schoten de woorden van Ali me weer ongevraagd te binnen: *Als je jezelf dat wilt wijsmaken, prima, Jeanne.*

Ik schonk een glas water voor mezelf in en slikte een pil door. Daarna wikkelde ik het flesje in een papieren zakdoekje en propte het helemaal onder in mijn tas, zodat niemand het kon zien. Weer iets waar ik met niemand over kon praten.

Ondanks mijn goede bedoelingen gingen er dagen en weken voorbij, en ik kon nooit het juiste moment vinden om met Jamie te praten over wat ik had gevonden. En hij bracht zijn verzameling die ik in beslag had genomen ook niet ter sprake. Hoe meer tijd er verstreek, hoe minder dringend het leek. Als ik 's morgens mijn zoon de trap af zag komen met die slaperige grijns waarmee hij me al sinds zijn kindertijd om zijn vinger had kunnen winden, was het me een raadsel hoe ik aan hem had kunnen twijfelen. De een of andere zieke geest moest die stapel aan Jamie hebben doorgegeven. Misschien had een vriend hem wel gevraagd ze te verstoppen. En het was toch normaal dat een jongen nieuwsgierig was?

Maar ik kon het onaangename gevoel dat Jamie mijn telefoongesprekken afluisterde niet kwijtraken, een vermoeden dat verergerd werd door die drie woorden op dat opgewonden briefje. Kennelijk had hij ons telefoongesprek van die morgen 'onderschept'; hij wist dat het huwelijk van de familie Shagaury in moeilijkheden was. Sterker nog, Jamie verkneukelde zich duidelijk over dit roddeltje. Ik zag in gedachten zijn rood aangelopen gezicht toen hij de gekwelde stem van de handvaardigheidleraar aan de telefoon had gehoord, een mengeling van puberale gêne en gluurderachtig gedrag. Als Jamie thuiskwam, zouden we echt eens moeten bepraten dat je je niet mocht bemoeien met andermans zaken. Vooral niet met de zaken van volwassenen.

Ik was nog in gedachten verdiept toen de telefoon ging; en zodra ik Ali's stem aan de andere kant hoorde, vergat ik mijn andere zorgen.

'Heb je iets van Brian gehoord?' vroeg ik, nog voordat ze iets had kunnen zeggen.

Ze klonk lichtelijk buiten adem, maar opmerkelijk weinig nieuwsgierig. 'Nee, maar ik weet dat jullie tweeën vanmorgen koffie hebben gedronken.'

Heel even was ik met stomheid geslagen. Hoe kon ze dat weten? Had Brian haar gebeld?

Ali was mijn vraag al voor. 'Dat heeft je zoon verteld toen ik daarnet belde.'

Toen begon ze over iets anders, alsof het doodnormaal was dat haar minnaars mij voor dag en dauw uit bed belden om te praten. 'Hoor eens, Jeanne, ik bel alleen om je te zeggen dat je me deze week 's morgens niet hoeft op te halen. Ik neem een paar vrije dagen op.'

Ik zweeg, in afwachting van een nadere verklaring. Toen die

uitbleef, zei ik: 'Ik hoop niet dat er iets ergs is – een zieke in de familie of zoiets.'

Weer aarzelde Ali alsof ze overwoog hoeveel ze aan me kwijt wilde. 'Nee, ik moet er gewoon een paar dagen tussenuit, meer niet,' zei ze ten slotte. Kennelijk had ze zitten afwegen of ze me in vertrouwen zou nemen, en had ze besloten dat niet te doen.

Ik wilde haar net eens uitgebreid gaan vertellen wat ik dacht van haar relatie met een getrouwde collega, waarbij ik zeker niet zou verzuimen uit de doeken te doen hoe beroerd Brian er in de donutzaak had uitgezien, toen Ali me bruusk afkapte.

'Maar kom, ik houd je niet langer op. Ik moet nog pakken. Ik bel wel als ik terug ben, oké?' Toen, zonder op een antwoord te wachten, was ze weg. Maar ik wist zeker dat ik, net voordat de verbinding werd verbroken, op de achtergrond het onmiskenbare gebrom van een mannenstem had gehoord.

Ik bleef even met de telefoon in mijn hand staan en staarde ernaar alsof het antwoord op mijn vraag erin zat. Toen ik opkeek stond Gavin in zijn badjas in de deuropening naar de keuken, met samengeperste lippen alsof hij zijn woede probeerde te verbijten. 'Het is die lerares weer, hè? Die je altijd een lift naar school geeft,' zei hij en hij maakte een beweging in de richting van de koffiepot. Nog voor ik de kans had te reageren, voegde hij eraan toe: 'Zeg maar dat ze een andere taxi zoekt.'

Ik staarde naar zijn ijzige rug. Het kwam niet vaak voor dat Gavin me iets opdroeg, en al helemaal niet op die toon. Toen ik vroeg waarom hij zo deed, zei hij: 'Die vrouw heeft een slechte invloed op je zoon, om maar eens wat te zeggen. Jamie liep vanmorgen om vijf uur al door het huis te ijsberen, omdat hij betrokken was geraakt bij haar smakeloze, zielige drama.'

Natuurlijk lagen de tegenwerpingen me voor in de mond. Hoe kon een vriendin die ik nooit mee naar huis had genomen nou een goede of slechte invloed op mijn zoon uitoefenen? En volgend jaar zou Ali Jamies muzieklerares zijn, of Gavin het nu leuk vond of niet. Ik liep bijna over van alle dingen die ik wilde zeggen – misschien zou ik het zelfs hebben over de invloed van Gavin zelf, met zijn constante kritiek en zijn afwijzende stiltes. Maar voordat ik een woord kon uitbrengen, kwam Jamie terug van zijn eindje om, met een gezonde blos op zijn wangen omdat hij het laatste stukje hard had gelopen.

'Ha, mam,' zei hij. Hij klonk buiten adem toen hij de keuken in kwam. Maar toen hij Gavin aan tafel zag zitten met een kop koffie in zijn handen, kromp Jamie zichtbaar ineen en zweeg.

Gavin keek op van zijn koffie en zei: 'Best koud buiten, hè, vanmorgen?' Voordat Jamie iets kon zeggen, voegde hij eraan toe: 'Je kunt beter naar boven gaan en een warme douche nemen, voordat we naar de kerk gaan.'

Jamie wierp even een ongelukkige blik in mijn richting en sjokte toen met hangend hoofd de trap op.

Ik zuchtte diep en vroeg me af hoe ik nu weer deze zondag moest doorkomen: minzaam glimlachen naar mijn medegemeenteleden terwijl de gewéldige dr. Cross iedereen met naam en toenaam begroette; een culinair hoogstandje bereiden dat mijn gezin verstrooid naar binnen werkte omdat ze nauwelijks proefden wat ze aten; en 's avonds het huiswerk afmaken dat Jamie had laten liggen. En ondertussen was Ali er gewoon vandoor, want ze had een paar vrije dagen opgenomen... lekker naar muziek luisteren, ergens lange wandelingen maken, aan haar muziek werken en ongetwijfeld hele middagen in bed doorbrengen met Jack Butterfield, volgens haar eigen zeggen de beste minnaar die ze ooit had gehad. Voor het eerst voelde ik iets van de afgunst die in de lerarenkamer woedde, als een gif mijn gedachten binnen sijpelen.

6

Ali ging bij mij in de auto zitten. 'Ik weet wat je denkt,' zei ze, en ze sloeg haar benen over elkaar. We waren aangekomen op de parkeerplaats van de school, en na een grotendeels zwijgzaam verlopen rit bleef ze onbeweeglijk in haar stoel zitten. 'En het ergste is nog dat je gelijk hebt. Alle akelige dingen die je de afgelopen dagen over mij hebt gedacht, zijn waar.' Er liepen leerlingen langs, die opgewonden naar Ali zwaaiden, kennelijk blij dat ze er weer was. Een enkeling groette mij ook.

Ik keek op mijn horloge. 'Het is precies acht uur. We kunnen beter naar binnen gaan,' zei ik. Het was me een raadsel waarom ze gewacht had tot we bij school waren. Als ze wilde praten, waarom had ze dat niet meteen gedaan toen ze was ingestapt?

Maar toen Ali met een ongekend bezorgde uitdrukking op haar gezicht haar hand uitstak om mijn arm aan te raken, vergat ik mijn ergernis. 'Weet je hoeveel boodschappen hij heeft ingesproken toen ik weg was?' vroeg ze zacht. 'Meer dan tien. De ene nog wanhopiger dan de andere. En als het bandje niet vol was geweest, waren het er vast nog meer geweest.'

'Híj?' herhaalde ik, hoewel ik wist dat ze Brian Shagaury bedoelde. Ik wist ook dat ze op de parkeerplaats bleef treuzelen, omdat ze bang was dat hij haar voor haar klaslokaal stond op te wachten. Maar ondertussen zorgde ze er wel voor dat ik te laat op mijn werk kwam.

'Je weet best over wie ik het heb,' zei Ali meteen daarop. Ondanks het feit dat ze duidelijk bang was en schuldbewust, zag ze er die dag in een simpel zwart rokje en een trui buitengewoon aantrekkelijk uit. Het leek net alsof haar gezicht van binnenuit verlicht was.

Ik keek weer op mijn horloge. 'Ik weet alleen dat het al na achten is en ík moet in elk geval aan het werk.' Met die woorden stapte ik uit en liep zonder nog een keer om te kijken de parkeerplaats over.

Ali kwam een kwartier later binnen. Ze keek niet op of om toen ze langs de receptie kwam. Haar aantrekkelijke profiel verried niets van de ongerustheid die ik in de auto had bespeurd. En heel even speelde mijn geweten mij parten. Klaarblijkelijk had ze er behoefte aan gehad te praten. Wat was je voor een vriendin als je je plichtsgevoel zwaarder liet wegen dan Ali's wanhoop en beslist eerst de presentielijsten wilde verzamelen? Ik vroeg me af of ze na school nog met me mee zou willen rijden.

Maar Ali zat al in de auto voordat ik er was. Meestal liet ze me wachten omdat ze stond te kletsen met de groeiende schare leerlingen die bij haar deur rondhingen ('Ali's fans' werden ze door de meute in de lerarenkamer spottend genoemd). We waren de parkeerplaats nog niet af of ze hervatte ons gesprek van die morgen alsof we het niet hadden onderbroken.

'Dit hele gedoe is een enorme fout geweest, Jeanne. Het had nooit moeten gebeuren,' begon Ali.

Maar voordat ze klaar was met haar zin, voelde ik me overspoeld worden door verwarring – en, ja, ook woede. Ik moest onwillekeurig denken aan het verslagen gezicht van Beth Shagaury in de donutzaak. En aan de wanhoop van Brian. 'Waarom heb je het dan gedaan?' vroeg ik. 'Ali, je hebt een man die knettergek op je is. Om nog maar te zwijgen van Jack Butterfield. Waarom had je in godsnaam Brian nog nodig?'

Ali zuchtte. Ze klampte zich vast aan de boekentas op haar schoot en staarde uit het raam. 'Ik weet het niet,' zei ze ongelukkig, alsof iemand anders haar levenslot in handen had en niet zijzelf. 'O, Jeanne, iemand als jij zult de dingen die ik heb gedaan nooit kunnen begrijpen.'

Zonder te reageren nam ik een bocht vlak bij school met een roekeloze vaart. Een groep leerlingen op weg naar huis draaide zich om bij het geluid van mijn piepende banden. Toen ze zagen dat ik het was, begonnen ze te wijzen. Ik kon zien dat ze mijn naam noemden. 'Het is mevrouw Cross,' riep er een, duidelijk onder de indruk van mijn wilde rijstijl.

Ik vond het verstandiger dat ik tijdens het luisteren naar het stormachtige verhaal van Ali meer ontspannen was, en daarom vroeg ik: 'Heb je zin om naar Paradise Pond te gaan?' Ik had de scherpe bocht naar rechts die naar het kleine bospark leidde al genomen voordat Ali kon reageren.

Het was warm voor de tijd van het jaar en toen ik de auto parkeerde, draaide Ali het raampje aan haar kant open en ademde diep de mooie, zonnige dag in. Het beeld van de bomen, ook al waren ze kaal, en de lucht die het raampje binnenstroomde, leken haar te kalmeren. Ze keek een tijdlang naar buiten, verdiept in de schoonheid van de omgeving. Ze had me vroeger een keer verteld dat ze hierheen ging als ze het moeilijk had en dat ze hier altijd rustig werd. Ze werkte zelfs aan een muziekstuk, dat ze *Paradise Suite* had genoemd.

Toen keek ze mij weer aan met de uitdrukking van een recalcitrante puber op haar gezicht. 'Ik verwacht niet dat je dit begrijpt,' zei ze. 'Maar ik heb geen idee waarom ik ooit met Brian naar bed ben geweest. Misschien heb ik het alleen maar gedaan om te kijken of ik het kon.'

Ik was helemaal van mijn stuk gebracht en knipperde met mijn ogen. 'Ik denk dat je gelijk hebt. Ik begrijp het inderdaad niet...'

'Als ik een man was, zou je het wel begrijpen,' zei Ali met haar kin omhoog, waardoor ze er kinderlijk koppig uitzag. 'Mannen zitten de godganse tijd voor de lol achter jongere vrouwen aan, als ze zich een beetje onzeker gaan voelen. Maar als een vrouw het doet, is het opeens iets anders.'

Ik denk dat ik verbijsterd was over het woordje 'lol'. Was het werkelijk mogelijk dat de vrouw die ik als mijn beste vriendin was gaan beschouwen, een gezin kapot had gemaakt enkel en alleen om haar al lang en breed bewezen verleidingskunsten op de proef te stellen? Omdat ik dat niet wilde geloven concentreerde ik me op de zinsnede die Ali's daden ietwat begrijpelijker maakte. 'Dus daarom heb je het gedaan? Omdat je je onzeker voelde?'

'Ik weet niet of dat eigenlijk wel het juiste woord is. Misschien komt 'vol twijfel' meer in de buurt. Toen ik Jack voor het eerst ontmoette, was ik zo weg van hem dat ik alles voor die man zou hebben gedaan. En dat is ook gebeurd. Ik heb een fantastische man voor hem opgegeven, en een leven dat in de ogen van de meeste mensen meer dan volmaakt was. Maar in de laatste maanden, nou ja, is er iets veranderd. Ik wist niet meer of ik nog hetzelfde voor hem voelde. Of hij voor mij.'

Omdat ze ten volle wilde genieten van het briesje dat door de donkere bomen aan was komen waaien, deed Ali het portier open. 'Het is zo heerlijk buiten. Laten we een eindje gaan wandelen,' zei ze.

En inderdaad, toen we dwars door het stille park liepen, besefte ik hoe ook ik had gesnakt naar warmte, naar lucht, naar bomen.

Ali, die altijd te dun gekleed was voor de tijd van het jaar en alleen maar een dunne trui en een kort rokje droeg, sloeg de armen om zich heen alsof ze haar tengere lijf wilde beschermen tegen de impact van haar gevoelens voor Jack Butterfield. Maar bij de gedachte aan hem kreeg ze weer dat lichtgevende aura.

'Sinds hij het weet van Brian, is het weer als in het begin,' zei ze. Ze bleef staan, maakte de enorme bos roodblonde haren los en liet ze over haar schouders vallen. 'Maar ik vermoed dat je wel weet dat je van jaloezie ontzettend geil wordt.' Natuurlijk wist ik zoiets niet. Net zomin als ik enige weet had van het soort hartstocht dat er tussen Ali en Jack bestond, een emotie die haar bijna deed stralen toen ze het erover had.

'Het gekke is dat Jack niet eens mijn type is. Ik bedoel, als iemand me ooit had verteld dat ik helemaal gek zou zijn op een autoverkoper, dan zou ik hem voor gek hebben verklaard. George en ik hebben veel meer gemeen. Alleen al onze liefde voor muziek. George weet meer over muziek dan wie ook. En wat nog belangrijker is, we geloven in dezelfde dingen. En Jack – nou ja, eigenlijk hebben we niets gemeen.'

'Eerlijk gezegd heb ik me nooit iets bij jullie tweeën kunnen voorstellen,' zei ik. 'Ik weet dat het altijd wordt gezegd over autoverkopers, maar Jack maakt zo'n… zo'n gladde indruk. Hij ziet eruit als iemand die niet helemaal te vertrouwen is.'

'Misschien is dat juist wel het aantrekkelijke aan hem,' zei Ali. Ze ging op een bank zitten en keek met een gezicht dat er oneerlijk jong uitzag, naar me omhoog. 'Ik bedoel, ik was nota bene getrouwd met de aardigste en liefste man die ik ken. Ik had alles om gelukkig te zijn, en ik was ook gelukkig, begrijp me niet verkeerd. Maar er ontbrak iets. Ik kon het merken aan mijn muziek. Ik weet dat het egoïstisch klinkt maar voordat ik Jack leerde kennen had ik gevoel dat ik met dichte ogen door het leven ging. Ik was het vermogen kwijt om felle kleuren te zien, om de muziek die ik speelde echt te voelen. Maar toen ontmoette ik Jack en ik begon muziek te schrijven waar echt vuur in zat. Op dat moment besefte ik dat er mensen zijn die het onvoorspelbare, het onbetrouwbare, het gevaarlijke in hun leven nodig hebben – en dat ik zo iemand ben. Ik bloei erbij op.'

Ik ging naast haar zitten. 'Ik vind het vervelend dit te zeggen, Ali, eerlijk waar, maar…'

Ali keek me op een vreemde manier aan. 'Dat is het probleem bij jou: je zegt nooit wat je denkt. Toe maar, zeg het maar.'

Met een rood gezicht omdat zij de spijker op de kop had geslagen, sprong ik in het diepe. 'Oké dan maar. Ik vind inderdaad dat het egoïstisch klinkt. En alsof je jezelf tegenover mij wilt rechtvaardigen. Je breekt zomaar het hart van de aardigste man die je ooit hebt ontmoet en dan heb je het lef om te zeggen dat je het voor je muziek hebt gedaan. En over jouw relatie met Brian gesproken, je hebt wél een gezin kapotgemaakt, Ali. Het spijt me, maar ik wou dat je die morgen in de donutzaak Brian had kunnen zien. Die man gaat er helemaal aan onderdoor.'

Ik denk dat ik na mijn toespraakje had verwacht dat Ali op zou staan en weg zou lopen, maar in plaats daarvan draaide ze zich naar me toe en lachte zachtjes. 'Sorry, Jeanne,' zei ze. 'Ik lach je niet uit, hoor. Het is gewoon – nou ja, we zijn zo anders. Ik heb me wel eens afgevraagd waarom ik iemand als jij in vertrouwen zou willen nemen. En tot nu toe wist ik het antwoord niet.'

'En dat antwoord is?' vroeg ik. Ik wist niet goed of ik me beledigd moest voelen of juist bevestigd.

'Jij bent mijn geweten. Jij bent het meisje dat ik altijd op de een of andere manier heb willen zijn – het meisje dat altijd precies weet waar alles ligt op haar bureau, dat nooit iets te laat inlevert, het meisje dat altijd de gas- en lichtrekening precies op de derde van iedere maand betaalt.'

'Zo klink ik wel ongelooflijk saai, zeg,' zei ik, en ik staarde naar een hond die zich had losgerukt van de riem van zijn baasje en die nu achter de eekhoorns in het park aan zat. Zijn baasje rende er wat zinloos achteraan. 'Je praat net zo over me als over George.'

'Nee, je bent niet saai. En je lijkt absoluut niet op George. George zou me bijvoorbeeld nooit egoïstisch noemen. Dat is het probleem bij die arme man: hij weigert ook maar iets slechts in me te zien. Nee, George zou waarschijnlijk zeggen dat ik avontuurlijk was of dat ik over een vrije geest beschik. Jij daarentegen, jij bent mijn moeder-overste, Jeanne. En ik... ik ben jouw... jouw, nou ja, ik denk dat jij ook iets van mij nodig hebt.' Toen Ali zag hoe nors ik keek, aarzelde ze.

'Nou, vooruit dan maar. Je bent toch al begonnen met je psychoanalyse. Nu moet je ook maar doorgaan,' zei ik. 'Wat denk je dat ik van jou nodig heb?'

Ali haalde diep adem, rekte zich uit en vouwde haar handen achter haar hoofd. 'Misschien ben ik wel jouw duistere kant, Jeanne. Misschien ben je wel vriendin met me geworden omdat je zelf ook een beetje egoïstisch zou willen zijn. Of misschien zijn er wel meer donkere kanten in jouw leven dan je wilt toegeven. Wat zit er onder al die zelfbeheersing, Jeanne? Al die gereserveerdheid? Er moet iets onder zitten.'

Ik was er niet aan gewend om mijn eigen innerlijk onder de loep te nemen en ik keek de loslopende hond na, die met grote sprongen door het park rende. 'Ik vrees dat jouw eerste inschatting de juiste was. Ik praat niet vaak over mezelf, omdat er gewoon niet veel te zeggen valt. Ik ben ongelooflijk saai.' Toen ging ik snel weer over op een onderwerp waarin ik me meer thuis voelde: de problemen van Ali. 'Dus dat was de enige reden waarom je het met Brian hebt aangelegd? Omdat je je relatie met Jack nieuw leven wilde inblazen?'

'Ik beweer niet dat Brian ook niet zijn charmes heeft. Al die jeugdige energie is nooit weg, om maar iets te noemen,' zei ze met een ondeugend glimlachje. 'En, in godsnaam, ik was absoluut niet van plan om zijn gezin kapot te maken. Ik dacht dat het voor ons beiden een aardig verzetje zou zijn.'

Ze zweeg ineens en keek me doordringend aan. 'Maar toen kwam ik erachter dat Brian veel gecompliceerder was dan ik eerst dacht. Nu ik er nog eens over nadenk, lijkt hij heel erg op jou, Jeanne. Iemand die zijn duistere kant veilig achter slot en grendel houdt. Maar nu is die duistere kant uitgebroken en nu heeft hij zichzelf wijsgemaakt dat ik de grote liefde van zijn leven ben…' Haar stem stierf weg.

Onnodig te zeggen dat ik niet erg blij was dat iemand me vergeleek met een man die overduidelijk zware psychische problemen had. 'Maar nu die kant vrij is, nu je hem bevrijd hebt uit de gevangenis van zijn geweten, weet je niet wat hij gaat doen. Wil je dat zeggen?'

Opnieuw keek Ali uit over het park. Het was nu helemaal bewolkt en daardoor voelde het opeens kil aan. Ze sloeg haar armen weer om zich heen, wat haar tengere figuurtje, haar verborgen kwetsbaarheid, benadrukte.

Ik raakte haar arm aan en zei op wat vriendelijker toon: 'Ali, je keek heel bang toen je me vertelde over die boodschappen die hij had achtergelaten op je antwoordapparaat. Brian heeft je toch niet bedreigd of zo?'

Ali keek me aan met een bange uitdrukking op haar gezicht die ik daarop nog niet eerder had gezien. 'Die boodschappen hebben me niet bang gemaakt, Jeanne. Iemand is in mijn huis geweest toen ik er niet was. Iemand die aan mijn spullen heeft gezeten, in mijn bed heeft gelegen. Die sinaasappelsap heeft gedronken uit mijn glas. Ik kan het niet echt bewijzen en ik neem aan dat de politie denkt dat ik gek ben als ik ze bel, maar ik weet het zeker. Er is iemand in mijn slaapkamer geweest. Iemand die wilde dat ik wist dat hij er was. En dat hij terug kon komen wanneer hij maar wilde.'

7

Als er ooit bewezen zou moeten worden dat het gevaarlijk is een relatie aan te gaan met een collega, dan was er in de maanden die volgden op de breuk tussen Ali en Brian ruimschoots bewijsmateriaal voorhanden in de wandelgangen van Bridgeway High School. Terwijl de muzieklerares gewoon doorging met haar leven, stortte Brian Shagaury volledig in, pal voor de nieuwsgierige ogen van zowel het personeel als de leerlingen. Nadat Ali hem niet meer alleen wilde ontmoeten en zijn telefoontjes niet meer beantwoordde, voegde hij zich bij het groepje leerlingen die na school bij haar lokaal stonden te wachten in de hoop even met haar te kunnen praten. Als reactie ging Ali voortaan een paar minuten te vroeg van school weg om hem te mijden. Eén keer, toen hij haar alleen trof bij het verlaten van het muzieklokaal, had Ali hem streng toegesproken. Een jonge fluitiste die net met haar had willen praten, bleef op eerbiedige afstand staan. Maar ze wist zeker dat ze had opgevangen dat de muzieklerares iets had gezegd over contact opnemen met de politie. Of Ali Brian daadwerkelijk de wacht had aangezegd, of wat hij zelf had gezegd om zo'n extreme reactie uit te lokken, dat wist niemand precies. Zelfs ik niet. Na ons gesprek in het park die dag was Ali merkwaardig zwijgzaam geweest over wat door de andere leraren 'het probleem-Brian' werd genoemd.

Maar als ik dacht dat het einde van de relatie ook het einde zou betekenen van de sappige roddeltjes die als een tornado door de gangen waren geraasd en die hun hoogtepunt hadden bereikt in de lerarenkamer, dan vergiste ik me deerlijk. Met een fascinatie die aan het morbide grensde herkauwde het personeel elk detail van Brians instorting: bijvoorbeeld hoe hij ongeschoren, met donkere wallen onder zijn ogen, te laat op zijn werk verscheen. En uiteraard wisten de leerlingen wat er speelde; zij hadden ook de stiekeme blikken gezien die de beide leraren hadden gewisseld toen de relatie nog in volle gang was. Deskundig als zij waren op het gebied van romantische liaisons, hingen ze rond bij het handvaardigheidlokaal en gluurden door een kier naar de verstrooide, in gedachten verzonken leraar die zittend achter zijn bureau met grote teugen lurkte aan de koude koffie en de ellende.

'Nou en. Hij heeft de bons gekregen. Dat is nog niet het einde van de wereld. Die vent moet de draad weer oppakken,' was de mening van een jongen met rode krullen, toen ik een keer toevallig voorbijliep.

'Maar hij is verlie-iefd,' voegde een andere jongen eraan toe. Hij maakte er zo'n lang woord van dat het klonk als een ziekte. Iedereen lachte.

'Als ik zijn vrouw was, zou ik hem financieel volledig uitkleden. Het is een waardeloze vent,' zei een lang meisje met één hand op een slanke heup.

Zelfs Jamie, die nooit blijk had gegeven van veel belangstelling voor meisjes of afspraakjes, vond het drama dat zich op school afspeelde bijster interessant. Hij smeekte me om inside-information die hij dan weer door kon vertellen aan zijn vrienden. 'Hoe staat het er nu mee, mam? Belt hij haar nog steeds?'

Je kunt je het gegiechel voorstellen dat in de hal losbarstte toen Ali met gebogen hoofd langs Brian liep, die bij haar lokaal stond te wachten. Of een keer toen hij haar bij de arm pakte en zij met drie woorden reageerde voordat ze zich loswrong. 'Alsjeblieft, Brian, alsjeblieft.' Drie woordjes slechts, maar ze werden dagenlang met diverse stembuigingen op school herhaald. In sommige versies klonk Ali bang. In andere boos en hooghartig. Maar toen ze het tegen mij vertelde, klonk ze alleen maar ontzettend moe.

Wat Brian betreft, die leek het niets te kunnen schelen dat de hele school hem uitlachte. Hij stond elke dag ongegeneerd bij dat lokaal te wachten en bleef Ali nakijken lang nadat ze de hoek om was, zich niet bewust van het publiek dat zich stond te verkneukelen over zijn vernedering. Klaarblijkelijk wilde hij haar zo graag zien en wilde hij zo graag de zwakke leliegeur ruiken die ze bij het passeren verspreidde, dat hij immuun was geworden voor al het andere – zelfs voor de spottende lachjes van zijn eigen leerlingen.

Hoewel ik de lerarenkamer was gaan mijden en liever op warme dagen in mijn auto at of anders achter mijn bureau, ving ik toch veel op van wat er werd gezegd. Van de schoolverpleegster hoorde ik dat Brian nog steeds in de Oak Tree logeerde. En van Simon Murphy, onze directeur, vernam ik dat het contract van de handvaardigheidleraar definitief niet zou worden verlengd. Hoewel Brian een vaste aanstelling had, waren er zo veel klachten binnengekomen over zijn optreden in de klas dat Simon hierover geen moeilijkheden verwachtte. En bovendien zag Brian er absoluut niet uit als een man die zich tegen deze beslissing zou gaan verweren.

Ik had de naam en het telefoonnummer op een briefje gekrabbeld van een van de vrienden van Gavin, een prima psychiater, en ik was van plan dat bij de eerste de beste gelegenheid aan Brian te geven. Hij had overduidelijk hulp nodig. Maar na ons vertrouwelijke gesprek in de donutzaak van Ryan's, was Brian me uit de weg gegaan. En als onze blikken elkaar kruisten in de hal of in het kantoor, keek hij me woedend aan – alsof ik er op de een of andere manier iets aan kon doen dat Ali hem had afgewezen.

Een andere persoon die klaarblijkelijk dacht dat ik mede-schuldig was aan haar huwelijksproblemen, was Beth Shagaury. Ik had gehoord dat ze haar vertrek naar Indiana had uitgesteld, maar ik was desondanks verbaasd toen onze karretjes op een za-terdagmorgen in de Shop 'n Save met elkaar in botsing kwamen.

Ik stak mijn hand uit om de jongste van de twee jongetjes Sha-gaury, die in het winkelwagentje zat, te aaien. Maar voordat ik zijn donzige bolletje had aangeraakt, rukte Beth het karretje weg. Door de haat in haar ogen, die ik als een laserstraal mijn kant uit voelde komen, deed ik onmiddellijk een stap achteruit.

'Beth, het... het spijt me...' stamelde ik machteloos. Maar toen wist ik absoluut niet meer wat ik nog meer kon zeggen. Het spijt me dat je leven in de puin ligt? Het spijt me dat je man vol-ledig van de wereld is vanwege een vrouw die hem niet eens wil? Wat kon ik in hemelsnaam zeggen?

'Hou maar op,' snauwde Beth, waardoor ik geen moeite meer hoefde te doen. Terwijl ze mij woedend stond aan te kijken, wa-ren haar twee oudsten druk bezig cornflakes met een suikerlaag-je in het karretje te gooien, maar Beth had er schijnbaar geen oog voor. Ze begon het karretje weg te duwen, maar draaide zich toen met een bruuske beweging om. 'Heeft jouw vriendin enig idee wat ze heeft aangericht?'

Opnieuw kon ik niets anders uitbrengen dan een zwak: 'Het spijt me.'

'Je hoeft geen medelijden met mij te hebben, hoor,' zei Beth fel. 'Je moet medelijden hebben met je vriendin. Ze weet niet waar ze in verzeild is geraakt.' Toen schudde ze vol walging haar hoofd, een walging die zowel mij betrof als de vrouw die ze aan-duidde als 'mijn vriendin'. En voor ik nog iets kon zeggen, ver-dween ze.

Toen ik thuiskwam, was ik zo van slag dat ik zonder erbij na te denken Ali's nummer draaide.

Ali nam de telefoon aan op de haar gebruikelijke ademloze toon. Ze klonk altijd alsof ze goed nieuws verwachtte – en ik was er onderhand achter dat dat echt zo was. Ik had onmiddellijk in de gaten dat ik haar niets moest vertellen over mijn ontmoeting met Beth.

'O Jeanne,' zei ze opgewonden. 'Ik wilde net jóú bellen. Wat is er?' Het was duidelijk dat voor Ali 'het probleem-Brian' een gesloten boek was en dat ze zich door niets en niemand opnieuw in dat moeras zou laten trekken.

Als ze er überhaupt over praatte, wat niet vaak gebeurde, gaf Ali toe dat ze het vreselijk vond dat Brian zich zo liet gaan, maar dat zij daar nauwelijks verantwoordelijk voor was. Of tenminste niet helemaal. Het stond toch als een paal boven water dat een man die helemaal kapotging vanwege een korte relatie, al veel langer problemen moest hebben gehad? En als zijn huwelijk levensvatbaar was geweest, dan zou het niet als een goedkoop tentje bij de eerste de beste moeilijkheid in elkaar zijn geklapt. Het enige waar ze spijt over had was dat ze zich ooit in zijn neerwaartse spiraal had laten meetrekken.

In ieder geval gebeurde er zo veel in Ali's leven dat ze nauwelijks tijd had om na te denken over Brian Shagaury, of om zich af te vragen wat de handvaardigheidleraar ging doen als hij bovendien ook nog zijn baan kwijtraakte. Zij had bijvoorbeeld haar muziek. Naarmate de lente en het einde van het schooljaar dichterbij kwamen, ontwikkelde de carrière van Ali, die op een laag pitje was komen te staan toen ze de baan van muzieklerares had aangenomen, zich in allerlei spannende richtingen. Een symfonie die ze de afgelopen zomer had gecomponeerd, had bij het Symfonieorkest van Boston op het winterprogramma gestaan, waar deze enorm goede recensies had gekregen; en nu hadden verscheidene vooraanstaande orkesten in het hele land een verzoek ingediend of ze wat meer van haar muziek konden horen. Hoeveel ze ook om haar leerlingen gaf, haar besluit stond al vast dat ze in de herfst niet zou terugkeren naar de bekrompen wereld van Bridgeway High School.

Op een vrijdagmiddag, toen ik bij haar binnenviel voor mijn gebruikelijke glas wijn om het begin van het weekend te vieren, haalde Ali een brief tevoorschijn die ze had gekregen van een orkest in Minneapolis, waarin ze werd uitgenodigd om zich bij hen te voegen als eerste violiste tijdens hun najaarsseizoen. 'Dit heb ik altijd gewild,' zei Ali met schitterende ogen. 'Ik weet niet of ik het je verteld heb, maar mijn vader speelde bij het symfonieorkest toen ik nog een klein meisje was. Ik wou alleen dat hij nog leefde en dat hij deze dag kon meemaken.'

'Ik dacht dat je altijd Jack Butterfield had willen hebben. Weet je nog wel, die dwaze meisjesdromen?' Ik weet niet waarom, maar ik voelde me verraden; ik kon voelen hoe Ali werd weggetrokken uit de kleine wereld van Bridgeway High School, en uit ons lieve, maar benepen stadje in New England. Zij wilde meer, zij wilde groeien, en mijn eigen leven bleef verlammend statisch.

'Dwaze meisjesdromen zijn voor kleine meisjes,' zei ze, terwijl ze haar lange, zijdezachte benen voor zich uit strekte. 'Maar nu hebben we het over de dromen van een volwassen vrouw. Als ik me door Jack, of door welke man dan ook, laat afhouden van deze baan, verdien ik het niet te mogen spelen bij een eersteklas orkest.'

'Bedoel je dat je gewoon weggaat? Dat je George in de steek laat? En hoe moet het dan met Jack?' Mijn gedachten gingen onwillekeurig een paar weken terug naar het moment waarop Ali had gezegd dat het tussen haar en de autoverkoper dikker aan was dan ooit.

Nu haalde ze alleen maar haar schouders op. Maar ik zag toch dat Ali, toen de naam van haar geliefde viel, bijna onmerkbaar haar wenkbrauwen had gefronst. 'Ik weet zeker dat Jack me wel af en toe komt opzoeken,' zei ze koeltjes. 'En ik heb het ook al doorgepraat met George. Hij staat voor honderd procent achter me. Hij heeft zelfs al beloofd dat hij mijn huis in de gaten zal houden, alleen voor het geval dat het niet lukt en ik terug zou willen komen.'

Alsof ze voelde hoe verlaten ik me opeens voelde, pakte Ali mijn beide handen vast en hield ze gevouwen tussen de hare. 'Natuurlijk moet jij af en toe een weekend naar me toe komen, Jeanne. Je moet op de eerste rij zitten bij mijn eerste concert.'

Zoals altijd was haar enthousiasme zo aanstekelijk dat ik wel moest glimlachen. Ik stelde me voor hoe ik daar zat te klappen in een nauwsluitend zwart jurkje en hoe Ali met een buiging het applaus in ontvangst nam. Het vooruitzicht om weg te zijn van Gavin en Jamie, om alleen in een vreemde stad te zijn, al was het maar voor een weekend, wond me meer op dan ik wilde toegeven.

Maar toch had ik het gevoel dat ik een tere plek had geraakt toen ik Jacks naam noemde. Ik schonk mezelf een tweede glas wijn in, hoewel ik het effect van het eerste al voelde. 'Oké, Ali, vertel op. Hoe zit het met Jack? Hij heeft toch geen ander, hè?'

Ali lachte op die heerlijke losse manier van haar. Haar lange haren golfden over haar schouders, en door de zon lichtten de zilveren draden tussen het roodgouden haar op. Bij tijden kon je haar de zesenveertig jaren goed aanzien, maar toch werd ze met het jaar stralender.

Ze wachtte even met antwoorden. 'Als dat zo was, zou ik vermoedelijk afschuwelijk jaloers zijn. Dan zou ik het waarschijnlijk niet in mijn hoofd halen naar Minneapolis te gaan. Nee hoor, Jack is een toonbeeld van toewijding.' Een lichtelijk zorgelijke uitdrukking deed haar gladde voorhoofd rimpelen. 'Misschien is dat het probleem wel.'

Ik schonk nog wat wijn in Ali's glas, hoewel het nog maar half-leeg was. 'Als ik je goed begrijp,' zei ik, terwijl ik me achterover liet zakken in de stapel kussens op Ali's comfortabele bank, 'heb je de man van je dromen gevonden, maar nu weet je niet meer zeker of je hem wel wilt hebben.'

'Het oude liedje,' zei Ali, en ze lachte zoals ze altijd deed als ik aangaf dat ik haar helemaal begreep. 'Ik lijk, denk ik, op zo'n verwend kind dat ontzettend graag een stuk speelgoed wil hebben dat in de etalage ligt. Maar zodra ik het thuis heb liggen, zodra ik het uit elkaar heb gehaald en precies heb gezien hoe het werkt, heb ik er geen belangstelling meer voor. Ziekelijk, hè?'

'Bedoel je dat je graag bij iemand bent die de schijn wekt dat hij helemaal niet in je geïnteresseerd is? Ja, dat is inderdaad ziekelijk,' zei ik. Toen voegde ik er, ongetwijfeld onder invloed van de wijn, aan toe: 'Misschien moet ik je maar eens aan Gavin koppelen.'

Ali lachte. 'Ik heb altijd geweten dat die man van jou mij niet kan uitstaan. Bedankt dat je dat nu hebt bevestigd. Maar ja, ik lijk inderdaad op het type vrouw dat wel houdt van een uitdaging. Als een man achter me aan begint te lopen als een schoothondje, ben ik weg.'

'En dat heeft Jack gedaan?' Ik kon me nauwelijks voorstellen hoe die zelfverzekerde – sommigen zouden misschien zeggen arrogante – Jack Butterfield zich gedroeg als een toegewijd huisdier. Zelfs niet van Ali.

'Nou, dat niet direct, nee. En ik ben nog steeds gek op Jack. Alleen ben ik, sinds ik iets met Brian heb gehad, erg op mijn hoede voor mannen die overdreven attent zijn.'

'En dat is er nu met Jack aan de hand? Dat hij overdreven attent is?' Omdat ik zelf zo hunkerde naar aandacht, kon ik me niet voorstellen dat er iemand iets te klagen had als haar man te toegewijd was. 'Jouw plannetje om hem jaloers te maken op Brian heeft waarschijnlijk een beetje te goed gewerkt.'

'Al met al was het het domste wat ik ooit heb gedaan,' beaamde Ali. Ze zag er opeens wat schaapachtig uit en ze keek zenuwachtig de kamer rond, bijna alsof er van de vertrouwde en mooie spullen die ze om zich heen had verzameld, iets dreigends uitging. 'Weet je nog dat ik je vertelde over al die vreemde dingen die er in mijn huis gebeurden? De spullen die niet meer op hun plaats stonden? Vuile glazen die op de bar stonden? Nou, Jack is opeens zo beschermend geworden. Eerst wilde hij bij me intrekken – wat natuurlijk godsonmogelijk is. Ik bedoel, dit huis is nog half van George. En toen ik dat Jack onder zijn neus wreef, Jeanne, heeft hij het zelfs over trouwen gehad. Ongelooflijk, toch?'

'Trouwen?' herhaalde ik opgewonden. Ik wist nog hoe Ali had gestraald toen ze het in het park over Jack had. 'Maar als je echt zo veel van hem houdt als je gezegd hebt…'

Ali schudde haar hoofd. 'Ik ben al getrouwd, Jeanne, en ik heb je al eens verteld dat ik niet van plan ben me van George te laten scheiden.' Het klonk gedecideerd, alsof de suggestie alleen al schokkend was. 'En ook al was ik niet getrouwd… nu ik Jack wat objectiever heb bekeken, zie ik wel dat we niet veel gemeen hebben. Alleen onze idiote hartstocht voor elkaar. En daar kun je geen huwelijk op bouwen.'

Onverwacht stond ik op van de bank en liep naar het raam dat uitkeek op de tuin die Ali net van planten had voorzien. Net als bij alles wat ze onder handen nam, was het een plaats van troost en schoonheid. Ik vond vooral het stenen bankje prachtig dat ze er middenin had gezet. Een plekje waar je tot laat in de avond kon zitten en waar je dan kon opgaan in de geur van de bloemen die 's avonds bloeiden en in de schittering van de sterren. Het was iets wat ikzelf nooit had gehad, een plaats waar je je niet meer kon verschuilen voor de waarheid van je leven.

Ik trok het gordijn dicht, waardoor ik het licht buitensloot, en draaide me om naar mijn vriendin.

'Waar baseer je een huwelijk dan op, als hartstocht en liefde geen geldige reden meer zijn?' vroeg ik. Ik stond tegenover Ali in de kamer die opeens in schaduwen was gehuld en ik hoopte dat ze de tranen niet zag die in mijn ogen blonken.

Ali sprong zo snel op van de bank dat ze van de weeromstuit haar wijnglas omstootte. Wat ik zo mooi aan haar vond was dat het geen moment bij haar opkwam het op te ruimen zoals ik zelf zeker zou hebben gedaan. In plaats daarvan kwam ze naar me toe en sloeg ze haar armen om me heen. 'O Jeannie, het spijt me,' zei ze, en ze streek me over mijn haren. 'Ik ben soms zo'n egoïste. Ik zit de hele tijd te zeuren over liefde en trouwen terwijl jij zo ongelukkig bent.'

Eerst was ik met stomheid geslagen door wat ze zei, deze simpele woorden die ik zelf nooit uitsprak, waar ik zelf nooit aan durfde te denken. En om de een of andere reden, misschien kwam het alleen door haar aanraking vol meegevoel, de eerste die ik me kon heugen sinds het overlijden van mijn ouders, begon ik als een kind te huilen.

'Je moet erover praten, Jeanne,' fluisterde Ali in mijn oor. 'Als je alles op deze manier binnenhoudt, ga je eraan kapot en je zoon ook.'

Ik weet niet wat het was – dat ze zo aandrong dat ik moest praten of alleen al dat ze Jamie noemde – maar ik trok me onmiddellijk terug en kwam meteen weer tot mezelf.

'Ik moet weg,' zei ik, en ik begon mijn spullen bijeen te graaien alsof ik een brandend huis moest ontvluchten.

De hele weg naar huis en nog dagen later voelde ik Ali's topaaskleurige ogen op me gericht zoals ze waren toen ik haar huis verliet. Bedroefde ogen. Ogen vol deernis. Gek eigenlijk, maar ik had het minder erg gevonden als ze me een klap had gegeven.

Later, toen ik met Gavin en Jamie aan tafel zat, verweet ik mezelf dat ik me zo dom had gedragen, iets waaraan de wijn vast debet was geweest. Voor het eerst in maanden leek Gavin een keer in een goede stemming. Hij gaf me zelfs een complimentje over de maaltijd die ik had bereid: gegrilde zalm met chutneysaus. En na het eten begon hij over een heel populaire actiefilm die in het winkelcentrum draaide en stelde voor dat we er met z'n drieën heen zouden gaan. Hoewel ik het geweld dat in dergelijke films onvermijdelijk aan bod komt, verafschuwde, stemde ik toe. En toen ik daar in de donkere zaal zat, ingeklemd tussen mijn man en mijn zoon, voelde ik me bijna gelukkig. Terwijl zich voor mijn ogen op het scherm een scala aan lusten, chaos en verraad afspeelde, zei ik tegen mezelf dat mijn eigen angsten en voorgevoelens misschien even onwerkelijk waren als deze dromen van het witte doek.

Maar toen Gavin me een blik toewierp, kromp er iets in mij in elkaar.

Thuisgekomen trof ik een boodschap van Ali op mijn antwoordapparaat aan met een uitnodiging voor een concert de komende zaterdag waarin ze meespeelde. Ik was aan het plannen hoe ik 's avonds weg zou kunnen komen, toen ik me omdraaide en Gavin achter me zag staan. Eerst verstijfde ik, want ik verwachtte de bijtende woorden die hij altijd paraat had als Ali ter sprake kwam. Maar in plaats daarvan vertrok hij zijn gezicht in een zuinig glimlachje. 'Toe maar, een concert op Cape Cod. Dat klinkt interessant,' zei hij. 'Ik zal het er met Jamie over hebben. Het wordt tijd dat dit gezin eens wat cultureels bijwoont.'

'Fantastisch,' zei ik, maar inwendig zonk de moed me in de schoenen. Ik had alleen met Ali willen gaan. 'Ik zal Ali erover bellen.'

Ik weet niet waarom, misschien kwam het door het benepen lachje van Gavin, het onechte ervan, maar in plaats van uit te kijken naar het concert, ging ik die avond naar bed met een zwaar gevoel van angst in mijn maag. Ik sliep goed, met behulp van de inhoud van mijn flesjes, maar toen ik de volgende morgen wakker werd, voelde ik me bibberig en uitgeput.

8

'Bedoel je dat je wilt dat ik daar ga zitten met een stom pak aan en naar klassieke muziek moet luisteren? Drie uur lang? Mam, alsjeblieft, Toby en de andere jongens zouden een paar films in huis halen en die bij Brad Simmons thuis gaan bekijken.' Jamie zat aan het keukeneiland gebogen over een bak vol cornflakes, ondanks mijn vermaning dat hij moest wachten tot we gingen eten. Hij keek me met zijn donkere ogen klaaglijk aan.

Ik draaide me weer om naar het aanrecht, waar ik een marinade voor de kip aan het klaarmaken was. 'Je kunt het toch een keertje proberen? Misschien vind je het wel leuk.'

Jamie snoof minachtend. 'Het is niet alleen de muziek; ik ben bijna zestien, mam. Ik wil mijn vrije tijd helemaal niet met mijn pa en ma doorbrengen, leuk het ideale gezinnetje spelen zeker. Eerst moet ik van pap al met jullie mee naar de film alsof ik pas tien ben en nu dit?'

Onmiddellijk verstarde er iets in mij, zoals altijd als iemand zondigde tegen de onuitgesproken gedragscode volgens welke mijn gezin leefde. Ditmaal ging het om een enkel woord: 'spelen'. Meer dan wat dan ook gold dat we nooit mochten toegeven dat we daarmee bezig waren. Als we 's avonds aan tafel zaten en elkaar een hand gaven. Als we netjes in onze bank zaten in de Congregational Church in onze keurige kleren, met Jamie tussen Gavin en mij in geperst. Of als we 's avonds in ons bed stapten met ieder onze geheime gedachten, waren we dan daar mee bezig? Met 'het ideale gezinnetje spelen'?

In het verleden zou ik een dergelijke opmerking hebben laten passeren. Dat was ook onderdeel van de gedragsregels. Misschien was het zelfs wel Regel Nummer 1: Als iemand de waarheid zegt, doe dan net alsof je het niet gehoord hebt. Maar sinds ik Ali kende, was ik veranderd en had ik iets van haar openheid en moed overgenomen. Veinzen was niet langer een automatisme voor me.

'Wat bedoel je?' herhaalde ik. Ik liet mijn knoflookpersje met een luid gekletter op het aanrecht vallen. Maar noch ik, noch Jamie sloeg er acht op. We keken elkaar verschrikt en kwetsbaar aan; en toen Jamie zijn mond opendeed om iets te gaan zeggen, wist ik dat we ditmaal een echt gesprek zouden hebben. Ditmaal zou er geen toneel worden gespeeld.

'We lopen rond met een air alsof we het ideale gezinnetje zijn, rechtstreeks uit die herhalingen van suffe shows op Nickelodeon, je weet wel,' zei hij op gedempte toon. De lepel waarmee hij zijn cornflakes aan het eten was, hing ergens in de lucht. 'Dat is grote lulkoek, mam, en dat weet je. Er ontbreekt hier iets; er zit hier iets fout.'

Maar voordat hij kon gaan uitweiden, ging de deur open die de keuken van de huiskamer scheidde en daar stond Gavin.

'Fout? Hoorde ik daar iemand zeggen dat er iets fout was?' vroeg hij. Hij was net terug van de sportschool en onder zijn jasje droeg hij nog zijn sporttenue: een lycra-short en een hemdje. Hoewel hij glimlachte, had zijn stem het bekende scherpe randje.

Jamies blik zocht heel even de mijne, maar toen draaide ik me weer om en ging verder met de marinade. 'Jamie had het erover dat hij eigenlijk geen zin heeft in dat concert zaterdag. En dat hij misschien kon vragen of Toby hierheen komt voor een film of een pizza of zoiets.'

Gavin liep zonder een woord te zeggen naar de andere kant van de keuken. Nadat hij een groot glas sinaasappelsap voor zichzelf had ingeschonken, leunde hij tegen het aanrecht en haalde diep adem. 'Klassieke muziek is niets voor jou, hè jochie?' zei hij, en hij gaf Jamie een fikse klap op zijn schouder. 'Nou, toen ik zo oud was als jij, vond ik er vermoedelijk ook niet zo veel aan.'

Jamie glimlachte bleekjes en keek hulpzoekend mijn kant op.

Gavin raapte de sporttas op die hij op de vloer had laten vallen toen hij zijn sap opdronk en ging op weg naar de douche. Hoewel hij zwijgend langs mij heen liep, kon ik bijna een koude windvlaag in mijn rug voelen. Maar tegen Jamie bleef hij praten op een geforceerd vriendelijke toon die bijna nog griezeliger was dan als hij gewoon had geschreeuwd. 'Als je echt niet naar dat concert op zaterdag wilde, had je me dat alleen maar hoeven te vertellen, manneke. Je ouweheer is niet zo onredelijk als je blijkbaar denkt.'

'Bedoel je dat ik niet mee hoef? Dat ik hier kan blijven?' vroeg Jamie. Ik ergerde me aan zijn smekende toon.

Maar Gavin was de kamer al uit en meteen daarna hoorden we het klaterende geluid van de douche. Toen ik weer naar Jamie keek, was hij helemaal gefocust op zijn kom met cornflakes waaruit hij snel zat te eten, met glazige ogen, bijna als een robot. Ik begon de stukjes kip in mijn marinade te dompelen en was opgelucht toen Jamie opstond van tafel en zei: 'Ik ga naar mijn kamer; roep maar als het eten klaar is.' Hoewel hij zijn zin had gekregen, gaf de verslagen toon waarop hij sprak een duidelijke boodschap af. Bij Gavin had elke kleine overwinning haar prijs. Het was duidelijk dat we ons allebei afvroegen wat voor prijskaartje er nu weer aan hing.

Op de avond van het concert droeg ik een kort, zwart jurkje. Hoewel ik al drie maanden braaf allerlei oefeningen had gedaan, zag ik het resultaat pas toen ik in mijn nauwsluitende jurk voor de passpiegel stond. Zo'n platte buik als Ali had zou ik nooit krijgen, hoe ik ook mijn best deed, maar voor het eerst sinds de geboorte van Jamie had ik weer een duidelijk herkenbare taille. En mijn benen hadden er nog nooit zo goed uitgezien. Mijn nieuwe schoenen met naaldhakken met een bandje van stras om de enkel benadrukten de gestroomlijnde vorm. Nu ik mijn haren had laten groeien, maakte ik er een chique Franse vlecht van, die nog beter uitkwam door de diamanten oorbellen die ik van Gavin had gekregen toen we tien jaar getrouwd waren.

'Wauw, moet je je moeder eens zien,' zei Gavin met een knipoogje naar Jamie toen ik de trap af kwam. Maar toen hij me plichtmatig op de wang zoende, voelden zijn lippen droog en kil aan; onwillekeurig deinsde ik terug en ik hoopte dat vader en zoon dit niet hadden opgemerkt.

'Je ziet er echt leuk uit, mam,' zei Jamie met een onverhulde stralende blik van bewondering.

Maar Gavin stond toen al weer in de spiegel te kijken, waarbij hij zijn hoofd op en neer bewoog alsof hij zichzelf van alle kanten bewonderde. IJdelheid, dacht ik, was een bijzonder onaantrekkelijke eigenschap bij een man. Niettemin kon ik een gevoel van trots niet onderdrukken bij de blik op het gezicht van Ali toen ik aan de arm van mijn man binnenkwam. Hoewel zij en Gavin elkaar diverse keren aan de telefoon hadden gehad, hadden ze elkaar nooit lijfelijk ontmoet. Aan de schittering in haar goudkleurige ogen zag ik dat ze onmiddellijk onder de indruk was.

'Je hebt me nooit verteld dat hij er zo goed uitzag,' fluisterde ze zodra we een moment alleen waren. 'En nog goedgebouwd ook. Doet hij aan joggen of zo?'

'Joggen. Gewichtheffen. Noem maar op. Alles waarmee je je lichaam in conditie houdt, Gavin doet het,' zei ik.

Naarmate de avond vorderde, zag ik tot mijn genoegen de

blikken van verscheidene vrouwen de richting uit gaan waar mijn rijzige, aantrekkelijke man stond. *Dr. Cross.* Hoewel ik er zelden een gedachte aan wijdde, had Ali gelijk. Gavin was een buitengewoon aantrekkelijke man. En zoals hij daar naast George Mather stond, kwamen zijn knappe profiel en zijn militaire gestalte des te beter uit.

Hoewel ik gehoord had dat George bijna vijftien jaar ouder was dan Ali, was ik toch verbaasd toen ik hem in levenden lijve ontmoette. O, vermoedelijk zag hij er best goed uit voor zijn leeftijd, maar het contrast met Jack Butterfield kon niet groter zijn. Daar kwam nog bij dat George zo stil en oplettend naar iedereen stond te kijken dat ik me hem niet kon voorstellen in een rechtszaal waar hij getuigen op een agressieve manier aan een kruisverhoor onderwierp en waar hij een vurig slotpleidooi hield. Ik wist zeker dat de studenten in zijn filosofieklas op Howell College zich bij hem een ongeluk verveelden.

Maar al heel gauw moest ik mijn mening bijstellen en werd ik gegrepen door de kalme betovering van de persoonlijkheid van George Mather. Misschien was het omdat hij mijn handen helemaal in zijn warme teddybeerachtige handen nam toen we aan elkaar werden voorgesteld. Of gewoon omdat hij vroeg: 'En hoe gaat het nu met *jou*, Jeanne?' Alsof hij het echt wilde weten. Hoewel zijn ogen diep verborgen lagen tussen zware donkere wallen, stonden ze buitengewoon helder en levendig. Hoe langer ik met hem praatte, des te meer stelde ik mijn eerste indruk bij; door zijn aandacht kreeg ik het gevoel dat ik zelf ook een andere vrouw was. Het was niet moeilijk te raden hoe Ali gevallen was voor een man die zo'n warmte uitstraalde. En tijdens het concert werd het bovendien duidelijk dat, precies zoals Ali had gezegd, hij inderdaad een kenner van goede muziek was. Telkens als ik zijn kant op keek, zag hij eruit alsof hij in andere sferen vertoefde.

En het was ook roerend om te zien hoe zichtbaar trots hij was op zijn vrouw. Verscheidene malen onder het concert stak hij zijn hand uit om mij even aan te raken en dan zei hij: 'Is ze niet fantastisch?' En tijdens de pauze nam hij me terzijde en begon overdreven hard tegen me te fluisteren, waardoor ik me afvroeg of hij misschien slechthorend was. 'Als je het mij vraagt is Ali het kwartet ontgroeid. O, het zijn vakbekwame musici en zo, maar het blijven amateurs. Met het talent dat ze heeft moet Ali de gelegenheid krijgen haar vleugels verder uit te slaan. Heeft ze je over het aanbod uit Minneapolis verteld?'

Natuurlijk geneerde ik me voor George toen ik een eindje verderop de jonge cellist zag staan die met een toegeeflijk glimlachje onze kant uit keek. Maar ik dacht al snel niet meer aan mijn gêne, toen ik langs hem heen kijkend Ali en Gavin zag, die naar elkaar toegebogen volledig in hun gesprek opgingen. Gavin hield zijn hoofd schuin, zoals hij altijd deed als iets hem bijzonder boeide, en hij glimlachte. Ik vroeg me af hoe lang het al geleden was dat hij zo naar mij had gelachen.

George volgde mijn blik en hij bleef een tijdlang naar zijn vrouw kijken voordat hij zijn aandacht weer op mij richtte. 'Kom mee, Jeanne,' zei hij, en hij pakte me zorgzaam bij de arm. 'Ik haal een glaasje wijn voor je.'

Hij troonde me mee naar de kleine bar die achter in het zaaltje was ingericht en ik genoot van de warmte van zijn kasjmieren jasje tegen mij aan en van de diepere warmte die hijzelf uitstraalde. Ik betwijfelde of ik ooit een aardiger man had ontmoet.

Maar toen we een slokje van onze wijn namen, zag ik dat de blik van George niet alleen zacht en vriendelijk was, maar ook doordringend. Na een stilte van een paar minuten die me verbazingwekkend genoeg geen ongemakkelijk gevoel had gegeven, begon hij te praten. 'In het begin was het moeilijk voor me,' zei hij ineens zonder duidelijke aanleiding. Hoewel ik wist dat hij pas zestig was, nauwelijks een leeftijd om al aan dementie te denken, vroeg ik me toch af of George zo in de war was dat hij heel even vergat dat hij niet iets had gezegd wat voorafging aan die vreemde opmerking. Maar toen keek hij naar de hoek waar Gavin en Ali nog aan het praten waren, en ik besefte weer eens dat van alle mensen in de zaal George waarschijnlijk het minst in de war was. Ali lachte, maar ze hield haar armen beschermend voor haar borst gevouwen. Hoewel Gavin duidelijk in haar ban was, zag zij eruit alsof ze voor hem op haar hoede was.

George onderbrak mijn gedachten toen hij vertederd zei: 'Wat is ze mooi, hè?'

'Mijn man schijnt het daar helemaal mee eens te zijn,' zei ik een tikkeltje ironisch. Het was inderdaad waar dat Ali op haar mooist was op het toneel. En als ze viool speelde, ging ze zo op in de muziek dat er een gloed om haar heen hing. George zuchtte diep en nam toen een slokje wijn. 'Ja, zoals ik al zei, in het begin was het heel moeilijk voor me. Ik kom namelijk uit een traditionele Libanese familie. Wij worden geacht onze vrouwen te beschermen. En onze eer. Jaren geleden zou ik knettergek zijn geworden als ik een man naar mijn vrouw zag kijken zoals jouw man nu doet. Maar met de jaren, nou ja, ben ik gaan beseffen dat Ali iets weg heeft van een zonsondergang. Het is niet meer dan normaal dat ze iedereen een beetje verblindt.' Hij glimlachte slaperig en keek toen weer Ali's kant op. Toen ze zag dat hij naar haar keek, stak ze haar hand op om te zwaaien en beantwoordde ze openlijk zijn liefhebbende blik.

George sloeg zijn arm om mijn schouder en weer vlijde ik me tegen zijn heerlijke zachte kasjmieren jasje. Hij rook naar de ouderwetse pijptabak die mijn vader had gerookt. 'En wat jouw man betreft,' zei hij zacht. 'Ik zou me daar niet druk over maken. Hij zit zich gewoon te vergapen aan de zonsondergang, meer niet.'

Ik maakte me ogenblikkelijk van hem los. 'Denk je dat echt – dat ik jaloers ben?'

George keek me doordringend aan. 'Ik zag je diverse keren die kant uit kijken. En misschien vergiste ik me, Jeanne, maar ik dacht dat ik pijn in je ogen zag.'

'Je vergiste je inderdaad,' zei ik en ik stapte achteruit. Ik was iets harder gaan praten en een man en een vrouw die in de buurt stonden, keken naar ons. Maar op dat moment wilde ik alleen maar dat George me zou begrijpen. De rest interesseerde me niet. 'Ik ben nooit jaloers op jouw vrouw geweest, George: ik houd van Ali. En wat Gavin betreft, mijn zogenaamde mán – nou, het interesseert me geen barst hoe hij naar haar of naar wat voor vrouw dan ook kijkt.' Ik schrok van de verbittering in mijn eigen stem, maar nog meer van de woorden die ik er tegen iemand die eigenlijk nog een vreemde voor me was, had uitgeflapt. De onweerlegbare waarheid ervan deed me huiveren.

Een tijdlang zweeg George, maar hij bleef me aankijken. Ten slotte zei hij fluisterend: 'O, ik begrijp het.' Daar bleef het bij, maar het verwarde me te zien dat hij het inderdaad begreep. Beter dan ik wenste. Ali's man pakte me bij mijn elleboog en loodste me terug naar onze plaatsen. Daar bracht hij handig het gesprek weer op de muziek van Ali.

'Vanavond is de première van haar *Paradise Suite*. Heeft Ali je die voorgespeeld?' vroeg hij. Hij was kennelijk erg opgewonden en kon een glimlach niet onderdrukken. 'Ik vind het het beste wat ze ooit heeft gecomponeerd.'

'Het is een prachtig stuk,' zei ik in antwoord op zijn vraag. 'We weten denk ik allebei hoe belangrijk dit voor haar is.'

'Dit stuk wil ze bij de auditie voor het symfonieorkest spelen,' zei George, maar daarmee vertelde hij me iets wat ik al wist.

De drie begeleiders waren inmiddels gaan zitten en begonnen hun partituur door te kijken. Ali ging als laatste zitten; er hing opwinding in de lucht toen ze glimlachend het publiek in keek. De meesten waren vrienden en collega-musici die al tientallen jaren haar carrière volgden en die wisten dat het nieuwe muziekwerk dat ze op het punt stond aan te kondigen, door haar werd beschouwd als het stuk waarmee ze ging doorbreken. Even liet ze haar ogen op mij rusten en ik kon de kracht voelen van de onwaarschijnlijke vriendschap die in de afgelopen maanden was ontstaan. Ik wilde haar een teken geven dat ik achter haar stond; een *high five,* zoals Jamie bij zijn vrienden zou hebben gedaan, maar in deze omgeving moest ik de trots in mijn ogen en op mijn gezicht voor zichzelf laten spreken. En toen had ze ondertussen natuurlijk allang haar aandacht naar de man naast mij overgeheveld. Op dat ene moment was de sterke band tussen man en vrouw voelbaar aanwezig.

Maar toen Ali haar aandacht richtte op de partituur van de *Paradise Suite* snakte ze hevig naar adem, waardoor de stemming in de zaal onmiddellijk omsloeg. 'Mijn… mijn muziek,' zei ze met schorre stem, en ze duwde haar stoel ruw naar achteren.

Onmiddellijk was George overeind gesprongen en hij rende met de snelheid van een veel jongere man naar het podium. Ik liep achter hem aan. Ik had geen idee wat er bij Ali zo'n reactie teweeg had gebracht, maar ik wist wel dat het iets ernstigs was. Misschien wist ik toen ook al wel dat het in verband stond met de reeks onaangename voorvallen die er de laatste tijd in haar huis hadden plaatsgevonden: de spullen die verplaatst waren, de vuile glazen die opeens 's morgens op het aanrecht stonden, het parfum dat overal was verstoven waardoor het duidelijk was dat er zojuist nog iemand was geweest. Maar ik weet het niet zeker. In ieder geval stond ik opeens tot mijn eigen verbazing achter George op het podium terwijl het publiek naar ons omhoogkeek, verward en ontsteld.

Vanzelfsprekend gold de eerste zorg van George Ali. 'Waarom doet iemand me dit aan?' vroeg ze, appellerend aan het oneindige meegevoel dat uit zijn donkere ogen sprak. 'En waarom juist nu? Na al mijn inspanningen…?'

Intussen concentreerde ik me op de bladmuziek die mijn vriendin zo overstuur had gemaakt. Het duurde even voordat ik de partituur van de *Paradise Suite* kon vinden, omdat zij er met-een de muziek uit het eerste deel van het concert overheen had gelegd. Maar toen ik het uiteindelijk zag, was het ogenblikkelijk duidelijk dat Ali volkomen terecht alarm had geslagen. De blad-muziek zat niet alleen onder het bloed, maar was ook toegeta-keld en gescheurd op een manier die aangaf dat de dader een mes had gebruikt. De titel was heftig doorgekrast en vervangen door een nieuwe, die ook met bloed was geschreven, Zodra ik zag wat er stond, voelde ik dat ik flauw ging vallen.

Onmiddellijk keek Ali mij recht in de ogen, omdat ze wist dat alleen ik begreep hoe angstaanjagend dit voor haar was, hoe dit haar raakte. Voor ieder ander leek het misschien op een stunt uit een domme B-film. Het was zeker niet iets waar de politie serieus op zou zijn ingegaan. Maar voor Ali was dit de bevestiging dat ze inderdaad gestalkt werd, dat iemand met zijn handen aan haar zijden kledingstukken zat als ze niet thuis was, dat iemand haar post las en zelfs dat iemand doordrong tot haar heiligdom, haar muziekstudio. En bovendien liet de dader haar weten dat hij haar kwaad wilde doen.

Omdat ik dacht dat ik viel, probeerde ik de arm van George vast te pakken. Maar ik was te laat en hij stond te ver weg en hij lette alleen op Ali. Voor ik het wist, viel ik. Ik viel dieper de duis-ternis in mijn binnenste in, en niets kon me daarbij tegenhouden.

Ik weet niet hoeveel later ik bijkwam en recht in de bezorgde gezichten van Gavin en Ali keek. Mijn hoofd deed pijn en ik had geen idee waar ik was.

'Je bent flauwgevallen, Jeanne,' legde Gavin uit op een liefde-volle toon die ik in jaren niet had gehoord. Pas later zou ik beseffen dat hij, zoals altijd, alleen maar zo lief deed omdat er publiek bij was. Maar op dat ongelukkige moment knikte ik en nam ik een glas water aan van Ali. Maar nog voor ik iets had gedronken, kwam alles terug: de woorden die ik had gezien, de waarheid die ik op de een of andere manier moest zien te vergeten.

9

De waarheid is dat ik goed ben in het vergeten van dingen. Goed in het uitvlakken van beelden in mijn hoofd. Goed ben in *toneelspelen*, zoals Jamie dat noemt. Ik had zeventien jaar huwelijk met de steracteur zelf achter de rug, dus hoe kon ik anders? Maar ditmaal mocht ik niet weer de weg van de minste weerstand kiezen. Ik moest met iemand praten en Gavin was de enige die voorhanden was. Natuurlijk wist ik dat hij er niet over zou willen praten. Ik had zijn gezicht gezien toen iemand hem de partituur had getoond die de oorzaak was van het vroegtijdige einde van het concert, en van mijn flauwte. Ik had gezien dat hij opeens zijn voorhoofd had gefronst en toen wist ik dat hem ook onmiddellijk de bovenkant van het vel papier was opgevallen. De woorden PARADISE SUITE waren doorgekrast, en in plaats daarvan stond er nu: *DeAth SweEt*. En de naam van de componist was van *A.C. Mather* veranderd in *SlAy-hER*. Maak haar dood.

Waar ik het meest kapot van was, waren niet de woorden zelf; het was het handschrift op de geruïneerde partituur. De verkeerd gespelde warboel van hoofdletters en kleine letters die onmiskenbaar het werk van mijn zoon waren. Terwijl ik lag te wachten tot Gavin naar bed zou komen, herleefde ik de schok toen ik die woorden voor het eerst had gezien.

Maar toen mijn man in zijn T-shirt en boxershort uit de douche tevoorschijn kwam, was hij kennelijk vastbesloten om elke discussie te vermijden over wat er bij het concert was voorgevallen. Hij wierp even een blik op me zoals ik daar op hem lag te wachten en keek toen de andere kant op. Vol gêne herinnerde ik me de nachten dat ik pogingen had ondernomen zijn belangstelling voor mij te doen herleven door het advies op te volgen dat ik in stompzinnige tijdschriften had gelezen. Dat ik na een bad mijn entree maakte in een zijden hemdje en een kanten broekje. Dat ik overal in de kamer kaarsjes had neergezet. Net als nu had hij zich toen ook ijzig van me afgewend. Ik keek toe hoe hij zich omdraaide naar de commode waar hij zijn kleren klaarlegde voor de volgende dag.

'We moeten praten, Gavin,' zei ik. Ik wist dat ik zondigde tegen onze gedragsregels.

Gavin zuchtte diep. 'Het is al laat, Jeanne. Je weet dat we morgen vroeg op moeten om naar de kerk te gaan.' Hij bleef druk bezig met zijn kleren en controleerde of de blauwe stipjes in zijn das wel precies pasten bij zijn sokken.

'Al was het drie uur in de nacht, Gavin. We kunnen gewoon niet net doen alsof dit niet is gebeurd.'

Heel even dacht ik dat ik in de hal het geluid van zachte voetstappen hoorde, maar mijn bezorgdheid daarover werd meteen de kop ingedrukt door de kille blik waarmee Gavin me aankeek. 'Wil je onze zoon wakker maken? Of de buren misschien?'

'Eerlijk gezegd, Gavin, interesseert het me niet hoeveel mensen ik wakker maak. Je hebt net zo goed als ik die bladmuziek gezien,' riep ik. Toen dempte ik intuïtief mijn stem en voegde er nog aan toe: 'En je weet ook wie dat gedaan heeft.'

'Ik weet helemaal niets,' zei Gavin. Met zijn kille blik keek hij me woedend aan. 'Ik ben geen detective, Jeanne. Maar jij kennelijk wel.'

'Gavin, je hebt het handschrift gezien. Het was…' Mijn stem had iets smekends gekregen.

'Ik zal je zeggen wat ik heb gezien. Ik zag een vrouw van middelbare leeftijd met losse haren die als een jong meisje liep rond te paraderen. Een vroegere schoonheid die het niet kan verkroppen dat haar tijd voorbij is.' Hij vouwde zorgvuldig het T-shirt voor de volgende dag weer op en draaide zich om.

'Wat zeg je nu? Dat Ali het zélf heeft gedaan? Gavin, dat is klinkklare onzin en dat weet je zelf ook.'

'Ik beschuldig niemand. Jij bent degene die voor Sherlock Holmes wil spelen. Het enige wat ik zei, was dat die vrouw overduidelijk snakt naar aandacht van mannen. En daar meer dan haar deel van heeft gehad na dat ongelukje met haar bladmuziek.' Hij stapte in bed en deed het licht uit. Kennelijk hoopte hij daarmee een einde aan het gesprek te maken, zoals hij in het verleden zo vaak had gedaan.

'Alsof Ali goedkope trucjes nodig heeft om aandacht van mannen te krijgen. Ik heb je wel gezien, Gavin. Je kon je ogen niet van haar afhouden.'

'O, daar gaat het dus over,' zei Gavin en toen rolde hij op zijn zij van me weg. Zijn stem klonk verveeld. 'Jouw jaloezie. Nogmaals, Jeanne, ik zou heel graag opblijven om met je te praten, maar ik moet morgen vroeg op.'

Maar dit keer was ik niet van plan me erbij neer te leggen zoals zo vaak in het verleden. Ik ging rechtovereind zitten en deed het lampje naast mijn bed aan. 'Waar het hier over gaat, Gavin, is onze zoon. Al maanden zijn er tekenen dat hij problemen heeft. Misschien al wel jaren. We moeten daar iets aan doen.'

Zonder waarschuwing schoot Gavin overeind en greep me zo ruw bij mijn pols dat ik ervan schrok. Hij keek even naar de deur van de slaapkamer, alsof hij zeker wist dat iemand daar aan de andere kant stond te luisteren. Toen dempte hij zijn stem tot een ruw gefluister. 'En hoe denk je dat te gaan doen, Jeanne? Wil je er een leuke, net afgestudeerde psychologe bij roepen en die met haar schoolmeisjestheorieën op ons gezin loslaten? Wil je naar de politie om onze zoon aan te geven? Alleen om dat vel bladmuziek?' Hij kneep nog wat harder in mijn pols. 'Je hebt niets gezien, Jeanne. Begrepen? Helemaal niets. En doe nou het licht maar uit.'

Mijn pols deed pijn en de duistere plek in mijn binnenste maakte me machteloos, en daarom deed ik nu wel wat hij vroeg.

Het was duidelijk dat ik alleen was met een probleem waarover ik niet eens met Ali kon praten. Ik had me nog nooit zo eenzaam gevoeld, maar ik deed mijn ogen dicht en probeerde te slapen.

Nog geen halfuur later liep ik op mijn tenen het gangetje door tussen mijn kamer en die van mijn zoon. Ik klopte zachtjes op de deur en toen er geen reactie kwam, ging ik naar binnen. Een streep maanlicht verlichtte de kamer, waardoor de normale puinzooi van pubers goed zichtbaar werd: overal in de kamer rondslingerende spijkerbroeken en T-shirts, de schoolboeken die hij zelden opensloeg op zijn bureau en aan alle muren posters van atleten die het soort fantastische sprongen en snoekduiken uitvoerden waartoe Jamie nooit in staat zou zijn. En daar middenin lag mijn zoon, de kolossale man in wording. Hij zag er in zijn slaap onschuldiger uit dan ooit. Ik liep naar het bed toe en aaide hem over zijn zachte wang, zoals ik zo vaak had gedaan toen hij nog klein was. Er zat geen valsheid in dat slapende gezicht, niets dat wees op de mogelijkheid van kwaadaardigheid. Misschien had Gavin gelijk en was mijn reactie wel overdreven.

En ook al was Jamie wel degene die Ali's bladmuziek had toegetakeld, wat bewees dat dan nog? Het betekende niet dat hij ook in haar huis had rondgesnuffeld. Het had toch overal gebeurd kunnen zijn, misschien wel op school. Misschien had Gavin gelijk en stond het helemaal niet in verband met de dingen die in het huis van Ali waren gebeurd. Misschien was het gewoon een uit de hand gelopen grap en was hij opgestookt door die vrienden van hem. Ik kon het me best voorstellen, Toby en Brad die op de achtergrond Jamie stonden op te stoken, misbruik makend van zijn inschikkelijke karakter, zodat hij de schuld zou krijgen als ze tegen de lamp liepen. Ik voelde de spieren in mijn nek verstrakken, alleen al bij de gedachte aan de manier waarop een stel van Jamies zogenaamde vrienden misbruik van hem maakten. Ik liet alles zoals het was in het slaperige puberale universum van mijn zoon en sloop weg, met de belofte aan mezelf dat ik de volgende morgen met hem zou praten.

Maar eerst moest ik zien of ik zelf kon slapen. Ik glipte de badkamer in en maakte het medicijnkastje open. Ik pakte het flesje met Ativantabletten en stopte er vlug een in mijn mond, voor de zekerheid gevolgd door nog eentje. Die nacht wilde ik slapen als een blok.

Toen ik de volgende morgen wakker werd, voelde ik me suf en toch gespannen. Nog maar half wakker herinnerde ik me dat ik iets moest doen, iets wat me met angst vervulde. En toen wist ik het weer: ik moest met Jamie praten. Ik stond op met een bibberig gevoel, met de bekende knoop achter mijn borstbeen en ik besefte dat ik hier zonder hulp nooit doorheen zou komen. Ik trok mijn badjas aan, schoof mijn voeten in mijn pantoffels en liep zenuwachtig naar de badkamer. Mijn hand trilde toen ik naar het medicijnkastje reikte, en dit keer zag ik in het gezicht in de spiegel niets terug van mijn moeder. Ik zag alleen mezelf. De onaantrekkelijke Jeanne had er nog nooit zo afgrijselijk uitgezien. Ik greep in het wilde weg naar een flesje en stopte een stel pillen in de zak van mijn badjas, voor noodgevallen. Ik stond nog steeds in mijn pyjama, maar ik deed toch wat eyeliner op waarmee ik de onaantrekkelijke Jeanne van mijn gezicht bande.

Maar toen ik eindelijk beneden kwam, was Jamie al vertrokken voor zijn zogenaamde loopje. In plaats daarvan zat Gavin aan tafel, met voor zich een kop met koffie die er koud uitzag, en de krant die Jamie altijd voor ons naar binnen haalde – allebei onaangeroerd. Hij deed zijn best een onverschillige indruk te maken, maar ik kon de spanning voelen die door het lichaam van mijn man werd uitgestraald als een gevaarlijk magnetisch veld. Toen hij opstond om een kop koffie voor mij in te schenken, nam mijn spanning toe. Wanneer had de geweldige dr. Cross mij voor het laatst bediend? In het begin van ons huwelijk misschien, vóór de geboorte van Jamie? Op onze huwelijksreis? In onze verkeringstijd? Wanneer was het romantische laagje langzaam beginnen af te schilferen waardoor de leegte waaruit ons huwelijk bestond zichtbaar werd? Ik kon me niet herinneren wanneer Gavin en ik voor het laatst gelukkig waren geweest, of zelfs wanneer we ons voor het laatst bij elkaar ontspannen hadden.

'Voel je je wat beter?' vroeg hij toen hij de koffie voor me neerzette. Hij deed een poging te glimlachen. Maar op de een of andere manier klonken zijn woorden meer als een bevel dan als een vraag. Als een waarschuwing.

Ik knikte en nam toen een slok van mijn koffie. Hij was walgelijk zoet. Zelfs deze kleine voorkeur kon Gavin niet onthouden. Hoeveel wist hij van me na al deze jaren? Of ik over hem? Ik trok mijn badjas strakker om me heen, alsof ik me wilde beschermen tegen de kou. Toen hij zich excuseerde en naar de studeerkamer liep, gooide ik de mierzoete koffie weg en schonk een nieuw kopje in. Ik hoopte dat ik een halfuurtje mijn zorgen zou kunnen vergeten tijdens het lezen van de zondagskrant, voordat Jamie thuiskwam en ik hem moest confronteren met wat ik wist. Maar toen ik net aan tafel wilde gaan zitten, verscheen Gavin weer in de deuropening. Ik was zo verrast dat ik bijna mijn kop verse koffie omstootte.

'Ik heb over ons probleem zitten nadenken,' zei hij tot mijn stomme verbazing. Maar voordat ik hem kon vragen of hij enig idee had hoe we Jamie konden helpen, vervolgde hij: 'Het komt door jouw baan, Jeanne. Jij bent uitgeput, want je hebt een volledige baan op school en je moet hier ook nog alles doen.'

'Maar ik… ik houd van mijn baan,' zei ik, en ik rolde een van de pillen in de zak van mijn badjas tussen duim en wijsvinger heen en weer. 'En wat zou ik de hele dag moeten doen zonder werk?'

Bij deze woorden kwam er weer een scheurtje in het gladde bovenlaagje en antwoordde Gavin ongeduldig: 'Als je je zo verveelt, waarom ga je dan niet terug naar school en begin je niet aan de een of andere studie?'

Ik voelde dat ik rood werd. Gavin wist hoe verlegen en misplaatst ik me voelde in het gezelschap van zijn vrienden, vooral in dat van de andere doktersvrouwen. De meesten hadden op gerenommeerde universiteiten gezeten en degenen die werkten, hadden indrukwekkende carrières. Maar ik had nog steeds het baantje dat ik in onze beginjaren had genomen toen Gavin zijn praktijk aan het opbouwen was en we zijn beurs nog moesten afbetalen. Ik had het werk niet langer nodig, maar ik vond het fijn dat het structuur gaf aan mijn dag en ik genoot van het respect en de waardering van de leraren op school; maar wat ik het fijnst vond was dat ik mijn eigen inkomen had. Bij de gedachte dat ik Gavin telkens om geld moest vragen als ik een nieuwe lippenstift wilde kopen of een speciale verrassing voor Jamie, kreeg ik kippenvel.

'Misschien ga ik, als Jamie eindexamen heeft gedaan, wel een paar cursussen volgen,' mompelde ik, maar ik zei niet wat ik echt dacht: dat ik nooit een studiehoofd had gehad, hoe ik ook mijn best deed. Nu ik al zo lang van school af was, betwijfelde ik of ik überhaupt nog voor een cursus zou kunnen slagen.

'Dat klinkt redelijk,' zei Gavin. Hij gooide zijn koude koffie weg en schonk een nieuw kopje in. Hij probeerde weer een vriendelijke indruk te maken. 'En in de tussentijd zou je alvast je leesachterstand wat weg kunnen werken. Om jezelf voor te bereiden. Als je je baan hebt opgezegd, krijg je daar tijd voor.'

'Wie zegt dat ik mijn baan opgeef?' zei ik, verbaasd dat mijn stem zo paniekerig klonk. 'Het is misschien niet zo groot en belangrijk als wat jij doet, maar ik vind het contact met de kinderen prettig; ik vind het prettig dat ik Jamie overdag zie; en ik… ik geniet van het werk dat ik doe. Ik zorg ervoor dat de school efficiënt loopt. Misschien stelt het in jouw ogen niet zo veel voor, maar ik ben daar trots op.' Ik had mijn gevoelens ten aanzien van mijn werk nog nooit onder woorden gebracht, ik had er zelfs nooit bij stilgestaan, maar nu ik mij eindelijk eens had geuit, deed de waarheid me blozen van opwinding.

Maar Gavin dreef er meteen de spot mee. 'Jeanne, alsjeblieft, zeg. Je bent een *secretaresse*, niet de directrice. Ik weet zeker dat Bridgeway High School het prima zonder jou kan redden. En eerlijk gezegd, vind ik het nogal gênant.'

'Gênant?' praatte ik hem na. Ik had het gevoel alsof ik een stomp in mijn maag had gekregen.

'Ja. Hoeveel doktersvrouwen hebben er nu zo'n uitzichtloos, ondergeschikt baantje? De mensen vragen zich vast af aan wat voor geheime ondeugd ons inkomen wordt verkwanseld. Kom nou, Jeanne, laten we dit nu eens rationeel bekijken. Ik bied aan je te bevrijden. Dan moet je niet zo dom doen.'

Opnieuw klonk er iets van een waarschuwing in zijn stem door. Gavin opperde niet zomaar dat ik met mijn baan moest stoppen; hij gaf een bevel. Toen hij opstond om aan te geven dat het gesprek voorbij was, ging er iets dreigends van hem uit. Onbewust wreef ik over mijn pols en moest weer denken aan de manier waarop hij er de avond tevoren in had geknepen toen ik over mijn zorgen over Jamie was begonnen. Het deed nog steeds pijn.

Hoewel ik vanbinnen een en al protest was tegen de 'bevrijding' die hij me aanbood, merkte ik dat ik voorzichtig probeerde tijd te winnen. 'Nou, ik kan ze natuurlijk niet midden in het jaar laten zitten.'

'Ik bedoel ook niet dat je zomaar weg moet gaan, zonder de

opzegtermijn van twee weken. Wees reëel, Jeanne, denk je nu werkelijk dat het zo moeilijk is een andere secretaresse te vinden?' zei Gavin, en even zag ik weer dat kille, triomferende lachje. Ik stak heimelijk mijn hand in mijn zak om mijn blauwe pilletje te pakken en zodra hij mij de rug toekeerde stopte ik het in mijn mond. Mijn toegangskaartje tot de vergetelheid.

Een uur later zat ik nog steeds aan tafel met mijn kop koffie in mijn hand en probeerde me op de krant te concentreren, in afwachting van de werking van de tranquillizer. Plotseling stond Gavin weer in de deuropening, keurig aangekleed om naar de kerk te gaan. Ik ging altijd mee naar de kerk, maar hij leek absoluut niet verbaasd dat ik nog steeds in mijn badjas zat.

'Jamie zit al in de auto,' zei hij. 'Als iemand naar je vraagt zeg ik wel dat je je vanmorgen niet erg goed voelde.' Kennelijk was mijn zoon de voordeur binnengeglipt. Misschien hoopte hij zo de confrontatie die ik in gedachten had, uit de weg te gaan.

Gavin was al bijna buiten toen hij zich nog eens omdraaide en langs zijn neus weg zei: 'O ja, Jeanne, nog iets. Denk je dat het verstandig is dat je die muzieklerares mee blijft nemen naar school?'

Die muzieklerares. Nu al had hij Ali ontdaan van haar naam, haar identiteit. 'Waarom?' vroeg ik. Ik merkte dat ik al langzamer ging praten omdat het pilletje begon te werken. 'Ik moet er toch langs en bovendien vind ik het wel prettig om gezelschap te hebben.'

Gavin kwam wat dichterbij staan, met de bekende dreigende blik op zijn strakke gezicht. 'O, je vindt die roddelritjes vast heel leuk, Jeanne. Maar het gaat hier niet om jou. Het gaat om onze zoon. Ik dacht dat we het er gisteravond over eens waren dat die vrouw een slechte invloed op Jamie heeft.'

Ik probeerde me ons gesprek weer voor de geest te halen, maar ondanks de met chemische middelen opgewekte sufheid wist ik toch zeker dat we zoiets helemaal niet waren overeengekomen.

En hoewel ik niet van plan was mijn vriendschap met Ali op te geven, bleef ik glimlachen en knikken. 'Maak je geen zorgen. Nu het wat warmer wordt, gaat Ali toch weer op de fiets.'

Die zondag sliep ik bijna de hele dag, of ik lag op mijn bed naar allerlei tv-films te kijken waarvan ik het verhaal nauwelijks kon volgen. Toen Ali ergens laat in de middag belde, ging ik zachtjes boven aan de trap staan en luisterde hoe mijn man in de telefoon stond te liegen. Ditmaal, terwijl Gavin met Ali praatte, was zijn stem ontdaan van de flirterigheid waar ik de avond tevoren getuige van was geweest. In plaats daarvan hoorde ik dezelfde impliciete dreigende toon die mij eerder op de dag zo simpel de mond had gesnoerd. Gelukkig liet Ali zich niet zo gemakkelijk intimideren. Boven aan de trap luisterde ik naar hun korte gesprek en ik stelde me voor wat Ali zei aan de andere kant van de lijn. Toen ze kennelijk uiting gaf aan haar zorg over mijn flauwte, kapte Gavin haar snel af door haar te verzekeren dat ik wel vaker dat soort 'aanvallen' had, maar dat ik er altijd vlug van herstelde. Bovendien was ik volgens hem op dit moment in het winkelcentrum inkopen aan het doen.

Toen ik daar op de trap stond en naar zijn kille, onverschillige commentaar luisterde, besefte ik pas goed waarom Gavin per se wilde dat ik mijn baan opgaf. Hij was niet bezorgd over mij, zoals hij had beweerd, en hij geneerde zich ook niet voor mijn maatschappelijke positie. Het was Ali. Als Gavin me weg kon krijgen van de school, dacht hij dat hij de groeiende vriendschap tussen mij en Ali in de kiem kon smoren, omdat die een bedreiging vormde voor onze hele manier van leven. Heel even voelde ik opstandigheid door mijn bloed stromen. Wat ik ook aan Gavin had beloofd, ik zou mijn baan niet opgeven. Maar toen Gavin de hoorn op de haak had gelegd, werd ik weer overvallen door vermoeidheid, en was het enige waarover ik me kon opwinden, mijn behoefte aan slaap.

Maar toen ik de volgende morgen op bevel van de wekker uit bed sprong was ik merkwaardig opgefokt en boos, hoewel ik niet precies wist op wie. Was mijn woede gericht tegen Gavin? Tegen de vrienden van Jamie? Of alleen maar tegen mezelf en tegen het leven waarvan ik niet langer net kon doen of het volmaakt was? Wat het ook was, ik vloog het huis door en maakte bedden op, vulde lunchzakjes, deed de broodjes in de broodrooster en veegde de kruimels op met een ongekende efficiëntie.

Zelfs Jamie, die steeds vaker verdiept leek te zijn in zijn puberale beslommeringen, keek op van zijn ontbijt. 'Is er iets, mam? Je zoeft het huis door alsof je high bent of zoiets.'

Dat was de laatste druppel. Ik smeet het doekje waarmee ik het aanrecht afveegde in de gootsteen en draaide me om naar mijn zoon. 'Ja, er is inderdaad iets. En jij weet daar alles van.' Ik liet me op de stoel tegenover de zijne zakken.

Mijn zoon bleef me aankijken met dezelfde onschuldige blik als altijd. 'Wat is er dan, mam? Maar je moet wel opschieten. De broer van Brad haalt me over achtenhalve minuut op voor school.' Nadat hij op zijn horloge had gekeken, sloeg hij zijn ogen met een schaapachtig glimlachje naar me op. 'Heb ik iets gedaan?'

Ik bleef hem een flinke tijd aankijken, stond toen op en begon in een ziedend tempo de afwasmachine uit te ruimen, waarbij ik weer voelde hoe de spieren in mijn nek zich spanden. 'Heb ik gezegd dat je iets hebt gedaan?' vroeg ik op een toon die mezelf vreemd kortaf in de oren klonk. 'Nee, het gaat om die vrienden van je, Jamie. Af en toe vertrouw ik ze niet. Toby bijvoorbeeld heeft iets…'

Jamie grinnikte. 'Toby? Die jongen doet gewoon graag een beetje gek, mam, maar het stelt nooit erg veel voor, hoor.'

'Dat weet ik wel,' zei ik. Toen liet ik de afwasmachine halfvol achter en ging weer tegenover mijn zoon aan tafel zitten. 'Maar ik maak me soms zorgen. De invloed van leeftijdgenoten kan op jouw leeftijd wel eens te veel worden. Als Toby of Brad of een ander uit dat groepje vroeg of je iets wilde doen waarvan je wist dat het verkeerd was, zou je dat dan doen?'

'Waar heb je het over… Drugs of zo?' Jamies ogen stonden ondoorgrondelijk. Als ik de laatste tijd naar hem keek, had ik soms geen flauw idee waar hij aan dacht.

'Het hoeft niet over drugs te gaan,' zei ik, en ik keek neer op mijn hand waarmee ik aan mijn trouwring zat te draaien. 'Gewoon iets waarvan je wist dat het verkeerd was. Iets waarmee je een ander pijn kon doen of alleen maar angst kon aanjagen.'

Maar Jamie was ondertussen al opgestaan en was bezig met zijn rugzak. Hij omhelsde me en liet de troostende zachtheid van zijn veel te grote lichaam even tegen mij aan leunen. 'Ik weet niet waar je het over hebt, mam. Maar je weet toch dat ik nooit iets zou doen waarmee ik iemand pijn doe. Wie me dat ook zou opdragen.' Hij glimlachte ontwapenend. 'Je gelooft me toch wel, hè?'

Ik had opeens het gevoel dat mijn gezicht baadde in het zweet. 'Ik weet wat je gedaan hebt met de bladmuziek van mevrouw Mather,' flapte ik eruit. 'Dacht je dat ik je handschrift niet kende?'

De rode blos die Jamies wangen en nek kleurde, maakte een ontkenning onmogelijk. Wat was hij toch doorzichtig, dacht ik. Hij zou bij de politie meteen door de mand vallen.

'Ik ben, denk ik, een beetje verliefd op haar geweest of zoiets,' mompelde hij. 'Maar ik ben niet de enige; een heleboel jongens vinden mevrouw Mather sexy.'

'Een beetje verliefd? En daarom giet je bloed of iets wat daarop lijkt over haar bladmuziek? En verander je de titel in *Death Suite*?'

'Dat was een grap, mam,' zei Jamie. 'Ik heb de naam veranderd alsof het een heavy-metalnummer was. Death Sweet, snap je? En ken je de band Slayer? Nou, het laatste stukje was een woordgrap met haar naam. Slay-her, snap je? Hoezo? Heb je echt gedacht dat ik haar wilde bedreigen?'

'Nou nee, ik bedoel, natuurlijk niet. Maar iemand anders wel, iemand die jou niet kende… God, Jamie, heb je er niet bij stilgestaan hoe het over zou komen?' begon ik, maar ik werd meteen onderbroken door bonzen op de deur en het geschreeuw van de vrienden van Jamie.

'Hé, Cross, ben je klaar?'

Voor de tweede keer hees Jamie zijn rugzak om. 'Je hebt gelijk. Ik had het niet moeten doen. Maar het was gewoon een stomme grap, mam,' zei hij. 'Je gelooft me toch, hè?'

Wat kon ik zeggen? Wat anders dan: 'Ja, ik geloof je.'? En daarna: 'We praten er later wel verder over.' Wat anders? Maar ik had de laatste woorden nog niet uitgesproken of Jamie was de deur al uit en rende slungelachtig de oprit af.

Tegen de tijd dat ik bij het huis van Ali was, had ik het grootste deel van mijn woede overgeheveld op haar. Na mijn gesprek met Jamie was ik nog meer in verwarring dan ooit. Misschien had Gavin in dit geval gelijk; haar reactie was inderdaad buiten alle proporties geweest. Terwijl haar publiek ademloos had toegekeken, had ze op het podium een briljant toneelstukje op staan voeren. Onbewust had ik met mijn gênante flauwvallen haar melodrama alleen nog maar erger gemaakt. Ongetwijfeld had zijzelf of een ander lid van het kwartet een extra exemplaar van haar bladmuziek bij zich gehad. Had ze het concert niet zonder al dat misbaar tot het einde uit kunnen spelen en het daarna rustig met George en mij ter sprake kunnen brengen? Moest ze nu echt de hele zaak stopzetten door zo bang naar adem te gaan snakken?

Kennelijk was ik door mijn gesprek met Jamie wat aan de late kant, want toen ik haar af wilde halen, stond Ali al op het trottoir op me te wachten. Ze had haar favoriete kleren aan: een zwarte rok, een strak truitje en lange oorbellen. Mijn irritatie werd er niet minder op bij het zien van de dramatische kledij die ik haar anders altijd zo goed vond staan. Dacht ze nu echt dat dergelijke kledij passend was voor een lerares die voor een klas stond vol met pubers met op hol gelagen hormonen? Hield ze zélf ooit rekening met het effect van haar daden op anderen?

Ik was vreselijk benieuwd of Ali de politie in kennis had gesteld van het voorval tijdens het concert, maar ik wilde er niet als eerste over beginnen.

Stiekem was ik bang dat mijn slimme vriendin, net als ik, was gaan vermoeden dat Jamie erbij betrokken was. En erger nog, dat mijn reactie op de vernielde partituur opgevat zou kunnen worden als een bevestiging van dat vermoeden.

Maar Ali scheen zich meer zorgen te maken over mijn flauwte dan over wat haar was overkomen. 'Hoe voel je je?' vroeg ze. Ze raakte voorzichtig mijn arm aan toen ze in de jeep ging zitten. 'Ik heb me zulke zorgen over je gemaakt. Heeft Gavin gezegd dat ik gebeld heb?'

Zodra ik de tederheid in haar stem hoorde, kreeg ik het gevoel dat ik moest huilen. Heel even keek ik niet naar de weg en toen ik een blik op het gezicht van mijn vriendin wierp, zag ik de goudkleurige vlekjes in haar ogen en het gleufje dat ze tussen haar wenkbrauwen had als ze bezorgd was. En een krankzinnig moment lang was ik in de verleiding om haar alles te vertellen: mijn zorgen over Jamie, en mijn toenemende afhankelijkheid van de pillen die ik absoluut nodig had, die me door de dagen moesten helpen. Ik overwoog serieus om de auto aan de kant te zetten en mijn hart te luchten, met inbegrip van de duistere waarheid die het wezen van mijn huwelijk vormde: dat na zo veel jaren van subtiele intimidatie, angst mijn natuurlijke klimaat was geworden, het klimaat waarin ik mijn zoon grootbracht.

Wat maakte het uit of we te laat op school kwamen? Of als we helemaal nooit meer terugkwamen? Ik zou Ali alle geheimen vertellen, alle leugens die ik zo lang had opgekropt, en samen zouden we een oplossing proberen te vinden. Dat ene krankzinnige moment – of nee, het was maar een fractie van een seconde – dacht ik echt dat dat mogelijk was. En in dat ene kleine moment week ik een heel klein beetje af van de rigide koers die ik jaren geleden had uitgezet. Maar net toen ik voelde dat ik de macht over het stuur begon te verliezen, hield ik mezelf tegen, want ik besefte dat het te laat was voor de waarheid. Veel te laat. Ik pakte het stuur steviger dan ooit vast en staarde recht voor me uit. 'Ja, natuurlijk heeft hij me dat verteld. Je hebt gebeld toen ik boodschappen aan het doen was,' zei ik, en ik schonk Ali het onechte glimlachje dat ik in petto hield voor mijn meest dierbaren. En toen ze nog steeds niet erg overtuigd leek, voegde ik eraan toe: 'Echt waar. Er is niets met me aan de hand.'

10

Het komt bijna even zelden voor dat ik op mijn werk word gebeld als dat ik midden in de nacht een telefoontje krijg, en het is net zo alarmerend. De laatste keer dat ik naar mijn weten een dergelijk telefoontje kreeg, was toen Jamie nog op de basisschool zat. Die dag werd ik door het hoofd van de school gebeld met de mededeling dat mijn zoon had gevochten en dat hij naar een dokter moest. Hij had er snel aan toegevoegd dat Jamie niet begonnen was. Het was zo dat toen er steeds meer kinderen bij waren komen staan en het kleinere jongetje mijn uit de kluiten gewassen zoon begon uit te schelden en naar hem begon uit te halen, Jamie de crisissituatie had proberen te sussen met een paar grappen. Als dank voor zijn verzoeningspoging was hij opgezadeld met een dikke lip en drie hechtingen op zijn kin.

Dit keer zat ik, toen de telefoon ging, op het damestoilet en Simon Murphy, de directeur, had de telefoon aangenomen. Zijn harde roffel op de deur van het toilet, gevolgd door de mededeling dat er telefoon voor mij was, had mijn angstige voorgevoelens alleen maar verergerd.

'Ja, met Jeanne Cross,' zei ik met mijn keurigste stem. Laat het alsjeblieft een neutraal iemand zijn, dacht ik, een tandarts die me wil herinneren aan een vergeten afspraak, of anders misschien

Gavin dat ik niet met eten op hem moet wachten, dat hij later thuiskomt. Maar eigenlijk ben ik iemand die nooit een afspraak vergeet, en als Gavin wat later thuis zou komen, had hij een boodschap ingesproken op het antwoordapparaat thuis, want hij verkoos blijkbaar de neutraliteit van dat ding boven mijn stem.

'Jeanne,' zei de beller. Verder niets. Hij zei het alsof mijn naam zo belangrijk was dat dat ene woord een hele zin vormde. Toen kreeg hij kennelijk in de gaten dat mijn stem wat paniekerig had geklonken en vervolgde hij snel: 'Ik had je niet op je werk moeten bellen. Het spijt me, het kwam spontaan bij me op.' De stem deed denken aan warme karamelsaus. Hij klonk volkomen vertrouwd en toch kon ik er niet onmiddellijk een naam bij bedenken.

'Je spreekt met George Mather.' Weer was het even stil en toen vroeg hij op die indringende manier waarop hij op het concert ook met me had gepraat: 'Hoe is het met je? Ben je een beetje bijgekomen van zaterdagavond?'

Onmiddellijk kreeg ik een onwerkelijk gevoel toen ik dacht aan de laatste keer dat ik George had gezien, en ik voelde weer de geruststellende warmte van zijn hand om mijn elleboog op de avond van het concert. 'Ja, natuurlijk. Met mij gaat het prima. Wil je Ali soms spreken?'

'Nee, ik bel feitelijk om te horen of je weer helemaal in orde bent. Je maakte nogal een smak en eerlijk gezegd voelde ik me behoorlijk schuldig. Als ik het aan had zien komen, had ik je misschien kunnen opvangen.'

Bij de herinnering aan het onaangename moment dat ik de vernielde bladmuziek had gezien en het handschrift van Jamie onder aan de bladzijde, voelde ik mijn gezicht knalrood worden. Aan de andere kant van het kantoor sloeg Simon Murphy me nieuwsgierig gade. Hij vond kennelijk de vreemde mannenstem die naar mij vroeg en de blos op mijn wangen bijster interessant.

Ik wendde me af en praatte in de telefoon. 'Nogmaals, met mij gaat het prima. Echt waar. Ik schaam me een beetje, maar afgezien daarvan heb ik er niets aan overgehouden.'

'Goed zo,' zei George een tikkeltje zakelijker, alsof er iemand zijn kantoor was binnengekomen. Of misschien omdat hij simpelweg toe was aan de werkelijke reden van zijn telefoontje. 'Eigenlijk wilde ik je vragen of je met mij kunt gaan lunchen? Er is een Italiaans restaurantje vlak bij de school, waar Ali en ik af en toe heen gaan. Hoe heet het ook al weer – Giovanna's?'

Toen ik aarzelde drong George aan. 'Je hebt toch vrij tussen de middag?'

'Ik heb maar drie kwartier. Niet genoeg om weg van school te gaan,' zei ik, hoewel ik gemakkelijk een uur weg zou kunnen blijven. Maar hoewel het idee om te gaan lunchen me fantastisch leek, was er iets in de stem van George waardoor ik me niet op mijn gemak voelde. Hij had iets wat ik alleen maar 'advocaterig' kan noemen.

'Ze hebben bij Giovanna's een heel snelle bediening; ik beloof je dat je op tijd weer terug bent,' zei hij zelfverzekerd. 'Twaalf uur? Schikt je dat'

Weer aarzelde ik.

'Ik moet over iets met je praten, Jeanne,' zei George. Nu ik bleef zwijgen, zag hij zijn kans schoon. 'Ik zou niet bellen als het niet belangrijk was.' Ik stelde me hem voor, zittend in een wat rommelig kantoor op de universiteit, achter een kop koude koffie. Hij zat vast op zijn horloge te kijken om te zien hoeveel werk hij nog af kon krijgen voor het tijd was voor zijn afspraak met mij. Het was kennelijk niet bij hem opgekomen dat ik zijn uitnodiging zou kunnen afslaan.

Aan de andere kant van het kantoor keek Simon Murphy om de zoveel tijd op omdat hij zijn nieuwsgierigheid niet kon bedwingen, en ik moet toegeven dat ik dit geheimzinnige gedoe eigenlijk best leuk vond.

'Tot twaalf uur dan maar,' zei ik. Maar zodra ik had opgehangen, zag ik dat mijn handen een beetje trilden. Ik stopte ze onmiddellijk in mijn zak en sprak mezelf bestraffend toe om deze aanstellerij. Hemeltjelief, het was George Mather maar. Wat had ik te vrezen van een man die zo ontzettend aardig was?

Toen ik bij Giovanna's aankwam, was George nergens te bekennen. Pas toen ik het schaars verlichte restaurant binnenging, zag ik hem naar me toe komen lopen met een gezicht alsof hij dacht dat ik niet zou komen. Nerveus streek hij met zijn hand door het pikzwarte haar, waarin dikke strepen grijs te zien waren. Ik kwam heel even in de verleiding om zonder nadere uitleg het restaurant uit te rennen. Waar was ik eigenlijk mee bezig? Een stiekeme ontmoeting met de man van mijn beste vriendin?

Maar zodra ik zo dichtbij was dat ik hem in de ogen kon kijken, voelde ik me onmiddellijk gerustgesteld. Hij had grote ogen en zo donker dat ze eerst bruin leken. Pas als je beter keek zag je dat ze een diepe nachtblauwe kleur hadden. En hoewel hij zware oogleden had en wallen onder zijn ogen zo zwart als koolvlekken, waren het de vriendelijkste ogen die ik ooit had gezien. Net als op de avond van het concert pakte George me zacht bij mijn elleboog. 'Ik ben zo blij dat je kon komen,' zei hij. Ondanks zijn zelfverzekerde stem aan de telefoon, klonk hij nu alsof hij er absoluut niet zeker van was geweest of ik wel zou komen.

'Ze hebben hier heerlijke antipasti. Als Ali en ik hier lunchen delen we meestal samen een portie.' George glimlachte bij het noemen van de naam van de vrouw met wie hij niet meer samenleefde, net als op de avond van het concert. Volgens mij was hij de meest verdraagzame echtgenoot van de hele wereld – de stomste.

Toen de serveerster bij ons tafeltje kwam, bestelde George een half karafje merlot. Toen ik zei dat ik nooit dronk bij de lunch, schonk hij ondanks mijn protesten mijn glas vol. 'In mijn land drinken zelfs kinderen wijn bij het eten.' Hij glimlachte ontwapenend en hief zijn glas voor een toost. 'Op de vriendschap,' zei hij.

En natuurlijk moest ik toen wel meedoen. Toen ik mijn glas optilde had ik het gevoel dat ik de oude wereld in Libanon binnenging waar George zijn jeugd had doorgebracht, een wereld die tot mijn verbazing warm en troostrijk was.

Aanvankelijk praatten we over ditjes en datjes, net als op de avond van het concert. George vertelde me wat over een rechtszaak waarmee hij zijn vroegere compagnon hielp. Een tienerjongen had ingebroken bij een huis in een naburige stad met de bedoeling een vrouw op leeftijd te beroven. Maar toen de vrouw wakker was geworden en hem had betrapt bij haar juwelenkistje, was het allemaal uit de hand gelopen. De jongen had flink op haar ingeslagen. Er waren verscheidene broze botten gebroken en haar gezicht was onherkenbaar toegetakeld. Toen George het voorval beschreef, kon ik de fragiele oude vrouw bijna voor me zien zoals ze door een nichtje dat haar had gevonden het huis uit werd geleid. Ze probeerde haar gezicht te verbergen, alsof zij degene was die zich moest schamen.

'Hoe kun je zo iemand nu verdedigen?' vroeg ik. Ik was zelf ook een beetje verbaasd over de verontwaardiging in mijn stem. 'Hem op alle mogelijk manieren vrij zien te krijgen, dat doen jullie advocaten toch? Mensen zoals die jongen, die… die verdienen toch dat ze gestraft worden,' zei ik woedend.

George nam op zijn gemak een slokje wijn en keek me aan met die raadselachtige ogen van hem.

Omdat ik in de gaten had dat ik te ver was gegaan, dat ik de woede had laten zien die er onder mijn gepolijste uiterlijk school, zette ik mijn glas neer en legde mijn handen preuts in mijn schoot. 'Het spijt me. Het… het maakt me gewoon woedend als ik zulke dingen hoor.'

George glimlachte. 'Een volstrekt normale reactie. Om je de

waarheid te zeggen voelde ik me ook zo toen ik de eerste keer over die zaak las. Maar toch, als je verder kijkt dan de grote lijnen die je in de krant leest of die je net van mij hebt gehoord, besef je dat het allemaal veel ingewikkelder is.'

De serveerster verscheen met onze antipasti, en ik vroeg me af of George aan Ali had gedacht toen hij het gerecht bestelde dat zij gewoonlijk samen deelden. Hoewel ik even een bezorgde gedachte had gewijd aan de mogelijkheid dat deze uitnodiging een romantische bedoeling had, zag ik nu heel duidelijk dat voor George Mather alles – onze lunch inbegrepen – te maken had met zijn obsessie voor zijn vrouw.

'Ingewikkelder? Wat bedoel je?' Ik zat erop te wachten dat hij iets verontschuldigends ging zeggen over die jongen, zodat ik nog wat meer van mijn onverwachte woede kon luchten.

'Er zijn mensen wier hele leven één grote straf is. Kinderen die letterlijk het verschil tussen goed en kwaad niet kennen, mensen die "niet weten wat ze doen", om de Grote Meester te citeren.' George prikte een gemarineerde champignon op zijn vork en keek hoe ik zou reageren.

'En denk je nu echt dat dat een rechtvaardiging is voor wat er die arme oude vrouw is aangedaan?' zei ik. Ik begon het effect van het glaasje wijn al te voelen.

Toen George zijn schouders ophaalde zag ik dat zijn pak slobberig zat. Ik vroeg me af of hij de laatste tijd was afgevallen en kwam snel tot de conclusie dat dat zo was, waarschijnlijk door alle beproevingen van zijn relatie met Ali.

'Nee, geen rechtvaardiging. Gewoon de waarheid,' antwoordde hij. 'De ingewikkelde waarheid die we elke dag iets eenvoudiger proberen te maken.' Hij doopte een stukje brood in een geurige witte saus van bonen en knoflook. 'Dit is uitstekend,' zei hij. 'Probeer het eens.'

Ik had net een stuk brood in mijn mond toen hij terugkwam op ons vorige onderwerp. 'Maar jij weet meer dan ik over pubers.

Volgens mij zei Ali dat je een zoon van die leeftijd hebt.'

Ik kauwde traag op mijn brood en voelde hoe ik langzaam rood werd. Ondertussen merkte ik dat George me nauwlettend in de gaten hield. Té nauwlettend. 'Mijn zoon is een normale tiener,' zei ik met nadruk, toen ik weer iets kon zeggen. 'Mijn ervaringen met Jamie maken me niet echt de aangewezen persoon om het soort monster uit jouw verhaal te begrijpen.'

Weer haalde George zijn schouders op. 'Sommige mensen zouden zeggen dat de combinatie "normaal" en "tiener" een contradictio in terminis is. De puberteit is op zichzelf al een abnormale tijd met allerlei afwijkingen.' Hij tilde glimlachend de karaf met wijn op. 'Nog een beetje?'

Ik schudde mijn hoofd en hield mijn hand boven mijn glas om te voorkomen dat hij nog eens bijschonk. Enerzijds voelde ik me verplicht om mijn zoon te beschermen tegen de harde generalisaties van George, anderzijds wilde ik alleen maar dat we van dit onderwerp zouden afstappen.

'Ja, dat zei ik al, jij weet hier veel meer over dan ik. Wat denk je?' George vertrok zijn mond in een glimlach, maar zijn ogen met de zware oogleden bleven strak op mij gericht.

'Eerlijk gezegd vind ik het een belediging om een normale tiener als Jamie – en ja, zoiets bestaat echt – op één hoop te gooien met de jongen die jij nu verdedigt.' Zonder het te beseffen was ik harder gaan praten; twee vrouwen aan het tafeltje naast het onze keken onze richting uit.

Maar George was blijkbaar zo geboeid door mijn reactie dat hij niets zag van de gênante aandacht die ik trok. Hij nipte zwijgend van zijn glas en zei toen: 'Denk je dat ik dat deed, Jeanne? Dat ik jouw zoon vergeleek met een enigszins gestoorde jongeman? Zo ja, dan bied ik mijn verontschuldiging aan voor dit misverstand. Ik vrees dat ik nogal onhandig het gesprek gaande wilde houden. Het komt niet zo vaak voor dat ik met een aantrekkelijke vrouw die niet mijn vrouw is, uit eten ga.'

Opnieuw moest ik blozen, alsof al dit gepraat over puberteit ons beiden meer deed dan we wilden toegeven. En toen George een seintje gaf aan de serveerster om koffie te bestellen hield ik hem gauw tegen, want ik wilde de lunch niet nog meer rekken. Ik had niet moeten komen, dat was duidelijk. Ondanks de belofte van George was de bediening langzaam geweest en ik was al vijf minuten te laat. Ik hoopte maar dat een paar pepermuntjes zouden verhullen dat ik wijn had gedronken en dat Simon niet zou merken dat ik een beetje aangeschoten was. En dan had je Ali nog. Ze had ongetwijfeld opgemerkt dat ik er tussen de middag niet was. Wat moest ik tegen haar zeggen als we samen naar huis reden? Moest ik mijn stilzwijgende belofte aan George dat ik onze afspraak geheim zou houden, breken? Dan zou ik uiteraard ook moeten uitleggen waarom George me überhaupt had gebeld – en waarom ik op zijn uitnodiging was ingegaan. Eerlijk gezegd zou ik op beide vragen het antwoord schuldig moeten blijven. Nee, ongetwijfeld zou ik datgene doen waar ik goed in was en wat ik vaak deed. Ik zou liegen. Of misschien niet echt liegen. Ik zou het gewoon niet vertellen.

Ik stootte bijna mijn waterglas om toen ik plotseling opsprong. 'Het is niet mijn bedoeling om er zo onbeleefd vandoor te gaan, maar ik moet nu echt terug naar school.'

George stond hoffelijk op. 'Het spijt me dat ik je heb opgehouden. Ik heb alleen maar over mijn werk zitten zeuren, en jij maar beleefd luisteren. Wij mannen zijn allemaal hetzelfde, we zijn allemaal egoïsten. Hebben Ali en jij het daar niet over tijdens die lange gesprekken op vrijdagmiddag?' Hij stak zijn hand op om de serveerster om de rekening te vragen en maakte een schrijfgebaar.

'Jij hoeft nog niet weg. Je hebt nog niet eens alles op,' zei ik, en daarmee ging ik zijn verholen vraag over waar Ali en ik over praatten uit de weg. 'Maar bedankt. Het eten was heerlijk.'

Zoals hij daar stond met hangende schouders in het licht dat binnenviel door de ruiten met de nette achthoekjes van geslepen glas, was George het toonbeeld van de bedrogen echtgenoot, wat overeenkwam met de werkelijkheid. Vermoedelijk was al dat gepraat over de afwijkende psychologie van de puber waardoor ik me zo in het nauw gebracht voelde, precies wat hij zei dat het was. Hij was gewoon een man die zat uit te weiden over zijn werk. Dat hij mijn zoon ter sprake had gebracht, had daarbij gehoord. Misschien had ik me zelfs de onderzoekende blik die ik in de ogen van George had menen te zien, verbeeld.

Vanzelfsprekend stond hij erop me naar de auto te begeleiden. Met de handen diep in zijn zakken en zijn blik gericht op de vloer van de parkeerplaats, die pas van een verse laag asfalt was voorzien, werd hij opeens merkwaardig stil. Misschien dacht hij aan Ali en was hij teleurgesteld dat hij het gesprek niet op zijn vrouw had kunnen brengen. Net als Brian Shagaury had hij me waarschijnlijk mee uit lunchen genomen omdat hij hoopte meer te weten te komen over het geheime leven van de vrouw van wie hij hield. Maar toen puntje bij paaltje kwam was George daar toch te veel heer voor geweest. Nu maakte hij, zoals hij daar over de parkeerplaats liep, een teleurgestelde indruk.

Toen ik in mijn auto stapte, drukte hij mijn hand stevig en opnieuw voelde ik die elektrische warmte die me bij het concert zo had getroffen. 'Bedankt voor je komst, Jeanne,' zei hij met die zeldzame oprechtheid van hem. 'En ik hoop niet dat je door mijn toedoen te laat komt.' Toen hij zich naar voren boog om mij op de wang te kussen, zag ik dat hij onder zijn witte overhemd een T-shirt aanhad van de Boston Red Sox, een detail dat mijn sympathie weer opwekte. Was deze duidelijk ongepaste kledingkeuze voor een man in zijn positie een teken van naderende dementie? Of wees dit gewoon op een zielige man die verwaarloosd en in de steek gelaten was door zijn vrouw? In beide gevallen voelde ik een golf van medelijden voor George toen hij zijn lippen op mijn wang drukte.

Ik had het sleuteltje al omgedraaid en George was al op weg naar zijn eigen auto, toen hij zich plotseling omdraaide en mij een teken gaf dat ik moest wachten. Toen hij naar het raampje van mijn portier liep, maakte hij de indruk dat hij ietwat buiten adem was, alsof het overbruggen van dat kleine stukje hem had uitgeput. 'Ik ben zo met mezelf bezig geweest dat ik bijna de werkelijke reden vergat waarom ik je heb uitgenodigd.'

'De werkelijke reden?' herhaalde ik. Ik wist niet goed wat ik aan moest met deze late bekentenis dat er toch een bijbedoeling was geweest.

'Ja,' zei George op de ferme toon die me even tevoren angst had aangejaagd. 'Laatst bij het concert, pal voordat je flauwviel, heb ik je gezicht nog even gezien, Jeanne. Ik geloof dat ik nog nooit eerder zo veel afgrijzen op iemands gezicht heb gezien.'

Ik lachte zenuwachtig. 'Mijn man zegt dat ik me heb aangesteld. Het was waarschijnlijk gewoon een grap.' Ik trapte het gaspedaal in, om hem eraan te herinneren dat ik tijd noch zin had om over de avond van het concert te praten.

Maar George leunde ondertussen tegen mijn auto aan en dwong me met zijn ogen om te blijven zitten waar ik zat. 'Een scholierengrap? Ik denk dat we allebei weten dat het meer dan dat was, Jeanne.'

Instinctief zette ik mijn zonnebril op, waarmee ik mijn ogen beschermde tegen de indringende blik van George. 'Nou ja, hoe dan ook, ik vermoed niet dat we er ooit achter zullen komen wie het heeft gedaan,' zei ik.

George richtte zich weer op, liet mijn auto los en schudde zijn hoofd. 'O, dat weet ik zo net nog niet. Eerlijk, Jeanne, deze hele toestand – de inbraken in het huis van Ali, dat voorval met haar bladmuziek – doet me geloven dat er meer achter zit dan we aanvankelijk dachten. En aan jouw reactie te zien, dacht ik dat jij dat ook wist.'

Later zou ik me vol zelfverwijt afvragen waarom ik op dat moment een heleboel dingen niet gezegd had. In de eerste plaats had ik de insinuatie dat ik er meer vanaf wist, moeten ontkennen. En ik had er uiteraard mijn twijfels over moeten uitspreken dat het voorval met de bladmuziek iets te maken had met de griezelige gebeurtenissen in Ali's huis. Maar omdat ik de vastheid van mijn stem en de helderheid van mijn ogen niet vertrouwde onder de meedogenloze blik van George, was ik er gewoon zo snel mogelijk vandoor gegaan.

Toen ik de parkeerplaats af reed, besefte ik dat niets van wat George tijdens de lunch had gezegd toeval was, of gewoon een beleefdheidsgesprekje, zoals hij had beweerd. Dat hij het over die gestoorde tiener had gehad bij wiens verdediging hij hielp, zijn sluwe vragen over Jamie: alles was gepland. Zelfs zijn allerlaatste vraag op de parkeerplaats was bedoeld om mij op het verkeerde been te zetten. Ik klemde het stuur stevig vast en voelde hoe George mijn wegrijdende auto stond na te staren.

11

Hoe lang zou het geleden zijn dat ik een tijdlang alleen was geweest? Echt alleen, alleen in een stil huis, met niemand die me kon beschermen tegen de leugens die ik mezelf dag na dag vertelde? Waarschijnlijk was het jaren geleden. Hoewel Gavin steeds vaker weg was, zorgde hij er altijd voor dat ik iets omhanden had waardoor ik niet kon nadenken over mijn leven. Soms kreeg ik de indruk dat hij alle orthopedische conferenties in het land bijwoonde. En als ik hem er iets over vroeg, kreeg zijn stem die lichtelijk dreigende klank die ik zo goed kende. *Wist ik dan niet dat er op zijn terrein de hele tijd vooruitgang werd geboekt? Dat hij bij moest blijven? Al was hij nog maar zesenveertig, hij liep het risico dat hij te oud werd voor het werk waaraan hij zijn leven had gewijd. Wist ik hoe het was om op te moeten boksen tegen een groeiend leger enthousiaste pas afgestudeerden? Om constant het gevoel te hebben dat je inwisselbaar was?*

Telkens wanneer hij met die bekende riedel begon, bond ik gauw in. Nu was het al zover gekomen dat ik geen vragen meer stelde als hij zei dat er in Dallas een belangrijke conferentie werd gehouden. Of in Cleveland. Of in Cornfield in Iowa. In plaats daarvan pakte ik plichtsgetrouw zijn koffer, en maakte ik plichtsgetrouw een aantekening van het telefoonnummer van het hotel waar hij verbleef voor het geval er iets gebeurde. Ik stond hem als een brave echtgenote in de deuropening na te kijken als hij weg-reed, mijn hand nog half geheven voor dat onechte quasi-opge-wekte, wuivende gebaar. Pas als de auto de hoek om was, haalde ik diep adem en koesterde me in de vrijheid die Gavins afwezig-heid aan Jamie en mij bood.

Maar dit speciale weekend was anders. Voor het eerst sinds de geboorte van mijn zoon waren Jamie en Gavin tegelijk afwezig. Omdat ik wist dat Jamie al maanden geleden plannen had ge-maakt om te gaan kamperen met Toby en zijn familie, deed ik mijn uiterste best om mijn ontsteltenis te maskeren bij het voor-uitzicht van een lang weekend in een leeg huis met als enig gezel-schap mijn eigen gedachten. Maar toen hij erachter kwam dat zijn vader een conferentie in zijn agenda had staan, had Jamie al snel de paniek in mijn ogen gezien. Hij begreep klaarblijkelijk de angst om alleen met jezelf te zijn.

'Maak je geen zorgen, mam. Ik blijf wel bij jou. Ik vind kam-peren eigenlijk ook niet zo leuk,' bood hij onmiddellijk aan. Al-leen zijn ogen verrieden de teleurstelling die onder zijn glimla-chende gezicht schuilging. 'Bovendien zegt Toby dat ze in het meer gaan zwemmen als het warm genoeg is. En je weet dat ik de pest heb aan zwemmen.'

Ja, ik wist wat hij van zwemmen vond – en waarom. Hoewel hij het nooit zou toegeven, was Jamie panisch om zijn T-shirt uit te doen waar iemand anders bij was, panisch om zijn sproeterige borstkas en rug te laten zien, de uitdijende kwetsbaarheid van zijn bovenlijf die hij zo goed en zo kwaad als het ging onder tren-dy losvallende kleding verborg. Natuurlijk gaf Jamie nooit recht-streeks toe dat hij daar bang voor was. In plaats daarvan speelde hij in het bijzijn van zijn vrienden en zelfs van mij de rol van pal-jas; hij zei gekscherend dat hij niet kon zwemmen, dat hij als een grote witte walvis zou zinken als hij het probeerde, dat een duik van hem genoeg was om het hele zwembad of het hele meer leeg te maken. Het deed me vreselijk veel verdriet als ik hem hoorde meelachen met de andere jongens wanneer hij zichzelf voor gek had gezet, omdat hij nooit de waarheid vertelde – namelijk dat het zien van zijn eigen lijf hem evenveel angst aanjoeg als mij de gedachte om alleen te zijn in mijn eigen huis.

Zeker, ik kwam in de verleiding om mijn zoon van zijn plannen af te houden, zodat ik niet hoefde te luisteren naar de waarheid die doorklonk in het kloppen van mijn hart in deze lege kamers, maar ik besefte ook hoe hij naar dit kampeertochtje had uitgekeken.

'Nee, Jamie, jij moet gaan,' zei ik, want ik wist nog wat ik hem had beloofd. 'Ik meen het. Ik red me wel. Nu kan ik misschien mijn voorjaarsschoonmaak eindelijk afmaken.'

Maar tot pal voor zijn vertrek met de familie Breen, die voltallig in de oprit op hem stond te wachten, had mijn zoon nog geaarzeld. Hij zette zijn zware rugzak neer, bukte zich om me te omhelzen en liet me op zijn speciale manier merken dat we een bijzonder warme relatie hadden. 'Ik zou nog steeds thuis kunnen blijven, hoor,' zei hij met een ontroerend lieve blik in zijn ogen. 'Ik kan naar buiten lopen en tegen Toby zeggen dat ik iets onder de leden heb en dat ik hun nieuwe bestelwagen onder ga kotsen; dat lijkt me overtuigend genoeg.'

En opnieuw overwoog ik heel even om op zijn aanbod in te gaan. Ik herinnerde me al die speciale samenzweerderige weekenden die wij tweetjes samen hadden doorgebracht als Gavin weg was, de ongezonde snacks die we voor de tv opaten met een gehuurde video, of alleen al ons ongedwongen lachen waarmee we het huis vulden op een manier die nooit voorkwam als Gavin thuis was.

Maar die plezierige herinneringen verbande ik uit mijn hoofd en ik duwde mijn zoon zachtjes in de richting van de deur. 'Ga nu maar gauw. Ze wachten op je,' zei ik met een lachje waarmee ik iedereen om de tuin kon leiden, behalve mijn zoon. O nee, Ali misschien ook niet. Zij had mij in slechts een paar maanden van vriendschap leren kennen zoals dat nog nooit iemand anders was gelukt. Zo goed dat het me af en toe bang maakte. Er was zo veel waaraan ik van mezelf niet mocht denken. Al die dingen die ik begroef onder koortsachtige vlagen van huis opknappen, organiseren, en zelfs bakken, hoewel ik wist dat de zelfgemaakte roomsoezen waar ik zo mijn best op deed, eigenlijk helemaal niet goed voor Jamie waren. Ik durfde niet na te denken over wat er zou gebeuren als ik daar op een dag gewoon mee ophield.

Omdat ik me een beetje verloren voelde in mijn eigen huis, dacht ik onmiddellijk aan mijn vriendin. Ze had dan wel een attente echtgenoot en een minnaar, maar desondanks was Ali vaak alleen. Maar anders dan ik was zij graag alleen. 'In mijn alleenzijn vind ik muziek,' zei ze in dat geheimzinnige jargon van creatieve mensen.

Die woorden indachtig schonk ik een glas wijn voor mezelf in en deed de stereo aan. Maar voordat ik een cd kon uitzoeken, werd ik opgeschrikt door het geluid van het bandje dat iemand kennelijk op de cassetterecorder had afgespeeld. Pas na een poosje besefte ik dat het een opname was van het kwartet van Ali. Terwijl de ingehouden passie van de muziek over me heen spoelde, herkende ik de *Paradise Suite*. Ze had me tijdens de verschillende stadia van het componeren al eens een stukje laten horen, maar ik had de definitieve versie nog nooit gehoord. En ik wist ook niet dat het kwartet er een opname van had gemaakt.

Ik voelde me op een merkwaardige manier verraden, maar ik stond op en liep naar de stereotoren, zette het apparaat af en haalde het bandje eruit. Ik bekeek het van alle kanten, alsof ik verwachtte dat het ging praten. Maar uiteraard openbaarde het onschuldige plastic doosje niets wat ik al niet wist. Op het etiket, dat beschreven was in het opvallende handschrift van mijn vriendin, stond alleen maar de titel van het werk. Maar in een kleiner handschrift had ze er trots aan toegevoegd: *van Ali Ma-*

ther. Toen ik ernaar keek, voelde ik een vleugje van de opwinding en voldoening die zij gevoeld moest hebben toen ze het af had. Ik ging terug en stopte het bandje er weer in. Toen ging ik op de bank zitten wachten tot het smachtende geluid van Ali's viool over me heen spoelde.

Toen de muziek de kamer begon te vullen en bezit nam van mijn geest en mijn hart, vroeg ik me af hoe deze mysterieuze melodie het huis in was gekomen. En waarom. Was Ali hier buiten mijn medeweten geweest en had ze het voor me in het apparaat gestopt bij wijze van verrassing? Op de een of andere manier kon ik me niet voorstellen dat mijn vriendin in het huis rondsnuffelde zonder het mij te vertellen, vooral niet na de vreemde gebeurtenissen in haar eigen huis. Was het mogelijk dat Ali het bandje aan Gavin had gegeven?

Of wat nog veel onrustbarender was: bewees dit bandje dat Jamie inderdaad vanaf het begin degene was die stiekem haar huis was binnengeslopen en dat hij er zelfs vandaag nog was geweest? Had hij er die middag, nadat hij het bandje had gestolen, hier op deze bank stiekem naar zitten luisteren, terwijl ik ondertussen nietsvermoedend door de gangpaden van de supermarkt liep? En zo ja, waarom? Zat hij te fantaseren over de vrouw die het had geschreven, de vrouw die met haar strijkstok zo'n briljant scala aan emoties aan haar viool ontlokte? Had hij het gevoel dat hij weer een ander stukje van haar ziel had gevangen als hij haar muziek in bezit nam?

'Nee, natuurlijk niet,' zei ik opgewonden in het griezelig lege huis. 'Zo is Jamie niet. Hij is een normale tiener. Uiteraard niet vies van een jongensstreek. Maar zeker niet in staat tot iets echt boosaardigs.' Terwijl ik zat te praten, zag ik in gedachten de blik van George Mather op me gericht. Een kritische blik. Een onderzoekende blik.

Ik sprong overeind en stootte daarbij mijn glas om, waardoor de wijn op het Perzische tapijt terechtkwam. Maar in plaats van meteen in actie te komen, zoals ik anders zou hebben gedaan, bleef ik onbeweeglijk staan toekijken hoe de paarsrode, ietwat hartvormige vlek zich uitbreidde op mijn tapijt. En toen, alsof de vorm van de vlek, het geluid van die bekende muziek uit de cassetterecorder me angst aanjoegen, graaide ik mijn jas en mijn tasje van het haakje bij de deur en rende het huis uit zonder de lichten uit te doen of de deur achter me op slot te doen.

Toen ik vanaf de weg achterom keek, brandde er licht achter alle ramen van het huis, alsof mijn angst om alleen te zijn door Jan en alleman moest worden gezien. Als iemand me had gevraagd waarvoor ik op de vlucht was, had ik daar uiteraard geen zinnig antwoord op kunnen geven. Een omgestoten wijnglas? Vioolmuziek uit de cassetterecorder? Een huis met te veel lichten aan? Hoe het ook zij, ik ging ervandoor alsof de duivel me op de hielen zat.

De enige manier waarop ik de moed kon opbrengen om binnen te gaan bij Hannibal's, een modieuze bar in het gedeelte van de stad waar studenten en kunstenaars rondhingen, was als ik net deed alsof ik Ali was. Gewapend met een kort leren jack, een spijkerbroek en hooggehakte laarzen, rechtte ik mijn rug, gooide het haar dat bijna tot op mijn schouders hing naar achteren en liep heupwiegend naar binnen. Toen ik in de richting van de bar keek, zag ik een blonde man met brede schouders die van achteren wel wat van Jack Butterfield had. Ik wist dat hij en Ali hier vaak samen heen gingen, en dus liep ik doelbewust die kant op en ging op de kruk naast hem zitten. Maar toen hij zich nieuwsgierig naar mij omdraaide, zag ik een ouderwetse hangsnor. Hij had niets van de ondeugende charme van Jack Butterfield, maar ik was in een roekeloze stemming, dus glimlachte ik hem toch maar toe.

'Wat wil je drinken?' vroeg de man. Hij klonk alsof dit buitenkansje hem enigszins had overrompeld.

'Rode wijn,' zei ik. Toen dacht ik aan het omgevallen glas thuis en de hartvormige vlek op het tapijt en daarom bedacht ik me snel. 'Of nee, doe maar een margarita.' Ik dronk zelf nooit cocktails, maar dit was wat Ali had besteld toen we op een vrijdag na school iets gingen drinken.

Toen de vreemdeling voor mijn drankje betaalde, draaide ik schuldbewust aan mijn trouwring. Hij staarde me stompzinnig aan en knikte verscheidene keren achter elkaar alsof hij een vraag beantwoordde die alleen voor hemzelf hoorbaar was. 'En? Gebeurt er hier nog iets vanavond?' vroeg hij met een opvallende blik in de richting van de trouwring waarmee ik zat te spelen.

'O, niet veel bijzonders,' zei ik. Zou hij enig idee hebben hoe ironisch die woorden waren? Alsof het de normaalste zaak van de wereld was dat ik daar in mijn eentje in een bar zat en een drankje aannam van een vreemde.

Heel even dacht ik erover hem gewoon het geld te geven en weg te rennen zonder een slok te nemen uit het glas met het zout op de rand. Maar toen dacht ik aan mijn huis, een huis waarin achter elk raam licht brandde, hoewel er niemand thuis was en met midden in het huis de stereo-installatie waarop het bandje van Ali nog steeds stond te spelen. Ik zag in gedachten de donkere vlek op het tapijt die er nu niet meer uit gehaald kon worden. Omdat ik dat beeld per se kwijt wilde raken, draaide ik me glimlachend om naar de vreemde man. Ik herinnerde me wat Ali had verteld over hoe ze Brian Shagaury had verleid. Ze had het gedaan, zei ze, 'gewoon om te zien hoe het was'.

In een flits zag ik voor me hoe de avond zou kunnen verlopen, hoe ik over onbenulligheden zou kunnen praten met deze saaie, maar zo te zien onschuldige vreemdeling en hoe ik dan misschien met hem mee zou gaan naar zijn kleine appartement of flat, waar hij waarschijnlijk woonde. Maar toen ik in zijn nietszeggende ogen keek, moest ik weer denken aan de warme blik die ik nog maar een paar uur daarvoor op me gericht had gezien – in

129

de ogen van Jamie; ik dacht eraan hoe lief hij naar me had gekeken en aan de troostende warmte van zijn lichaam toen hij pal voor zijn vertrek nog even tegen me aan leunde.

'Eigenlijk wilde ik alleen maar een hapje eten,' zei ik en ik stond plotseling op, net als thuis toen ik de wijn had gemorst. 'Maar bedankt voor het drankje.' De vreemdeling keek teleurgesteld maar niet verbaasd, en knikte alleen maar.

Toen tilde ik mijn glas op en liep naar een tafeltje, waarna ik de serveerster om de menukaart vroeg. Vanaf de bar sloeg de besnorde man me gade alsof hij zich afvroeg of hij bij me moest gaan zitten. Maar als een actrice zonder script wendde ik mijn blik af. Toen de serveerster bij me kwam, bestelde ik een Caesar's salade. En nog een margarita.

Ik keek niet meer in de richting van de bar totdat mijn tweede glas leeg was, en toen was de kruk waarop de besnorde vreemdeling had gezeten ook leeg. Ik voelde me dankbaar en bedroefd tegelijk. Dankbaar dat ik een smakeloze ervaring waarvan ik later vast spijt had gekregen, had weten te vermijden. En bedroefd omdat ik uiteindelijk toch niet kon ontkomen aan mijn leven. Niet kon ontkomen aan het lege huis met de acht kamers waarin alle lichten aan waren. De enige kamer waarin geen licht brandde was de studeerkamer van Gavin. Die afgesloten kamer, stilzwijgend tot verboden terrein verklaard voor Jamie en voor mij. De drankjes die ik veel te snel achterover had geslagen, hadden me al wat duizelig gemaakt, maar voordat ik naar huis durfde, dronk ik me moed in met een derde drankje. Moed om datgene te doen waar ik niet langer omheen kon.

Ik liep door de benedenverdieping van mijn huis en deed een voor een de lichten uit. Toen liep ik de hal door, de trap op, en liet overal waar ik ging duisternis achter. Ik deed de lichten uit in de hal, in de logeerkamer, in de badkamer boven, en in de slaapkamer die Gavin en ik zo zinloos deelden. Totdat ten slotte alleen

de kamer van Jamie nog verlicht was. Ik liep door de verduisterde hal naar de rommelige kamer van mijn zoon en pantserde me,
zoals ik had gedaan toen ik eerder op de avond die onbekende
bar in was gegaan. En toen ik voor de deur stond, overwoog ik
nog of ik om zou keren naar het boek naast mijn bed en als dat
niet hielp naar de slaappillen die Gavin in het medicijnkastje bewaarde, een remedie tegen de nachtelijke demonen waar hij met
niemand over praatte. Hoewel ik ze niet had voorgeschreven gekregen, had Gavin er kennelijk geen moeite mee als ik er eentje
nam.

Maar dit was geen avond om te aarzelen. Ik duwde de deur
open en begon de kastladen van Jamie er een voor een uit te trekken. Ik woelde door de nette stapels met sokken en ondergoed,
met T-shirts met verschillende sportlogo's en quasi-geestige
spreuken, de veel te grote spijkerbroeken die hij droeg om zijn
dikke lijf te verhullen. Waar ik precies naar zocht zou ik niet onder woorden kunnen brengen. Naar *niets*, denk ik. Ik was op
zoek naar een bevestiging van wat ik tegen George had verteld:
dat mijn zoon een volkomen normale tiener was. Ik hoopte dat
ik niets zou vinden dat het tegendeel bewees. Overal lagen
snoeppapiertjes, maar desondanks voelde ik me in toenemende
mate gerustgesteld – ja, zelfs uitgelaten – terwijl ik ieder hoekje
van zijn kamer afzocht. Het bureau waarin hij zijn oude huis-
werkschriften bewaarde, de planken die vol lagen met zijn base-
ballkaarten en stripboeken, met alternatieve cd's en lege cola-
blikjes.

Toen ik de puinhoop onder het bed en in de kast doorzocht,
voelde ik hoe het zweet me op mijn voorhoofd stond. 'Zie je wel
dat er niets is,' zei ik hardop. Ik praatte niet zozeer tegen mezelf
als wel tegen George, de nieuwsgierige rondsnuffelende echtgenoot van Ali, de man die ik nu achter me voelde staan. 'Allemaal
dingen die je in elke tienerkamer vindt.'

Ik stond met mijn handen op mijn heupen tevreden midden

in de kamer, omdat ik mijn zoon had vrijgepleit van een beschul-diging die alleen nog maar vorm had gekregen in mijn eigen geest. Eerlijk gezegd had ik mijn hand al bij het lichtknopje en stond ik klaar om me bezig te gaan houden met mijn gebruike-lijke nachtelijke rituelen – een warm bad en een boek – toen mijn oog viel op een schoenendoos die achter de boekenkast was ge-schoven. Waarschijnlijk tot de rand toe gevuld met nog meer verboden snoeppapiertjes en chipszakken, zei ik tegen mezelf. Of misschien zat er zelfs wel een oud paar gympen in die daarin waren weggestopt toen hij nieuwe had gekocht. Ik deed het licht uit en liep naar de badkamer, waar ik een bad liet vollopen. Ik goot er een nieuw badschuim met lavendelgeur in dat ik een paar dagen eerder in het winkelcentrum had gekocht.

Maar eerst moest ik terug naar Jamies kamer, omdat de be-hoefte om zeker te weten dat ik echt niets gemist had, bleef kna-gen. Ik rende erheen, overgoot de rommelige kamer opnieuw met licht en hield mezelf voor dat ik de laden de dag daarop op orde zou moeten brengen, want mijn zoon mocht er niet achter komen dat ik zijn spullen had doorzocht.

De schoenendoos zat bijna onwrikbaar vast en ik moest er ontzettend hard aan trekken. Ik verkeerde nog steeds in de ver-onderstelling dat er niets bijzonders in zat en daarom tilde ik nonchalant het deksel op en werd meteen geconfronteerd met een krantenknipsel dat bovenop lag. Ali's gezicht keek me glim-lachend aan. PLAATSELIJKE MUSICUS DOET MEE AAN SERIE MET VEELBELOVENDE TALENTEN stond erboven. Uiteraard had ik nauwelijks een week daarvoor hetzelfde artikel uitgeknipt. Er was toch zeker niets vreemds aan het feit dat Jamie een stuk over een vriendin van de familie wilde bewaren? Of wel? Maar met-een toen ik me op het bed liet zakken om de inhoud van de doos wat beter te kunnen bekijken, had ik het gevoel dat ik in de grond zakte. Het gewicht van alle leugens van ons hele gezin drukte op me.

In een soort trance haalde ik een voor een de voorwerpen uit de doos: kleine dingen die ik duidelijk herkende als bezittingen van Ali, die Jamie kennelijk uit haar huis had gestolen: haarclips die ze gebruikte om haar zware haardos mee in bedwang te houden, oorhangers met dolfijnen, een van die turkooizen pennen die ze altijd gebruikte bij het corrigeren. En papieren waren er ook. Bladmuziek en boodschappenlijstjes, briefjes met dingen die ze nog moest doen en zelfs een roodbevlekte brief aan Jack die niet af was, die met een mesje was toegetakeld op precies dezelfde manier als de partituur voor de *Paradise Suite*.

Ondertussen was het bad overgelopen en stroomde het water over de vloer van de badkamer de hal in. De geur van lavendel hing in het hele huis en ik zat op het bed met in mijn handen het bewijs van de obsessie van mijn zoon. In eerste instantie was ik geschokt, maar dat veranderde snel in een behoefte om Jamie te beschermen. Mijn enige gedachte was dat ik de hemel dankte dat ík de doos had gevonden en niet een van Jamies vrienden. Ik zag al voor me hoe hun ouders zich met verlekkerde gezichten zaten te verkneukelen over Jamies problemen. Over de problemen bij de familie Cross. En daarna zouden ze natuurlijk naar de politie gaan. In gedachten hoorde ik de moeder van Brad al. *Het spijt me, Jeanne, maar ik kon niet anders.* Vuile teef, mompelde ik in mezelf. Ze was al jaren jaloers op mijn goed georganiseerde huishouding, de themaverjaardagspartijtjes en de groepsuitstapjes die ik altijd regelde. Toen dacht ik terug aan alle afkeuring die Ali te verduren had gehad over haar relatie met Brian, de kwaadaardige roddelpraatjes bij de lunch die overal om haar heen te horen waren. Dat zou ik nooit kunnen verdragen. Nooit. Maar dat was nog niet het ergste. De mogelijke gevolgen voor Jamie waren veel erger. Het zou een spaak in het wiel steken van het enige succes dat Jamie wel had: zijn populariteit. Ik kon me niet voorstellen wat er van mijn zoon zou worden als hij zijn vrienden kwijtraakte; zij waren alles voor hem.

Toen ik ten slotte weer voldoende tegenwoordigheid van geest had om de kraan van het bad dicht te draaien en de ravage op te ruimen, nam ik de overvolle schoenendoos mee naar beneden naar de open haard, waar ik een vuur aanstak. En ik bleef daar onbeweeglijk zitten toekijken hoe Ali's woorden, haar muziek en de spulletjes die mij zo sterk aan haar deden denken, in vlammen opgingen.

De volgende dag deed ik iets wat ik nog nooit eerder had gedaan. Ik sliep tot bijna twee uur in de middag. Geholpen door de pillen van Gavin – ik weet niet meer hoe vaak ik naar de badkamer was gelopen om er nog een in te nemen – kon ik bijna veertien zalige uren aan mijn leven ontsnappen. Maar kennelijk had ik ook in mijn slaap mijn angsten over mijn zoon nog met me meegenomen, want ik werd wakker met de naam van Jamie op mijn lippen en een gevoel van paniek in mijn borst. Pas nadat ik overeind was gaan zitten om een beetje water te drinken, kreeg ik in de gaten dat de telefoon ging.

Ik weet niet precies waarom, maar ditmaal wist ik gewoon dat het geen vals alarm was. Nu was het afgelopen – dit was het telefoontje waar ik al bang voor was geweest sinds het ongeluk van mijn broer. Ik sprong uit bed, struikelde over de laars die ik de avond tevoren midden in de kamer had laten slingeren en pakte de telefoon.

'Hallo? Jamie?' zei ik. Mijn hart bonsde onder mijn pyjama en de paniek in mijn stem was duidelijk te horen. 'Is alles oké?'

Als het een normaal telefoontje was geweest – eentje van iemand uit de almaar uitdijende vriendenkring van Jamie, die niet wist dat hij een weekend weg was, of van een van de collega's van Gavin – hadden ze vast gedacht dat ik gek was om zo de telefoon op te nemen. Maar het bleek geen normaal telefoontje te zijn. Allesbehalve een normaal telefoontje.

Bij het horen van mijn stem haalde de vrouw die belde diep

adem voordat ze iets zei. 'Jeanne, sorry dat ik je stoor. Je hebt het kennelijk al gehoord.'

Nu was het mijn beurt om even te zwijgen. Ik ging op mijn bed zitten. 'Wat gehoord? En met wie spreek ik?'

'Met Nora. Nora Bell,' zei de vrouw. Ze noemde haar naam met een zeker ongeduld. Maar ik was zo verward en suf dat ik even nodig had om die naam in verband te brengen met het nieuwsgierige aagje dat in de schoolkantine werkte en tegenover Ali woonde.

'Ik dacht gewoon, je bent zo goed bevriend met Ali, je moet het van iemand horen die je kent, voordat je het op de radio hoort of zoiets,' kwebbelde ze op opgewonden toon.

'Wat moet ik gehoord hebben?' herhaalde ik, en ik dacht aan de foto van mijn vriendin in de krant. Ik beefde. 'Is er iets met Ali gebeurd? Waar gaat dit over?'

'Nee. Niet met Ali; je hebt het dus nog niet gehoord,' zei Nora, die daar duidelijk genoegen in schepte. 'Het gaat over haar vriendje, Jeanne. Die handvaardigheidleraar. Ze hebben hem gisteravond in zijn motel gevonden. Nogmaals, ik vind het vreselijk dat ik degene ben die je hiervan op de hoogte moet brengen, maar ik dacht dat jij misschien contact op zou kunnen nemen met Ali.'

Ik streek met mijn handen door mijn haar en voelde een mengeling van opluchting en vrees. 'Waar heb je het over, Nora? Wat is er precies met Brian gebeurd?'

'Dat wil ik je nu al de hele tijd vertellen,' zei Nora weer op dezelfde ongeduldige toon en zonder enig mededogen. Daarmee had ze de klap die ze ging uitdelen wat kunnen verzachten. 'De man heeft zich opgehangen, Jeanne.'

12

Mijn enige gedachte was dat ik het huis uit moest, het huis waarin de afgrijselijke daad van Brian voor altijd verweven zou zijn met de lugubere ontdekking die ik in de kamer van Jamie had gedaan. Ik kleedde me vlug aan en stapte in de jeep, hoewel ik nog niet wist waar ik heen wilde. Ik snakte naar een gesprek met Ali, maar haar kwartet speelde dat weekend buiten de stad en ik betwijfelde of ze al thuis was. Maar net toen ik de sleutel in het contact stopte, zag ik het papiertje van een Snickers op de vloer bij de stoel naast de bestuurder liggen en werd ik overspoeld door een golf van misselijkheid. Ik had het gevoel alsof ik zelf een stuk of tien chocoladerepen achter elkaar had opgegeten, zoals Jamie zo vaak deed. Voelde hij zich de hele tijd zo: misselijk en tegelijk uitgehongerd?

Ik kreeg opeens last van claustrofobie en stapte haastig uit, zoals ik van huis was weggerend. Maar ik had in ieder geval besloten waar ik heen ging: ik zou naar het huis van Ali lopen en daar op haar wachten. Het regende, maar ik had voor deze ene keer geen zin om terug te gaan voor een paraplu. Want waar moest zo'n ding me tegen beschermen? Tegen het beschadigen van het image van Jeanne Cross, de vrouw van dr. Cross, de perfecte moeder met haar elegante huis en haar elegante kleren en haar veel te gretige, steriele, elegante glimlach? Jeanne Cross, die altijd schoenen met hoge hakken droeg, zelfs als ze alleen maar naar de supermarkt ging? Ik voelde dat de misselijkheid weer op de loer lag.

Het was iets meer dan een kilometer naar het huis van Ali, en bij elke hoek die ik omsloeg begon het harder te regenen. De geseling voelde niet onprettig aan, alsof ieder spoor van de Jeanne die het nooit in haar hoofd zou hebben gehaald om door de regen te wandelen, van me werd afgespoeld. De Jeanne die een schijnleven leidde en die haar zoon had geleerd hetzelfde te doen. Haar lessen waren zo goed geweest dat bijna iedereen in de stad Jamie een vrolijke en zorgeloze jongen vond – lief zelfs – terwijl onder al die schijn een manjongen huisde die leed onder latente woede-uitbarstingen en onverzadigbare lusten. Ik hief mijn gezicht op naar de regen en onderging de geseling.

Met elke stap die ik zette op weg naar het huis van Ali, leek ik meer in de buurt te komen van de zoon die ik niet kende. De zoon die ik niet had willen zien. Ik dacht aan al die avonden dat Jamie na het eten opstond en dan zei dat hij naar Toby ging omdat hij problemen had met zijn wiskunde. Toby was een sterleerling en altijd bereid om te helpen, dus protesteerden Gavin en ik nooit als Jamie laat thuiskwam. Maar nu zat ik toch met een aantal vragen; kwam hij op die avonden in werkelijkheid hierheen? Als ik hem in gedachten gebogen zag zitten over de keukentafel, onschuldig bezig met parallellogrammen en trapeziums, ging hij dan ondertussen Ali's huis binnen, snuffelde hij dan in haar laden en beschadigde hij haar geliefde muziek? Er kwam een auto met grote snelheid voorbij die me onderspatte met het water dat in plassen op de straat lag, maar ik ging gewoon wat sneller lopen, alsof ik daarmee mijn eigen gedachten kon verslaan.

Het beeld van Brian die gevonden werd in het motel, was te afgrijselijk om lang bij stil te staan, en toch weigerde mijn geest om er afstand van te nemen. Maar toen ik me de gestalte voorstelde, hangend aan het plafond, in de deprimerende, onpersoonlijke kamer, was het niet Brian die ik zag. Ik zag het zielige, kolossale lijf van mijn zoon. Ik zag Jamie. Ik begon te rennen, maar het leek net of elke voetstap op het trottoir er bij mij hetzelfde woord in ramde: *waarom?* Waarom had Brian zich door een relatie tot zo'n wanhopige daad laten verleiden? En wat ik nog veel minder snapte: waarom zou Jamie in godsnaam een arrestatie riskeren, zijn toekomst riskeren, door bij Ali in te breken? Waarom was hij haar verdorie gaan stalken? Hij was misschien wel veel te dik, maar de meisjes vonden hem blijkbaar best leuk – en hij was de zoon van dr. Cross. Hij kon toch zeker wel een vriendinnetje van zijn eigen leeftijd vinden? Wat moest hij met een muzieklerares die al op leeftijd was? Toen ik bij haar op de stoep stond, was ik buiten adem. Hete tranen stroomden over mijn wangen en mengden zich met de koude regen.

Ik liep naar het huis toe en zag dat er niemand thuis was, maar ik wist dat Ali de deur van de veranda nooit op slot deed. Omdat ik gewoon niet wist wat ik anders moest doen, liep ik op mijn tenen achterom, trof daar een rieten stoel aan, ging erin zitten en trok mijn benen op tot aan mijn borst. Ik staarde naar de troosteloze regen. Ik vroeg me onwillekeurig af of Jamie zich ook op deze manier toegang tot het huis had verschaft – of hij binnengekomen was via de veranda en daarna het slot van de achterdeur had geforceerd. Het huisje was al vrij oud en het hang- en sluitwerk was leuk, maar niet erg betrouwbaar. Of misschien had hij ondertussen binnen wel een sleutel gevonden en had hij die laten namaken.

Toen ik eenmaal zat, gaf ik toe aan het beven dat veroorzaakt werd door een combinatie van het koude weer en de kilte van mijn gedachten. Mijn kleren waren zo nat dat ik de schapen kon ruiken die hun wol hadden geleverd voor mijn trui, en mijn spijkerbroek plakte aan mijn benen. Ik wist dat ik eigenlijk naar huis moest en dat ik een warme douche moest nemen, dat ik anders kou zou vatten, maar ik kon niet weg. Ali had gezegd dat ze vroeg in de middag terug zou zijn en het was al drie uur. *Waar was ze toch?*

Ik stond op, begon wat op en neer te lopen en dacht aan Jamie, die spoedig van zijn kampeeruitstapje zou terug zijn. Ik zag voor me hoe hij de sporttassen met vuile kleren op de keukenvloer liet vallen en hoe hij me zou roepen op die onschuldige toon van hem. *Ik ben er weer, mam.* Later zou Gavin thuiskomen met zijn overdreven keurig gepakte koffers, en hij zou ook niet begrijpen waarom ik er niet was. *Jeanne*, zou hij roepen. *Jeanne, ben je thuis?* Alleen al bij de gedachte aan zijn stem, aan de manier waarop hij alle lettergrepen articuleerde en zijn woorden abrupt afbrak, begon ik nog erger te beven.

Ik weet niet hoe lang ik daar zat voordat ik in de gaten kreeg dat Ali niet thuis zou komen. Ze had het nieuws over Brian blijkbaar al gehoord en meed nu de plaats waar ze een paar hartstochtelijke uurtjes hadden doorgebracht, die voor haar nauwelijks van betekenis waren geweest, maar die hem een heel ander leven hadden laten zien. Een schaduwleven waaraan hij niet meer had kunnen ontsnappen. Nee, ze zou die nacht niet thuiskomen. Ze zou ergens heen gaan waar ze zich kon verstoppen voor de beelden die ze net zomin als ik kon uitbannen. Maar in tegenstelling tot mij had zij iemand die haar vasthield en die haar verzekerde dat het niet haar schuld was, net zo lang tot haar schuldgevoelens wat afnamen. Niet de sexy Jack Butterfield, die haar verdriet alleen maar erger maakte met zijn eigen jaloezie, maar de man met de diepe, invoelende ogen en de troostende, warme handen. Zoals altijd als ze in de problemen zat, zou Ali naar huis gaan, naar haar man.

Ik stond op en tuurde door het raam naar de warme gezelligheid van haar lege woonkamer. Nog niet zo lang geleden hadden zij en George de muren een abrikooskleurig verfje gegeven dat levendig was of ingehouden, afhankelijk van de belichting. Het was geen tint die ikzelf zou hebben gekozen, maar hij paste perfect bij Ali's huis – alsof ze een zonsondergang had vastgelegd. Uiteraard voldeed het huisje niet aan mijn netheidseisen; als je al van Ali kon zeggen dat ze een bepaalde stijl van inrichten had, dan moest je die stijl waarschijnlijk sjofel en chic tegelijk noemen, maar er ging een bepaalde betovering uit van haar interieur. Of het nu het vrolijke ontbijthoekje was waar ze meestal at of het zitje in de vensternis dat vol lag met kleurige kussens, een foulard en een paar boeken, ieder hoekje noodde tot warmte, creativiteit en intimiteit.

Huiverend van de kou probeerde ik de deur, omdat ik plotseling per se naar binnen wilde. Hij zat op slot, maar dat had ik natuurlijk kunnen weten. Als ik me even zou kunnen warmen, misschien even een badjas van Ali aan zou kunnen trekken en een kop thee zetten en als ik dan ondertussen mijn natte kleren in de droger deed, zou ik misschien weer moed vatten om mijn leven onder ogen te zien. Ik wist zeker dat Ali die nacht niet thuis zou komen – en ook al kwam ze wel thuis, dan zou ze het toch zeker begrijpen? We waren toch vriendinnen? *Elkaars beste vriendinnen*, zoals ik mezelf altijd voorhield, fluisterend, omdat die benaming te dwaas en kinderachtig klonk om hardop uit te spreken. Ik keek zoekend rond of ik iets zag waarmee ik het slot kon forceren, en mijn blik kwam algauw terecht bij een briefopener die ze op het rieten tafeltje had laten liggen – waarschijnlijk al sinds het begin van de herfst. Ik zag haar in gedachten zitten op de veranda, terwijl ze keek naar de vogels die ze lokte met haar talrijke voederbakjes en ondertussen op haar gemak de post doornam. De rust van dat moment leek bij een ander leven te horen.

De deur ging gemakkelijk open. Té gemakkelijk, dacht ik, en weer was ik boos op Ali. Ze beweerde dat de stalker haar bang maakte, maar het kwam niet bij haar op haar oeroude sloten te vervangen. En dan liet ze ook nog een prima instrument om het slot te forceren buiten liggen, vlak voor de deur. Ik keek naar de briefopener in mijn hand. Zou Jamie dit ding ook hebben gebruikt? Misschien had hij het wel laten liggen, en niet Ali, zoals ik aanvankelijk gemakshalve had aangenomen. Had ik niet iets dergelijks in het kantoor van Gavin zien liggen? Ik huiverde nog steeds van de kou en sloop naar binnen. Ik wikkelde de briefopener in keukenpapier en verstopte het ding onder in Ali's prullenmand. *Alsof ik verdorie een moordwapen aan het verstoppen ben!* zei ik hardop. Ik wilde mezelf geruststellen dat ik niet iets verkeerds had gedaan.

Maar nu ik bij Ali binnen was, wist ik dat niet meer zo zeker. Stel dat George opdook met die priemende ogen van hem. De man ging er dan vast van uit dat ik degene was die clandestien bij Ali was binnengedrongen. *Ik* was de zieke geest die er genoegen in schepte haar spullen op andere plaatsen te leggen, te snuffelen in haar laden, met mijn vingers aan haar bladmuziek te zitten. Na alles wat ze had meegemaakt, zou zelfs Ali mijn aanwezigheid verkeerd kunnen interpreteren. Ik moest hier weg, besloot ik snel, en wel meteen. Ik liep in de richting van de veranda toen ik de modderige voetafdrukken zag die mijn gymschoenen hadden achtergelaten. Vlug rolde ik nog wat keukenpapier af en maakte alles schoon.

Ik keek speurend de kamer rond om te kijken of alles op de juiste plaats stond, toen een onwelkom beeld van Jamie zich opnieuw aan me opdrong. Ik zag hem in gedachten staan op de plaats waar ik nu zelf stond, voelde zijn hart bonzen zoals het mijne nu bonsde, zag hem door het huis sluipen, zag hoe hij de gezellige wereld van charme en veiligheid die Ali had geschapen, met elke stap die hij zette kapotmaakte. Waar was hij naar op zoek geweest? In een opwelling deed ik mijn schoenen uit, liep op mijn tenen de woonkamer in en trok de la van haar bureau open.

Het eerste waar mijn oog op viel was een boek met een omslag

141

van felrode zijde. *Ali's dagboek*. Het was al zo lang geleden dat ik het had gezien dat ik het bestaan ervan bijna vergeten was. Als Ali ook maar enig idee had dat Jamie haar stalker zou kunnen zijn, dan zou ze dat hierin hebben opgebiecht. Voor ik tijd had me nog te bedenken, sloeg ik het exotisch uitziende boek open en bladerde het door.

Het was onmiddellijk duidelijk dat de notities gehaast waren opgeschreven, bijna impulsief, in ogenschijnlijk emotionele opwellingen. Het handschrift helde gretig naar voren, even gretig op zoek naar leven en inzichten als Ali zelf. Er was een overvloed aan uitroeptekens en puntjes, waar haar gedachten wegstierven zonder antwoord. Op bijna elke bladzijde wemelde het van de namen *George* en *Jack*. Klaarblijkelijk probeerde ze hier uitsluitsel te krijgen over haar verwarde gevoelens over de beide mannen in haar leven. Ik zag nergens de naam van Brian Shagaury.

Overmand door schuldgevoelens wilde ik net het boekje dichtdoen, toen ik op een bladzijde telkens weer mijn naam in paarse inkt geschreven zag staan: *Jeanne Jeanne Jeanne*. Plotseling beefden mijn handen. Ik kreeg een waas voor mijn ogen toen ik vluchtig keek naar wat ogenschijnlijk een boze notitie was. Wat het ook mocht zijn, ik wilde het niet lezen. Als mijn beste vriendin een stiekeme wrok of vijandige gevoelens tegen me koesterde, dan wilde ik dat niet weten. Niet nu, nu alle andere dingen in mijn leven fout liepen. En desondanks viel mijn oog op een vraag, helemaal in hoofdletters: MIJN GOD, WAT BEZIELT HAAR TOCH?

Sloeg dit op mij? Ik dacht eraan hoe ze vaak ongemerkt het gesprek op mijn sterk bekoelde relatie met Gavin probeerde te brengen. Het was duidelijk dat zij een even grote hekel had aan mijn man als hij aan haar. Sloeg dit daarop? Ik was duizelig toen ik het dagboek dichtsloeg en het daarna terug in de la legde.

Ik beefde nog steeds toen ik de schuifdeuren door liep naar het kamertje dat zij beschouwde als het heilige der heiligen: haar muziekstudio. Overal verspreid lagen cd's en muziekboeken. En natuurlijk haar bladmuziek. Ik wist nog steeds niet waar ik precies naar zocht en ik bladerde tientallen vellen bladmuziek door voordat ik een nieuw stuk vond waar ze mee bezig was. Er vielen me onmiddellijk verscheidene doorhalingen op en een stel onleesbare aantekeningen die ze voor zichzelf had opgeschreven in datzelfde heftige handschrift dat ik in haar dagboek had gezien.

Als Jamie hier was, dacht ik, *zou hij dit meenemen*. Het was het meest persoonlijke ding in het hele huis, nog persoonlijker dan het dagboek met dat heftige, schuin neergepende handschrift, de notities in verschillende kleuren inkt. Nee, dit bevatte meer van Ali dan al het andere. Omdat ik opeens niet meer wist wat ik aan moest met Jamies drang om deze kleine stukjes van Ali te bezitten, verfrommelde ik het vel papier tot een bal.

Toen leek het net alsof ik voor de zoveelste keer uit een trance ontwaakte. Op dat moment wist ik één ding heel zeker: ik moest hier weg. Maar eerst moest ik die verfrommelde bladmuziek nog weggooien, begraven in de vuilnisbak samen met de briefopener. Het was beter dat Ali dacht dat het zoek was dan dat ze het verfrommeld op de vloer aantrof, want dan wist ze zeker dat er iemand was binnen geweest. Misschien belde ze de politie wel en dan zochten ze overal naar vingerafdrukken, dacht ik, en ik ging in gedachten alle mogelijkheden na. Mijn belangrijkste taak was nu om rustig te worden en helder te denken. Ik hield mezelf voor dat de politie haar tot dan toe niet echt geloofd had. Welke serieuze inbreker neemt in vredesnaam de moeite om ergens in te breken en neemt dan niets waardevollers mee dan een kam en wat bladmuziek?

Ik had het onschuldige stukje papier net verstopt toen ik iemand in het gangetje naast het huis hoorde. Daarna hoorde ik de deur opengaan. Ik bleef verstijfd zitten, want ik kon geen kant op. Het was Ali en ze was niet alleen. Iemand hielp haar met het naar binnen brengen van haar bagage en haar instrumenten. De

143

mannenstem kwam me vaag bekend voor en klonk heel jong – niet veel ouder dan die van Jamie. Waarschijnlijk was het Marcus. Ik zag in gedachten de jonge student voor me die kort daarvoor de plaats had ingenomen van een lid van het kwartet dat was verhuisd. Volgens Ali hadden de andere musici naar voren gebracht dat Marcus te jong was, maar zij was fel opgekomen voor zijn talent en zijn passie voor muziek. Zijn jeugdigheid kwam extra goed naar voren toen hij wat onhandig naar woorden stond te zoeken om op dit moeilijke moment wat tegen Ali te kunnen zeggen. Kennelijk wist ze al wat er met Brian was gebeurd.

'Weet je zeker dat je het hier in je eentje redt?' vroeg hij. 'Ik weet dat dit, eh, je erg heeft aangegrepen.'

'Maak je over mij maar geen zorgen,' zei Ali, waarschijnlijk tot opluchting van de jongen. 'Eerlijk waar, ik moet alleen wat uitrusten. Misschien bel ik mijn vriendin Jeanne wel.'

Vanuit de keuken waar ik me in de invallende duisternis verstopte was ik verbaasd te horen dat ik degene was die ze te hulp zou roepen in deze moeilijke situatie. Nog eerder dan een van haar mannen. Maar zodra Marcus weg was, liep ze naar de telefoon en ik had meteen in de gaten dat ze niet mijn nummer had gedraaid.

'Ik weet dat ik het recht niet heb je te bellen, maar ik heb niemand anders,' zei ze, en daarmee drukte ze mijn kortstondige fantasie over hoe belangrijk ik voor haar was, de kop in. Kennelijk had ze George aan de lijn en ik weet niet wat hij zei, maar het opende bij haar de sluizen.

Toen ze weer in staat was iets te zeggen, zei ze: 'We waren niet eens zo intiem met elkaar, maar hij dacht van wel. Daarom voel ik me ook zo schuldig: zelfs in mijn verdriet ben ik nog egoïstisch. Het is gewoon dat die hele verschrikkelijke episode weer terugkomt, weet je. Net als ik denk dat ik eroverheen ben, komt het weer even levendig terug als op de dag dat het gebeurde. Hoe heeft Brian zijn gezin dit aan kunnen doen? Zijn *kinderen*?'

Heel even ging ik zo in hun gesprek op, dat ik vergat in wat voor heikele situatie ik me bevond. Ik had bij iemand ingebroken. Ik had ingebroken en ik had in haar spullen zitten wroeten, net als de persoon die haar al maanden de stuipen op het lijf joeg. En nu stond ik daar voor luistervink te spelen – net als Jamie. Maar toen ik daar mijn hoofd stond te breken hoe ik ongemerkt weg kon komen, dacht ik eraan hoe weinig ik eigenlijk van Ali wist. Ik had bijvoorbeeld geen idee wat die episode inhield die haar volgens eigen zeggen zo achtervolgde. Maar terwijl ik luisterde naar de duidelijk hoorbare pijn in haar stem, begon ik een klein beetje meer inzicht te krijgen in de reden waarom ze soms zulke irrationele dingen deed. En waarom George, die haar zo veel beter kende dan wij allemaal bij elkaar, zo geduldig en vergevingsgezind bleef, ondanks als haar misstappen.

Maar dit was niet het moment om over Ali's leven na te denken. Ik moest het huis uit zien te komen, voordat ik de enige vriendin die ik had ook nog verloor. Toen ze zachtjes in de telefoon begon te snikken, maakte ik gebruik van het feit dat ze met haar gedachten heel ergens anders was en glipte ik stilletjes weg via de veranda. Daarna sloop ik als een volleerde misdadiger door de tuin van de buren naar de straat.

Toen ik in mijn natte kleren naar huis liep, voelde ik me eenzamer dan ooit. En somberder. Bij het troosteloze licht van de straatlantaarns zag ik in hoe gevaarlijk het idee was dat ik Ali de waarheid over Jamie kon vertellen, en hoe dom. Ali was onderhand niet alleen bang; ze was ook verdomd kwaad op de indringer die haar lieve kleine huisje tot een vijandige omgeving had gemaakt. Dacht ik nu echt dat ze zich door onze vriendschap zou laten weerhouden naar de politie te gaan? En zelfs als zij het zelf voor zich wilde houden, zouden de mannen in haar leven dat nooit toestaan. Nee, ik kon het niet aan Ali vertellen, en ik kon er ook niet mee naar Gavin gaan. Er zat niets anders op dan de problemen van Jamie in mijn eentje op te lossen. Voor het eerst begreep ik hoe het Brian te moede was geweest, ondergedompeld in eenzaamheid, nacht na nacht in dat mistroostige hotel.

Jamie had in de keuken iets uit de diepvries gehaald en wilde dat net in de magnetron doen. Hij schrok toen ik binnenkwam. 'Sorry, ik dacht dat het papa was,' zei hij met een beteuterde uitdrukking op zijn gezicht. We wisten allebei waar hij op doelde. Als Gavin hem betrapte bij het eten van dit ontzettend vette tussendoortje, zou hij op de proppen komen met een van zijn bekende preken over dieet en voeding. Jamie haalde het met vlees gevulde hapje uit de magnetron, schonk een groot glas frisdrank in voor zichzelf en ging op een kruk aan het keukeneiland zitten.

'Pap heeft iets besteld bij het afhaalrestaurant,' zei hij. 'Salades van DiOrio's, nota bene; ik heb die van mij nog niet eens op.' Hij sloeg zijn ogen ten hemel in een poging om mij te paaien. We wisten allebei dat Gavin vaak zat te vitten dat hij meer bladgroenten moest eten – en dat ik altijd voor Jamie opkwam. 'Jongens van de leeftijd van Jamie lusten gewoon geen sla,' zei ik dan altijd. 'Ze houden van hamburgers, en taco's, en pizza met extra veel kaas.'

Aangezien ik zelden afwezig was bij het avondeten – en nooit zonder van tevoren te bellen – verwachtte ik dat mijn zoon zou vragen waar ik had uitgehangen. Hij zou toch minstens mijn natte kleren hebben kunnen zien, of het haar dat op mijn hoofd plakte. Maar toen Jamie opkeek van zijn vettige hapje, had hij een hoogrode blos van opwinding op zijn bolle wangen. 'Je hebt het vast al gehoord,' zei hij. En toen ik hem zwijgend aankeek, voegde hij eraan toe: 'Over meneer Shagaury. Pap en ik dachten al dat je bij mevrouw Mather was om erover te praten.'

Ik bleef hem aanstaren, deze zoon van wie ik ooit dacht dat ik hem zo goed kende. Deze zoon die mijn beste vriendin had gestalkt, die bij haar had ingebroken en die haar had bedreigd. En die nu blijkbaar in de hoogste staat van opwinding verkeerde over de gewelddadige dood van een leraar.

'Nou, mam, je hebt het toch gehoord, hè? Meneer Shagaury heeft zichzelf om zeep geholpen daarginds in het…'

Hij had zijn zin nog niet af of ik had mijn hand al geheven. In bijna zestien jaar had ik Jamie nog nooit geslagen. Zelfs niet toen hij nog klein was en zonder te kijken de straat op liep. En ditmaal sloeg ik hem ook niet. Maar we wisten allebei dat ik er nog nooit zo dichtbij was geweest. Jamie werd onmiddellijk lijkbleek. En ik ook.

'We moeten praten,' zei ik, en ik liet me op de kruk tegenover de zijne zakken.

'Het spijt me, mam; ik weet dat je hem graag mocht,' zei hij. Hij zat er wat ontnuchterd bij. 'Ik wilde niet…'

'Het gaat niet om meneer Shagaury. Het gaat over ons. Over ons gezin.' Ik was bijna aan het fluisteren en toch had ik op een merkwaardige manier het gevoel dat ik nog nooit zo hard had gepraat. Ik was zo vastbesloten om mijn zegje te doen, om uit te spreken wat ik al zo lang op mijn hart had, dat ik niet eens hoorde dat Gavin de keuken binnenkwam.

'Alsjeblieft, Jeanne, ga je gang. We zijn benieuwd naar wat je te zeggen hebt,' zei Gavin, en zijn stem was even kil als de regen die eerder op de dag op me was neergekletterd. 'Waar denk je dat ons gezin zo nodig over moet praten?'

13

Ik hield mijn ogen gericht op het gezicht van Jamie, waarop binnen een tijdsbestek van vijf minuten allerlei uitdrukkingen te zien waren geweest: opwinding, verlegenheid en ten slotte verzet. Ik bleef naar hem kijken alsof Gavin niet binnen was gekomen. 'Ik wilde je alleen laten weten dat je met me kunt praten,' zei ik. 'Als iets je dwarszit. En als er iets is waar je liever niet met mij over praat, zijn er andere mensen bij wie je terecht kunt. Ik zou een afspraak kunnen maken met…'

'In hemelsnaam, Jeanne, dat weet Jamie toch wel,' viel Gavin me in de rede. Hij deed zijn best een luchtige toon aan te slaan, maar ik kon nog steeds horen dat hij gespannen was. Hij liep naar de andere kant van de keuken en sloeg zijn arm om de schouder van Jamie. 'Dat is toch zo, hè jochie?'

Jamie knikte verlegen. 'Ja, absoluut,' zei hij, maar hij zag eruit of hij net zo misselijk was als ik eerder op de dag.

'En bovendien gaat het hier toch niet om grote problemen,' ging Gavin verder. Hij gaf Jamie een speelse stomp in de maag en wierp mij ondertussen een dreigende blik toe. 'Het joch is misschien een beetje te verzot op zijn ijsjes, maar afgezien daarvan hebben we hier te maken met een jongen die het best naar zijn zin heeft. Dat klopt toch, jochie?

Jamie probeerde te grijnzen. 'Absoluut. Ik was eigenlijk van plan om bij Toby langs te gaan. We hebben morgen een wiskundeproefwerk en…'

'Nee,' flapte ik er een beetje te hard uit. Ik verdacht hem er nog steeds van dat als hij zogenaamd wiskunde bij Toby aan het doen was, hij in feite stiekem naar het huis van Ali ging. Ik zag de verduisterde veranda die ik net had verlaten voor me en vroeg me af of Jamie hetzelfde beeld voor ogen had. Of hij zich Ali voorstelde, alleen in haar huis. Omdat ze helemaal van slag was, had ze waarschijnlijk de voordeur wijd open laten staan.

Ditmaal vormden Gavin en Jamie één front.

'Het joch wil studeren, niet uitgaan en hasj roken of ergens op straat rondhangen. Wat heb je vanavond toch, Jeanne?' Gavin bekeek me van top tot teen, alsof hem nu pas opviel hoe vreemd ik eruitzag met mijn nog vochtige kleren en mijn slap hangende haar. Toen zei hij tegen Jamie: 'Om negen uur moet je thuis zijn; je hebt morgen school.'

Zonder mij nog een blik waardig te keuren, verdween Jamie naar boven, waar ik hem hoorde zoeken naar zijn rugzak. Een paar minuten later sloeg de voordeur, die Jamie eigenlijk nooit gebruikte, dicht. Ik liep vlug achter hem aan.

Gavin riep mijn naam toen ik naar buiten rende, maar ik sloeg er geen acht op. 'Jamie! Wacht, alsjeblieft!' riep ik hem na.

Jamie bleef staan, liet zijn rugzak een beetje zakken, maar draaide zich niet om.

'Zo kom je er niet van af, Jamie. We gaan nog wel praten.'

'Waarover moeten we praten, mam?' vroeg hij, en hij draaide zich met een ruk om. De vijandigheid in zijn stem was onmiskenbaar, en nieuw voor mij. Jamie vond dat ik hem verraden had met mijn vragen, vooral in het bijzijn van zijn vader. Dat ik ons bondgenootschap had verraden. Maar ik kon niet meer terug.

'Over wat ik dit weekend in jouw kamer heb gevonden. En waar je 's avonds heen gaat als je zegt dat je gaat studeren.'

149

'Dan ga ik naar Toby toe, mam,' zei hij. Hij draaide zich om en liep de oprit weer af. 'Als je me niet gelooft, waarom bel je mevrouw Breen dan niet op?'

'Misschien doe ik dat ook wel,' riep ik hem achterna. *Misschien doe ik dat wel*, herhaalde ik toen ik het huis binnenging. Gavin stond in de hal, die zo donker was dat ik bijna tegen hem op liep. Hij stond zo dicht bij me dat ik zijn adem op mijn gezicht voelde. 'Waar ben je eigenlijk mee bezig?' zei hij, en hij greep me bij mijn schouders. Elk woord barstte bijna van de onderdrukte woede.

'Ik ga naar boven om Sharon Breen te bellen,' zei ik. 'Ik wil weten hoe vaak hij heeft gelogen als hij zei dat hij naar Toby ging. En waar hij dan wel naartoe ging.'

'*Gelogen?* Waar denk je dat hij heen gaat? Helaas heeft de enige zwakheid van onze zoon te maken met chips en Snickersrepen.'

Dacht hij dat werkelijk? vroeg ik me af. Kon een man met zijn intelligentie echt zo stom zijn? Of wilde hij het gewoon niet weten, wilde hij het gewoon niet zien? Ik was daar immers ook zo lang blind voor geweest.

Ik staarde naar Gavin en was in de verleiding om er alles uit te gooien: mijn toenemende angst om onze zoon en het moment dat ik de schoenendoos vond, en misschien dat ik zelfs de stoute schoenen aan zou trekken om over ons huwelijk te praten dat met de dag levenlozer en drukkender aanvoelde.

Maar het ijzige gedrag van Gavin snoerde me de mond, nog voordat ik een woord had gezegd. Ik dacht aan de avond van Ali's concert, en hoe kwaad hij was geweest toen ik suggereerde dat Jamie erbij betrokken was, en hoe snel hij Ali – en mij – de schuld in de schoenen had geschoven.

'Een paar keer, toen hij zei dat hij bij Toby was, zijn ze ergens anders heen gegaan, dat is alles,' zei ik in plaats van de waarheid. 'Ik wil weten waar hij uithangt.'

'Wat een fantastisch idee,' zei Gavin sarcastisch. 'Je ondermijnt hem op het enige gebied waarin hij het nog enigszins goed doet – zijn sociale leven. Je hebt hem al op elke andere manier gesaboteerd; waarom hier ook niet?'

'Ik heb wát? Gavin, je weet dat ik alles over heb voor Jamie. Ik ben degene die…'

Maar voordat ik op de proppen kon komen met een lijst van alles wat ik ervoor over had gehad om de volmaakte moeder te zijn – ervoor zorgen dat hij altijd de modernste kleren had, hem en zijn vrienden overal heen rijden, het grootschalig inslaan van snacks en dvd's zodat iedereen graag bij ons thuis kwam – viel Gavin me in de rede met zijn eigen lijst. Een waslijst van mijn tekortkomingen.

'Telkens als hij iets wil afvallen, vlieg jij weg om nog wat taartjes en chips te kopen. En op studiegebied heb jij zijn zelfvertrouwen naar de filistijnen geholpen. Je hebt al zo lang zijn huiswerk voor hem gemaakt dat het joch geen flauw idee meer heeft hoe hij zelf iets moet afmaken.'

Het was een bekende litanie, maar nu voegde hij er nog een nieuwe beschuldiging aan toe. 'En je hebt jouw labiele vrienden hierheen meegebracht in een tijd waarin de jongen juist kwetsbaar is. Hij laat het misschien niet zien, maar Jamie was heel erg overstuur over de zelfmoord van die leraar. En dan is er jouw vriendin Ali nog. Heb je er enig idee van wat haar uitdagende gedrag met hem heeft gedaan? Het is een puber, Jeanne. Hij is nieuwsgierig naar het leven van volwassenen. En dan leer je hem dít.'

Ik wist niet dat het woordje 'dit' zo veel walging kon inhouden.

'Laat. Me. Los,' zei ik. Ik articuleerde mijn woorden zoals Gavin ook altijd deed. Klaarblijkelijk was hij zo verbaasd over mijn assertiviteit dat hij me inderdaad losliet.

Maar toen hadden zijn woorden al hun duistere doel bereikt. Tegen de tijd dat ik me had opgesloten in mijn slaapkamer met mijn mobieltje bij de hand, wilde ik het nummer van Sharon Breen helemaal niet meer draaien. Stel dat Gavin gelijk had? Stel dat hij zijn beste vriend kwijtraakte vanwege mijn vragen?

Ik schrok me een ongeluk toen de telefoon in mijn hand opeens overging. Maar toen ik op het groene knopje drukte, leek het net alsof ik was vergeten hoe je je aan de telefoon meldde. Aan de andere kant van de lijn kwamen de woorden van Ali als een stortvloed over me heen. 'Jeanne, ben jij het? Jeanne, mijn god, alsjeblieft, ik hoop zo dat je er bent.'

Onmiddellijk verdween het drama dat zich in mijn huis had afgespeeld, naar de achtergrond. 'Ali, je klinkt vreselijk. Gaat het een beetje?'

'Het gaat prima,' probeerde Ali, en moest toen zelf lachen om haar eigen bibberige stemmetje. 'Fantastisch. Kun je dat niet horen? Jeanne, ik vrees dat ik hartstikke gek word als ik nog een uur alleen hier in huis moet doorbrengen.'

'Ik kom eraan,' zei ik, nog voordat ze het vroeg. Ali leek te schrikken van deze reactie, die absoluut niet bij me paste. In het verleden zou ik me druk hebben gemaakt over hoe Gavin zou reageren – en wat nog belangrijker was, wat mijn zoon ervan zou denken als hij merkte dat ik er niet was als hij terugkwam van Toby. Maar misschien had Gavin gelijk. Misschien had ik mijn zoon wel ernstig beschadigd door hem altijd in bescherming te nemen.

In een opwelling trok ik een weekendtas uit de kast en ik herhaalde mijn belofte. 'Geef me tien minuten.'

Ik had aan vijf minuten genoeg.

'Als Jamie thuiskomt, zeg dan maar dat ik er morgen weer ben,' zei ik toen ik in de woonkamer langs Gavin heen liep. Hij was kennelijk te verbijsterd om iets te kunnen zeggen. In ieder geval gaf ik hem de kans niet.

Zoals ik al vreesde, was de deur van Ali's huis niet op slot toen ik arriveerde. 'Kom maar binnen,' klonk het op gedempte toon vanuit de keuken. Ik deed meteen de deur achter me op slot en schoof de grendel ervoor. Voordat ik zelfs maar de kans had haar te begroeten, vroeg ze al: 'Rood of wit?'

Het duurde even voordat ik in de gaten had dat haar vraag op het type wijn sloeg, maar ik had wel meteen door dat ze lichtelijk lalde. Ze had zelf dus al flink wat op.

Zonder op mijn antwoord te wachten stond Ali al in de deuropening met twee wijnglazen in de hand. Ik kon zien dat ze had gehuild sinds ik stiekem was weggeslopen. 'Mijn god, Jeanne, wat zie jij eruit.'

'Wat?' Ik was vergeten dat ik kleren aanhad die onderhand op mijn lichaam gewassen en gedroogd waren, dat mijn haar in slierten langs mijn hoofd hing en dat ik de wereld tegemoet trad zonder make-up op.

'Je ziet er afschuwelijk uit. Echt afschuwelijk.' Mijn verfomfaaide uiterlijk had blijkbaar een positieve uitwerking op Ali's stemming.

'Je hebt er zelf ook wel eens beter uitgezien,' bracht ik naar voren. Ik liet me op de bank vallen en pakte het glas dat ze op tafel had gezet. 'Ik ga zo wel even douchen, maar nu heb ik alleen maar behoefte aan deze wijn.'

Misschien kwam het omdat ik een douche ter sprake bracht, maar Ali's blik schoot onmiddellijk naar mijn weekendtas. 'Blijf je slapen?' vroeg ze.

'Je zei toch dat je niet alleen wilde zijn?' zei ik, en ik tuurde in mijn wijnglas.

'Nou ja, dat is waar,' zei Ali zacht. 'Maar dat is toch niet de enige reden waarom je hier bent, Jeanne?'

In elke andere situatie had ik meteen klaar kunnen staan – en dat had ik ook gedaan – met een pasklare, keurige ontkenning. Maar hier in Ali's woonkamer, met haren die in mijn ogen hingen en met een gezicht dat zich niet kon verschuilen achter de gebruikelijke onberispelijke laag make-up, hier in de schaduw van de zelfmoord van Brian, was ik daar gewoon niet toe in staat.

Ik zweeg even en sneed toen een ander onderwerp aan. 'Je deur stond wijd open. Denk je niet dat na alles wat er gebeurd is…'

Ali onderbrak me met een broos lachje. 'Het enige goede aan deze hele situatie is dat ik niet meer bang hoef te zijn. En eerlijk waar, Jeanne, hij heeft hier dingen gedaan die best eng waren. Ik heb je nog lang niet alles verteld.'

Ik nam een grote slok van mijn wijn en trok toen mijn gezicht in de plooi. 'Denk je echt dat het Brian was?'

'Hij was kennelijk al veel langer depressief. En na wat hij in dat motel heeft gedaan – nou ja, hij was er duidelijk heel slecht aan toe. Wie weet wat er zou zijn gebeurd als ik was thuisgekomen en hem hier in huis had betrapt? Ik heb geboft, heel erg geboft,' zei Ali. En toen, alsof ze haar eigen woorden wilde ontkrachten, begon ze weer te huilen.

'Het is zo afgrijselijk,' zei ik, terwijl ik mijn arm om haar schouders sloeg. 'Onvoorstelbaar.'

'Ondanks alles was het echt een lieve man, Jeanne. Hij was alleen erg ongelukkig en kon geen kant meer op. En hij zag geen uitweg, in tegenstelling tot een heleboel andere mensen.' Ali stond op en begon door de kamer te ijsberen.

In tegenstelling tot een heleboel andere mensen. Dit sloeg kennelijk op mij. Ik dacht aan de woorden die ik in haar dagboek had gelezen, aan het woedende schuine handschrift en ik werd knalrood. Was ik echt zo zielig? Was ik in haar ogen net zo gestoord als Brian?

'Jezus, Jeanne, waarom voel ik me nou zo schuldig?' zei Ali, en met die woorden trok ze me weer in het hier en nu. 'Ik wilde echt iets positiefs in zijn leven betekenen. Ik heb zo veel geduld met die man gehad, zelfs nog toen hij me aan het stalken was, toen hij me bedreigde, godverdomme. Ik vermoed dat een beetje vriendelijkheid soms dodelijk kan zijn.'

Opeens voelde ik me kwaad worden. 'Het was wel wat meer dan "vriendelijkheid". Je bent met hem naar bed geweest, Ali.'

Ali wierp me even een blik toe. 'Denk je niet dat seks ook een uiting van vriendelijkheid kan zijn?'

'Nee, dat denk ik niet,' zei ik bits. Bitser dan mijn bedoeling was. 'Ik bedoel, als het daarbij blijft, dan is er niets vriendelijks aan. Brian was verliefd op je, Ali. Hij was wanhopig verliefd op je. Als je hem die morgen in de donutzaak had gezien…'

Maar toen ik haar mismoedig neerhangende schouders zag, besefte ik dat ik te ver was gegaan. 'Het spijt me; het was niet mijn bedoeling om zo kritisch te klinken. Brian had gewoon problemen; als jíj niet de aanzet tot deze crisis had gegeven, was het wel iets anders geweest.'

Maar opnieuw stroomden de tranen bij Ali over de wangen. 'Je had eigenlijk wel gelijk,' zei ze. Ze ontzag zichzelf in geen enkel opzicht. 'Ik ben in een opwelling met Brian naar bed gegaan – of misschien nog wel erger, om iets aan mezelf te bewijzen. Aan mijn almachtige, onverzadigbare ego. Ondertussen dacht Brian echt dat we samen verder zouden gaan. Wat ik gedaan heb, was onvergeeflijk.'

'Hoe kon jij nou weten dat die man zo met zichzelf in de knoop zat? Je bent niet verantwoordelijk voor zijn geestelijke gezondheid.' Ik liep naar mijn weekendtas en haalde mijn flesje met medicijnen eruit, waarbij het me opviel dat er weer geen etiket op zat. Gelukkig herkende ik mijn kleine troosttabletjes aan de kleur en de vorm. Ik kreeg wel de indruk dat Gavin steeds meer van zijn – of moet ik zeggen van ónze voorraad – op onrechtmatige wijze in handen kreeg. Maar ik wilde niet weten waar en hoe hij eraan kwam, als hij er maar voor zorgde dat het medicijnkastje goed voorzien bleef.

'Neem er hier maar een van,' zei ik, en ik gaf haar een van mijn kleine blauwe ontsnappingsmiddelen. 'Je slaapt er goed op en morgen ziet alles er iets minder beroerd uit.'

Ali hield de blauwe pil achterdochtig vast tussen duim en wijsvinger. 'Wat is dit?'

Ik schonk onze glazen nog eens bij. 'Iets waarmee je je beter gaat voelen. Zoiets als pinot grigio. Je gaat nu toch niet opeens de zedenprediker uithangen, hè?'

'Wie heeft je dit voorgeschreven? Loop je bij een dokter?' vroeg ze. Ik kon duidelijk horen hoe hoopvol haar stem klonk – en hoe beledigend.

'Nee, ik loop bij niemand, Ali,' onderbrak ik haar. 'We hebben allebei een ellendige dag gehad. Ik dacht dat je er beter mee zou kunnen slapen, meer niet. Maar als je het niet wilt…'

'Nee, dat wil ik inderdaad niet,' zei Ali, maar in plaats van het aan mij terug te geven, stond ze op en gooide het pilletje in de vuilnisbak. 'En een van de redenen is dat ik niet wil dat het er minder beroerd uitziet. Ik wil dat het eruitziet zoals het echt is.'

Wie is er nu een zedenprediker? dacht ik bij mezelf, maar in plaats van het hardop te zeggen stond ik op en gooide mijn wijn weg in de gootsteen. 'Ik denk dat ik nu ga douchen. Ik heb eerder op de dag een plensbui over me heen gekregen, en ik loop al uren in deze natte kleren rond.' Ik sprak met opzet op een neutrale toon, hoewel ik kookte vanbinnen.

'Ja, dat is typisch voor jou, hè, Jeanne. Telkens als het een beetje lastig wordt, ga je de kamer uit. Dan zoek je iets wat moet worden schoongemaakt. Dan neem je een pil. Dan ransel je je huid met heet water totdat je niets meer kunt voelen. Zeg liever eens iets!'

Terwijl ze tegen me praatte zag ik het felle schuinstaande handschrift voor me dat ik in haar dagboek had gezien. Maar voordat ze nog iets kon zeggen, stond ik al veilig en wel in de badkamer en had ik mijn kleren uit, die naar schimmel begonnen te ruiken; de douche stond op de hoogste stand en ja, het water was inderdaad heet. Heet genoeg om me pijn te doen. Heet genoeg en hard genoeg om Ali niet te hoeven horen als ze nog steeds praatte. Heet genoeg om de schok van haar woorden niet te hoeven voelen.

Toen ik uit de badkamer tevoorschijn kwam, stond Ali nog op dezelfde plek en staarde in het vuur in haar houtkachel.

'Je moet naar bed. We moeten morgen naar school,' zei ik. Ik redderde wat op mijn gebruikelijke efficiënte manier. Ik deed datgene wat ik altijd 's avonds deed. Ik had geflost en mijn nachtcrème en mijn oogcrème opgedaan en stond op het punt mijn kleren klaar te leggen voor de volgende dag. Ondanks het feit dat ik gehaast was geweest tijdens het pakken had ik eraan gedacht een slank makend grijs mantelpakje en zwarte pumps mee te nemen, die gepast waren voor een rouwdag.

Ongetwijfeld zou er door de school geregeld zijn dat er counselors waren voor de meisjes die zich voor mijn kantoor verzamelden met hun uitgelopen mascara, en voor de jongens die stoer wilden overkomen maar bij wie de verwarring in de ogen te lezen zou zijn. Waarschijnlijk dezelfde leerlingen die nog maar een paar weken daarvoor Brian hadden uitgelachen en die elkaar ademloos elk detail over de breuk tussen hem en Ali vertelden, dacht ik.

'Ik ga morgen niet naar mijn werk en jij ook niet,' zei Ali. Ze stond nog steeds in het vuur te staren.

Ik ging tegenover haar zitten met de schoenen nog in mijn handen. 'Ben je helemaal gek geworden? Als je je morgen niet op school laat zien en met opgeheven hoofd langs iedereen heen loopt, zowel langs de leerlingen als langs het personeel, leggen ze dat uit als een bewijs van schuld.'

'Heb je dan helemaal niet naar me geluisterd? Ik bén schuldig, Jeanne. Misschien niet aan alles, maar ik heb mijn rol gespeeld. Nu kan ik voor de nagedachtenis aan Brian alleen maar respect tonen door eerlijk uit te komen voor mijn fouten. Niet door me ervoor te verstoppen en de schuld van me af te schuiven.'

Ik schudde mijn hoofd. 'Het spijt me, Ali, maar ik zie niet in hoe jij de nagedachtenis van Brian respecteert door toe te staan dat de mensen valse, gemene dingen over je zeggen. Die mensen weten absoluut niets over jullie relatie.'

En toen deed Ali iets waar ik echt van schrok. Ze láchte. 'Je snapt het echt niet, hè, Jeanne. Het kan me geen moer schelen wat de mensen van me zeggen. Dat heeft het nooit gedaan. Mensen die kicken op smerige roddels worden op een morgen wakker en merken dan dat hun levens even smerig zijn als hun woorden. Hoe mooi die levens er van de buitenkant ook uitzien.'

Ik voelde weer diezelfde boosheid. Had Ali het over mij?

Alsof ze mijn gedachten kon raden, pakte Ali mijn hand vast. 'Ik had het niet over jou, Jeanne. Jij hebt geen kwaadaardig botje in je lichaam. Misschien wel een paar angsthazerige botjes, en een paar laffe, maar helemaal geen gemene.'

Was dit in haar ogen een compliment? Ik voelde me wat ongemakkelijk en daarom probeerde ik me los te rukken. 'Nou, jij mag dan morgen niet naar je werk gaan,' mompelde ik. 'Maar ik moet er wel zijn. De kinderen zijn er vast kapot van; ze moeten zien dat de volwassenen die ze kennen, gewoon doen.

Maar Ali wilde mijn hand niet loslaten. 'Daar ben je goed in, hè, Jeanne. Gewoon doorgaan, wat er ook om je heen gebeurt. Bedden opmaken en afwassen, terwijl om je heen het huis afbrandt. Toneelspelen.'

Ik was al opgesprongen en dacht alleen nog maar aan de pillen in mijn weekendtas, die kleine tovenaars waarmee ik Ali's woorden zou kunnen vergeten. Haar kritiek. De pillen waarmee ik diep zou slapen, zoals altijd, tot het weer tijd was om op te staan en me onder te dompelen in de dingen van alledag. Maar één woord hield me tegen: toneelspelen. Het was hetzelfde woord dat Jamie had gebruikt toen hij de onderlinge relaties in ons gezin beschreef.

'Denk je echt zo over mijn leven?' vroeg ik.

Weer pakte Ali mijn hand vast. 'Het spijt me,' zei ze, maar ze nam haar woorden niet terug. Haar beschuldiging.

Ditmaal was er geen ontsnappen aan. Niets wat ik dringend moest doen. Geen gelegenheid om een pil in te nemen en te gaan liggen wachten op de zoete redding van de vergetelheid. Toen ik erin slaagde mijn hand weg te trekken, kon ik nergens heen. Ik ging op de bank naast Ali zitten, legde mijn hoofd in mijn handen en huilde.

Ali streelde over mijn rug. 'Weet je waarvan ik het meest spijt heb?' zei ze. 'Ik wist dat Brian grote problemen had, maar ik heb er nooit iets aan gedaan. Die fout maak ik geen tweede keer.'

Ik voelde hoe mijn haren rechtovereind gingen staan. 'Wat zeg je nou? Dat ik op Brian lijk?'

'Ik zeg alleen dat ik me af en toe zorgen over je maak, Jeanne. En over je zoon. Een paar keer stond Jamie voor mijn deur te wachten alsof hij met me wilde praten. Maar toen ik hem riep, rende hij weg. Net als jij zo-even wilde doen.'

Onmiddellijk schoot me de schoenendoos te binnen die ik in Jamies kamer had gevonden. Ik voelde me helemaal warm worden. Wist Ali daarvan? Ze had net nog Brian de schuld gegeven van het stalken en van de diefstal van de spulletjes uit haar huis, maar geloofde ze dat echt?

'Je bent een aantrekkelijke vrouw; een heleboel leerlingen zijn in jou geïnteresseerd, Ali.'

'Weet je wat ik zie als ik naar Jamie kijk?' zei Ali, geen acht slaand op mijn poging om de obsessie van Jamie wat onschuldiger te laten overkomen. 'Ik zie mezelf op die leeftijd.'

'Was je als tiener ook te dik?' vroeg ik, geschokt door de vergelijking.

Ali schudde haar hoofd. 'Het heeft niets te maken met uiterlijk. Voor mensen als Jamie en ik is elke spiegel een lachspiegel. Je kijkt erin en je ziet iets afzichtelijks, ongeacht wat je vanuit de spiegel aankijkt. Jamie gebruikt voedsel om aan die spiegel te ontkomen, en ik... ik, nou ja, laten we maar zeggen dat ik zo mijn eigen methoden had. Maar ik heb hem een paar keer in de ogen gekeken en daar heb ik verdriet gezien. Het is een soort verdriet dat ik heel goed ken.'

Ik wist onderhand niet meer hoe ik het had. Natuurlijk had Jamie problemen, meer dan Ali zich kon voorstellen. Maar verdrietig was hij niet. Vanaf zijn geboorte was hij al een blij kind geweest. Zelfs nu nog kon je zijn schallende lach door de hele school horen, en dat stelde mij weer gerust. Dan wist ik dat het allemaal niet zo erg was als ik dacht. Ali keek mij zo invoelend aan dat ik me weer de eerste keer herinnerde dat ik haar in de hal had zien staan, toen haar zwaaiende vioolkist herinneringen aan mijn broer naar boven had gebracht. Heel even was ik in de verleiding haar alles te vertellen. Over het afluisteren. De schoenendoos. De ijzige uitdrukking op het gezicht van Jamie toen ik hem aansprak op de oprit. Een uitdrukking die zo leeg was en zo kil dat ik er niets in herkende van de Jamie die mij zo dierbaar was.

Gelukkig ging de telefoon voordat ik het kon doen. Uit Ali's antwoorden kon ik afleiden dat het onze directeur, Simon Murphy, was. En hij was het blijkbaar eens met Ali's besluit om de dag daarop thuis te blijven.

'Natuurlijk heb je gelijk. Mijn aanwezigheid maakt de chaos alleen maar erger,' zei Ali. Ze probeerde mijn aandacht te trekken en knikte toen in de richting van de wijn. Gehoorzaam stond ik op en schonk nog een glas voor haar in.

Toen ik terugkwam had Ali kennelijk net een vraag voor de kiezen gehad over haar eigen gemoedstoestand. 'Met mij is alles goed, echt waar,' zei ze. 'Jeanne is bij me. Ze blijft hier slapen.'

Simon reageerde kennelijk met een verzoek om met mij te praten.

'Goed van je dat je naar haar toe bent gegaan, Jeanne,' zei hij toen Ali mij de telefoon had aangereikt. 'Een heleboel mensen staan op het ogenblik wat minder welwillend tegenover Ali.'

'Het is… het is geen probleem,' stamelde ik. Ik hoopte dat Ali aan mijn toon niet kon horen wat er werd gezegd.

'Ik vrees dat als het nieuws eenmaal op de hele school bekend wordt, ze misschien wel een paar akelige telefoontjes krijgt. Waarom neem jij niet een dag vrij om de telefoon te beantwoorden? Ik denk dat het al moeilijk genoeg voor haar is zonder dat ze naar een stelletje betweterige huichelaars moet luisteren.'

Ik aarzelde. Het laatste wat ik wilde was de hele dag met Ali opgesloten zitten terwijl zij mijn hele familie onder de loep nam. 'Ik denk dat er ook heel wat naar de school gebeld gaat worden,' stelde ik daar wat zwakjes tegenover. 'Denk je niet dat ik daarbij moet zijn?'

'Dat vangen wij hier wel op, Jeanne. Bovendien is dit ongetwijfeld ook voor jou een moeilijke tijd. Je was zelf ook vrij goed bevriend met Brian.'

'Ja, dat is wel zo, maar ik wil echt…'

Maar voordat ik nog meer bezwaren naar voren kon brengen zei Simon: 'Ik zie jullie op dinsdagmorgen wel weer verschijnen.'

Nadat ik had opgehangen, overwoog ik even of ik naar huis moest bellen om mijn gezin te laten weten wat mijn plannen waren voor de komende vierentwintig uur. Maar toen herinnerde ik me weer de blik die Jamie me had toegeworpen op de oprit. Ik kon er geen ander woord voor bedenken dan 'haatdragend'. Misschien had Ali gelijk. Misschien moest ik maar eens een hele dag besteden aan het nadenken over mijn leven. Een hele dag weg uit mijn leven van alledag. Weg van de plaats waarvan ik ooit had gedacht dat het een symbool was van mijn goede smaak en succes, van mijn positie als de vrouw van dr. Cross. Nu leek datzelfde huis meer op een gevangenis waarin de schuldigen elke avond terugkeerden naar hun cel, ieder naar zijn eigen geheime leven: ik naar mijn geestdodende klusjes, Jamie naar de zakken met vettige, zoute snacks die zijn honger nooit konden stillen en Gavin – enfin, niemand wist precies waar Gavin zichzelf mee in slaap suste.

Nou, dat leven was voorbij. Om mezelf daar een overtuigend bewijs van te verschaffen stond ik op en gooide mijn pillenflesjes in de vuilnisbak. Daarna, omdat ik bang was in de verleiding te komen ze weer tevoorschijn te halen, ging ik terug en leegde de inhoud in de wc. Terwijl ik toekeek hoe mijn kleine blauwe ontsnappertjes in het kolkende water verdwenen, wist ik wat me te doen stond. Ik zou de volgende dag Erin Emory bellen. Ik kende de psychiater niet persoonlijk, maar ik had haar naam op een heleboel medicijnflesjes gezien die in het kantoor van Gavins assistente stonden en ik wist dat ze een heel goede naam had. Misschien kon zij het raadsel oplossen dat mijn zoon voor mij was geworden.

Het was vreemd. Ik had een van de vreselijkste dagen uit mijn leven achter de rug, maar voor het eerst in vele jaren viel ik zonder chemische hulpmiddelen in slaap. En voor het eerst in nog langere tijd was ik me bewust van een merkwaardig gevoel in mijn borstkas, alsof het uitdijde en de normale gespannenheid achter mijn borstbeen naar buiten werd geperst. Het was zo'n onbekend gevoel voor mij dat het een hele tijd duurde voordat ik besefte wat het was: ik koesterde weer hoop.

14

Nadat ik al mijn moed bijeen had geraapt om het kantoor van dr. Emory te bellen, zat ik de rest van de dag te repeteren hoe ik het bij Jamie moest aankaarten. Ik had niet veel tijd. De normale wachttijd was twee maanden, maar dr. Emory hield op woensdag een uur vrij voor patiënten die gevaarlijk voor zichzelf of voor anderen waren. Ik beefde over mijn hele lichaam toen ik zei dat mijn zoon inderdaad voldeed aan die beschrijving. Potentieel in ieder geval.

'Woensdagochtend om elf uur,' zei ik, de woorden van de secretaresse herhalend. Onmiddellijk sprong Ali op en rommelde in haar la voor een stukje papier. Ze schreef de datum en het tijdstip op met de paarse inkt die ze zo vaak in haar dagboek gebruikte. *Woensdag, 11 uur.* Ik had nog maar twee dagen tijd om Jamie over te halen bij me in de auto te gaan zitten voor een bezoek aan dr. Emory. Ik zag alleen maar zijn woedende blik toen ik hem voor het huis had aangesproken. Als hij niet eens met zijn eigen moeder wilde praten, hoe kon ik dan van hem verwachten dat hij zijn angsten aan een volslagen vreemde zou openbaren? Ali en ik hingen de halve dag in pyjama in het huis rond. We zeiden niet veel, maar we voelden ons op de een of ander manier getroost door elkaars aanwezigheid. 's Middags ging ze naar de studio en pakte haar viool. Ik sloeg haar door de openslaande deuren gade en verbaasde me erover hoe haar gezicht veranderde zodra ze begon te spelen. De lijnen die spanning en leeftijd de afgelopen vierentwintig uur zo duidelijk in haar gezicht hadden gegrift, ontspanden zich om plaats te maken voor de stralende uitdrukking die zowel Jack als Brian had aangetrokken. Terwijl ik naar haar keek, begon ik wat te begrijpen van het geheim van haar leeftijdsloosheid. Het kwam door de muziek; door die eigen wereld van schoonheid en ontsnapping aan de werkelijkheid die ze kon binnengaan wanneer ze maar wilde, gewoon door haar viool op te pakken.

Ik ging om een uur of drie weg, en hoopte dat ik Jamie nog zou treffen voordat Gavin thuis was. Als Gavin erachter kwam dat ik een afspraak voor Jamie met een deskundige had gemaakt, zou hij woedend zijn.

Ali omhelsde me innig voordat ik wegging. 'Hij gaat heus wel,' zei ze, omdat ze voelde dat ik zenuwachtig was. 'Diep in zijn hart wil Jamie hulp hebben. Dat weet ik. En je moet je niet door Gavin laten tegenhouden. Dit is veel te belangrijk, Jeanne.'

Ik werd gesterkt door die omhelzing en door de geur van Ali's parfum, die nog steeds om me heen hing toen ik mijn oprit op reed. Het huis dat ik ooit gezien had als mijn toevluchtsoord, had nu iets dreigends. In ieder geval stond Gavins auto niet naast het huis. Hij was zelden voor zessen thuis, maar na de gebeurtenissen van de afgelopen vierentwintig uur had hij best veel eerder thuis kunnen zijn.

Ik was nauwelijks de auto uit en wilde net mijn weekendtas pakken toen Jamie het tuinpad op kwam rennen. Hij had zijn favoriete joggingbroek aan en een T-shirt dat te klein voor hem was. Ik dankte de hemel dat hij thuis was, maar ik schrok van de ontzette, bijna panische uitdrukking op zijn gezicht. Met blote voeten liep hij de achtertuin door zonder acht te slaan op de koude grond of op de stenen die in zijn voeten sneden en hij wierp zich in mijn armen zoals hij al niet meer had gedaan sinds hij nog klein was.

Hoewel hij duidelijk te dun gekleed was voor het weertype, zweette hij, en hij had een blos op zijn gezicht. 'Mam,' bleef hij maar zeggen, terwijl hij zich aan me vastklampte. 'Mam. Mam. Mam.' Ik wist niet goed of hij probeerde zichzelf te troosten of dat hij mij gewoon wilde herinneren aan mijn taak.

'Kom maar, schat; laten we naar binnen gaan,' zei ik, en ik wierp een blik om me heen om te zien of er ergens iemand uit het raam stond te gluren.

Jamie deed een stap naar achteren. Hij zag eruit alsof hij de harde waarheid onder ogen had gezien; zijn gezicht werd nog roder. Was dit de jongen die Ali had gezien toen hij voor haar klaslokaal stond te wachten? Dat zou best kunnen. De jongen die ze als 'verdrietig' had beschreven? En hoeveel moest er gebeuren voordat het verdriet veranderde in woede? Of razernij?

Ik hing de weekendtas over mijn schouder en begon resoluut het pad af te lopen. 'Je kunt beter binnenkomen, anders krijg je nog longontsteking. Ik zal een kop chocola voor je maken met echte slagroom.' Het was een van Jamies favoriete traktaties, maar ik had het nog niet gezegd of ik hoorde de stem van Gavin die me ervan beschuldigde het dieet van mijn zoon te saboteren. Jamie hobbelde wat onhandig achter me aan over de stenen oprit, maar hij reageerde niet.

Binnen zag ik in één oogopslag dat het in de keuken een rotzooi was. Het aanrecht stond vol met ontbijtkommen en overal zag ik bewijzen van alles wat Jamie na school had gegeten. Ik zag ook dat Jamie achteloos mijn nieuwe aardewerken kommen had gebruikt in plaats van de doordeweekse.

'Je kunt je spullen toch wel afspoelen en ze in de gootsteen zetten. Ik weet dat het te veel gevraagd is ze in de afwasmachine te zetten, maar deze muesli zit er nu zo vast op dat ik…'

'Het spijt me, mam,' onderbrak Jamie me, en ditmaal klonk er zo veel verdriet door in zijn stem dat ik er niet meer omheen kon.

Ik draaide me om met de bewuste ontbijtkom in mijn hand en zag hem in de deuropening staan. Zijn bruine ogen glommen van de tranen. Het was duidelijk dat zijn excuses niet alleen golden voor het niet wegruimen van de cornflakes, of voor de kruimels die nog op het aanrecht lagen. En weer hoorde ik een ongewenste echo in mijn hoofd. Dit keer was het de stem van Ali: *Dat doe je als je het te lastig vindt, hè, Jeanne? Je gaat de kamer uit, neemt een pil, ruimt een la op, als je maar niets hoeft te voelen… Nietwaar, Jeanne? Nietwaar? Nietwaar?*

De zware aardewerken kom gleed uit mijn handen en viel met veel lawaai kapot op de stenen vloer, maar Jamie noch ik sloeg er acht op. We keken elkaar bij wijze van uitzondering eens aan. 'O Jamie,' zei ik, en ik liet me in zijn armen vallen. Of was het andersom? Viel hij mij in de armen? Ik wist het niet. 'Jij hoeft hier je excuses niet aan te bieden. Dat moet ik doen. Het spijt me meer dan je ooit zult weten.'

Op dat moment stonden we allebei te huilen. Maar toen we het knarsende geluid van een auto naast het huis hoorden, verstijfden we en lieten we elkaar los.

'Het is Brad maar,' zei Jamie. Hij stond terzijde van het raam, tilde een hoekje van het zonnescherm op en tuurde naar buiten. 'Kun je tegen hem zeggen dat ik niet thuis ben?' Hij was net zo opgelucht als ik dat het Gavin niet was

Toen Brad was afgepoeierd, ging Jamie op een krukje aan het keukeneiland tegenover me zitten en veegde met de palm van zijn hand zijn natte gezicht af. 'Heus, mam, ik moet dit zeggen,' zei hij.

Ik staarde hem aan.

'Het spijt me dat ik je gisteren zo heb afgesnauwd en dat ik…' Hij liet wat beschaamd zijn hoofd hangen, pakte toen een servet en begon dat te verfrommelen. 'En dat ik die dingen heb gedaan bij mevrouw Mather.' Toen hij opkeek zag hij er zo triest uit dat ik alleen maar kon wachten tot hij verder ging.

'Ik wilde haar geen kwaad doen, mam. Ik zweer het.'

'Maar je hebt bij haar ingebroken, Jamie. En dat niet één keer. Je hebt dingen weggepakt. Heb je enig idee hoe erg dat is?'

'Ik was gewoon… nieuwsgierig,' was het zwakke verweer van Jamie.

'Nieuwsgierig? Noem je dat zo? Nou, volgens de wet gaat het hier om een misdrijf. Een ernstig delict waar gevangenisstraf op staat.' Ik zei maar niet dat Jamie waarschijnlijk op clementie zou kunnen rekenen omdat hij nog niet meerderjarig was. Ik wilde dat hij even bang was als ik. Even bang als Ali was geweest. '*Waarom*, Jamie?'

Hij haalde hulpeloos zijn schouders op. 'De eerste keer wilde ik gewoon met haar praten. Haar fiets stond er en de lichten waren aan, maar toen ik klopte werd er niet opengedaan, en daarom heb ik geprobeerd of de deur open was. Ik dacht dat ze thuis was en dus ben ik naar binnen gegaan. Ik weet het niet, mam, maar het huis zag er zo uitnodigend uit met de deur open en de lichten aan – ik had niet het gevoel dat ik iets verkeerds deed.'

'En daarna? Nadat Ali de deur op slot begon te doen en jij dus moest inbreken – hoe heb je dat recht gepraat voor jezelf?'

'Ik denk dat het toen een soort spelletje werd. Tussen haar en mij. Ik weet het niet, ik kreeg het gevoel dat ik belangrijk was.'

Ik stond op en begon door de keuken te ijsberen. 'Voel je je pas belangrijk als je een vrouw de stuipen op het lijf jaagt, Jamie? Grote god!'

Opnieuw probeerde mijn zoon een snik in te slikken. 'Jezus, mam, ik heb toch gezegd dat ik er spijt van heb. En ik beloof je dat ik nooit meer in de buurt van haar huis zal komen. Ik doe alles wat je wilt. Ik zal naar mevrouw Mather gaan om mijn excuses aan te bieden. Als je wilt, ga ik naar de politie en vertel alles. Maar beloof me één ding.' Hij zag er zo kinderlijk, zo ongelooflijk onschuldig uit, dat ik bijna hardop moest lachen. Dacht hij nou echt dat dit hetzelfde was als toen hij vijf was en hij het speelgoedautootje van zijn beste vriendje had gestolen? Dat hij maar hoefde te zeggen dat het hem speet en dat alles dan weer goed zou zijn?

Het was niet moeilijk te bedenken wat mijn volgende vraag zou moeten zijn: *wat wilde Jamie dat ik hem beloofde?* Wat kon er nu zo belangrijk zijn dat alles beter was dan dat: de confrontatie met Ali, de tocht naar het politiebureau of de mogelijkheid dat hij in de jeugdgevangenis terechtkwam? Maar ik was zo gefocust op wat er in die gevallen zou gebeuren dat ik die vraag niet stelde.

In het huis van Ali had het idee om tegen de onuitgesproken bevelen van Gavin in te gaan niet alleen tot de mogelijkheden behoord, het had zelfs de oplossing geleken. Maar hier binnen de vier muren van mijn witte, ruime keuken kon ik me niets engers voorstellen. Misschien was Gavin niet volmaakt, maar hij had alleen kritiek op Jamie omdat hij om hem gaf; en onze relatie mocht dan wel geen toonbeeld van levendigheid zijn, we maakten bijna nooit ruzie. Wat was mijn grootste klacht? Dat ons seksleven niet overeenkwam met het beeld uit romans en films? Of misschien dat hij te veel tijd doorbracht in zijn studeerkamer om vakliteratuur te lezen?

Toen ik wat dieper groef, stuitte ik op mijn grootste angst. Dat was de vraag: *wie was ik zonder hem?* De onaantrekkelijke Jeanne die op zo tragische wijze haar broer had verloren en wier ouders die klap nooit te boven waren gekomen? Die arme kleine Jeanne wier familie nooit het geld – of de wil – had kunnen opbrengen om een aanbetaling te doen voor zelfs het meest bescheiden huis, of om geld opzij te leggen voor de studie van het overgebleven kind. Als ik nu aan hen dacht, herinnerde ik me het geluid van hun pantoffels waarmee ze door het huis schuifelden. Een symbool van hun mislukking in een huis waar de enige stemmen die op de tv waren, een laag gezoem dat hun leven vulde, het appartement vulde en zich stiekem toegang verschafte tot mijn dromen. Het was het geluid van hopeloosheid, een hopeloosheid waaraan ze alleen maar ontsnapten als ze naar muziek luisterden, of met Kerstmis als mijn moeder zich mooi maakte voor het jaarlijkse Bachconcert.

Maar niemand in de stad was erin getrapt. Ik wist hoe de mensen met me te doen hadden als ik naar school kwam met gaten in mijn kousen, en met jurken aan waar ik uit was gegroeid. Dat medelijden had me mijn hele leven achtervolgd en ik was erdoor voortgedreven. Nee, ik wilde niet meer dat meisje zijn. Ik wilde nooit meer dat meisje zijn, daar had ik alles voor over.

'Doe niet zo raar, Jamie,' zei ik, strenger dan de bedoeling was. 'Als je Ali de waarheid vertelt, kun je er geen peil op trekken hoe haar reactie zal zijn. En er komt niets van in dat je naar de politie gaat.' Toen realiseerde ik me dat dít mijn kans was. Ik stak mijn hand in mijn tas en haalde er het stukje papier uit waarop Ali de datum en het tijdstip van het bezoek van Jamie aan dr. Emory had opgeschreven in dramatische turkooizen krulletters.

'Ik heb een afspraak met iemand gemaakt met wie je kunt praten,' legde ik uit, en ik schoof het naar de overkant van het keukeneiland.

'Dr. Emory? Is dat geen… psychiater? Hoezo? Denk je dat ik niet goed bij mijn hoofd ben?'

'Nee, natuurlijk niet,' zei ik, hoewel ik eerlijk gezegd geen idee had wat er zich precies in het hoofd van Jamie afspeelde. Ik wist alleen wel dat er meer achter zijn obsessie voor Ali stak dan hij me vertelde. 'Je zei dat je naar mevrouw Mather ging omdat je wilde praten. Nou, dit is iemand die daarvoor betaald wordt. Iemand die jou echt kan helpen, Jamie.'

Jamie staarde naar het stukje papier en verfrommelde het toen tot een bal. Ik verwachtte dat hij het daarna in de vuilnisbak zou gooien, maar iets deed hem van gedachten veranderen. Hij legde het verfrommelde papier op het keukeneiland en streek het met de platte hand glad. Toen keek hij me weer aan. Ik kon alleen maar denken aan hoe hij er had uitgezien toen hij vijf was, toen hij bij het kinderhonkbal die slag tegen had gekregen, en dat Gavin toen op de tribune zat. Gavin die niets zei, maar die een en al teleurstelling uitstraalde.

'Oké, ik ga wel, mam. Maar eerst moet je me iets beloven.'

'Wat moet ik beloven, Jamie?' vroeg ik ten slotte; en ondanks mezelf hoorde ik een zweem van ongeduld in mijn stem.

'Je moet me beloven dat je me nooit meer alleen laat,' zei hij met een klein stemmetje.

'In hemelsnaam, Jamie,' zei ik. 'Ik ben maar één dag weg geweest en je was niet bepaald alleen.'

'Beloof het nou maar, oké, mam?' drong Jamie aan. 'Zo niet, dan kun je het op je buik schrijven dat ik mijn hart ga uitstorten bij de een of andere zielenknijper.'

Ik wilde er net mee instemmen, zij het met enige aarzeling, toen ik onderbroken werd door het geluid van een deur die openging. Jamie en ik krompen allebei in elkaar toen Gavin het huis binnenkwam met zijn gebruikelijke geforceerde vrolijkheid. 'Kijk eens aan, leuk dat de familie mij gezamenlijk komt begroeten.'

Hij liep naar me toe en kuste me op de wang, maar zijn lippen waren zo koud dat het een branderig gevoel veroorzaakte.
'Heb ik jullie ergens bij gestoord? Jullie zien eruit alsof ik jullie met jullie handjes in de koektrommel heb betrapt.'

'We hadden het over Jamies algebraproefwerk. Hij denkt dat hij het goed gemaakt heeft. Dat klopt toch, schat?' zei ik, naadloos de overstap makend naar mijn gebruikelijke rol.

Maar toen Gavin mij zijn rug toekeerde keek ik even naar Jamie en vormde met mijn lippen de woorden: 'Ik beloof het.' Natuurlijk wist ik toen nog niet hoeveel die belofte voor mijn zoon betekende. Of hoe duur het ons zou komen te staan toen ik mijn woord niet hield.

15

De volgende dag was de situatie op school aanzienlijk gekalmeerd. Beth Shagaury had besloten om Brian in kleine kring te begraven. Geen open kist waar de leerlingen geconfronteerd werden met de meedogenloze dood van iemand die nog jong genoeg was om hun jeugdige gevoel van onsterfelijkheid een flinke knauw te geven. Geen herdenkingsdienst waar mensen die de handvaardigheidleraar hadden genegeerd – of nog erger, die zich hadden verkneukeld over zijn gestage aftakeling op school – hun emoties over zijn verlies de vrije loop konden laten. Zelfs in de advertentie in de krant had alleen het hoognodige gestaan. *Brian Shagaury, in de leeftijd van tweeëndertig jaar, vader van…, zoon van…, broer van…, leraar op de Bridgeway High School.* Toen ik het las, stelde ik me de gretige blikken van de stad voor, de onverzadigbare zielen, die snakten naar iets waarmee ze hun eigen miezerige leventjes wat meer glans konden geven. Maar er was niets. Zelfs de pathetische dood in het motel met al die wanhoop die eraan vooraf was gegaan, en de verschrikkelijke beelden die daardoor werden opgeroepen, werden weggevaagd door de bekende neutrale beschrijving: *is plotseling overleden.* Het enige waar de roddelaars hun tanden nog in konden zetten, was het opvallende ontbreken van de naam van Beth in de lijst van nabestaanden.

Ik was op weg naar school bij een bloemenzaak langsgegaan en had een dozijn rozen gekocht die ik op een tafel voor het kantoor zette met een klein smaakvol kaartje erbij: *Ter herinnering aan Brian Shagaury: Leraar, Collega, Vriend.* Bijna iedereen die erlangs kwam, bleef even staan. De meisjes bukten zich om de zoete geur op te snuiven en de jongens raakten een ogenblik het bordje aan, alsof ze via hun vingertoppen de woorden in zich wilden opnemen. Het voorzag blijkbaar in een behoefte aan een ingehouden eerbetoon. Het was zelfs zo dat iedereen zo veel respect had dat toen Ali een van de rozen eruit haalde en die in een klein vaasje in haar lokaal zette, niemand een onvertogen woord zei. Tenminste niet in mijn bijzijn.

Toen Simon Murphy mijn kantoor in kwam om me te bedanken voor het gebaar, zei ik terloops dat Jamie de volgende dag om elf uur een afspraak bij de tandarts had. We zouden dus allebei een poosje vrij moeten hebben. De directeur gaf onmiddellijk nietsvermoedend zijn toestemming. De rest van de dag had ik het te druk om na te denken. Er was een stapel brieven van de dag dat ik er niet was, die mijn aandacht behoefden, en het leek net of alle leraren opeens mijn hulp nodig hadden. Er moesten formulieren worden gekopieerd en hand-outs op de computer uitgetypt en daarna geprint. Maar zoals gewoonlijk genoot ik van het bezig zijn. Gavin mocht mijn baan dan eentonig en 'onbevredigend' vinden, ik wist wel beter.

Voordat ik het in de gaten had, was het drie uur en tijd om naar huis te gaan. Maar Ali was nog bezig met een privéleerling en ik had nog wat achterstallig werk op het kantoor, dus bleven we nog een uurtje langer op school. De dag was voorbijgevlogen en ik had niet één sigaret gerookt. Misschien was dit wel de aangewezen dag om ermee te stoppen, zei ik tegen Ali, voordat ik haar bij haar huis afzette.

Ik was zo opgetogen over de positieve veranderingen die ik in mijn eigen leven aan het bewerkstelligen was, dat ik nauwelijks had gemerkt hoe treurig ze eruitzag op weg naar huis of hoe ze de hele tijd aan de roos rook die ze mee naar huis had genomen. Pas toen ze de auto al uit was, besefte ik dat ik wel wat invoelender had mogen zijn. Ik had niet gevraagd of iemand die dag een hatelijke opmerking had gemaakt. Of hoe ze met haar eigen verdriet omging. Ik dacht nog steeds aan Ali toen ik mijn eigen straat in reed en iets op de oprit zag staan waar ik absoluut niet op zat te wachten: de witte Mercedes van Gavin.

'Shit,' mompelde ik toen ik mijn auto achter de zijne zette. 'Wat heeft hij nou thuis te zoeken op dit tijdstip?' Zonder erbij na te denken graaide ik in mijn tas, haalde de sigaretten eruit en stak er een op.

Ik stond nog steeds tegen de auto geleund te roken, toen Jamie met gebogen hoofd het huis uit kwam stormen. Hij keek niet op of om toen hij langs me heen rende. Eerst dacht ik nog dat hij te overstuur was om mij op te merken, maar toen ik zijn naam riep, bleef hij rennen.

Pas toen hij aan het einde van de oprit was, draaide hij zich met een ruk naar me om. 'Ik wist wel dat het een slecht idee was!' schreeuwde hij. Zijn gezicht was helemaal vlekkerig. Zo kwaad had ik hem nog nooit gezien.

'Waar heb je het over, Jamie?' vroeg ik. Ik liet mijn sigaret op de grond vallen en maakte hem met mijn voet uit.

'O, je hebt alleen maar alles dubbel zo erg voor me gemaakt, meer niet. Ik weet verdomme niet waarom ik naar je heb geluisterd.'

Een minuut lang stond ik verstijfd naast mijn auto toe te kijken hoe deze, mij onbekende, zoon voor de tweede keer zijn ware gezicht liet zien. Toen ik hem toeriep dat hij op moest houden, was hij al bijna de straat uit.

Na deze confrontatie op de oprit ging ik behoedzaam het huis binnen, alsof ik verwachtte dat het omhulsel dat ons leven bij elkaar hield de totale verwarring zou weerspiegelen die ik bij Jamie had gezien. Maar zowel de aanblik van mijn glanzende keuken als het geluid van de jazz uit de studeerkamer waar Gavin soms naar luisterde, stelde me algauw gerust. Hij had zijn jas netjes in de garderobekast opgehangen, en toen ik met mijn vinger over het aanrecht ging en hem bij mijn neus hield stelde de citroengeur me ook gerust. Misschien had hetgeen Jamie zo overstuur had gemaakt niets met Gavin te maken. En ook niet met mij. Misschien was zijn vijandige houding buiten niets anders dan een ongerichte puberale uitbarsting. Ik schonk mezelf een glas wijn in en tastte in mijn zak naar het stukje papier waarop Ali Jamies afspraak had geschreven. Met een gerustgesteld gevoel schopte ik mijn schoenen uit, zakte neer op een kruk en pakte de krant.

'Ken ik u ergens van?' Gavin joeg me de stuipen op het lijf toen hij met die woorden op de kruk naast de mijne ging zitten. Hij zette zijn gin-tonic op het aanrechtblad en glimlachte kil.

'Hè?' zei ik, zo geschokt door zijn plotselinge verschijnen dat ik een beetje van mijn wijn morste.

Gavin pakte een servet en begon het op te vegen. 'Het was een grapje, schat. Een zwakke poging tot humor. Iets waar in dit huis altijd een groot gebrek aan is geweest.'

Omdat ik nu pas het stomme versierzinnetje herkende, probeerde ik een lachje tevoorschijn te toveren. 'Sorry. Ik was, denk ik, met mijn gedachten heel ergens anders. Het was best een moeilijke dag op school.'

'O ja, ik was bijna vergeten dat er zich een drama bij jullie afspeelt,' zei Gavin lijzig. 'Hoe is die arme mevrouw Mather eronder?'

Ik sprong zenuwachtig op, liep naar de gootsteen om een spons te pakken en begon de plek schoon te vegen die door Gavin al onder handen was genomen. 'Het is geen grap, Gavin. De man had een jong gezin,' zei ik. Ik moest mijn best doen om mijn wrevel te verbergen. Hoewel ik weigerde zijn kant uit te kijken, voelde ik zijn starende blik. De bekende knoop achter mijn borstbeen kwam zo hevig terug dat ik bijna naar adem snakte.

'Jeanne, wil je alsjeblieft je preken over de ernst des levens bewaren voor de mensen die het nodig hebben?' zei hij, en zijn stem klonk openlijk geïrriteerd. 'Mensen als die vriendin van jou, die met levens spelen alsof het schaakstukken zijn?'

'Het was niet mijn bedoeling een preek af te steken, Gavin. Ik wou alleen…' stamelde ik, maar plotseling wist ik niet meer wat ik wilde zeggen. Het enige wat ik wilde, was zo gauw mogelijk wegwezen. 'Ik wilde net naar boven gaan om me om te kleden.'

Maar Gavin stond op om me tegen te houden. 'Ik dacht dat we samen iets konden drinken. Net als vroeger. Herinner je je nog hoe het vroeger was, Jeanne?' Hij glimlachte weer, maar zijn blik was ijskoud. 'Toen hadden we het goed samen, hè?'

Ik ging weer op mijn kruk zitten en nam een grote slok wijn. 'Ja, heel goed,' mompelde ik, maar het klonk niet erg overtuigend, zelfs niet in mijn eigen oren.

'Heb je je nooit afgevraagd waarom ik met je ben getrouwd, Jeanne?' zei Gavin.

Ik draaide met een ruk mijn hoofd naar hem om, want nu raakte hij aan mijn grootste bron van onzekerheid. Mijn angst dat ik nooit goed genoeg was geweest voor mijn echtgenoot, de dokter. Ik was te geschokt om iets te zeggen.

Gavin gaf me met gespeelde vriendelijkheid een klapje op mijn hand. 'Het is niet mijn bedoeling een teer punt aan te raken, schat, maar we weten allebei wat de mensen zeiden. Dat ik beneden mijn stand ben getrouwd. Een meisje zonder enige opleiding uit een arm gezin. Een meisje dat zo verschrikkelijk haar best deed dat het bijna gênant was, maar die nooit haar gebrek aan afkomst heeft kunnen verbloemen.'

'Ik… ik moet naar boven,' zei ik, want ik wilde vluchten voor zijn woorden, voor de waarheid waaraan ik al sinds mijn huwelijk met Gavin had proberen te ontkomen.

Maar Gavin pakte me bij mijn pols, zoals hij ook had gedaan op die avond voordat ik naar Ali ging. 'En waarom dan wel? Dat vroeg men zich af. Jazeker, die kleine Jeannie was niet onaantrekkelijk, maar zeker geen schoonheid, en haar pogingen om met de mode mee te gaan vielen, hoewel goedbedoeld, soms bijna lachwekkend uit…'

'Hou op,' zei ik op smekende toon, toen me een beeld van de lelijke Jeanne die op naaldhakken naar haar werk ging te binnen schoot. Ik barstte in huilen uit, maar Gavin hield mijn polsen nog steeds in een ijzeren greep.

'Wil je dan niet weten waarom? Waarom ik bij dat concert de kleine Jeanne uitkoos? Waarom ik haar mee uit eten nam in chique restaurants waar ze geen flauw benul had welke vork bij wat hoorde? Waarom ik de grootste, meest opvallende diamanten ring die ik kon vinden voor haar kocht?'

Ik voelde hoe ik tegen mijn wil knikte. *Ja, dat wilde ik wel weten. Die vraag had me achtervolgd. Waarom had Gavin mij uitgekozen en hoe lang zou het duren voordat hij besefte dat hij een fout had gemaakt? Hoe lang zou het duren voordat hij me terugstuurde naar de troosteloosheid van mijn vroegere leven, met mijn onhandige, moeilijke zoon in mijn kielzog?*

'Omdat ik dacht dat ik je kon vertrouwen. Daarom,' zei hij. Hij onderbrak de reeks van irrationele angsten die door mijn hoofd spookten. 'En vertrouwen betekent heel veel voor me, Jeanne. Je zou kunnen zeggen dat het alles voor me betekent.'

'Maar je kon me ook vertrouwen,' protesteerde ik. 'Dat kun je nog, Gavin. In godsnaam laat me los.'

Gavin keek neer op zijn hand en op de mijne alsof het vreemde voorwerpen waren, alsof hij zich niet bewust was van wat hij deed. Hij liet mijn pols even heftig los als hij hem had vastgegrepen en hij leek geschrokken van de witte afdruk die zijn hand had achtergelaten.

Maar hij ging verder alsof hij mij niet had gehoord. 'Natuurlijk hebben we onze meningsverschillen gehad. Je weet dat ik altijd bezwaren heb gehad tegen de manier waarop je met onze zoon bent omgegaan. De manier waarop je hem vertroetelt en zijn verslavingsgedrag aanmoedigt. Maar ik heb altijd geloofd dat je de belangen van het gezin voor ogen had. Je wist gewoon niet beter, net als die keer toen je op mijn werk verscheen in zo'n stom pakje. Maar hoe kon ik je dat kwalijk nemen? Zoals ik al zei, je wist gewoon niet beter.'

'Alles wat ik heb gedaan is altijd voor…' begon ik, maar toen had ik de moed niet meer om mijn zin af te maken. Misschien had Gavin wel gelijk. Misschien was ik zelf wel de oorzaak van de snel verergerende problemen van Jamie.

Maar het deed er niet toe dat ik niet in staat was om logisch te denken en dat ik niets tegen hem in kon brengen. Gavin luisterde alleen maar naar zichzelf. 'Ik heb altijd gedacht dat je begreep hoe belangrijk mijn goede naam was in deze stad,' vervolgde hij. 'Hoe belangrijk de goede naam van de familie was. Want zeg nou zelf, wat heeft een dokter anders dan zijn goede naam?'

'Gavin, ik…' stamelde ik, en toen werd alles me opeens duidelijk. De scène die Jamie op de oprit had geschopt. De beschuldigingen van Gavin. Plotseling viel alles op zijn plaats. Ik vergat bijna dat mijn man in de kamer was en liep naar de telefoon en drukte op een knop op het antwoordapparaat. Er waren twee boodschappen van vrienden van Jamie die er nog op stonden van de dag tevoren en een boodschap van die morgen. Een boodschap die Gavin klaarblijkelijk had gehoord voordat ik tijd had hem te onderscheppen.

Voordat de secretaresse van dr. Emory haar standaardpraatje kon afmaken dat ons herinnerde aan de afspraak van de volgende dag, drukte ik op de knop om alles te wissen. Maar het duurde wel meer dan een minuut voordat ik de moed bij elkaar had geraapt om me om te draaien en Gavin in de ogen te kijken. Desondanks voelde ik hoe zijn ogen zich in mijn rug boorden. Beschuldigend. Vol haat.

'Ik wilde het je vertellen,' zei ik, toen ik me ten slotte naar hem omdraaide. 'Ik zweer het, Gavin. Ik wilde het je vanavond vertellen.'

Maar Gavin was zijn hoofd al aan het schudden. 'Beledig me niet met die leugens, Jeanne. Als ik vandaag niet vroeg naar huis was gekomen omdat ik hoofdpijn had, had ik het niet geweten voordat het te laat was.'

'Te laat waarvoor? God, Gavin, ik ging met Jamie naar iemand toe om te praten, niet voor een hersenoperatie.'

'Heb je gehoord wat ik zei over mijn goede naam? Dr. Emory is een collega van me, Jeanne,' zei Gavin, gewichtigdoenerig als altijd. 'Jij kent haar misschien niet, maar ik zie haar bijna elke dag in het ziekenhuis.'

'Het gesprek met Jamie zou vertrouwelijk zijn; dat weet je toch, Gavin? Die vrouw zou heus niet over hem – of ons – in de wandelgangen van het ziekenhuis gaan lopen roddelen.'

'De enige deskundige met wie Jamie zou moeten praten is een goede voedingsdeskundige. En dat zou jij nooit goed vinden, hè, Jeanne?'

'Dat is niet waar, Gavin,' flapte ik eruit. Voor deze ene keer won mijn woede het van mijn angst. 'Jamie heeft problemen waar wij geen van beiden weet van hebben. Ernstige problemen.'

'Misschien geldt dat voor jou, Jeanne. Maar ik waarschuw je al jaren voor de mogelijke gevolgen van jouw daden.' Gavin keek me woedend aan. 'Nu is het al zover dat het joch een stel ernstige delicten heeft begaan. Delicten die zijn leven zouden kunnen verwoesten als men erachter kwam.'

Ik wist niet meer hoe ik het had. *Hij wist het. Gavin wist alles.* 'Wie heeft je dat verteld?' vroeg ik zachtjes.

'Ik heb het uit de eerste hand gehoord om je de waarheid te zeggen,' antwoordde Gavin. Hij liep de keuken door en maakte nog een drankje voor zichzelf klaar. Hij sneed een limoen door op die precieze manier van hem, waar ik me opeens ontzettend aan ergerde. 'Pal voordat jij thuiskwam, heeft Jamie me alles verteld. En hij heeft me beloofd dat het afgelopen was. Hij zorgt dat hij voortaan bij jouw vriendin uit de buurt blijft.'

'Maar als hij dat niet doet? Of als het de volgende keer om iemand anders gaat? Gavin, we kunnen het niet gewoon negeren…'

'Ik zei dat het afgelopen is,' brulde Gavin. 'Hij heeft een fout gemaakt, Jeanne. En die fout was ook wel enigszins uitgelokt.'

'Waar heb je het over? Dat het Ali's schuld was dat Jamie haar heeft gestalkt? Dat hij bij haar heeft ingebroken en haar spullen heeft gestolen?'

Gavin haalde zijn schouders op. 'Ik pleit Jamie niet helemaal vrij, maar het is duidelijk dat die vrouw kickt op dit soort dingen. Je hoeft alleen maar naar recente gebeurtenissen te kijken en…'

'Dus nu geef je Ali ook nog de schuld van de dood van Brian? Dat is niet eerlijk, Gavin en dat weet je.'

'Ik heb niets met de dood van Brian te maken, Jeanne. Ik heb niets met Ali te maken. De enige met wie ik iets te maken heb is mijn zoon, en zoals ik zei, hij ziet in dat hij fout zit. Zolang jij niet iets doms doet, is het daarmee afgelopen. Als je daarentegen erop staat er buitenstaanders bij te halen, dan weet je niet waar dit op uit kan draaien.'

'Je hebt de afspraak afgezegd,' zei ik verslagen. Er was geen vraag in mijn stem.

'Ik heb tegen de secretaresse gezegd dat het probleem is opgelost. En dat is ook zo.'

Ik knikte zwijgend, zonder hem aan te kijken.

'En probeer alsjeblieft geen nieuwe afspraak te maken, Jeanne, want Jamie heeft al tegen me gezegd dat hij zal weigeren te gaan.'

Omdat ik me herinnerde wat mijn zoon buiten tegen me had gezegd, deed ik geen poging meer om te antwoorden. Gavin had duidelijk gelijk. De enige keer die ik me kon herinneren dat ik me even hopeloos had gevoeld was toen ik naar het levenloze lichaam van mijn broertje in de kist had gekeken. Toen ik heel even stiekem zijn wang had aangeraakt en niet de warmte voelde van de jongen die ik kende, maar de hardheid van hout. Van staal. Van de rotsachtige aarde.

Gavin pakte zijn drankje en zette koers naar zijn studeerkamer, maar toen bleef hij staan en draaide zich in de deuropening om. 'O, en nog iets, Jeanne. Net nadat je thuis kwam, heb je een sigarettenpeuk op de oprit laten vallen. Je weet hoe ik over rotzooi denk.'

Ik was volledig verlamd en kon hem alleen maar aankijken. Toen deed ik mijn jas aan en ging naar buiten om naar de boosdoener te zoeken. Als altijd was ik blij met deze geestdodende taak, want daar kon ik mijn rondrazende gedachten mee kalmeren.

16

Na zijn confrontatie met Gavin over de afspraak bij de dokter, ging Jamie me uit de weg en was hij steeds vaker bij zijn vrienden. Het was de eerste keer dat ik langdurig alleen thuis was. Ik bestudeerde de inhoud van mijn eigen huis als een archeoloog die een verloren beschaving probeert te doorgronden. Ik staarde lang naar de ingelijste foto's die ik in het trapgat had gehangen, naar de glimlachende gezichten van mijn gezin; ik bladerde aandachtig de fotoalbums door en tuurde naar de video's die ik zo nauwgezet had bewaard en waarop elke Kerstmis en elke vakantie was geregistreerd. Al die bewijzen die ik had verzameld om te bewijzen dat we gelukkig waren. Normaal. Een gezin zoals alle andere in onze straat, in onze stad, als de gezinnen die ons toelachten van ons tv-toestel.

Waar ik precies naar zocht toen ik de oude videobanden bekeek van Jamies verjaardagsfeestjes, of van het jaarlijkse feest dat we met Kerstmis gaven voor Gavins collega's en hun echtgenotes, weet ik niet. Misschien zocht ik naar het moment waarop alles fout was gegaan, naar iets wat de schrijnende eenzaamheid kon verklaren die ik elke avond voelde als we met z'n drieën aan tafel zaten. Of de uit het niets opdoemende angst, waarvan ik vaak midden in de nacht wakker werd. Opgeschrikt uit de slaap beeldde ik me vaak in dat ik de telefoon hoorde. Maar als ik dan overeind ging zitten, badend in het zweet, met mijn man slapend naast me, was er alleen maar stilte. Een stilte die alleen werd verbroken door het monotone getik van Gavins wekker. Het was altijd al mijn zwakke punt geweest om krampachtig vast te houden aan de dagelijkse gang van zaken, een gang van zaken die gewoonlijk draaide om mijn man en mijn zoon. Nu die twee bijna elk weekend weg waren, wist ik absoluut niet wat ik met mezelf moest aanvangen. Ik begon regelmatig naar bars te gaan. Nou ja, geen echte bars – laten we zeggen dat ik naar restaurants ging met een schemerig bargedeelte waar een vrouw alleen niet opviel. Daar at ik dan iets in mijn eentje – meestal een salade of een halve sandwich en soep en een paar exotische drankjes met leuk klinkende namen. Het soort dat de voorspelbare Jeanne nooit bestelde, maar dat Ali altijd graag uitprobeerde: screwdrivers, mangomargarita's, martini's in felle kleuren. Ik dronk precies genoeg om me te sterken bij mijn echte activiteit van het weekend: zoeken. Het huis doorzoeken met alle lichten aan naar iets wat ik niet onder woorden kon brengen en wat ik waarschijnlijk ook niet zou willen zien. Zoeken met dezelfde manische energie en angst waarmee ik al eerder de kamer van mijn zoon had uitgekamd.

Natuurlijk noemde ik het niet 'zoeken' – zelfs niet tegen mezelf. Ik noemde het 'de grote schoonmaak'. Op die manier kon ik, als Gavin me vroeg wat ik dat weekend had gedaan, met een gerust geweten zeggen: 'O, ik ben met de grote schoonmaak bezig geweest. Eerlijk gezegd ben ik bekaf.' Dat laatste was in ieder geval waar. Elke zondagavond, als Jamie terugkwam van zijn logeerpartijtjes en Gavin van zijn conferenties, troffen ze me uitgeteld op de bank aan, volkomen afgepeigerd van een weekend waarin ik als een waanzinnige in kasten en laden had zitten wroeten. Ik zuchtte van opluchting als elk zorgvuldig doorzochte hoekje van het huis geen verrassingen opleverde, maar ik werd algauw overvallen door een nieuwe angstaanval als ik dacht aan nóg een la of kast die ik moest doorzoeken. Lag het daar? vroeg ik me af, hoewel ik met geen mogelijkheid had kunnen zeggen wat 'het' was.

Het verbaasde me niet echt toen Jamies kamer, die ik elk weekend afspeurde met de koortsachtige grondigheid van een FBI-agent die een grote zaak gaat oplossen, geen verder 'bewijsmateriaal' opleverde. Als Jamie al iets in bezit had wat me zou kunnen alarmeren, liet hij dat blijkbaar voorzichtigheidshalve niet meer rondslingeren. Niettemin weerhield me dat er niet van om te blijven zoeken. En het weerhield me er ook niet van troost te vinden in de normale dingen die ik in donkere hoekjes van de kamer aantrof – losse gymsokken, lege zakjes waar fruittaartjes in hadden gezeten en wikkels van Marsrepen, opgefrommelde algebraproefwerken met slechte cijfers en met in rood boven aan de bladzijde een kleine aantekening van de leraar: *Neem contact op!* Zie je wel, zei ik tegen mezelf toen ik tevreden de kamer overzag waar ik net in had huisgehouden. Niets om je zorgen over te maken. Niets wat je niet zult vinden in elke kamer van een puber. Telkens had ik het gevoel dat ik weer iets had bewezen tegenover George Mather, die bemoeial.

Omdat ik mijn speurtochten in het weekend en mijn angstaanvallen nauwelijks rationeel kon noemen, wist ik niet helemaal zeker of ik nog wel op mijn oordeel kon vertrouwen. Ik merkte dat ik het steeds vaker met Gavin eens was. Als ik nu dacht aan de paarse pennen van Ali en aan haar schilpadkammen en haar gezicht dat me glimlachend aankeek vanaf het krantenknipsel dat kinderlijk was toegetakeld met nepbloed uit de feestartikelenwinkel, richtte het grootste deel van mijn woede zich tegen haar. Ik wist dat Ali hier het slachtoffer was, maar moest ze daar nu per se zo, nou ja, zo mee te koop lopen? Met haar korte rokjes en haar laarzen, het haar dat verleidelijk over een schouder hing? Het was echt geen wonder dat een kwetsbare puber in haar ban was geraakt. Het was bijna alsof ze onbewust Jamie naar haar huis had gelokt, hem wenkend met haar mooie spulletjes, met de leliegeur die om haar heen hing.

Nadat ik me ervan had vergewist dat er zich niets verdachts bevond tussen de spullen van mijn zoon, stortte ik me op de hoeken van het huis die door Gavin waren ingepikt; ik snuffelde door zijn keurig georganiseerde laden, de sporttas die hij altijd gepakt en wel had klaarstaan, zijn kast en de zakken van al zijn pakken en overjassen. Het enige interessante wat ik vond was een sleuteltje dat was weggestopt achter in zijn sokkenla. Ik stond er heel even mee in mijn hand en draaide het om en om alsof het me iets kon vertellen. Toen zag ik in gedachten de heerszuchtige frons van mijn man en legde het behoedzaam op zijn plaats terug. Misschien zou ik de volgende keer dat Gavin aankondigde dat hij weg moest, er nog eens naar kijken, dacht ik, toen ik het zorgvuldig met sokken bedekte.

Die gelegenheid diende zich al twee weken later aan. Toevallig was het in dezelfde week dat er vakantie op school was. Het was niet de meest gemakkelijke week geweest. Zoals ik al vreesde, was Jamie gezakt voor twee vakken en had hij voor de rest krappe voldoendes gehaald. Ik maakte me al zorgen hoe ik Gavin moest vertellen dat onze zoon in de vakantie naar school zou moeten als hij over wilde gaan. Het rapport had ik onder in mijn tas verstopt; weer een geheim dat Jamie en ik voor 'pap' verborgen hielden.

Omdat ik mijn baan op school had opgezegd, had ik niet zomaar vakantie. Ik was klaar. Natuurlijk had ik toen mezelf al wijsgemaakt dat Gavin gelijk had: ik was een doktersvrouw met een ruim gezinsinkomen. Waarom had ik veertig uur in de week een baan die ik helemaal niet nodig had? Ik kon mijn tijd toch wel zinniger besteden dan met dossiers ordenen of omgaan met lastige pubers? Ik was er onderhand bijna van overtuigd dat ikzelf op het idee was gekomen om mijn baan op te geven.

Desondanks voelde ik me bibberig en bijna duizelig toen ik

voor de laatste keer de school uit liep, met in de ene hand de inhoud van mijn bureau en in de andere een grote bos rozen die Simon Murphy me had gegeven. Toen ik thuiskwam was Gavin aan het pakken. Hij wierp een vluchtige blik op de rozen die bloedrood in mijn armen lagen en kondigde toen aan dat hij het weekend in Burlington in de staat Vermont moest zijn. Hij had kennelijk een ontmoeting met een andere arts om de nieuwste chirurgische methoden te bespreken die werden gebruikt bij atleten met ernstige knieblessures. Maar toen ik er meer over wilde weten, keek Gavin me aan op de bekende intimiderende manier.

'Het is niet iets wat je gemakkelijk aan een leek kunt uitleggen,' zei hij met een soort wegwerpgebaar. Zoals altijd krabbelde ik terug. Nee, ik hoefde dat ook niet te weten, ik zou het waarschijnlijk toch niet begrijpen. Ik dacht al aan de sleutel die ik nog maar twee weken geleden in mijn hand had gehad. Toen ik bedacht hoe ik hem ditmaal tevoorschijn zou halen om hem te gebruiken, voelde ik een heimelijke tevredenheid.

Die avond, nadat ik mijn norse zoon had afgezet bij het huis van Brad, ging ik naar Hannibal's. Ik probeerde er niet aan te denken hoe Jamie op weg naar Brad was opgegaan in een liedje op de autoradio, en hoe hij de donkere straat in had gestaard. Hij negeerde me op dezelfde manier als Ali in het begin had gedaan. Ik probeerde te vergeten hoe hij snel ten afscheid iets had gemompeld zonder me zelfs maar aan te kijken, of hoe hij zich blijkbaar niet bekommerde om zijn slechte schoolprestaties. Ik wilde ook niet denken aan de inhoud van mijn bureau op school die ik die middag mee naar huis had gebracht. Vijftien jaar van mijn leven in een kleine kartonnen doos. Zoals zo vaak vroeg ik me af hoe ik me door Gavin had laten overreden. Hoe hij me bijna had laten geloven dat het opgeven van mijn baan – de enige plek waar ik me nuttig voelde en verantwoordelijk – mijn eigen idee was geweest.

Na twee drankjes rekende ik af en ging op weg naar huis, maar ondanks de alcohol was ik de arrogante uitdrukking op het gezicht van Gavin nog niet vergeten toen hij tegen me zei dat ik die nieuwe therapie die hij zich eigen maakte toch niet zou begrijpen. Of het bolle gezicht van mijn zoon toen hij zich in de auto van me afkeerde. Ze hingen me allebei de keel uit. Zij en hun geheimen.

De sleutel lag nog op precies dezelfde plaats. Even complimenteerde ik mezelf met mijn buitengewone talenten als detective. Ik had kennelijk de laden en kasten zo netjes achtergelaten dat Gavin geen enkele verdenking koesterde dat ik tijdens zijn afwezigheid in zijn spullen had zitten snuffelen. Toen mijn hand zich om de sleutel sloot, voelde hij klam aan, maar ditmaal zou ik de waarheid niet uit de weg gaan. Ik liep naar beneden en meteen door naar de afgesloten deur van de studeerkamer.

Gavin had de studeerkamer, zijn persoonlijke toevluchtsoord, eigenhandig gebouwd, meteen nadat we het huis hadden gekocht. Toen ik naar de deur toe liep, herinnerde ik me de eerste keer dat ik er naar binnen was gegaan, opgewonden dat hij eindelijk klaar was. Maar toen ik de drempel overschreed, was Gavin ogenblikkelijk opgesprongen van achter zijn bureau, waar hij net een anatomische illustratie van de knie aan het bestuderen was. 'Ja, Jeanne, wat is er?' had hij gezegd, en hij ging zo staan dat ik niet verder kon. Later had hij me rechtstreeks gevraagd uit zijn kamer te blijven met de verklaring dat hij bang was dat er iemand aan zijn belangrijke papieren kwam. En aan de computer mocht ik ook niet komen. Ook al had Gavin de deur niet afgesloten gehouden, dan nog zouden Jamie en ik zijn weggebleven, afgeschrikt door zijn duistere, dreigende blik als hij zelfs maar vermoedde dat we in de buurt van de studeerkamer waren geweest.

Nu ging ik op weg naar de kamer met dezelfde door alcohol versterkte vastberadenheid die ik had opgebracht toen ik de spullen van mijn zoon aan een onderzoek had onderworpen. Ik stak het sleuteltje dat ik in Gavins sokkenla had gevonden in het slot van de studeerkamer. Hoewel ik het ding nog nooit eerder had gezien, wist ik vrij zeker dat het zou passen. Maar toen dat inderdaad het geval was, toen de deur van de kamer waar ik in tien jaar nog geen drie keer was geweest, openging, hield iets me tegen. Hoe voorzichtig ik ook te werk ging, ik wist dat Gavin zou voelen dat ik er was binnengedrongen. Ik kon bijna voelen hoe hij me gadesloeg, zoals ik me ook soms verbeeldde dat de nacht-blauwe ogen van George Mather op me waren gericht als ik als een indringer door mijn eigen huis snuffelde. Maar deze keer deed de gedachte aan de ergernis van Gavin me alleen maar ge-noegen.

Ik deed het licht aan in de smalle kamer en werd onmiddellijk door de rustige elegantie de kamer binnengelokt. De muren wa-ren koel grijs geschilderd en een Perzisch tapijt op de hardhou-ten vloer complementeerde het warme eiken meubilair. Een vleug van Gavins eau de toilette en de aanblik van zijn oude stu-dieboeken, die keurig waren gerangschikt op de boekenplanken, overdreven netjes geordend in afmetingen van klein naar groot, deden me bijna weer de kamer uit vluchten. Maar toen ik dacht aan de hooghartige blik van Gavin toen hij zei dat ik de geavan-ceerde medische technieken die hij ergens ging bestuderen nooit zou kunnen bevatten, trok ik een stoel naar achteren en zette de computer aan. Ik wierp een snelle blik op de documenten die in Gavins bestand waren opgeslagen en zag alleen maar een zeer ge-detailleerd digitaal huishoudboekje dat te saai was om te lezen (mijn man was zo'n krent en zo'n pietje precies dat hij elk kopje koffie dat hij in de cafetaria van het ziekenhuis bestelde, noteer-de), en een aantal mappen met aantekeningen over diverse pa-tiënten. Omdat ik daar echt niet in geïnteresseerd was, schakelde ik de computer uit en staarde naar het lege scherm.

Toen nam ik het bureau onder handen en begon ik de laden te doorzoeken. Die speurtocht leverde evenmin iets op, behalve nog meer bewijzen van de bijna pathologische netheid van mijn man. Zelfs de paperclips lagen keurig op een rijtje in hun kartonnen doosje. De gedachte aan Gavin die de tijd nam om paperclips op een rijtje te leggen of om ervoor te zorgen dat elk potlood dat in een beker stond in een perfecte punt was geslepen, vervulde me met afkeer.

Op het allerlaatste moment probeerde ik ook nog de laatste lade van het bureau open te maken en merkte dat die, net als de deur naar de kamer, op slot zat. Ik nam een van de paperclips uit het nette rijtje uit het doosje en probeerde de la open te breken. Toen dat me niet lukte, begon ik wat roekelozer in de kamer te zoeken en probeerde ik me in te denken waar Gavin de sleutel kon hebben verstopt. Ik was zo verdiept in mijn speurtocht dat ik niet hoorde hoe iemand zachtjes op de deur klopte. Ik hoorde het pas toen de voordeur kraakte en een bekende stem riep: 'Hallo? Jeanne, ben je thuis?' Het was Sharon Breen, de moeder van Toby.

Op datzelfde moment ving ik een glimp op van mijn gezicht in een spiegeltje in de hal. Een vrouw keek me aan die ik bijna niet herkende. Mijn haren stonden alle kanten op, omdat ze waren ontsnapt aan de clip waarmee ik ze bij elkaar hield. De make-up die ik zo zorgvuldig had opgebracht voor mijn bezoek aan de bar was door het zweet helemaal uitgelopen. Maar het meest alarmerend waren mijn ogen; ze stonden zo panisch dat ik vlug wegkeek. Misschien dat Sharon zou denken dat ik sliep of dat ik weg was, als ik me helemaal stilhield.

Maar in plaats daarvan kwam ze nog wat verder het huis in en riep weer: 'Jeanne, is alles goed met je?'

Waarom vroegen de mensen me dat toch steeds? Ze klonk net als George Mather. Ik stapte naar buiten en liep naar de hal, zo boos dat ik vergat hoe ik eruitzag.

'Natuurlijk is alles goed met me,' zei ik. De irritatie in mijn stem was duidelijk te horen. 'Ik was gewoon wat aan het schoonmaken, meer niet.'

Omdat ze kennelijk schrok van mijn uiterlijk en ook van mijn onkarakteristieke reactie, deinsde Sharon achteruit. 'Het spijt me,' zei ze. 'Het was niet mijn bedoeling om zomaar bij je binnen te vallen. Maar alle lichten waren aan en je auto stond voor en…'

Toen pas zag ik het in zilver verpakte doosje in haar hand. 'Nee, alsjeblieft, ík moet juist mijn excuses aanbieden,' zei ik beschaamd. 'Ik had alleen… ik denk dat ik gewoon geschrokken ben. Wil je wat drinken? Thee? Wat fris?'

'Nee, dank je. Ik wilde dit alleen even komen langsbrengen. Jouw aanwezigheid al die jaren op de High School was zo fantastisch. Ik weet niet hoe ze je ooit kunnen vervangen.' Sharon reikte me de mooi verpakte doos aan. 'Het is niets bijzonders. Jamie vertelde dat je een zwak hebt voor Belgische bonbons, dus…' begon ze, en toen stak ze haar andere hand uit en raakte mijn arm aan. 'Mijn god, Jeanne, je beeft helemaal. Weet je zeker dat alles goed met je is? Want als je ooit een keer wilt praten… nou ja, men zegt dat ik vrij goed kan luisteren.'

Daar had je het weer, die vraag: Is er iets? Is alles goed met je?

'Met mij gaat het prima,' zei ik kortaf, en ik pakte het cadeau aan. Maar toen had ik mezelf weer onder controle. Ik probeerde haar op een beleefde manier in de richting van de deur te loodsen. 'Ik denk dat ik het toch moeilijker vond dan ik dacht om mijn baan op te geven. Het is een zware dag geweest, Sharon. Wat aardig trouwens dat je me die bonbons hebt gebracht.'

Sharon ging er meteen vandoor met de gebruikelijke plichtplegingen, maar niets kon haar bezorgde blik verhullen. Het was duidelijk dat, hoe ik ook glimlachte en knikte, de waarheid niet langer verborgen kon blijven. Gulzig maakte ik de doos open en propte een bonbon in mijn mond. Toen ving ik weer een glimp van mezelf op in een van de spiegels die opeens overal in huis hingen. Ik zag eruit als die krankzinnige vrouw uit *Jane Eyre* die eindelijk van de zolder is ontsnapt.

17

Het was zondagmiddag, en zowel Jamie als Gavin zouden over een paar uur terug zijn van hun bezigheden in het weekend. Ik had de dag rustig en productief doorgebracht, vastbesloten een eind te maken aan dat idiote gezoek. Het eten stond te pruttelen in de aardewerken stoofpot en ik besloot eens lekker een ontspannen bad te nemen voordat ik mijn leven weer onder ogen moest zien. Ik haalde de stekker van Jamies draagbare cd-speler uit het stopcontact en nam hem mee de badkamer in. Gelukkig had ik het bad dit keer nog niet aangezet en zodoende kon er niets overstromen of de badkamer vullen met geurig schuim toen ik hét ontdekte, het verraderlijke ding waar ik zonder het te weten naar had gezocht. Na al mijn koortsachtige gezoek lag het daar open en bloot, zoals de waarheid misschien wel de hele tijd al open en bloot te zien was geweest, als ik mezelf maar de kans had gegeven die te zien.

Ik had in het wilde weg wat spullen verzameld die ik nodig had voor mijn bad, toen mijn oog op het washandje viel. In het felle licht van de badkamer viel het in al zijn witte donzigheid extra op. Ik pakte het, bekeek het goed en had geen flauw idee hoe dit vreemde voorwerp in mijn huis was terechtgekomen. Op dat moment zag ik het tekentje in de hoek: *Park Plaza* stond er in een klassiek handschrift. Hoewel ik me uit alle macht probeerde af te sluiten voor de associaties die de woorden bij me opriepen, begon ik onmiddellijk te beven.

Gavin noch ik was in jaren in New York geweest, en uiteraard nooit in het Park Plaza, maar ik kende wel iemand die er was geweest. Ali had zich lekker luxe verschanst in het Park Plaza, toen Brian Shagaury een touw vastknoopte aan de ventilator aan het plafond in een deprimerend motel en een einde aan zijn leven maakte. Was het mogelijk dat Jamie sindsdien in Ali's huis was geweest en het washandje had meegenomen? Probeerde hij me uit de tent te lokken door het in de linnenkast te laten liggen in plaats van het te verstoppen in zijn kamer, net als de schoenendoos? En als hij inderdaad weer in het huis had rondgesnuffeld, wat had hij dan nog meer meegenomen? Had ik iets over het hoofd gezien bij het uitputtende doorzoeken van zijn kamer?

Ik stond op het punt terug te gaan naar de rommelige kamer die vol lag met gymkleren, onafgemaakt huiswerk en de nooit aflatende troep van zijn verslaving aan ongezond voedsel, toen me opeens iets te binnen schoot: ik zag Gavin staan met Ali bij het concert op Cape Cod. Zijn ogen straalden een en al bewondering uit en hij boog zich naar haar toe met een glas wijn in zijn hand. Bijna zonder dat ik het wilde, begon ik het ene met het andere in verband te brengen. Als Brian Shagaury geen zelfmoord had gepleegd in het weekend dat het kwartet in New York speelde, zou ik het uiteraard niet zo goed meer hebben geweten. Maar omdat er een tragedie had plaatsgevonden, stond dat hele weekend in mijn geheugen gegrift. Ik wist ook nog dat ik alleen was geweest. Het was de eerste van de vele conferenties en besprekingen waardoor mijn man de afgelopen maanden zo vaak afwezig was geweest. Dat weekend was hij volgens eigen zeggen in Cleveland geweest.

Ik bladerde koortsachtig door mijn aantekenboekje. Mijn handen trilden zo dat ik ze niet stil kon houden, maar desondanks vond ik de juiste datum. Eronder stond in potlood de naam van het hotel in Cleveland geschreven en het telefoonnummer dat Gavin voor me had achtergelaten voor noodgevallen. Hij wist dat de kans dat ik hem zou bellen praktisch nul was. Mijn handen beefden nog steeds toen ik in mijn slaapkamer de telefoon pakte en het nummer draaide dat Gavin bij die gelegenheid voor mij had achtergelaten. De telefoon ging verscheidene keren over voordat er werd opgenomen. Het was onderhand al laat en de persoon aan de andere kant van de lijn klonk alsof ik haar in haar slaap had gestoord. Naar haar schorre stemgeluid te oordelen vermoedde ik dat het om een vrouw van in de tachtig ging.

'Hallo, spreek ik met het Sheraton Hotel?' vroeg ik, hoewel ik wist dat dat niet zo was. Misschien had ik met mijn bibberhanden wel een verkeerd nummer gekozen, maakte ik mezelf wijs.

'Het wat?' herhaalde de vrouw, die blijkbaar nog steeds niet goed wakker was.

'Het Sheraton? Het Sheraton Hotel in Cleveland?'

'Cleveland?' antwoordde de vrouw op een toon die al veel levendiger klonk. 'Schatje, je bent niet eens warm. Je spreekt hier met Boca Rota in Florida.' En toen wat ongeruster. 'Wat is dit? Is dit een grap?'

'Nee, en het spijt me dat ik u heb gestoord,' zei ik snel. Maar voordat ze ophing, herhaalde ik het nummer nog eens dat Gavin in zijn duidelijke handschrift had opgeschreven om me ervan te vergewissen dat er geen fout was gemaakt. Dat was niet zo. Hij had een vals nummer verzonnen en had niet eens de moeite genomen om het netnummer van Cleveland op te zoeken.

Nadat ik het arme mens weer naar bed had laten gaan, bleef ik even staan met de telefoon in mijn hand. Ik luisterde naar de kiestoon en liet de cijfers van het nummer van Ali in mijn hoofd over elkaar heen buitelen. Hoewel mijn eerste impuls was haar op te bellen om haar ter verantwoording te roepen, bleef er een

twijfel knagen. Stel dat ik ongelijk had? Ik nam het door mij ver-
zamelde bewijsmateriaal nog eens onder de loep. Feit nummer 1:
iemand bij mij in huis had een washandje te pakken weten te
krijgen uit een hotel waar Ali tijdens een recent weekend had
overnacht. Feit nummer 2: mijn man had gelogen over waar hij
was in datzelfde weekend. Hoewel het vrij verdacht was, bewees
het nog niets. Maar omdat ik antwoorden nodig had, en wel
meteen, kon het me niet meer schelen of ik mezelf tegenover Ali
voor gek zette. Ik draaide het bekende nummer en werd begroet
met een boodschap die kennelijk nog niet zo lang geleden was
opgenomen: 'Sorry, ik ben dit weekend weg. Als u een boodschap achterlaat, bel ik u op zondagavond terug.' Haar stem op
het apparaat klonk een beetje plagerig. Het was bijna alsof ze me
tartte met de informatie dat zij en mijn man in hetzelfde weekend de stad hadden verlaten. Maar opnieuw voelde ik me te onzeker om in actie te komen. Het zou nog steeds toeval kunnen
zijn, nietwaar?

Toen schoot me opeens de afgesloten lade te binnen, de enige
plek in het huis die Gavin met grote toewijding voor mijn
nieuwsgierige ogen had verborgen. Ik voelde hoe mijn handen
ophielden met beven en dat mijn vastberadenheid groeide toen
ik het telefoonboek opensloeg en in de Bedrijvengids op zoek
ging naar een slotenmaker. Ik moest en ik zou voordat Gavin
thuiskwam erachter komen wat er in die lade zat. Om er eentje te
vinden die bereid was om op zondag naar me toe te komen, wilde ik desnoods wel alle slotenmakers in de stad opbellen. Mijn
oog viel onmiddellijk op de advertentie voor *Bob's Sleutelservice*.
In grote letters stond er 24 UUR PER DAG.

'Hebt u me hier laten komen om een bureau open te maken?'
vroeg Bob. Hij stond op de drempel van de studeerkamer en
krabde over het kale plekje op zijn hoofd, dat als bij een monnik
omkranst werd door een cirkel van borstelig grijs haar dat alle

kanten op stond. Ik moest hem weggesleurd hebben van zijn bank, waar hij vast naar sport had zitten kijken; hij had niet eens de moeite genomen zijn haren te kammen. 'Weet u hoeveel ik vraag als ik op zondag ergens bij word geroepen, dame? Ik dacht dat u zei dat het een noodgeval was!'

'Dat maakt niets uit.' Ik wilde tegen hem zeggen dat het mijn geld was en dat ik zelf wel uitmaakte of het hier een noodgeval betrof of niet. Maar in plaats daarvan schonk ik hem mijn beleefdste glimlach en zei: 'Ik heb mijn medicijnen tegen epilepsie daarin liggen en heb blijkbaar de sleutel ergens neergelegd waar ik hem niet kan vinden. Ik heb die medicijnen nu nodig, anders…'

Maar voordat ik een beschrijving kon geven van de medische noodsituatie die er zou ontstaan als ik die la niet snel open kreeg, haalde Bob zijn gereedschap tevoorschijn, kennelijk tevredengesteld. 'Hebt u daar medicijnen in liggen? Nou, wat staan we hier dan nog te kletsen?' zei hij, en hij maakte in een oogwenk de la open waarvan Gavin klaarblijkelijk had gedacht dat hij buiten mijn bereik was. Naderhand bleef Bob even staan, alsof hij wachtte tot ik hem openmaakte om het medicijnflesje te pakken dat ik volgens eigen zeggen zo hard nodig had. Maar ik haalde de portemonnee tevoorschijn die ik in de la van mijn eigen bureau had liggen, waarin wat geld voor noodgevallen zat. 'Hoeveel ben ik u schuldig?' vroeg ik. Ik verblikte of verbloosde niet toen hij het buitensporig hoge bedrag noemde. Ik wilde alleen dat hij ophoepelde, zodat ik de inhoud van de la kon bekijken.

Maar daar ik hem had weggehaald van zijn zondagmiddag op de bank en hij zich nogal heldhaftig voelde omdat hij mij gered had van een epileptische aanval, wilde hij blijkbaar nog even blijven hangen. 'Neemt u uw medicijnen niet in?' vroeg hij. 'Ik dacht dat u ze meteen nodig had.'

'Ik moet ze met melk innemen,' zei ik, terwijl ik met hem naar de voordeur liep. Ik keek hem na toen hij wegreed.

De lade, waarvan ik zeker wist dat er bewijzen van de ontrouw van mijn man in zouden zitten, bleef klemmen, hoewel er geen slot meer op zat dat me kon tegenhouden. Ik trok hem met zo veel kracht open dat de inhoud – alleen maar papieren – op de vloer terechtkwam. Tot mijn verbazing en kortstondige opluchting, trof ik tussen de losse papieren slechts rekeningen aan. Gavin wilde die altijd per se zelf betalen en ik mocht ook nooit aan het chequeboek komen dat hij gebruikte voor de betalingen van gas en licht en de hypotheek. Voor mijn eigen persoonlijke uitgaven, uitstapjes naar het winkelcentrum en de betaling van allerlei activiteiten van Jamie, had ik mijn eigen rekening. Maar ik had al zo veel moeite gedaan, en daarom vond ik dat ik de keurig gerubriceerde enveloppen net zo goed even kon doorkijken.

De eerste waren dezelfde die Gavin altijd aan het begin van elke maand voor mij op een net stapeltje liet liggen om op de post te doen. De autoverzekering en de opstalverzekering, de kabel-tv, de hypotheek. Maar toen vond ik een rekening die ik nooit eerder had gezien. Toen ik hem openmaakte zag ik dat hij voor een creditcard was waarvan ik het bestaan niet kende. Mijn eerste gedachte was waarom hij de rekening daarvoor nooit op hetzelfde stapeltje had liggen, als hij wilde dat ik ze op de post deed. Maar toen ik de gespecificeerde rekening zag, werd alles duidelijk. In feite werd de hele ellendige leugen waarop mijn huwelijk was gebaseerd, duidelijk.

Het eerste waar mijn oog op viel, was de rekening van de kosten die hij had gemaakt in het Park Plaza tijdens het weekend waarop Brian Shagaury zichzelf van kant had gemaakt. Hoewel ik de waarheid wilde weten, werd ik misselijk van het gevoel van verraad dat naar boven kwam, bij het zien van de buitensporige rekeningen die mijn man en Ali dat weekend in het hotel hadden op laten lopen. Ik stelde me de roomservice voor, de lange ontbijten in bed, de flessen Dom Perignon voor 's avonds. Later zou ik uiteraard wat beter kijken en rekeningen vinden van hotels in

195

18

Voordat ik het huis uit ging, liet ik op de deur van de koelkast een briefje achter voor Jamie dat ik laat thuis zou komen; zijn eten zat in de aardewerken stoofpot. Ik voelde een zekere voldoening toen ik me het gezicht van Gavin voorstelde als hij het las. Hij zou zich afvragen waarom er geen briefje van de plichtsgetrouwe echtgenote voor hém was. En hoe lang zou het duren voordat hij de deur van de studeerkamer open zag staan en zijn afgesloten bureau waaraan iemand had zitten sleutelen? En voordat hij besefte dat zijn zorgvuldig bewaarde geheim bekend was?

Ik nam een extra grote beker koffie mee van Ryan's en begon op de hoek bij het huis van Ali te posten. Verscheidene keren wierp ik een blik in de richting van het huis van Nora Bell, want ik hoopte dat de nieuwsgierige serveerster uit de kantine mijn auto niet had zien staan. Maar kennelijk wist Nora dat Ali het weekend weg was; ze begon waarschijnlijk pas met het bespioneren van haar interessante buurvrouw als ze zag dat er bij Ali licht aan was.

In tegenstelling tot mij liet Ali haar huis in totale duisternis achter, zonder zelfs een lichtje om haar te verwelkomen – of om haar inbreker af te schrikken en de vandaal die haar had gestalkt.

Omdat ik dat opvatte als het zoveelste bewijs van haar drang om het noodlot te tarten, voelde ik me steeds bozer worden. Maar ik dronk geduldig mijn koffie op. Mijn radio stond afgestemd op de zender met onbenullige liedjes waar Ali en ik soms op weg naar school naar luisterden. 'Dwaze meisjesdromen' hadden we de fantasieën genoemd die door die liedjes werden opgeroepen. Dwaze meisjesdromen die mijn vriendin blijkbaar nog steeds in praktijk aan het brengen was, ongeacht wie ze er mee beschadigde. Mijn woede werd niet alleen gevoed door het verduisterde huis, maar ook door het meedogenloze ritme van de liedjes met de zangerige, spottende teksten. *Love you baby, love you forever.* Hoe had ik ooit in dat soort onzin kunnen trappen?

Het was bij negenen toen een gebutste Subaru voor het huis van Ali stopte en zij uitstapte. Toen het portier openging, waardoor automatisch het licht in de auto aanging, herkende ik de altviolist uit haar kwartet van wie ik de naam niet wist. Ali bleef even op de stoep staan en leunde naar voren over de rand van het portier. Ze gunde hem tijdens het praten waarschijnlijk een aardige blik in haar decolleté. Ik dacht dat de Subaru nooit weg zou gaan en toen dat uiteindelijk toch het geval was, bleef Ali buiten staan kijken tot hij uit het zicht verdween. Toen ze zich omdraaide naar haar huis leek het even of ze aarzelde. Ze beweerde dat ze niet meer bang was, nu Brian er niet meer was, maar volgens mij was er toch wel wat angst blijven hangen. Was ze bang om naar binnen te gaan, bang voor wat ze daar aan zou treffen? Nieuwe bewijzen dat er iemand was binnengedrongen, meer voorwerpen die zoek waren of op een andere plaats lagen, of misschien ditmaal zelfs de stalker zelf die haar in het donker opwachtte? Ze had er nog geen flauw vermoeden van dat het echte gevaar buiten op de loer lag en in mijn gezellige jeep luisterde naar de Ronettes, die *Be My Baby* zongen.

Toen ik de radio uitdeed en het raampje opendraaide, kon ik Ali's hoge hakken horen klikken op het pad. Daarna hoorde ik een plof; blijkbaar had ze haar tas en haar instrument neergezet om de deur te kunnen openmaken. Onmiddellijk baadde de hal in het licht. Achter haar sloeg een deur dicht. Omdat ik de altijd onverschrokken Ali kende, betwijfelde ik of ze de moeite zou nemen hem op slot te doen. Met de koplampen uit reed ik heel zachtjes wat dichterbij, zette de jeep toen op de handrem en stapte uit. Typisch voor haar om de buitenlichten aan te doen, zei ik tegen mezelf, toen ik het verlichte pad op liep. Ik hoopte dat Nora Bell niet juist dat moment zou uitkiezen om uit het raam te kijken.

Zodra ik dicht genoeg in de buurt van het huis was, kwamen de klanken van de *Mondscheinsonate* van Beethoven me tegemoet. Ik probeerde de deur: net wat ik dacht, hij zat niet op slot. Ali stond in de keuken mee te neuriën met de vertrouwde muziek en deed ondertussen de koelkast open en weer dicht.

Toen ik de keuken binnenkwam, betrapte ik haar met haar mond open omdat ze net een hap uit een overgebleven stuk kip wilde nemen. De kip viel uit haar hand op de vloer toen ze haar handen naar haar borst bracht.

'Jeanne, doe me dit alsjeblieft niet meer aan; ik kreeg bijna een hartaanval,' riep ze, nog lichtelijk buiten adem van de schrik, maar al wel weer met een lach op haar gezicht. Per slot van rekening was ik het maar, die goeie ouwe Jeanne. En van die goeie ouwe Jeanne had ze niets te vrezen, nietwaar? Ze bukte zich om het stuk kip op te rapen. Ik rook kerriepoeder en de zoete geur van Ali's parfum.

Ze keek op en vroeg: 'Hoe lang ben je hier al?' Ze was nog steeds wat buiten adem. 'Is alles goed met je?' Misschien drong het nu pas tot haar door dat ik nog geen woord gezegd had, want haar glimlach was verdwenen en ze keek me doordringend aan, precies zoals haar man had gedaan. Ze haalde nog eens diep adem.

'Ik moest praten en dacht dat je het niet erg zou vinden als ik langskwam – we zijn immers zulke dikke vriendinnen,' zei ik. Ik probeerde niet al te sarcastisch te klinken.

Maar Ali liet zich niet voor de gek houden. Ditmaal was zij het die zweeg; wel bleef ze me strak aankijken. Nadat ze de onaangeraakte kip in de vuilnisbak had gegooid, draaide ze zich om en liep naar het fornuis, waar ze een ketel water opzette. 'Ik zet een kop thee voor ons,' zei ze. Ze klonk moe.

'Wat dacht je van een drankje?' zei ik. 'Doen we dat niet altijd als we eens goed met elkaar gaan praten? Dat maakt de tongen los, zeg je altijd.'

'Ik ben moe, Jeanne,' zei Ali. Ze deed het gas uit. 'Misschien kunnen we iets voor morgen afspreken, lunchen en…'

'Nee, Ali. Nu. En we gaan niet samen lunchen – morgen niet en nooit niet.' Het zag er niet naar uit dat ze me iets te drinken ging aanbieden, dus liep ik de woonkamer in en pakte een fles cognac en twee cognacglazen uit haar kast. Ik schonk voor ons beiden een flinke bel in.

Vanaf de bank bekeek ik de kamer met nieuwe ogen, de kamer waarvan ik altijd had gehouden. Ik stelde me voor hoe Gavin er zat en hoe hij zich koesterde in de warmte waarmee Ali zich omringde, het bizarre maar goed getroffen kleurenschema van haar interieur, de mengeling van excentrieke kunst en traditionele meubels uit New England. Het resultaat was tegelijk verwarrend en boeiend – net als Ali zelf. Ik nam een grote slok van mijn drankje en voelde mijn keel branden.

'Doe je niet mee?' vroeg ik, en ik wees naar het cognacglas met de amberkleurige vloeistof.

'Ik heb blijkbaar geen keuze,' zei Ali. Ze ging tegenover me zitten in plaats van naast me op de bank, zoals ze meestal deed. We keken elkaar een poos aan. Na haar lange weekend zag Ali er uitgeput en afgetobd uit. En haar haren, die ze niet in de lange vlecht droeg, zagen er niet zoals altijd verleidelijk en meisjesachtig uit, maar eerder dwaas. Zo zag ze eruit als een vrouw van middelbare leeftijd die wanhopig probeert jong te lijken. De bleke strengen haar die gewoonlijk glansden in het licht waren die avond niet zilver; ze waren gewoon grijs. Een fractie van een seconde had ik bijna medelijden met Ali.

Langzaam haalde ik een voor een de bewijzen uit mijn tas en spreidde ze voor haar uit op de salontafel, als een waarzegster die haar tarotkaarten neerlegt: het washandje uit het Park Plaza Hotel, de afrekeningen van de Visakaart met alle kosten van de diverse hotels in rood omcirkeld, en ernaast het reisplan van het kwartet van de afgelopen twee maanden. In alle gevallen kwamen de data en de steden op de afrekening precies overeen met die van de concerten van het kwartet.

Maar Ali gunde mijn zorgvuldig vergaarde bewijsmateriaal niet meer dan een vluchtige blik. Het was duidelijk dat ze niet eens een poging ging doen het te ontkennen. We wendden allebei onze blik af van de vierkante salontafel en keken elkaar aan als twee schakers die elkaar zitten op te nemen.

Het was Ali die als eerste iets zei. Ik werd opgeschrikt uit allerlei wraakzuchtige dagdromen door haar staalharde stem en haar onverschrokken blik. 'Je weet het dus,' zei ze uitdrukkingsloos, en daarmee nam ze onmiddellijk weer het heft in handen. Ze stond op en ging naar de muziekinstallatie, waar ze een andere cd opzette, Aretha Franklin in plaats van de kalmerende klanken van Beethoven.

Toen Aretha's krachtige vertolking van *Respect* de kamer vulde, dacht ik heel even dat Ali me aan het pesten was. '"Je weet het dus," is dat alles wat je kunt zeggen?' Ik wilde per se kalm blijven, kalm zoals Ali zelf, maar mijn stem liet me in de steek.

Toen ze zich weer naar me toe keerde, haar kin omhoog, zenuwachtig frunnikend aan haar haren, zag ik dat er tranen in haar ogen blonken. 'Het was niet de bedoeling dat je er op deze manier achter kwam,' zei ze. Ze liep naar me toe en kwam ditmaal wel naast me op de bank zitten. Ze probeerde zelfs nog mijn hand te pakken en tussen haar warme handpalmen te houden, maar ik trok hem met een ruk terug.

'Het spijt me zo, Jeannie – geloof me, ik heb het je de laatste paar weken vaak proberen te vertellen, maar ik was telkens bang…'

'Je hebt geprobeerd het me te vertellen?' vroeg ik. Ik voelde dat ik grote ogen opzette. Wat had dit te betekenen? Was Gavin plannen aan het maken om me in de steek laten? Wilden hij en Ali samen verder?

'Minstens een keer of tien. Maar het was duidelijk dat je het niet wilde weten,' zei Ali, bijna boos, alsof zij degene was die hier onrecht was aangedaan. Ze was al weer opgestaan en liep met het drankje in haar hand in de kamer op en neer. Hoewel ze had gezegd dat ze het niet wilde, dronk ze er nu gulzig van. Zoals ik dat zo-even ook had gedaan.

'Nee, inderdaad wilde ik het niet weten. Maar daar gaat het niet om, hè?'

'Zie je, dat bedoel ik nou; daarom kon ik het je niet vertellen,' zei Ali. Ze was midden in de kamer blijven staan en haar zachte stem mengde zich met het krachtige stemgeluid van Aretha Franklin. 'God mag weten dat ik het wel wilde, Jeanne. Je bent zo stil de laatste tijd. Ik wist dat je vermoedde dat er iets gaande was, en dat je waarschijnlijk niet precies wist wat. Maar ik hield mezelf de hele tijd voor ogen dat je tijdens jouw hele huwelijk de waarheid niet hebt willen zien. Zou je het nu wel aankunnen?'

Ik voelde me duizelig worden bij dit hoge spel van Ali. Mijn hele huwelijk? Waar had ze het over? Maakte ze nu misbruik van de confidenties die ik haar had gedaan over Gavins afstandelijkheid, over mijn vermoeden dat hij geheimen voor me had? Verdraaide ze nu mijn woorden om haar eigen verraad goed te praten? Liet ze nu misschien doorschemeren dat dit niet de eerste keer was dat hij mij ontrouw was en dat het dus niet zo veel voorstelde?

'Waar heb je het over? Dat jij niet de eerste was? Dat mijn man toch al vaker ontrouw was geweest, dus waarom niet met jou? Waarom niet met mijn beste vriendin?' Ik haatte de manier waarop mijn stem brak aan het eind van de zin. Ik haatte de tranen die spontaan over mijn wangen stroomden. Maar het meest van alles haatte ik het feit dat toen Ali naar me toe rende en haar armen om me heen sloeg, ik de kracht niet had om haar weg te duwen. Of dat ik toen ze me bij de schouders pakte en me met haar opvallende topaaskleurige ogen aankeek, me niet aan haar woorden kon onttrekken.

'Ik? Denk je dat echt, Jeanne? Dat ík degene ben met wie Gavin stiekeme afspraakjes heeft? Dat ík degene ben met wie hij die hoge rekening voor roomservice heeft op laten lopen? Denk je nu echt dat ik jou zoiets aan zou doen?'

'Je hebt in ieder geval geen enkele schroom gehad om het Beth Shagaury aan te doen. Om nog maar te zwijgen over je eigen man.' Omdat ik me plotseling wat licht in mijn hoofd voelde en verward, zoals bij het concert voordat ik flauwviel, maakte ik me van haar los.

'Ik kende Beth Shagaury niet eens. En als ik afga op wat ik van Brian over haar heb gehoord, wilde ik dat ook niet. Natuurlijk heb ik dingen gedaan die kwetsend voor George waren en je hebt gelijk, dat is niet goed te praten. Het enige wat ik kan zeggen is dat we gescheiden leven. En ondanks het feit dat hij weet wie ik ben, wil hij zelf deel van mijn leven blijven uitmaken,' zei ze, en ze klonk merkwaardig gekwetst door mijn beschuldigingen. Ook zij deed een stap achteruit en distantieerde zich daarmee van de waarheid van mijn woorden.

'Ik heb nooit beweerd dat ik een heilige was, Jeanne,' zei ze. Haar stem klonk vermoeider dan ooit. Zoals ze daar stond, badend in het licht bij de bar, waren de dunne lijntjes rondom haar ogen en de diepe gleuf tussen haar neus en haar mond duidelijk zichtbaar. 'Geloof me, wat er met Brian is gebeurd dat achtervolgt me meer dan je ooit zult weten. Maar, in hemelsnaam, denk je nu echt dat ik dat jou zou aandoen? Denk je nu echt dat ik achter jouw rug een relatie met jouw man heb?'

Ik pakte het donzige washandje van het Park Plaza op en hield het omhoog, maar al het vuur was uit me verdwenen. 'Leg dit dan eens uit,' zei ik en voor het eerst hoopte ik echt dat ze dat kon. Ik hoopte echt dat er een onschuldige verklaring voor was. Iets waardoor ik weer gewoon verder kon gaan met mijn leven.

'Je weet het echt niet, hè?' zei Ali op verdrietige toon. Ze dronk haar glas leeg, schonk zichzelf meteen een nieuw drankje in en kwam naar me toe om mijn glas bij te vullen.

Maar ik stak mijn hand op om haar tegen te houden. 'Ik wil jouw cognac niet. En ik wil zeker jouw medelijden niet. Ik heb je op heterdaad betrapt, Ali. Jullie allebei. Nu probeer je me wijs te maken dat wat hier zwart op wit staat, niet waar is. Dat mijn man het kwartet niet achterna is gereisd, dat hij niet tegen me heeft gelogen, dat hij me niet heeft verraden in elke stad waar jullie gespeeld hebben.'

'Nee, dat probeer ik je niet te vertellen. Je hebt gelijk, Jeanne. Je hebt de bewijzen in handen. Je man is je ontrouw geweest. En ik betwijfel ten zeerste of dit de eerste keer is. Gavin is waarschijnlijk al met Jan en alleman naar bed geweest sinds het eerste jaar van jullie huwelijk. Maar niet met mij, Jeanne. Ik ben hier zelf ook pas twee weken geleden achter gekomen. En geloof me, het is nu voorbij.'

In een onverwachte woedeaanval stootte ik de fles cognac, die Ali op de tafel had laten staan, omver en keek toe hoe hij leegliep. Het leek op mijn wijn die een vlek op het tapijt had gemaakt op de avond dat ik de schoenendoos vond. Of zoals hij over het granieten aanrecht was gelopen op de dag dat Gavin de afspraak had afgezegd. 'Ik kan niet geloven dat je er nog steeds onderuit probeert te komen.' Plotseling had ik het gevoel dat ik in haar woonkamer geen adem meer kon krijgen; ik stikte bijna van de geur van haar parfum. De muziek van de cd-speler dreunde in mijn hoofd. Ik begon mijn spullen bij elkaar te rapen. 'Ik weet eigenlijk niet waarom ik hierheen ben gekomen.'

Maar Ali pakte me bij mijn arm omdat ze niet wilde dat ik wegging. 'Je bent hierheen gekomen, omdat je de waarheid wilde horen. De waarheid die je zelf weet, die je waarschijnlijk al jaren weet, maar die je gewoon niet wilde zien. Denk eens goed na, Jeanne. Denk eens aan de dingen die je mij hebt verteld. Hoe Gavin nooit de indruk maakte dat hij in je was geïnteresseerd – zelfs niet in het begin. Over hoe je je best hebt gedaan om hem voor je te winnen, en hoe je bijna de indruk kreeg dat hij kwaad over die pogingen was – over jouw gevoel dat hij in zichzelf zat opgesloten, opgesloten door iets wat hij met niemand kon delen.

Maar naarmate de tijd verstreek heeft hij steeds grotere risico's genomen, en nu zit hij met de gebakken peren. Hij probeerde wel discreet te zijn door een kamer te boeken op een andere verdieping, door mijn concerten te mijden, door niet op te vallen, maar hij moet hebben geweten dat ik er uiteindelijk toch achter zou komen.'

Ondertussen was Ali gaan huilen, maar ik bleef haar wezenloos aanstaren, want ik snapte nog steeds niet waar ze het over had. Ik wachtte tot ze me de waarheid toe zou schreeuwen. Ze hield me bij mijn armen vast, zodat ik niet naar haar kon uithalen. 'O Jeanne, begrijp je het dan niet? Gavin was dat weekend niet in New York om míj te zien. Net zomin als al die andere keren. Gavin wil mij niet, net zomin als hij jou wil – of wat voor vrouw dan ook. Hij was in New York voor die jonge cellist, Jeanne. Hij was er voor Marcus.'

19

Ali probeerde me tegen te houden toen ik de nacht in rende. Onder het lopen liet ik overal de papieren vallen die ik uit de studeerkamer van Gavin had meegenomen. Ze liep zelfs nog achter me aan de straat op en riep zo hard dat de lichten in het huis van Nora Bell aanflitsten; ik kon de ogen van die bemoeial bijna in mijn rug voelen prikken toen ik naar de jeep rende. Het laatste wat ik zag was Ali, die in een poel van licht op het trottoir stond en mijn naam riep.

Toen ik mijn eigen straat in reed, zakte de moed me in de schoenen, want ik zag dat bijna alle lichten die ik aan had gelaten, waren uitgedaan. De duisternis zorgde ervoor dat de enige kamer die agressief verlicht was, extra opviel: de studeerkamer van Gavin. Meteen achter de keukendeur had hij zijn bagage met de karakteristieke militaire precisie op een keurig rijtje staan, en ik kon zien dat hij nog niet zo lang daarvoor een gin-tonic voor zichzelf had gemaakt. Alles wat aan zijn aanwezigheid herinnerde, deed me huiveren. Muisstil glipte ik langs de gesloten deur van zijn studeerkamer en liep in de richting van de trap.

In mijn kamer pakte ik snel een tas in en probeerde Jamie op zijn mobieltje te bereiken. Ik vond het vreemd dat ik rechtstreeks met zijn voicemail werd doorverbonden. Jamies mobieltje was de reddingslijn waarmee hij contact hield met zijn uitgebreide sociale netwerk, en hij nam altijd op. Met de tas in mijn hand sloop ik even stilletjes de trap af als ik hem op was gegaan. Ik was van plan in de keuken op mijn zoon te wachten, zodat ik hem over mijn plannen kon vertellen. Maar toen ik de streep geel licht onder de deur van de studeerkamer zag, vloog de angst me naar de keel. Wat zou er gebeuren als Gavin tevoorschijn kwam? Hoe graag ik ook met Jamie wilde praten, ik was er gewoonweg niet klaar voor om de man achter die deur onder ogen te komen. Ik kon zijn intimiderende ontkenningen al horen, kon me indenken hoe hij het op de een of andere manier voor elkaar zou krijgen om mij zijn verraad en zijn leugens in de schoenen te schuiven. Toen ik in gedachten die man daar stijf achter zijn bureau zag zitten in die hel verlichte kamer, kwam ik tot de conclusie dat hoe graag ik mijn zoon ook wilde zien, ik Jamie dan in godsnaam maar vanuit de auto moest bellen.

Ik was bijna het huis uit toen ik werd overvallen door het tetterende geluid van de heftige muziek waar Jamie zo gek op was – een kakofonie die mij altijd ontzettend op de zenuwen werkte. Maar vreemd genoeg kwam het geluid uit de studeerkamer. Ik sloop naderbij en legde mijn hand op de deurknop, terwijl ondertussen de muziek op mijn fragiele ziel in bleef beuken. Toen ik mijn nieuwsgierigheid niet langer kon bedwingen en ik de deur openduwde, weet ik niet wie er meer schrok: ik, of de jongen die achter het bureau van zijn vader zat.

'Jamie,' zei ik. 'Mijn god, je hebt me de stuipen op het lijf gejaagd. Wat doe je hier in godsnaam? Als je vader thuiskomt en…' begon ik automatisch, maar ik stokte toen ik iets in zijn hand zag wat eruitzag als een gin-tonic. 'Drink jij, Jamie?'

'Hij heeft het hier laten staan toen hij ervandoor ging, dus, ja, ik heb ervan geproefd.' Hij haalde nonchalant zijn schouders op, hoewel er een beschaamde blos langs zijn nek omhoog kroop. 'Smaakt smerig. Ik weet niet hoe die vent dit spul kan drinken.'

'Voordat hij ervandoor ging?' herhaalde ik. Ik was al tot de conclusie gekomen dat, in het licht van al het andere, het eigenlijk volkomen onbelangrijk was dat hij een slokje van dat waterige spul had genomen.

Jamie deed de computer uit zonder de moeite te nemen hem netjes af te sluiten. 'Ja, eerst was hij door het dolle heen en beschuldigde mij ervan dat ik in zijn spullen had zitten snuffelen – ik weet niet, dat ik een geheim laatje had opengebroken of zoiets. Toen, midden in al dat gedoe, kreeg hij een telefoontje. Een of ander noodgeval in het ziekenhuis. Hij zei dat hij waarschijnlijk niet voor middernacht terug zou zijn.'

In een imitatie van het overbeschaafde optreden van Gavin nam Jamie nog een slokje van de gin-tonic van zijn vader en speelde toen op een overdreven manier dat hij moest overgeven. 'Hoe dan ook, ik dacht, als ik er toch van word beschuldigd dat ik stiekem in zijn heilige klotestudeerkamer heb zitten rondsnuffelen, dan kan ik het net zo goed echt doen,' vervolgde hij. Ditmaal was hij bloedserieus; zijn ogen brandden van een lang onderdrukte woede. Het was een woede die ik nog maar één keer eerder had gezien – toen we het hadden gehad over de indringer in het huis van Ali.

'Je kunt je fatsoen toch wel houden,' begon ik zenuwachtig, maar tot mijn eigen verbazing moest ik daar opeens erg om lachen. *Wees beleefd. Altijd met twee woorden spreken.* Opeens leek mijn hele leven één wrede grap. 'Heb je nog iets interessants gevonden?' vroeg ik. Omdat ik wist dat Gavin de eerste tijd nog niet thuis zou komen, voelde ik dat ik me wat ontspande.

'Nee. En jij?'

Als reactie pakte ik de gin-tonic van hem af en deed het licht in de studeerkamer uit. 'Laten we maar een kop warme chocola gaan drinken in de keuken. Ik krijg kippenvel van deze kamer.'

'Ik ben geen vijf meer, mam,' zei Jamie met een minachting die me door mijn ziel sneed. 'Warme chocola helpt niet overal voor.'

Maar hij liep toch achter me aan naar de keuken, en toen ik melk begon op te warmen en twee koppen klaarzette, haalde hij de bus met geklopte room tevoorschijn en spoot een portie op de palm van zijn hand. Daarna likte hij het er meteen af, net als toen hij nog vijf was.

Hij trok een stoel bij en vroeg met een blik op mijn ingepakte tas: 'Ga je ergens heen?' Opnieuw probeerde hij een nonchalante houding aan te nemen, maar de kwetsbaarheid van het kleine jongetje was nog duidelijk zichtbaar.

'Voor een paar dagen, ja,' zei ik, nog steeds met mijn gezicht naar het fornuis. Ik zou er alles voor overhebben als ik Jamie mee zou kunnen nemen. Als ik hem zou kunnen zeggen dat hij een tas moest pakken en dat hij niet meer hoefde te denken aan de zomercursus die de volgende dag begon. *We gingen ervandoor.* Maar het was absoluut uitgesloten dat ik hem nu van school haalde; zijn hele verdere schoolcarrière stond op het spel.

Toen ik me naar hem omdraaide, zag hij er paniekerig uit. Ik wist hoe Jamie het haatte om alleen te zijn – en hoe weinig troost hij vond in het vaak zo misprijzende gezelschap van zijn vader, als je dat woord al kon gebruiken. Gavin ging op in zijn trainingsprogramma's of hij sloot zich op in zijn studeerkamer. Geen wonder dat mijn zoon zich misschien wel wat overdreven aan mij gehecht had.

'Jamie, ik…' begon ik, maar ik wist niet hoe ik mijn merkwaardige gedrag tegenover mijn zoon moest verklaren. In alle jaren van mijn huwelijk was ik nooit ergens heen geweest zonder Gavin en Jamie. *Mijn gezin.* Ik had me aan die woorden vastgeklampt als aan een reddingsboei, nog jaren nadat ze elke betekenis hadden verloren. Plotseling zag ik weer in een flits wat er zich zo-even in Ali's huis had afgespeeld, en ik merkte dat ik begon te trillen.

'Het is maar voor een paar dagen,' herhaalde ik resoluut. Ik kon met moeite de wervelende draaikolk vermijden die dreigde in mijn binnenste los te barsten. 'Je krijgt het zo druk met de zomercursus en met je vrienden. Ik ben weer terug voor je het weet.'

Jamie moest daar blijkbaar diep over nadenken. 'Weet papa ervan?' vroeg hij. De vertrouwde, troostrijke stilte van samenzwering viel over de kamer. We hadden een onuitgesproken afspraak over welke geheimen we wel voor *pap* verborgen konden houden en welke niet. Een paar dagen weggaan hoorde daar duidelijk niet bij. Tot nu toe niet, tenminste.

Ik roerde in de hete melk en zei: 'Ik bel wel als ik er ben. Ik moet nodig over een paar dingen nadenken, Jamie.'

Ik zette me schrap voor het effect dat mijn woorden op mijn zoon zouden hebben.

Maar Jamie ademde alleen maar zwaar uit. 'Je had al heel lang over een paar dingen moeten nadenken,' zei hij. 'Ga je me nog vertellen waar je heen gaat, of niet?'

Waar ging ik eigenlijk heen? Het was een vraag waar ik zelf het antwoord nog niet op wist – tenminste niet tot dat moment in de keuken toen ik er met mijn zoon over praatte. 'Naar New Hampshire,' zei ik, alsof ik het al weken van plan was. 'Je weet wel, dat oude huisje van mijn ouders. Dat ik heb geërfd.' Zolang ik getrouwd was, was ik daar maar één keer geweest. Gavin was in de auto blijven zitten.

'Ga je daarheen? Ik dacht dat het een krot was, mam. Krik… krak… hoe noemde papa het ook alweer?'

'Krakkemikkig,' zei ik grijnzend, hoewel ik opeens tranen in mijn ogen had. 'Dat is een van de redenen waarom ik erheen ga – dat ik het een beetje kan opknappen. Misschien kunnen wij daar van de zomer wel met z'n tweetjes heen gaan. Als je klaar bent met je cursus natuurlijk.'

Het was al moeilijk genoeg om Jamie los te weken van zijn vrienden, zelfs voor een weekend, dus ik verwachtte een storm van protest. Maar hij keek alleen maar naar de grond en plukte een stofje van zijn broek. '*Zonder pap?*'

'Alleen wij tweeën,' zei ik zo nonchalant mogelijk. Ik goot de warme chocola in de koppen en gaf er een aan hem. 'Je kunt uiteraard bij hem op bezoek – zo vaak als je wilt. Ik weet dat je moeilijk zonder je vrienden kunt, maar misschien kunnen zij ook een poosje komen logeren.'

'En wat gebeurt er dan als het herfst wordt? Blijven we dan in het huisje en gaan we dan bomen omhakken om warm te blijven? Of wou je op berenjacht om voedsel te vergaren?'

'We hebben de hele zomer om dat uit te vissen. We hebben meer dan één optie, Jamie; we zouden zelfs nog iets in de stad kunnen huren als je hier je school wilt afmaken.' Zonder het te zeggen wisten we allebei dat het ondenkbaar was om – zelfs zonder Gavin – in ons prachtige huis te blijven wonen.

Voor het eerst keek Jamie me recht in de ogen. 'Hij laat ons nooit gaan, hoor. Als de beerput opengaat, zal hij tot het uiterste gaan om ons hier te houden.'

Als de beerput opengaat? Kennelijk wist Jamie veel meer dan ik dacht. Misschien was hij al eerder dan ik op de hoogte geweest van de relatie met Marcus. Hoewel ik wist dat hij altijd een gespannen verhouding met zijn vader had gehad, was ik toch verbaasd over zijn luchtige reactie toen ik liet doorschemeren dat ik wegging.

'Maar ik ga óók mijn uiterste best doen,' zei ik flink. 'Ik ga mijn uiterste best doen om voor jou en voor mij een nieuw leven op te bouwen.'

Daarna dronken we stilzwijgend maar in goede harmonie onze warme chocola op – precies zoals we tientallen, zo niet honderden keren in het verleden hadden gedaan. Maar we wisten allebei dat deze kop chocola, op dit uur, op dit moment, heel anders was dan de andere.

Toen we hem op hadden, hees Jamie mijn tas over zijn schouder. 'Het wordt tijd om ervandoor te gaan, denk ik,' zei hij en hij wierp een steelse blik naar buiten. Hoewel hij de zin niet afmaakte, wist ik het eind ook zo wel: *voordat pap thuiskomt.*

Omdat ik het nooit af zou leren, ging ik naar de gootsteen en spoelde zorgvuldig onze koppen af, waste de pot om en ruimde alles netjes op. Daarna schreef ik de onduidelijke routebeschrijving naar het huisje twee keer op. Ik gaf de eerste aan Jamie en zei tegen hem dat die alleen voor hem bedoeld was. Ik hoefde er niets aan toe te voegen. Jamie vouwde het stuk papier in piepkleine vierkantjes en stopte het daarna in zijn zak. De tweede wilde ik bij Ali in de bus doen als ik de stad uit reed. Voor Gavin liet ik alleen een kort briefje achter waarin stond dat ik naar 'New Hampshire' was, zonder routebeschrijving naar het huisje. Ik wist zeker dat hij vergeten was hoe hij er moest komen.

'Tot over een paar dagen,' zei Jamie toen hij mijn tas op de achterbank zette.

Ik wilde hem verschrikkelijk graag omhelzen, maar Jamie liep meteen terug naar het huis, waarschijnlijk omdat hij het afscheid niet al te emotioneel wilde maken. Maar pal voordat ik weg wilde rijden, draaide hij zich om en keek me na. Hij zag er kwetsbaar en bleek uit en hij stond naast het huis met zijn handen voor zijn borst gevouwen. Het was de houding van een man, maar zijn ogen deden denken aan het kleine jongetje dat hij óók nog was. Hoewel de ramen van de auto dicht waren en ik hem dus niet hoorde, kon ik de woorden van zijn lippen aflezen: 'Dag mam,' zei hij. Alleen maar die twee woorden. Toen ik de hoek van mijn straat om reed, werd mijn blik op de stad, op mijn huwelijk en op het leven dat ik achterliet, vertroebeld door mijn tranen.

Ik was halverwege New Hampshire en had een zender met keiharde popmuziek op staan, dit in een vruchteloze poging om mijn gedachten te overstemmen, toen ik me opeens de belofte herinnerde die ik aan Jamie had gedaan. Ik had gezegd dat ik hem nooit alleen zou laten. *Ik had het beloofd.* Maar ik had echt geen andere keus. Als ik hem nu van die cursus nam, zou hij blijven zitten. En misschien was hij dan wel zo ontmoedigd dat hij überhaupt niet meer naar school wilde.

Toen schoot me te binnen dat ik mijn belofte niet gebroken had; Jamie was immers niet alleen. Misschien was het wel goed voor hem dat hij een tijdje alleen was met zijn vader – misschien zou het zelfs een goede voorbereiding zijn voor de tijd dat ik niet langer een buffer tussen hen zou kunnen zijn. Maar ik wist ook dat Gavin de demonen die mijn zoon achtervolgden, waardoor hij zo bang was voor het alleen-zijn, nooit van hem weg zou kunnen houden. Maar ik kon me niet veroorloven daaraan te denken. Nu niet. Ik zette de radio nog wat harder om mijn geweten te sussen: het was immers maar voor twee dagen.

20

Nog meer dan het huis waarin ik opgroeide of de speelplaats waar ik op de eerste schooldag mijn knieën had geschaafd en waar ik helemaal was opgegaan in de honderden variaties van het touwtjespringen, was het huisje de plek waar mijn jeugdgeheimen huisden. Verscheidene keren had Jamie laten blijken dat hij het huisje wel eens wilde zien. Maar omdat ik nog goed wist wat Gavin had gezegd over de gevaren van herinneringen, en omdat het huisje wat bouwvallig was, kon ik altijd wel een reden verzinnen om niet te gaan.

Desondanks had ik steeds koppig geweigerd het te verkopen. Toen Gavin één keertje met het voorstel was gekomen het op te knappen en het dan te koop te zetten, had ik hem afgesnauwd. 'Het huisje is van mij,' had ik gezegd, en daarmee had ik meteen mijn grenzen aangegeven, wat ik bijna nooit deed. Ik alleen had het recht te bepalen wanneer het tijd werd het huisje te verkopen – als ik dat al ooit zou doen. Geschrokken van deze onverwachte assertiviteit was Gavin er niet meer over begonnen.

Ik schepte er op een speciale manier genoegen in dat ik op weg was naar een plaats waar niemand me kon bereiken, een plaats die niemand die me kende zou kunnen vinden behalve Jamie en Ali, die allebei begrepen dat ik er behoefte aan had alleen te zijn.

Toen ik de kronkelende bergweg op reed die af en toe nauwelijks breder was dan een paadje, vroeg ik me af wat er zou gebeuren als ik autopech kreeg of als ik het huisje niet kon vinden. Feitelijk was het al zo lang geleden dat er iemand was geweest dat ik niet eens zeker wist of het ding er nog stond. Ik kon hier gemakkelijk verdwalen, en ik zou pas worden gevonden als het te laat was. Ik zou op een van die bergpaadjes kunnen sterven. In mijn huidige toestand was die gedachte bijna troostrijk.

Zodra ik de bekende bocht om reed en het huisje in zicht kreeg, voelde ik me opeens bijna uitgelaten. Aan de voorkant was er een raam kapot en een omgevallen boom had het dak beschadigd, maar het kleine bouwseltje zag er nog ongeveer hetzelfde uit. Door het raam kon ik zelfs de verschoten, maar nog steeds vrolijke, geel-wit geruite gordijntjes zien die mijn moeder had genaaid voor de woonkeuken.

Maar toen ik het hangslot openmaakte dat diende om de wereld buiten te houden, voelde ik het verleden gevaarlijk dichtbij komen. Het herinnerde me er weer aan dat de echte gevaren van het leven nooit van buitenaf komen. Ik was buiten adem toen ik de deur openduwde. Het verval dat na jaren van verwaarlozing was opgetreden, was al schokkend genoeg, maar ik werd pas echt van mijn stuk gebracht door de helderheid van de herinneringen.

Eén blik op de zwarte en witte blokken van het linoleum op de keukenvloer en de grenen kasten, en ik was weer terug in de tijd. In mijn verbeelding was de lege hut gevuld met familieleven. Ik kon de hotdogs ruiken die mijn vader op de barbecue klaarmaakte, ik kon de allang tot zwijgen gebrachte stem van mijn broertje horen die me opdracht gaf schone jampotten te zoeken: het was namelijk echt een avond om vuurvliegjes te gaan vangen. *Kom op, J.J., laten we gaan!* En op de achtergrond klonk dan altijd de muziek die mijn moeder op haar pick-up draaide: jazz, oude folksongs, maar meestal klassiek. 's Zomers, als we het zonder het niet-aflatende geschetter van de tv moesten doen, was de meeslepende muziek van Chopin en Mozart ons enige vermaak geweest.

Na de dood van mijn broertje waren we hier nog maar één keer geweest: de herinneringen waren gewoon te pijnlijk. En op de een of andere manier voelden we zijn afwezigheid hier het ergst. Opnieuw namen mijn ouders hun toevlucht tot muziek om het te kunnen bevatten; tot de tragische opera's en requiems die het best bij hun verdriet leken te passen. Ikzelf was onderhand in de opstandige fase aanbeland en had me in mijn kleine kamertje teruggetrokken met mijn eigen kleine radiootje waarop ik de top veertig zo hard mogelijk aanzette. Daar probeerde ik hun muziek, hun verdriet te overstemmen met het gestage geroffel van de drums en de kreten over eeuwige liefde. Maar de muziek van die tijd ben ik nooit echt kwijtgeraakt en het verdriet ook niet. Nu ik weer het huisje binnenging waar ik deze ervaringen had gehad, schoot me opeens te binnen dat iets wat je 'noodlot' kon noemen echt bestond. Lotsbestemming. Op een bepaalde manier had alles in mijn leven geleid tot de vriendschap met Ali. Misschien dat ik, die van muziek hield maar zelf geen talent in die richting had, wel was klaargestoomd om te dienen als klankbord voor iemand die wél talentvol was. Ik had me ontwikkeld tot de ideale luisteraar.

Maar ik wilde nu niet aan Ali denken, ik wilde me het levendige beeld van onze laatste ontmoeting in de woonkamer niet meer voor de geest halen, noch haar woorden die me als een kogelregen hadden overvallen: *Maar Jeanne, je wist het toch wel. Gavin wilde mij helemaal niet, en geen enkele andere vrouw… De cellist… Marcus.* Ondanks al mijn pogingen om ze uit te bannen bleven de woorden in mijn hoofd rondzoemen, toen het tot me doordrong hoe stom ik was geweest, hoe naïef, hoe gemakkelijk ik me had laten belazeren. *Je wist het toch, Jeanne. Hij wilde mij niet, en jou niet, en geen enkele andere vrouw.*

Ik probeerde me de cellist voor de geest te halen. Ik wist niet waar ik meer overstuur van was – van het feit dat hij een man was of dat hij zo jong was. Marcus was slank en bescheiden, en er werd gezegd dat hij een wonderkind was. Maar hoe oud was hij eigenlijk? Negentien, twintig? Misschien nog jonger? Ik huiverde en weigerde me een voorstelling te maken van Gavin met deze jongeman. Ik kon het eenvoudig niet.

En ik wilde ook niet denken aan de alledaagse dingen die me meestal bezighielden, zoals bijvoorbeeld wat Jamie en Gavin die avond zouden eten. Nee, ik ging ook niet zitten piekeren over de angstige blik in de ogen van mijn zoon toen hij me nakeek. Misschien zou ik mezelf kunnen vergeven dat ik tientallen jaren in die onhoudbare situatie was blijven zitten; maar hoe kon ik mezelf vergeven wat Gavins kille houding met Jamie had gedaan? Nee, daar wilde ik niet aan denken. Nu niet.

Ik legde mijn spullen in mijn oude slaapkamer, die rook naar schimmel en dennen. Hij was zo klein, nauwelijks de grootte van een inloopkast, dat ik me afvroeg hoe er zo veel herinneringen in opgeslagen konden liggen.

Maar nadat ik de deur achter me had dichtgeslagen, liep ik snel terug naar de keuken. De oude stoffer en blik en de bezem van mijn moeder stonden op hun vaste plekje bij de koelkast en onder het aanrecht stond een hele serie schoonmaakmiddelen. Hoewel ze daar al tientallen jaren stonden, moest ik het er maar mee doen. Ik was blij dat ik nu eens een probleem had dat ik kon oplossen, en ik begon, energiek als altijd, het huisje bewoonbaar te maken.

Bij het vallen van de avond deed mijn hele lichaam pijn, maar het vuil, de overblijfselen van dode insecten, de hars van het grenenhout en de schimmelige resten die zich hadden opgehoopt in al die jaren dat het huisje niet was gebruikt, waren al voor een groot deel verdwenen. De kleine kampeerkoelkast en het fornuis hadden in de verte weer iets van hun vroegere witte uiterlijk en de zwart-witte linoleumblokken glommen van mijn ingespannen gepoets, hoewel ze er versleten en vergeeld bij lagen. Na een dag luchten en met behulp van een roestige spuitbus met luchtverfrisser was de bedorven stank die mijn neusgaten had geteisterd, weg en vervangen door een bloemetjesgeur. De matras van mijn veldbed, die de hele dag buiten op de veranda had gelegen, rook nog steeds wat muf, maar ik hield mezelf voor dat het zo wel goed was. De zaklantaarn en de kaarsen die ik had meegebracht moesten voor licht zorgen en met de paar dingen die ik had ingeslagen in een winkeltje onderweg kon ik wel iets te eten maken.

Die nacht sliep ik met mijn jas over me heen, opgekruld in de ligstoel waarin ik nog steeds de geur kon ruiken van de pijptabak van mijn vader. Toen ik wakker werd, waren de vogels aan het fluiten. Het riviertje was zo dichtbij dat het klonk alsof het pal langs mijn deur stroomde, alsof het waterpeil die nacht was gestegen. Door het geluid wist ik meteen weer waar ik was.

Eerst voelde ik weer iets van de opwinding en vreugde die ik altijd voelde als ik hier wakker werd. Maar toen deed ik mijn ogen open en keek om me heen. Er zaten spinnen in de gootsteen en een leger kevers en mieren marcheerde door de kamer, aangelokt door de resten van het festijn met het ongezonde eten van de avond tevoren. En ik was alleen in een onherbergzaam gebied. Zo alleen als ik nog nooit was geweest. Een vrouw van zevenendertig die geen ouderlijk huis meer had en wier poging om een nieuw gezin te creëren jammerlijk mislukt was. Een vrouw die nergens meer thuis was, behalve in dit vervallen krot, mijlen verwijderd van de bewoonde wereld.

Toen ik opstond en mijn gezicht waste in de badkamer, zag ik een piepklein muisje dat van achter de toiletpot naar me zat te staren. Ik slaakte onwillekeurig een gil. Toen het besef tot me doordrong dat niemand me hier kon horen en dat een muisje het minst erge van mijn problemen was, moest ik lachen. Ik lachte zo hard dat ik, toen ik in de bewasemde spiegel keek, de tranen over mijn wangen zag stromen.

21

De volgende dag ging ik naar het dorp om wat in te slaan en te kijken naar de briefjes in de dorpswinkel waarop personeel werd gevraagd. Als Jamie en ik hier in de zomer zouden blijven, moesten we een baantje hebben.

'Waar woont u?' vroeg de winkelbediende toen ik de paar dingen afrekende die ik in mijn mandje had gedaan.

'Daarboven aan de Mountain Road,' zei ik verstrooid, want ik wilde zo gauw mogelijk terug om het huisje verder te kunnen schoonmaken, zodat het klaar was voor de komst van Jamie.

'Mountain Road? Daar staan alleen nog maar twee oude hutjes. Allebei al jaren leeg. Wat bent u daar van plan te doen? Een lijk begraven?' Hij lachte en tuurde ondertussen naar buiten, naar mijn auto met het vreemde nummerbord.

Omdat ik wat gespannen was en zijn humor mij niet bepaald aansprak, wilde ik hem vertellen dat hij zich met zijn eigen zaken moest bemoeien. Maar als Jamie en ik hier de zomer wilden doorbrengen, kon ik maar beter de plaatselijke bevolking te vriend houden. 'Ik ben een van die huisjes aan het renoveren,' legde ik uit. 'Het was vroeger van mijn ouders.'

'Aan het renoveren? Dat vinden jullie stadsmensen leuk, hè? Als je het mij vraagt kun je die huisjes maar op één manier renoveren: slopen die handel.' Met zijn flanellen hemd en versleten overall en zijn pluizige hippieachtige paardenstaart, zag de winkelbediende er even ouderwets uit als het versleten bord boven de winkel, maar vreemd genoeg keek hij mij aan alsof ík in de verkeerde tijd was terechtgekomen.

'Bedankt voor je advies,' zei ik met het kleine beetje beleefdheid dat ik kon opbrengen, hoewel ik innerlijk griezelde van het type mensen waarmee hij mij op één lijn stelde. *Jullie stadsmensen*. Dat sloeg op rijke mensen uit een andere staat, die hier alleen maar vakantie kwamen vieren, die de prijzen opdreven, de beste huizen opkochten, de hele zomer in dikke auto's rondreden alsof ze God zelf waren, en die er dan vandoor gingen zo gauw de winter in aantocht was.

Toen ik weer bij mijn jeep was, lag mijn mobieltje te zoemen op de plaats naast de bestuurder. Het onschuldige geluid, dat ik wel tien keer per dag hoorde, deed mijn hart nu een slag overslaan. Het werd al snel gevolgd door het signaal dat er een voicemail was. Gavin waarschijnlijk, die een nieuwe strategie had bedacht waarmee hij mij kon manipuleren, dacht ik, en ik besloot de boodschap pas te beluisteren als ik terug was bij het huisje.

Maar toen ik uiteindelijk voor mezelf een glas van de goedkope witte wijn inschonk die ze in de winkel verkochten en de boodschap afspeelde, was het noch mijn man noch mijn zoon. In plaats daarvan drong de bezorgde stem van Ali door tot in mijn schuilplaats in de bergen. 'Jeanne? Ik weet dat je er bent. Jeanne, alsjeblieft, ik maak me zorgen over je. We maken ons allemaal zorgen. Je moet naar huis komen.'

Met mijn handen beschermend over mijn borst gevouwen stond ik te luisteren naar de stem van mijn vriendin. Om allerlei redenen wilde ik verschrikkelijk graag met haar praten, maar ik was er nog niet aan toe om de vernedering die ik in haar woonkamer had ervaren, nog eens mee te maken. Ik was er nog niet aan toe 'erover te praten', zoals Ali zeker zou willen.

Eerst voelde ik me getroost door de stem van Ali, waarin duidelijk haar genegenheid en zorg voor mij doorklonken. Maar toen ik er voor de derde of vierde keer naar luisterde, waren er een paar verontrustende vragen bij mij gerezen. 'Wij maken ons zorgen over je,' zei ze. Wie waren die 'wij' precies? Jamie wist wat ik hier deed, dus ze had het niet over mijn zoon. De enige andere mogelijkheid was Gavin.

Alleen al bij de gedachte aan hen samen – en misschien deed de jeugdige Marcus ook wel mee – die zich samen bogen over 'het probleem-Jeanne', voelde ik me weer verraden. Maar op dat moment herinnerde ik me de woede in Ali's ogen, toen ze me op de hoogte had gebracht van Gavins ontrouw. De woede namens mij. Nee, hoe bezorgd ze ook mocht zijn, Ali zou nooit naar Gavin gaan. Er was niemand in de hele wereld die zo vol overtuiging en onherroepelijk aan mijn kant stond. Niemand die ik zo kon vertrouwen. Toen ik weer dacht aan hoe ze eruit had gezien de laatste keer dat ik haar zag, schaamde ik me dat ik ooit aan haar had getwijfeld.

Ik zat nog steeds aan haar te denken, toen de telefoon weer ging; ditmaal nam ik onmiddellijk op. De beller nam niet de moeite om 'hallo' te zeggen, maar hij volstond met mijn naam. *Jeanne.* De stem van Gavin klonk moe en gespannen. Verbijsterd hing ik op. Maar voordat ik weer een beetje op adem kon komen, belde hij weer en ik drukte aarzelend de juiste knop in, voornamelijk omdat ik nieuwsgierig was. Hoe zou Gavin dit nu weer rechtbreien? Met nog meer leugens? Met die intimiderende kille woede die in het verleden altijd goed had gewerkt?

Gavin was kennelijk wat van zijn stuk gebracht door mijn zwijgen, want hij schraapte nerveus zijn keel. 'Jeanne, ben je daar?' vroeg hij, met een ongewone kwetsbaarheid in zijn stem. 'Alsjeblieft, Jeanne, het gaat hier kennelijk om een afschuwelijk misverstand.' Hij aarzelde even, in afwachting van een reactie van mijn kant. Toen, op een toon die iets doortastender klonk, vervolgde hij: 'Ik kan alles ophelderen, tenminste als je me de kans geeft. Je moet met me praten.'

Ik schrok van het geluid van mijn eigen stem die door het huisje galmde. Ik had nog nooit zo vastberaden geklonken. 'Wat mij betreft hebben we niets te bespreken, Gavin. Er hoeven geen leugens meer te worden verteld. Er hoeft geen toneel meer te worden gespeeld. Het is voorbij.'

'Bedoel je dat je ons huwelijk laat ruïneren door een slet van middelbare leeftijd? En ons gezin? Zonder dat je me hebt laten uitpraten? Ik vind het ongelooflijk dat je Ali op haar woord gelooft.' Gavin spuugde de naam van mijn vriendin uit alsof het een vloek was.

'Ja, ik geloof Ali inderdaad. Maar niet omdat ik onder haar kwalijke invloed sta, zoals jij blijkbaar denkt. Ik geloof haar omdat ze de waarheid vertelt. De waarheid waartegen ik me zo lang heb verzet. Kun je het zelfs nu nog niet toegeven? We hebben nooit een kans gehad, Gavin.'

'Doe niet zo melodramatisch, Jeanne. Een huwelijk is geen sprookje. Er zijn ups en downs, misverstanden, zoals ik net al zei. Maar je leert je verwachtingen aan te passen en daarmee verder te gaan.'

'O, en je verwacht dat ik dat nu ga doen? Mijn verwachtingen aanpassen?' Ik snoof minachtend. 'Moet ik het idiote idee uit mijn hoofd zetten dat mijn man verondersteld mag worden van mij te houden, naar mij te verlangen? Moet ik teruggaan naar een leven van afgesloten kamers, zwijgzame maaltijden, eenzame weekenden terwijl jij ondertussen ergens heen bent met Marcus of iemand anders? Verwacht je dat van me?'

Gavin zweeg een hele tijd, kennelijk van zijn stuk gebracht door mijn onverwachte assertiviteit. Ik kon bijna de spanning door de telefoon naar me toe voelen stromen, terwijl hij zich voorbereidde op een nieuwe aanval. Toen hij weer begon te praten, klonk zijn stem droog en hard. 'Ik neem aan dat het je ook niets kan schelen wat voor effect jouw daden hebben op je zoon. Ik heb hem gisteravond door het huis horen sluipen. Hij ging de koelkast plunderen om zijn angsten weg te eten. Jeanne, je weet dat de jongen in de war is; dat heb je zelf gezegd.'

'Als je verder niets meer weet, kun je altijd nog de schuld op een ander schuiven. Dat is jouw tactiek, hè, Gavin? Nou, sorry hoor; zelfs met schuld zul je ditmaal niet zo ver komen. Maar ik wil je wel geruststellen, ik ben mijn zoon geen moment vergeten. Zodra het huisje klaar is, neem ik hem voor de rest van de zomer mee hiernaartoe.'

Gavin lachte schamper. 'Jeanne, je bent klaarblijkelijk helemaal in de war. Denk je nu echt dat ik mijn zoon naar een verlaten huisje laat gaan terwijl je in zo'n labiele toestand verkeert? Bovendien is dat ding zo verwaarloosd dat het ongetwijfeld op instorten staat. Als jij bij me weg wilt gaan, vrees ik dat ik je niet tegen kan houden. Maar denk alsjeblieft niet dat je kans maakt om de voogdij toegewezen te krijgen. Jamie blijft bij mij.'

'Jamie haat je,' flapte ik eruit. 'Hij blijft nooit bij je.'

'Denk je nu echt dat de rechter een tiener die duidelijk emotioneel in de problemen zit, zoiets zelf laat beslissen?' vroeg Gavin ijzig. 'Dan ken je blijkbaar rechter Bryan niet.' Hij had me op subtiele wijze onder de neus gewreven dat hij invloedrijke connecties had, en daarna gooide hij de hoorn op de haak. Als altijd had hij weer het laatste woord gehad.

Ik beefde onderhand zo hevig dat ik mijn flinterdunne mobieltje met een luid gekletter op de vloer van het huisje liet vallen. Ik had mijn armen om mijn middel geklemd alsof iemand me een stomp in mijn maag had gegeven, en het dreigement van Gavin dreinde door mijn hoofd. Het was het dreigement waarop ons huwelijk had berust sinds de geboorte van Jamie, het dreigement dat me ervan had weerhouden om te veel vragen te stellen, om te goed naar onze levens te kijken: *Als jij bij me weggaat, verlies je Jamie.*

Het ergste van alles was dat ik wist dat Gavin gelijk had. Hij was een arts, een gerespecteerd lid van de maatschappij, die op elk willekeurig moment tientallen mensen uit de hoge hoed kon toveren die borg wilden staan voor zijn smetteloze reputatie. Wie zou ooit die onaantrekkelijke Jeanne geloven, een eenvoudige werkeloze secretaresse met weinig persoonlijke vrienden? En wie zou voor mij als getuige willen optreden; wie in onze stad zou die geweldige dr. Cross durven tegenspreken en zijn talrijke supporters? Alleen Ali, de meest beruchte echtbreekster van de stad. Toen ik haar in gedachten de getuigenbank in zag klimmen in een van haar opvallende kledingstukken, huiverde ik. Tenzij Jamie zou mogen kiezen bij welke ouder hij wilde wonen, had ik geen schijn van kans de voogdij toegewezen te krijgen.

Het cirkeltje waarin ik rondliep in het huisje werd steeds kleiner, totdat ik merkte dat ik midden in de kamer stond en geen enkele uitweg zag. Voor het eerst sinds Ali me had gedwongen de waarheid onder ogen te zien, overwoog ik naar huis terug te gaan en bij mijn man te blijven totdat Jamie eindexamen had gedaan. Per slot van rekening was dat nog maar twee jaar. Ik zou die twee jaar toch ook nog wel doorkomen als het alternatief was dat ik mijn zoon kwijtraakte? En misschien dat Gavin, nu hij eindelijk had toegegeven dat onze zoon een probleem had, ermee in zou stemmen dat ik nog eens een afspraak met dr. Emory maakte.

Maar ik klampte me nog steeds vast aan het idee dat ik met Jamie de rest van de zomer in het huisje zou doorbrengen. Ik beeldde me in dat ik met Gavin zou gaan onderhandelen: als hij mij deze tijd alleen met mijn zoon gunde, dan zou ik uit mezelf in de herfst thuiskomen. Ik zou zijn eten klaarmaken en glimlachen bij liefdadigheidsbijeenkomsten; ik zou zelfs zijn kleren inpakken als hij een weekend wegging naar die onvermijdelijke conferenties. Ik zou doorgaan met waar ik zo goed in was: ik zou de rol van echtgenote spelen. Ik zou net doen alsof we het ideale gezin hadden.

Ik was best trots op de snelheid waarmee ik vooruitgang had geboekt in het huisje. Slechts gewapend met mijn oeroude verzameling schoonmaakartikelen, en een paar simpele timmerattributen die ik in het dorp had gekocht, en dankzij mijn eigen manische energie, was het me gelukt om het huisje weer redelijk bewoonbaar te maken. Het enige echte obstakel daarbij was het dak. Ik had de talrijke lekken de allereerste nacht al ontdekt toen tijdens een onweersbui er een bijzonder groot exemplaar vlak boven mijn hoofd bleek te zitten. Het prikbord in de dorpswinkel bleek weer eens van pas te komen, want ik kreeg een dakdekker te pakken. Hij wilde zelfs het huisje wel even op veiligheid controleren en dat ook nog op papier zetten, wat in ieder geval een van de bezwaren van Gavin ontkrachtte. Het enige probleem was dat de dakwerker pas vrijdagmiddag naar me toe kon komen. Dat hield dus in dat ik nog een paar dagen langer moest blijven.

Ik wist dat het uitstel waarschijnlijk een teleurstelling voor Jamie zou zijn, maar als hij zag wat ik nog meer op het prikbord had aangetroffen zou hij zijn teleurstelling snel te boven komen. Er hing een circulaire met de foto van een klein hondje dat me aankeek met ogen waarin evenveel verdriet als moed te lezen was. Onmiddellijk herkende ik een zielsverwant. De woorden op de circulaire waren zowel raadselachtig als nuttig:

HOND GEVONDEN BIJ SHOOTFLYING HILL
IN DE STEEK GELATEN EN MISHANDELD
ZOEKT LIEF BAASJE

Wat kon ik anders doen dan het nummer bellen? Later die avond, toen Jamie al door het huis sloop, praatte ik tegen hem via het antwoordapparaat. Ik deed verschrikkelijk mijn best om opgewekt te klinken: 'Ha, Jamie. Je zult niet geloven wat ik vandaag mee naar huis heb gebracht. Een hond. Skyler is de schattigste terriër die je ooit hebt gezien. Hij is vreselijk mager, en moet een keertje goed gewassen worden, maar hij ziet er best slim uit. En hij eet me de oren van het hoofd. Jamie? Jamie, ben je daar?'

Ik was teleurgesteld dat er niemand opnam, maar ik moest glimlachen toen ik dacht aan de reactie van mijn pietluttige echtgenoot als hij hoorde dat ik met een straathond was thuisgekomen die ongetwijfeld onder de vlooien zat.

De volgende dag, een donderdag, was de eerste echt hete dag van die zomer. Omdat ik geen badpak bij me had, zwom ik voor het eerst van mijn leven naakt in het afgelegen riviertje. Het koude water was eerst een schok, maar toen ik er eenmaal aan gewend was, voelde het als een tastbaar symbool van mijn nieuwe vrijheid. Terwijl ik op mijn rug dreef, stond Skyler op de wal te blaffen. Ik had een stuk zeep meegenomen omdat ik hoopte hem het water in te lokken voor een hoognodig bad, maar daar trapte het beestje niet in.

Ik dacht zo sterk aan mijn zoon toen ik terugliep naar het huisje dat ik, toen ik het overgaan van mijn mobieltje hoorde, begon te rennen. De naam van mijn zoon galmde door de bossen alsof hij me kon horen. 'Jamie,' riep ik. Skyler, die in de gaten had hoe opgewonden ik was, blafte en begon nog harder te rennen. Ik stond pal voor de hordeur toen het signaal ophield. De stem op mijn voicemail klonk zo uitgeput en bang dat ik eerst niet in de gaten had dat het Ali was: 'Luister, Jeanne, ik weet dat je niet met me wilt praten. En ik kan je dat onmogelijk kwalijk nemen. De manier waarop ik je laatst daarmee overvallen heb, was onvergeeflijk. Maar daarom bel ik niet...' Ze zuchtte diep voordat ze verderging. 'Er is iets gebeurd, Jeanne. Iets ergs. Bel alsjeblieft meteen terug; dit is niet iets waarover ik via de voicemail kan praten.'

De deur stond nog steeds wijd open en het hondje keek verwachtingsvol naar me op, maar ik stond doodstil, aan de grond genageld door de woorden die in mijn wereldje waren binnengedrongen, en door mijn eigen angsten. Angst om Ali natuurlijk, maar nog meer angst om mijn zoon. Was het mogelijk dat de inbraken weer waren begonnen? Mijn god, was Jamie haar weer aan het stalken? En waarom? Ali had nooit iets gedaan of gezegd waarmee ze hem had gekwetst – tenminste voor zover ik wist. Opnieuw sijpelden de beschuldigingen van mijn man mijn hoofd binnen als een dodelijk gifgas. Ik was er zo vlug bij geweest om Jamie van alles de schuld te geven, maar kon het zijn dat Gavin gelijk had? Dat Ali met mijn zoon een of ander dodelijk spel speelde om redenen die alleen zij kende? Misschien zelfs wel om 'aandacht te krijgen', zoals mijn man suggereerde?

Ik belde haar terug zonder eerst de deur dicht te doen, maar er werd niet opgenomen. Zelfs niet door het antwoordapparaat. Toen ik het nummer vanwaar ze had gebeld probeerde, kreeg ik een lege telefooncel. Waarom zou Ali me vanuit een telefooncel bellen? Durfde ze niet in haar eigen huis te blijven – of deed ze alleen net alsof ze daar bang voor was? En waarom had ze haar antwoordapparaat niet aanstaan? Zou ze nog meer dreigende telefoontjes hebben ontvangen – telefoontje die ze niet meer Brian in de schoenen kon schuiven?

Ik drong die gedachte weg en draaide mijn eigen nummer, maar ook daar werd niet opgenomen, en het mobieltje van Jamie ging meteen over op de voicemail. Mijn eerste opwelling was om een paar spullen in mijn tas te gooien en onmiddellijk naar huis te rijden. Maar als ik dat deed zou mijn hele tocht voor niets zijn geweest. Zonder een grondig bouwtechnisch onderzoek en een gerepareerd dak mocht ik mijn zoon nooit hier mee naartoe nemen. Terwijl het hondje vragend zijn kop scheef hield, luisterde ik nog eens naar de boodschap van Ali. Ik probeerde elke subtiele nuance in haar stem te ontleden en luisterde of ik dingen tussen de regels hoorde. Tegen de tijd dat ik hem voor de derde keer hoorde, had ik mezelf al wijsgemaakt dat ik gewoon te lang alleen was geweest met mijn idiote gedachten; ik reageerde overdreven. Waarom was ik er meteen van uitgegaan dat de angst die ik in haar stem had gehoord iets met Jamie te maken had? Godallemachtig, het leven van Ali was een en al drama. Ik dacht er aan hoe opvliegend Jack Butterfield er had uitgezien op de morgen dat ik hem zag ruziemaken met Ali voor haar huis; het was vast een probleem op dat front waardoor mijn vriendin zo paniekerig had opgebeld. En als ik Ali een beetje kende, als ze zich echt bedreigd voelde, zat ze onderhand al veilig en wel in het huis van George.

Die avond maakte ik voor Skyler en voor mezelf pannenkoeken uit een pakje. Mijn moeder maakte die soms 's avonds – maar alleen in het huisje, waar de regels van de gewone wereld niet golden. Ik spoelde de pannenkoeken, die een chemisch bijsmaakje hadden, weg met wijn en ik dacht eraan hoe mijn broer en ik altijd hadden genoten van onze informele etentjes. Voor het eerst stond ik mezelf toe me te verheugen op de komende zomer. Ik stelde me voor hoe ik Jamie alle speciale plekjes zou laten zien waar we forten hadden gebouwd in de bossen. In de dagen voorafgaand aan het auto-ongeluk van mijn broer waren we vroeg opgestaan, lang voor mijn ouders, hadden een lunch klaargemaakt en waren in de rivier gaan vissen. Als we dan genoeg hadden van het uitgooien van de lijnen, doken we het water in en zwommen samen met de vissen die we net nog aan de haak hadden willen slaan. Toen ik eraan dacht dat ik die vergeten pleziertjes met Jamie zou delen, was het net alsof ik een stukje van mijn jeugd terug kreeg. Het mooiste deel.

Met Skyler in mijn armen viel ik in slaap op de oude sofa waarop mijn moeder vroeger altijd in het zonnetje tijdschriften zat te lezen. Voor het eerst in maanden was mijn slaap heerlijk droomloos. Ik had wel de hele nacht kunnen doorslapen zonder me te verroeren als mijn mobieltje niet rond tien uur had gebeld. Eerst was er een telefoontje dat meteen overging op de voicemail. En toen, even later, kwam er nog een telefoontje.

Ik had al gepakt en was Skyler aan het wassen in een grote oude pan die ik onder de gootsteen had gevonden, toen de volgende morgen de telefoon ging. Omdat de pan roestig was en het water langzaam door de kleine gaatjes wegliep, deed ik het zo vlug mogelijk. De hond onderging braaf zijn lot, maar ondertussen zat hij me ongelukkig met smekende ogen aan te kijken. Mijn handen zaten onder de zeep en ik stond niet erg dicht bij de rinkelende telefoon, maar desondanks stortte ik me erop. Zodra ik gehaast had opgenomen, zweefde de stem van mijn man me tegemoet. Ditmaal klonk er geen smeekbede in door en ook geen woede, maar iets wat leek op de diepe wanhoop die ik had ervaren voordat ik naar het huisje kwam

'Er is iets verschrikkelijks gebeurd, Jeanne,' begon hij. Ik liet de hond los. Hij kwam op de vloer terecht, waar hij meteen alles onderspatte met water en zeep. Het verraderlijke mobieltje klemde ik zo stevig vast dat mijn knokkels wit werden. Als ik het ding op dat moment kapot had kunnen smijten, had ik het gedaan. Ik had er letterlijk alles voor overgehad als ik Gavin op dat moment de mond had kunnen snoeren.

'Iets verschrikkelijks,' herhaalde Gavin. Hij had even tijd nodig om zichzelf weer onder controle te krijgen. Ondertussen stond ik midden in het huisje en was niet in staat om zijn woorden tegen te houden. 'Ik kan er met geen mogelijkheid omheen draaien. Het gaat om je vriendin Ali, Jeanne. Ze is vermoord. Ze hebben het lichaam vanmorgen gevonden... Jeanne? Jeanne? Ben je daar nog?'

22

'We gaan naar huis,' zei ik tegen Skyler, toen we mijn straat in reden. 'Naar huis.' De kleine straathond hield zijn kop vragend scheef toen ik vaart minderde. Maar toen ik het voor Skyler onbekende woord uitsprak, probeerde ik niet te denken aan wat ik zou aantreffen als ik er was.

Ik had geen woord kunnen uitbrengen, had nauwelijks adem kunnen krijgen toen Gavin het afgrijselijke toneel beschreef dat ze in Ali's studio hadden aangetroffen: bewijzen van het felle gevecht waarbij haar prachtige Stradivarius kapotgeslagen was. Overal in het rond lagen met bloed besmeurde muziekbladen en verscheidene meubelstukken waren omgegooid. Ali's lichaam lag op de bank, alsof ze alleen maar even aan het uitrusten was te midden van de chaos. Maar het overvloedige bloed dat door haar hart alle kanten op was gepompt, dat haar blouse doorweekte en haar haren, en zelfs de bank zelf, logenstrafte haar vredige pose. Gavin bespaarde me geen detail en zei dat Ali kennelijk nog was gemarteld voordat ze was vermoord. Hoewel ze door een pistoolschot om het leven was gekomen, zaten er ook messteken in haar hals en in haar borst. Maar ondanks de sadistische aard van de moord had Ali uiteindelijk een uitdrukking op haar gezicht die meer leek op verbazing dan op angst. Typisch

Ali, dacht ik. Ze zou tot het einde hebben geloofd dat ze de moordenaar met haar charme van zijn voornemen af kon brengen. Of simpelweg dat ze uit dit gevecht even onbeschadigd tevoorschijn zou komen als uit zo vele andere.

Het was George Mather die het lichaam had gevonden. Klaarblijkelijk had Ali de hele dag daarvoor George proberen te bereiken. Ze had boodschappen achtergelaten op zijn kantoor en op zijn antwoordapparaat thuis. Boodschappen zoals ze bij mij ook had ingesproken. Boodschappen waarin ze aanvankelijk nog haar angst probeerde te maskeren door alleen maar te zeggen dat ze hem moest spreken. En toen, later, woorden waarin dezelfde onverbloemde doodsangst doorklonk die ik in haar stem had gehoord. Door de telefoon zei Ali tegen haar man dat ze wist wie haar al die tijd had lastiggevallen. En dat de stalker wanhopiger werd. Ze moest 's middags nog een paar boodschappen doen, maar tegen etenstijd zou ze thuis zijn. Of George alsjeblieft langs wilde komen. Ze wilde zijn advies hebben voordat ze verdere stappen ondernam. Ze zou wachten met naar de politie gaan totdat ze iets van hem hoorde. Latere boodschappen, die kennelijk 's avonds waren ingesproken, klonken nog paniekeriger.

Helaas was George de hele dag de stad uit geweest, en was hij daarna nog uitgebreid gaan dineren met een vriend van de filosofische faculteit. Toen hij eindelijk thuiskwam, was het al laat en was hij uitgeput. Hij ging zelfs niet zijn studeerkamer in, waar het antwoordapparaat stond te knipperen met de laatste, niet afgeluisterde noodkreten van Ali. Zodoende had hij de bijna volle band pas de volgende morgen afgespeeld. Natuurlijk had hij pas later gehoord wat er precies op stond. Na Ali's eerste noodkreet was George haar nummer al gaan draaien. Daarna, terwijl zijn antwoordapparaat haar groeiende angst aan hem overbracht, luisterde hij naar het overgaan van de telefoon in haar lege huis.

Nog voordat de band helemaal was afgelopen, had George zich haastig aangekleed en was hij met wild bonzend hart de

231

deur uit gerend. Naarmate hij dichter in de buurt van het huis van zijn vrouw kwam, viel hem een hele serie aanwijzingen op, de ene nog verontrustender dan de andere: een openstaande deur, een omgegooide vaas in de woonkamer, de griezelige stilte die hem begroette in plaats van de muziek die gewoonlijk het huis overspoelde. Er werd niet gereageerd toen hij de naam van zijn vrouw riep, hoewel Ali's fiets naast het huis stond en alle lichten die de gruwel van die nacht niet hadden kunnen buiten houden, nog aan waren. Maar het meest verontrustende van alles was dat het zo'n prachtige dag was. George wist dat Ali nooit in bed zou blijven liggen op een dergelijke prachtige morgen.

Maar toch was George absoluut niet voorbereid geweest op wat hij aantrof in de studio. En ondanks het feit dat hij als advocaat beter wist, had hij elke regel die het gezonde verstand voorschreef bij het betreden van een plaats delict, met voeten getreden. Hij raapte de verwoeste viool op en betastte het instrument en ook de muziekstandaard; hij zat met zijn vingers aan diverse vellen bladmuziek die door de kamer verspreid lagen. En wat nog het ergste van alles was, hij werd opnieuw fataal aangetrokken door de schoonheid die zijn leven had verwoest. Het deerde hem niet dat hij onder het bloed van het slachtoffer zou komen te zitten – hij was er zich überhaupt niet van bewust. Hij was naar de bank gelopen, had zijn dode vrouw in zijn armen genomen, zijn gezicht in haar haren verborgen en hij had voor de laatste keer de geur van lelies opgesnoven die nog om haar heen hing, ondanks de scherpe lucht van het bloed. Eens te meer gaf hij blijk van dezelfde roekeloosheid die had gemaakt dat hij met haar was getrouwd, en dat hij haar trouw was gebleven ondanks haar overspelige gedrag. Het kwam niet bij hem op dat hij een verklaring zou moeten geven voor de bloederige vingerafdrukken die hij achterliet. Hij maalde niet om de haren en de vezels van zijn tweedjasje die op het lichaam van Ali zouden worden gevonden.

Een uur later belde George, besmeurd met het bloed van zijn vrouw, de politie vanuit dezelfde telefooncel die Ali had gebruikt om mij te bellen. Hij was ondertussen kalm geworden – onnatuurlijk kalm, tenminste volgens de agent die het telefoontje aannam. En ondanks het feit dat George zich toen tot verdachte had gemaakt, bezat hij nu een nieuw doel in zijn leven: hij zou de persoon vinden die haar dit had aangedaan. Hoeveel tijd, geld of verdriet het hem ook zou kosten, hij zou er persoonlijk zorg voor dragen dat de persoon die zijn mooie Ali had vermoord niet ongestraft zou blijven.

Terwijl Gavin het verhaal spuide via de krakende verbinding, stroomden de tranen me over de wangen. Ik huilde niet alleen om Ali, maar ook om de liefde van George voor zijn vrouw. Het was een liefde die buitensporig groot was geweest en onverdiend, misschien zelfs de liefde van een dwaas, maar niemand kon ontkennen dat die liefde diep en echt was. Je kon die liefde zien in de ogen van George als hij Ali's naam uitsprak, een helder licht dat door niets, zelfs niet door de dood, kon worden gedoofd. Het was het soort liefde dat Gavin en ik nooit zouden kunnen begrijpen, het soort dat wij met ons lege huwelijk hadden bespot. Zo werd zelfs ons rouwen om Ali en George bezoedeld door het egoïsme van ons eigen verdriet, ons eigen verlies.

Toen zei Gavin aan het eind van het gesprek, met een stem die nog zwak was van het afgrijselijke verhaal dat hij net had afgestoken, pal voordat ik wilde ophangen: 'Jeanne, ik wil niet dat je naar huis komt alleen vanwege deze afschuwelijke situatie. Ik wil dat je bij míj terugkomt. Ik wil dat je ons huwelijk nog een kans geeft. Wat Ali je heeft verteld, wat je in mijn bureau hebt gevonden – ik hoop dat je weet dat dat allemaal niets te betekenen had.' Hij zweeg, blijkbaar in afwachting van een reactie, maar toen er niets kwam, vervolgde hij: 'Hoe dan ook, het spijt me. Het spijt me dat het is gebeurd. En het spijt me dat je er op zo'n manier bent achter gekomen. Maar nogmaals, laat me je verzekeren dat het *niets voorstelde.'* Op de een of andere manier kreeg Gavin het voor elkaar dat zelfs een verontschuldiging nog als een bevel klonk. Ik had het gevoel dat ik opdracht kreeg hem te geloven, opdracht kreeg om dit niets voorstellende verraad uit mijn geest te wissen. Ditmaal kwam hij niet op de proppen met het dreigement dat hij Jamie van me af zou pakken als ik ook maar een poging deed hem te verlaten, maar natuurlijk speelde dat wel een rol. Dat had het altijd gedaan.

Hoe het ook zij, ik was te verbijsterd en van streek om aan mijn huwelijk te denken. 'We hebben het er wel over als ik er ben,' mompelde ik. Daarna hing ik op zonder de gebruikelijke beleefde afscheidsfrase.

Nog geen tien minuten later verliet ik het huisje waar ik mezelf heel even had wijsgemaakt dat ik een nieuw leven kon beginnen. De enige dingen die ik meenam, behalve Skyler, waren mijn creditcard, waarmee ik nogal roekeloos was omgesprongen, en een paar chocoladerepen die me op de been moesten houden. Ik stapte in de jeep. En daar, in de auto waar onze vriendschap was begonnen, begeleid door het dwingende ritme van liedjes op de radio, voelde ik de aanwezigheid van Ali alsof ze nog naast me zat. Omdat ik door een waas van tranen reed, kon ik me later niets meer van die tocht herinneren. Alleen dat gevoel dat Ali bij me was. Dat ze altijd bij me zou zijn.

Het eerste wat ik zag toen mijn huis binnen mijn gezichtsveld kwam, was Gavin die in de oprit stond. Omdat zijn ogen op de straat waren gericht, zag hij de jeep ongeveer op hetzelfde moment als dat ik hem zag. Ik vroeg me af hoe lang hij daar had staan wachten tijdens mijn tocht van twee uur uit New Hampshire. Bij het zien van zijn vertrouwde gezicht, met alle hardheid en verborgen angsten, voelde ik iets in me ineenkrimpen. Was ik echt klaar voor een confrontatie met Gavin? Kon ik de waarheid over ons huwelijk aan, en ook nog de moord op Ali? Ik was zo gefocust op de man op de oprit dat ik aanvankelijk de auto die voor ons huis geparkeerd stond, niet opmerkte. Maar toen Gavin op me afliep met een blik waarin een nieuwe angst te lezen was, keek ik achter hem en zag ik het blauw en het wit van de politieauto.

En zo golden Gavins eerste woorden tegen mij niet de verzoening waar hij door de telefoon zo op had aangedrongen, maar de situatie die ons de maanden nadien volledig in beslag zou nemen. 'Agent McCarty is binnen met Jamie,' zei hij. Zijn lip trilde, zoals altijd als hij zenuwachtig was, of kwaad. 'Chuck Harrison heeft me geholpen bij het vinden van een advocaat – een jonge vrouw die Courtney Rice heet.' Hij keek wat schichtig op zijn horloge en vervolgde toen: 'Ze had hier al een halfuur geleden moeten zijn.' Dus hij had helemaal niet op mij staan wachten, maar op de advocaat. Ik was noch verbaasd noch teleurgesteld.

Op dat moment stonden Gavin en ik zo dicht bij elkaar dat we voor het eerst sinds Ali me had verteld over Marcus elk rimpeltje en sproetje op elkaars gezicht konden zien. Het was volgens mij ook voor het eerst dat we elkaar zo eerlijk in de ogen keken, en wat ik zag was een woordeloze afspiegeling van mijn eigen angst om onze zoon. Kennelijk was Gavin net zomin als ik verbaasd over het feit dat Jamie de hoofdverdachte was.

23

De jongen die bij rechercheur McCarty aan tafel zat leek op Jamie, maar hij was niet dezelfde jongen die ik nog maar een paar dagen geleden had achtergelaten, de lieve kwetsbare zoon die me op een stukje gras in de voortuin had staan nakijken. Nee, iets in Jamie was verhard. Er was een nieuw wantrouwen te zien in zijn ogen, in zijn rigide houding, in de snelheid waarmee hij zich van me afwendde toen ik binnenkwam. Zelfs zijn gewoonte om zichzelf altijd onberispelijk te verzorgen had eronder geleden; zijn haar, dat gewoonlijk glansde, viel nu futloos en vettig over zijn ogen. Toen ik hem een zoen boven op zijn hoofd gaf, rook ik een geur die me deed denken aan ranzig frituurvet.

'Zeg je je moeder niet gedag, Jamie?' vroeg rechercheur McCarty. Zelfs bij die simpele vraag had ik het onaangename gevoel dat hij ons zat te bestuderen. Het was duidelijk dat vanaf dat moment het minste of geringste contact dat we onderling hadden, meteen opgeblazen zou worden tot een 'aanwijzing'. De rechercheur zat aan tafel een kop koffie te drinken alsof hij gewoon bij ons binnen was komen vallen voor een praatje. Hij had zelfs nog het lef om glimlachend naar me omhoog te kijken, waarbij een onregelmatige rij gele tanden zichtbaar werd.

'Hoi mam,' zei Jamie mat, maar hij keek me nog steeds niet aan.

Waar ik het meest behoefte aan had was dat ik even met mijn zoon alleen kon zijn, maar McCarty wilde daar klaarblijkelijk niet aan meewerken. Als een van ons beiden op dit kritieke moment iets zouden zeggen wat tegen ons zou kunnen pleiten, wilde hij daar absoluut bij zijn. 'Maak je geen zorgen, schat,' zei ik zo flink mogelijk. Ik gaf Jamie een geruststellend kneepje in zijn arm. 'Dit wordt vast gauw opgehelderd. Héél gauw.'

Maar Jamie bleef zwijgen en hij hield halsstarrig zijn ogen neergeslagen.

De rechercheur hield me scherp in de gaten terwijl ik mijn zoon aankeek. 'U ziet eruit alsof u even moet gaan zitten, mevrouw Cross. Dit is ongetwijfeld niet gemakkelijk voor u,' zei hij. 'Ik heb begrepen dat u en het slachtoffer vrij goed bevriend waren.'

Ik begon me onderhand flink aan McCarty te ergeren. Hij probeerde ons ongegeneerd dingen te ontfutselen voordat onze advocaat er was. Ik wierp hem een ijzige blik toe en hield mijn mond stijf dicht.

Omdat hij in de gaten had dat ik me zat te ergeren, duwde McCarty met omslachtige bewegingen zijn stoel achteruit. Hij was een man van midden vijftig met een buikje. Waarschijnlijk was hij tot rechercheur gepromoveerd omdat hij het surveilleren niet meer aankon, dacht ik cynisch. Die promotie had in ieder geval niet te maken met zijn subtiele manier van ondervragen. 'Nou, ik zal u verder niet storen, mevrouw Cross. Ik weet dat u even alleen met uw gezin wilt zijn.' Hij keek op de klok aan de muur, die aangaf dat het al bijna twee uur was. 'Hebt u er bezwaar tegen dat ik van uw telefoon gebruikmaak?'

Eerlijk gezegd had ik daar inderdaad bezwaar tegen, maar ik had geen andere keus dan hem te verwijzen naar de telefoon die aan de muur hing. Het werd algauw duidelijk dat hij met het bureau belde.

'De advocaat is er nog niet. Nee, niet iemand die ik ken. Een of

237

ander jong ding, heb ik gehoord, dat net is afgestudeerd. Een *meisje*.' Hij wierp weer een blik op zijn horloge alsof er sinds de laatste keer dat hij had gekeken al veel tijd was verstreken.

Hoewel Jamie net deed alsof hij niet luisterde, zag ik hem verstijven toen de agent praatte. Maar toen ik zijn schouder wilde aanraken, reageerde hij niet. Hoe moest Jamie zich verdedigen tegenover mensen als McCarty als hij zich zo passief opstelde? Was hij überhaupt van plan zijn best te doen? Een moment voelde ik de tranen in mijn ogen prikken, maar toen werd mijn aandacht weer afgeleid door de politieman die met zijn schouder tegen de muur van de keuken leunde.

'Ja, dat dacht ik ook al,' hervatte McCarty. Hij knikte tijdens het praten, waardoor zijn wangen schudden. 'Oké, dat doen we. We geven de jongen nog een kwartier en als ze er dan nog niet is, neem ik hem mee naar het bureau. Dan kan ze zich daar bij ons vervoegen. Oké, Jim.'

Nadat hij had opgehangen, drentelde hij naar het raam en trok het gordijn opzij, zodat hij kon zien wat er zich voor het huis afspeelde. Gavin stond op het gazon, waar hij zich had omringd met verscheidene van onze buren. Kennelijk aangetrokken door de politieauto voor het huis en het nieuws dat ze inmiddels via hun tv's en radio's moesten hebben gehoord, stonden ze in een keurige halve kring om hem heen. Ze waren vast gekomen om een glimp op te vangen van onze ellende, dacht ik bitter. Gelukkig kwamen al die jaren van toneelspelen nu goed van pas; mijn man ging helemaal op in zijn rol van de fantastische Gavin. Zijn gezichtsuitdrukking gaf precies de juiste mengeling van bezorgdheid en zelfvertrouwen weer, en ik kon me voorstellen dat hij onze nieuwsgierige buren stond te vertellen dat de politie er was om met mij te spreken. Per slot van rekening waren Ali en ik dik bevriend geweest. De politie wilde alleen maar weten of Ali het ergens over had gehad waar ze iets mee konden.

En nu we het daar toch over hadden, waarom had rechercheur

McCarty mij die logische vragen niet gesteld in plaats van dat sluwe gepook in mijn gezinsleven? Als hij een lijst wilde hebben met namen van mensen die een hekel aan Ali hadden – of van mensen die een goede reden hadden haar iets aan te doen – kon ik hem genoeg namen geven om een legertje politiemensen bezig te houden.

Maar het enige waarover McCarty me iets vroeg was over Ali's dagboek.

'We hebben begrepen dat mevrouw Mather een dagboek bijhield; hebt u dat ooit gezien, mevrouw Cross?'

Ik ging in gedachten terug naar de avond dat ik bij haar was binnen geweest toen ze niet thuis was. Naar het schuine paarse handschrift waarmee ze de bladzijden volpende en naar de passage waarin ze verscheidene keren mijn naam had genoemd. Ik huiverde bij de herinnering aan de woorden die ze in hoofdletters had opgeschreven: MIJN GOD, WAT BEZIELT HAAR TOCH?

'Een paar keer,' zei ik schouderophalend en ik probeerde zo neutraal mogelijk te kijken. 'In het begin van het jaar nam ze het altijd mee naar school, maar daar is ze mee opgehouden. De mensen werden wat te nieuwsgierig en…'

'Enig idee waar ze over schreef?' viel McCarty mij ongeduldig in de rede.

'Daar weet u waarschijnlijk meer van dan ik, rechercheur,' beet ik hem toe. 'Ik weet zeker dat u het onderhand al helemaal uit hebt.'

'Ik wou dat dat zo was, mevrouw Cross, maar helaas is het dagboek van het slachtoffer verdwenen. Voor zover we weten is dat het enige wat de moordenaar heeft meegenomen.'

Ik probeerde het beven dat me dreigde te overmannen te stoppen. Ik weet niet waar ik meer overstuur van was: de herinnering aan een schoenendoos vol met gestolen voorwerpen die me opeens te binnen schoot of de manier waarop hij over Ali praatte als 'het slachtoffer'. 'Hoe weet u dat? Misschien heeft ze het zelf wel weggegooid. Misschien heeft ze dat ding wel verbrand. Zoals ik al zei, ik heb dat dagboek al in geen…'

Maar opnieuw onderbrak McCarty me met een ongeduldig hoofdschudden. 'Nee. Een van de buren van mevrouw Mather is de avond tevoren nog bij haar geweest om haar een paar brieven te brengen die verkeerd waren bezorgd en zij heeft gezien dat ze erin zat te schrijven aan haar bureau. De buurvrouw wist uiteraard niet waar het over ging, maar ze zei wel dat mevrouw Mather een nogal verdrietige indruk maakte.'

Nora Bell, dacht ik met stijgende verontwaardiging. Ze had waarschijnlijk al meteen nadat het lichaam was gevonden aan de telefoon gehangen om aan de hele wereld te vertellen wat ze wist over Ali's leven.

'Nou, misschien moet u het toch aan de buurvrouw vragen waar Ali in haar dagboek over schreef, of wie het heeft meegenomen. Ik zou het niet weten.' Ik was bij de gedachte aan die nieuwsgierige Nora Bell zo kwaad geworden dat mijn toneelspel vrij overtuigend moest zijn overgekomen. De rechercheur raadpleegde zijn horloge. Hij was kennelijk met me klaar.

Toen McCarty vroeg of hij gebruik mocht maken van de badkamer, pakte ik Jamies hand vast. Ik had zitten wachten tot de rechercheur wegging zodat ik even met mijn zoon alleen kon zijn, maar Jamie bleef naar de tafel kijken. Er was zo veel dat ik hem wilde zeggen en ook vragen. Maar omdat McCarty nog vlak in de buurt was, kon ik alleen maar wat naar hem toe leunen, in zijn hand knijpen en fluisteren: 'Je moet gewoon de waarheid vertellen, wat hij ook vraagt. Uiteindelijk komen ze er wel achter dat ze op het verkeerde spoor zitten.'

Jamie keek me even ongelukkig aan, en duwde toen zijn vettige haren weg uit zijn gezicht. 'Bedoel je dat je niet denkt dat ik het heb gedaan? Ondanks het feit dat je al die spullen op mijn kamer hebt gevonden?'

Ik wierp een zenuwachtige blik in de richting van de badkamer. 'Ik wéét dat je het niet hebt gedaan. Je hebt misschien wel een paar keer door Ali's huis geslopen. En je hebt misschien wel een paar keer wat meegenomen, maar dat betekent nog niet dat je iemand zou kunnen vermoorden,' zei ik, nog steeds op fluistertoon.

'Ik wilde haar alleen maar bang maken,' zei Jamie. 'Maar ik zweer dat ik haar niet heb vermoord, mam. Maar dat gelooft vast niemand.' Hij zakte achterover op zijn stoel met een doffe blik in zijn ogen. Het was net alsof het masker van de populaire middelbareschoolleerling eindelijk was afgerukt en dat nu de echte Jamie tevoorschijn kwam: een jongen die om onduidelijke redenen Ali had gestalkt en die door haar huis sloop als ze er niet was.

'Wat McCarty ook zegt en wat er vandaag ook gebeurt, je moet één ding goed onthouden. De waarheid komt boven water, misschien niet vandaag of morgen, maar het gebeurt wel. En de waarheid is dat je onschuldig bent.'

Jamie wilde net iets gaan zeggen, maar toen hoorde ik McCarty weer naar ons toe komen klossen en ik legde een vinger tegen mijn lippen. Hij had een collega bij zich en ze waren druk in gesprek. 'Heeft pap je verteld over die hond die ik in New Hampshire voor je op de kop heb getikt?' zei ik op luidere toon, met een schuinse blik op McCarty. 'Een kleine terriër die in de steek was gelaten en die maanden in de stad heeft rondgezworven en uit vuilnisbakken heeft gegeten. De man die hem gevonden heeft noemde hem Zwerver, maar ik vond dat hij een betere naam verdiende. Iets met wat meer waardigheid.'

Heel even zag ik iets van belangstelling in Jamies ogen. 'Ja? Hoe heet hij dan?' vroeg hij.

'Skyler. Wil je hem zien?'

Jamie klonk bijna weer als vanouds toen hij vroeg: 'Bedoel je dat hij hier is?'

'Ik heb hem in de auto laten zitten. Natuurlijk met het raam op een kiertje. Ik wilde wachten op het juiste moment om hem mee naar binnen te nemen – als deze hele toestand achter de rug is. Maar als je hem wilt zien…'

Of hij nu weer in zijn eerdere somberheid terugviel door het woordje 'toestand' of dat het kwam door de benauwende aanwezigheid van de rechercheurs, dat weet ik niet, maar Jamie viel me in de rede. Zijn kortstondige uitbundigheid was weer vervlogen. 'Laat maar. Ik kan nu echt geen schurftige hond gebruiken,' zei hij.

Verbijsterd door deze reactie van een jongen die al om een hond had lopen zeuren sinds hij kon praten, zei ik: 'Wat moet ik dan met hem doen? Ik heb hem voor jou meegebracht, Jamie.'

Jamie, die blijkbaar even vergeten was dat McCarty er nog was, snauwde: 'Breng hem maar naar het asiel. Of als hij zo goed voor zichzelf kan zorgen, zet hem dan maar op straat. Dat is vast beter dan een leven in dit gezin.'

Na die uitbarsting wendde hij zich tot de rechercheur. 'Waarom moeten we op die stomme advocaat wachten? Ik wil nu best praten.'

'Jamie!' zei ik, met meer paniek in mijn stem dan ik aan McCarty wilde laten zien.

Met zijn bloeddoorlopen ogen, die triomfantelijk schitterden, keek McCarty van mij naar Jamie en toen weer terug. Maar voordat onze zoon of ik de zaak nog meer schade kon toebrengen, kwam Gavin gelukkig naar binnen stormen, op de voet gevolgd door een jonge vrouw die op het eerste gezicht een jaar of veertien leek. Ze was nog geen één meter zestig groot en slank genoeg om kinderkleren te kunnen dragen. Naast Gavin zag ze eruit als een kind. Haar lange haren waren vanachter in elkaar gevlochten op een schoolmeisjesachtige manier, en met die sproeten die over haar gezicht waren verspreid kreeg je helemaal de indruk dat we hier te maken hadden met Pippi Langkous in plaats van met de felle advocaat die ik had verwacht. Heel even vlamde mijn vijandige houding ten opzichte van Gavin weer op. Had hij met alle kennissen die hij had, geen betere advocaat kunnen vinden?

Maar er was iets in Courtneys zelfverzekerde manier van doen wat mij weer wat vertrouwen gaf – ook al zag rechercheur McCarty het niet. Toen ze hem assertief haar hand toestak met de woorden: 'Rechercheur McCarty? Ik ben Courtney Rice, Jamies advocaat', kon ik zweren dat ik een spoor van een glimlach in zijn ogen zag.

'Aangenaam kennis met u te maken, mevrouw Rice,' zei hij, en hij wierp mij een sluwe blik toe.

De rest van de middag was een voortzetting van de nachtmerrieachtige wazige toestand die was begonnen met het telefoontje van Gavin. Voor het eerst sinds onze verkeringstijd liepen Gavin en ik hand in hand het huis uit. Overal stonden buren in slagorde op hun gazons om ons na te kijken. Hij had mijn hand zo stevig vast dat ik bang was dat hij hem in de zijne kapot zou knijpen, maar ik vroeg niet of hij mijn hand wilde loslaten. En het grootste deel van de middag tot ver in de avond klampten we ons aan elkaar vast als nooit tevoren, omdat we opeens gedwongen waren toe te geven dat we, of we het nu wilden of niet, hier samen voor stonden. We vormden onlosmakelijk een gezin.

Wat Jamie betreft, die weerde niet alleen onze troostende gebaren af, maar ook elke poging tot een gesprek. En uiteindelijk probeerden Gavin en ik het niet meer, omdat we in de gaten hadden dat elke poging zijn vijandige houding alleen maar duidelijker deed uitkomen – en ook verdachter in de ogen van de immer waakzame McCarty.

Ondanks het fluisterstemmetje dat bij haar kleine gestalte paste en de vlecht die me pijnlijk begon te herinneren aan de manier waarop Ali haar haren soms droeg, bleek Courtney Rice een zeer alerte advocaat te zijn toen McCarty samen met een andere politieman Jamie bijna drie uur lang op het bureau aan de tand voelde. Gavin en ik voelden ons hulpelozer dan ooit en we sloegen het gezicht van onze zoon gade, het gezicht waar we ons over hadden gebogen in het wiegje om het te kussen, het gezicht dat ons overal in het huis tegemoet straalde van allerlei opeenvolgende schoolfoto's die zowel zijn groei als zijn enorme gewichtstoename lieten zien. Het gezicht dat al onze verwachtingen en dromen in zich borg en dat inderdaad het enige positieve was dat ons huwelijk had voortgebracht. We bleven hand in hand zitten, en knepen alleen wat harder als het spannend werd, als we naar de zwijgzame jongeman daar voor ons keken. De zoon die opeens een vreemdeling was geworden. Maar gesterkt door elkaar bleven we vastberaden neutraal kijken.

De eerste vragen waren de gemakkelijkste en tegelijk de meest verraderlijke. Kende Jamie het slachtoffer? Hoe lang kende hij haar al? Kon hij zich herinneren wanneer ze elkaar voor het eerst hadden gezien? Hoe zat het met het dagboek? Wist hij dat ze een dagboek bijhield? Had hij het ooit gezien? Jamie antwoordde voor het merendeel met gegrom, schouderophalen en eenlettergrepige woorden. Ja, hij kende mevrouw Mather. Nou ja, zo'n beetje. Nee, hij wist niet meer wanneer en hoe ze elkaar ontmoet hadden en of ze ooit onder vier ogen hadden gepraat. Hij had nooit les van haar gehad. De meeste van deze vragen werden door de jongere rechercheur gesteld, ene rechercheur Anderson, een lange magere man met een open gezicht. Verscheidene keren moest Courtney Jamie eraan herinneren dat hij harder moest praten, ja of nee moest zeggen en zich rechtstreeks tot de rechercheur moest richten.

Alleen de vragen over het dagboek riepen een wat meer emotionele reactie op. Op de vraag of hij ooit het dagboek met de rode kaft van Ali had gezien, mompelde Jamie vlug ontkennend. Daarna sprak hij zichzelf meteen tegen door eraan toe te voegen: 'Ik snap niet waarom jullie zo geïnteresseerd zijn in dat stomme ding. Het is gewoon een boek dat vol leugens staat.'

Professioneel liet rechercheur Anderson de woorden van Jamie een paar seconden in de verbluffe stilte hangen die erop volgde. 'Je hebt het dus gelezen?' zei hij ten slotte.

'Ik heb toch gezegd dat ik dat ding nooit heb gezien?' was het antwoord van Jamie, die weer verviel in zijn nukkige manier van doen.

'Hoe weet je dan dat er leugens in staan?'

'Omdat alles aan die vrouw gelogen was. Alles,' zei Jamie kwaad.

Rechercheur Anderson volstond met een knikje en gaf daarmee iedereen in de kamer de kans om notitie te nemen van de uitbarsting van mijn zoon. Opnieuw liet Jamie zijn hoofd hangen en staarde ingespannen naar de grond. Wat hij ook over het zoekgeraakte dagboek wist, hij was duidelijk niet van plan er iets over te zeggen.

Was Ali een populaire lerares, wilde McCarty weten toen hij aan de beurt was. Hij had gehoord dat iedereen les van haar wilde hebben, dat leerlingen haar na de lessen op stonden te wachten en dat er ook veel bij waren die haar na school thuis belden. Maar Jamie haalde alleen zijn schouders op. Hij zou het niet weten…

'En jij dan, Jamie? Wat vond jij van mevrouw Mather – of van Ali, zo noemden jullie haar toch? Vond jij haar een aardige lerares?'

'Ik noemde haar helemaal niets,' zei Jamie, en zijn stem ging zo vreemd omhoog dat Gavin mij onwillekeurig in mijn hand kneep. 'En ik vond ook niets van haar. Ik heb het toch verteld… ik kende die vrouw niet eens.'

'Kom nou, ik heb begrepen dat mevrouw Mather op school een opvallende verschijning was. Ze was een soort beroemdheid. Een echte musicus en een componist. En nog knap ook. Ik heb gehoord dat een flink aantal leerlingen verliefd op haar was. Vond jij mevrouw Mather knap, Jamie?'

Opnieuw haalde Jamie zijn schouders op. 'Ze was oud,' zei hij. 'Niet dat ik ooit echt naar haar keek. Ik heb haar helemaal niet zo vaak gezien. Nogmaals, ik heb nooit les van haar gehad.'

'Kom nou, Jamie. Mevrouw Mather was niet alleen lerares op jouw school. Ze woonde vlak bij jou, dat klopt toch? En ik heb ook begrepen dat zij en jouw moeder vrij dik bevriend waren. Natuurlijk kende je haar.'

De politieman keek met een vragende blik om, maar mijn blik bleef ijzig.

Jamie haalde zijn schouders op en zakte nog verder weg in zijn stoel.

'Tja, nu weet ik het ook niet meer, Jamie,' zei de rechercheur quasi-onschuldig. 'Waren je moeder en mevrouw Mather nou bevriend of niet?'

'Dat geloof ik wel, ja,' zei Jamie korzelig. 'Ik weet het niet.'

'Weet je het niet? Kwam mevrouw Mather dan niet vaak bij jullie langs? Reden ze niet samen naar school? Gingen jouw ouders niet af en toe om met de heer en mevrouw Mather? Gingen ze bijvoorbeeld niet samen naar concerten?'

Toen Courtney tussenbeide kwam met de vraag waar de rechercheurs met hun vragen naartoe wilden, bond McCarty wat in. Hij stond op om een kop koffie voor zichzelf te halen en vroeg of Jamie iets fris wilde. Hij glimlachte zelfs toen hij een glas cola inschonk. Maar toen hij weer begon te praten was hij weer even meedogenloos als daarvoor.

'Kijk jij wel eens in zo'n blaadje, Jamie? Je weet wel, *Playboy* of *Penthouse*. Wat wij vroeger "mannenbladen" noemden. Dat soort blaadjes.'

Jamie keek heel even met een knalrood hoofd in de richting waar Gavin en ik zaten. 'Die heb ik wel eens gezien. Van jongens op school. Ik zou niet willen beweren dat ik ze echt heb gelezen.'

McCarty grinnikte alsof hij een oude vriend was. Een kameraad. 'Ik denk niet dat er iemand is die dat spul echt leest,' zei hij.

Jamie glimlachte behoedzaam.

'Er staan wel een stelletje lekkere meiden in, hè, Jamie?'

Jamie haalde weer zijn schouders op. 'Dat zal wel.'

'Kom op, Jamie. Je ziet het toch wel of het een mooi meisje is? Eerst beweer je dat je niet weet of mevrouw Mather knap is. En nu zeg je dat je niet weet of die modellen in de *Playboy* er goed uitzien. Waar val je dan op – op jongens?'

Jamie keek meteen op. 'Nee,' zei hij heftig, maar McCarty was niet meer te stuiten.

'Ik begrijp dat de jongens bij jou op school vonden dat mevrouw Mather er fantastisch uitzag in die strakke spijkerbroeken die ze altijd aanhad, en die korte rokjes. Maar jij niet, hè? Jij zag dat niet eens.'

'Voor haar leeftijd zag ze er best goed uit, denk ik. Ja, ik bedoel dat ze best knap was. Maar wat zou dat? Waar slaat dat op?' Jamie keek wanhopig mijn kant op.

'Eerlijk gezegd heeft dat alles te maken met deze moord, Jamie. Wat we over deze misdaad weten is dat de moordenaar een obsessie had voor mevrouw Mather. Weet je wat dat betekent, Jamie? Een obsessie hebben?'

'Niet echt,' mompelde Jamie.

'Het lijkt een beetje op een verliefdheid. Ben je ooit op iemand verliefd geweest, Jamie? Je weet wel, een meisje aan wie je de hele tijd moet denken. Een meisje dat je uit de slaap houdt – een meisje dat zo volmaakt lijkt, zo bijzonder dat je aan niets anders meer kunt denken.'

'Nou, eh…,' zei Jamie met een steelse blik naar Gavin en mij.

'Wat? Je bent zestien jaar en je bent nog nooit op iemand verliefd geweest? Je hebt nooit een meisje op school gezien dat jou echt opviel?'

'Dat… dat zei ik niet…' stamelde Jamie. 'Ik bedoel, ja, ik denk het wel.'

'Dat dacht ik wel,' zei McCarty tevreden. 'Nou, dan kun je misschien ook wel begrijpen hoe het is als je door iemand geobserveerd bent. Zie je, een obsessie is gewoon een uit de hand gelopen verliefdheid. Je denkt niet alleen de hele tijd aan die persoon, maar je begint iemand ook achterna te lopen. Misschien ga je zelfs wel hun huis in als ze er niet zijn. Je neemt wat van ze mee zodat je er thuis in alle rust op je eigen kamer naar kunt kijken. Dat klinkt idioot, hè, Jamie?'

'Ja,' mompelde Jamie. Het klonk niet erg overtuigend. Ik keek hulpzoekend naar de zwijgende Courtney Rice. Waarom deed ze niets? Ze kon McCarty toch wel een halt toeroepen? Maar ze zat naar Jamie te kijken alsof ze zelf het antwoord ook wel wilde weten.

'Ben je ooit op die manier op iemand verliefd geweest, Jamie?' drong McCarty aan. Hij had zijn stoel dicht bij die van Jamie geschoven en hield zijn gezicht vlak bij het zijne. 'Bijvoorbeeld op mevrouw Mather, om maar een voorbeeld te noemen. Was je niet een klein beetje geobsedeerd door de muzieklerares?'

'Dat zei ik toch – Ali was oud, oud en lelijk, met lang heksenhaar!' flapte Jamie eruit. 'En ze was ook gemeen. O, zeker, ze deed net alsof ze aardig was, maar het kon haar geen klap schelen wie ze daarmee pijn deed. De enige reden waarom mensen haar aardig vonden of verliefd op haar werden was omdat ze hen voor de gek hield. Zelfs mijn moeder hield ze voor de gek.'

Na deze uitbarsting van Jamie liet McCarty handig een stilte vallen, waardoor de schokkende hartstochtelijke woorden van mijn zoon extra veel gewicht kregen. En ik vermoed dat hij ook zat te wachten tot Jamie nog iets zei, of tot Gavin en ik zouden opspringen met een mededeling die ons nog meer verdacht zou maken. Maar toen ik wilde protesteren dat de vragen niet helemaal eerlijk waren, gaf Gavin me een waarschuwend kneepje in mijn hand en keek hij naar de advocaat.

En inderdaad begon Courtney rustig te praten. 'U hebt dus aangetoond dat Jamie, net als de meeste middelbareschoolleerlingen, nogal uitgesproken meningen heeft over zijn leraren. Wat wilt u met deze vragen bereiken, rechercheur?'

'Ik probeer erachter te komen wat de jongeheer Cross hier vond van het slachtoffer. Dát wil ik bereiken,' zei McCarty.

Hij zweeg even, nam een slokje koffie en wendde zich toen weer tot Jamie op een toon die opeens zacht was en kalm en ook melodieus. 'Het klinkt alsof je nogal een uitgesproken mening had over mevrouw Mather, Jamie. Of misschien moet ik Ali zeggen, want zo noemde je haar net toch?'

Hoewel de rechercheur hem nog minutenlang onder vuur nam, had Jamie weer zijn toevlucht genomen tot de onbewogen manier van doen van daarvoor. En hoe McCarty hem ook uit zijn tent probeerde te lokken, als reactie kreeg hij alleen maar gegrom, schouderophalen en af en toe een 'dat zal best'. Maar dat deed er allemaal niet meer toe. Toen Gavin en ik elkaar op een onbewaakt ogenblik aankeken, waren we het er stilzwijgend over eens dat de schade al was aangericht. Jamie had al laten blijken dat hij onnatuurlijk sterke gevoelens had gekoesterd ten opzichte van het slachtoffer van de moord.

Toen we dachten dat het verhoor voorbij was en dat we naar huis konden gaan om ons op te maken voor het volgende bedrijf van dit drama, nam rechercheur Anderson het over. Hij joeg ons de schrik op het lijf met een geheel andere aanpak. Verdwenen was zijn eerdere relaxte houding. Ditmaal zat ook hij Jamie dicht op de huid en hij vuurde snel achter elkaar een serie vragen op hem af. Was Jamie in messen geïnteresseerd? Jamie haalde voor de zoveelste keer zijn schouders op. De rechercheur wachtte even of Jamie nog iets zou zeggen. Nou ja, hij had er eentje voor de verkenners. Maar dat was jaren geleden. Hij had het al in tijden niet gezien. Hoe zag het mes eruit, vroeg rechercheur Anderson kil. Kon Jamie het nog beschrijven? Jamie gaf met zijn handen ruwweg aan hoe groot het was. Welke kleur had het? vroeg de politieman. En toen Jamie schokschouderde, drukte hij door.

'Kom op, een verkennersmes is belangrijk voor een jongen, ik weet zeker dat je nog weet hoe het eruitzag. Het had toch zeker wel een paar typische kenmerken.'

'Ik geloof dat het een rood handvat had,' voegde Jamie eraan toe. 'Maar ik weet het niet meer. Ik heb toch gezegd dat ik het al heel lang niet meer heb gezien.'

'Niet sinds dat kampeeruitstapje dat je kort geleden met de familie Breen hebt gemaakt? Had je toen het mes niet bij je?'

Jamie keek de kamer rond als een kat in het nauw die niet wist waar het gevaar nu weer vandaan zou komen. 'Van wie hebt u dat – van Toby? Is Toby hier geweest en heeft hij dat verteld?'

'Het doet er niet toe van wie we dat hebben. We vragen het aan jou. Had je het mes niet een maand geleden bij je toen je ging kamperen met de familie Breen?' De ogen van rechercheur Anderson schitterden onnatuurlijk toen hij zich omdraaide en achter het bureau ging zitten.

'Ik heb voor het kamperen een mes meegenomen, maar ik weet niet meer of het dat mes was.'

Rechercheur Anderson trok een paar handschoenen aan, deed de la open en toverde met een snelle beweging een plastic zak tevoorschijn die hij voorzichtig openmaakte, waarna het bekende mes met het rode heft te zien was. Een doodgewoon voorwerp uit Jamies jeugd dat ik tientallen keren op zijn kamer had gezien. 'Oké, laat me je geheugen een beetje opfrissen, Jamie. Is dit niet het mes dat je mee hebt genomen toen je ging kamperen? Hetzelfde mes dat je telkens meenam als je naar het huis van de muzieklerares ging? Het mes waarmee je gisteravond Ali Mather hebt toegetakeld?'

Uiteraard zaten we allemaal te wachten tot Jamie het zou ontkennen, maar hij leek wel gebiologeerd door het glimmende mes dat rechercheur Anderson in zijn gehandschoende handen had. Hij staarde er een hele tijd naar. 'Waar hebben jullie dat gevonden?' vroeg hij.

Maar zelfs nog voor de rechercheur kon antwoorden, wisten we allemaal het antwoord. Het bekende mes dat ik zo vaak in Jamies kamer had gezien, was kennelijk gevonden op de plaats van de moord. Het was helemaal bedekt met geronnen bloed.

24

Ik droeg een donkere lange broek en platte schoenen op de avond van de rouwdienst voor Ali. Nauwelijks make-up. Met mijn zoon in de cel en mijn beste vriendin in het rouwcentrum van Ruskin, sloeg mijn vuistregel, die me zei dat ik 'altijd zo goed mogelijk voor de dag moest komen', nergens meer op. Ik nam nog een laatste slok van een flinke borrel en bond mijn haren bij elkaar met een speld. De onaantrekkelijke vrouw die me vanuit de spiegel aankeek zag er meer dan ooit uit als een vreemde. In de afgelopen maanden had ik meer gedronken dan in alle voorafgaande jaren bij elkaar, wat in andere omstandigheden reden tot bezorgdheid zou kunnen zijn. Maar nu was het enige wat telde dat we overleefden. Ik had geen idee hoe de mensenmassa die zich had verzameld voor de rouwdienst, de moeder zou begroeten van de jongen die vastzat voor de moord op Ali, maar tegen de tijd dat ik tot en met het laatste ijsklontje mijn whisky ophad, was ik alleen nog maar bang om Ali zelf onder ogen te komen.

Toen ik langs de woonkamer liep waar Gavin bezig was met zijn eigen alcoholische escapisme, stond hij op en kwam in de deuropening staan. Het was de eerste keer dat we echt samen waren in de twee dagen sinds Jamies arrestatie, de eerste keer dat we door Courtney en door de talrijke vrienden die ons huis vulden met steun of stoofschotels of die enkel en alleen een glimp op wilden vangen van onze nachtmerrie, alleen waren gelaten.

Met het drankje in zijn hand begon Gavin behoedzaam te praten, op de manier die hij zich had aangemeten sinds ik terug was gekomen van het huisje. Maar niets kon de groeiende ongerustheid in zijn ogen verhullen. 'Jeanne, ik hoop niet dat je van plan bent naar de rouwdienst van Ali te gaan. Je weet wat Courtney heeft gezegd. In deze omstandigheden maakt het geen goede indruk als een lid van onze familie…'

Ik keek hem somber aan. 'Ik ga, Gavin. Als er in deze familie meer was nagedacht over hoe de zaken er echt voor stonden en minder over hoe andere mensen daarover dachten, dan zaten we misschien niet zo in de problemen.'

Gavin nam een grote slok. 'Jezus, Jeanne, het klinkt alsof je denkt dat Jamie deze afschuwelijke misdaad echt gepleegd heeft. En dat het ons te verwijten valt dat we geprobeerd hebben de familie bij elkaar te houden.'

'Natuurlijk heeft Jamie het niet gedaan,' beet ik hem fel toe.

Tot mijn verbazing liet Gavin zich op de bank zakken en legde zijn hoofd in zijn handen. 'Ik wou dat ik daar net zo zeker van was als jij,' zei hij. 'Maar je hebt gezien hoe hij op het politiebureau reageerde. Hij ontkende het niet eens. En de bewijzen…'

'Het kind is zestien en wordt van moord beticht. Zou jij dan niet overstuur zijn? En wat betreft dat bewijs, daar is een verklaring voor. Daar móét een verklaring voor zijn.'

Ik klonk zelfverzekerd, maar zelfs ik moest toegeven dat het bewijs vrij onthutsend was. Ze hadden het oude verkennersmes van Jamie halverwege ons huis en dat van Ali gevonden, nog onder het bloed. En dan waren er nog de fysieke bewijzen op de plaats van het misdrijf, de haren en vingerafdrukken die van Jamie bleken te zijn. En alsof dat nog niet genoeg was, had de politie ook een ooggetuige: de immer waakzame Nora Bell was bereid te getuigen dat ze op de avond van de moord een grote, zwaarlijvige jongeman had zien wegrennen van het huis. Hoewel het donker was geweest en ze bijziend was, wist ze toch bijna zeker dat het om Jamie Cross ging.

Gavin schudde zijn hoofd. 'Denk je dat iemand daarin trapt? Zelfs zijn eigen vader? Kom nou, Jeanne, een onschuldig iemand die van moord wordt beschuldigd, blijft daar niet zitten als... als een zombie. Zelfs toen ze met het bewijsmateriaal op de proppen kwamen, heeft hij geen woord gezegd.'

'Hij heeft het wel ontkend. Later, toen Courtney hem ernaar vroeg. Dat ben je toch niet vergeten?' zei ik. 'Hij zei tegen haar dat hij naar het huis was gegaan om Ali te vragen of ze iets van mij had gehoord. En dat hij toen hij het lichaam vond, is weggerend.'

'Je moet toegeven dat dat nogal zwak klinkt,' zei Gavin. 'Bekijk het eens van hun kant. Ik bedoel, als Jamie nietsvermoedend op het toneel van de moord stuitte, zoals hij beweert, waarom is hij er dan niet mee naar mij gekomen? Waarom zou hij de politie niet gebeld hebben? En wat is jouw verklaring voor die bewijzen? Dat mes bijvoorbeeld. En dat verdomde DNA van Jamie.'

'Hij heeft bekend dat hij er geweest is; maar dat geldt ook voor George Mather,' zei ik. 'Dat betekent nog niet dat een van beiden haar vermoord heeft.' Ik had met Gavin te doen omdat hij zo duidelijk leed, maar ik wilde ook per se naar die rouwdienst. 'Ik weet dat dit belangrijk is, maar we zullen hier later verder over moeten praten.'

Maar tot mijn verbazing stond Gavin plotseling op en ging voor me in de deuropening staan. 'Jij gaat nergens heen, Jeanne. Ik sta niet toe dat je Jamie schade toebrengt.'

Jamie schade toebrengen: het was een van zijn lievelingsuitdrukkingen, een van de standaardzinnen waarmee hij me meestal de mond snoerde. Of het nu kwam van de alcohol of van de ernst van de situatie of gewoon van de cumulatie van jaren van zwijgen en frustratie, maar toen ontplofte ik. 'Dat werkt niet meer, Gavin. Je kunt geen beroep meer doen op mijn schuldgevoel. *Stil zijn voor Jamie. Het ideale gezinnetje spelen voor Jamie. Net doen alsof we tevreden, voldaan en gelukkig zijn voor Jamie.* Dat is voorbij. Ik ga naar die rouwdienst toe, wat je ook zegt. Ik moet Ali zien.'

Ik keek mijn man recht in de ogen. Ik kon zijn brede borstkas tegen de mijne voelen en ik was bereid hem opzij te duwen als dat nodig was, omdat ik erop vertrouwde dat de adrenaline die ik door mijn lijf voelde stromen, me de nodige kracht zou geven. Maar zo ver hoefde ik niet te gaan. Iets – misschien de wanhoop in mijn stem – deed hem een pas opzij doen.

'Je moet Ali zien?' zei hij kil. 'Jeanne, je klinkt net alsof je even bij haar langsgaat voor een glaasje wijn en een praatje.'

Hij had niet iets kunnen zeggen wat me dieper trof. Een glaasje wijn en een praatje. Er was niets normaler dan dat. En niets wat duidelijker aangaf wat haar dood betekende: *nooit meer.* Ondanks de arrogante manier waarop Gavin zijn hoofd scheef hield, kon ik de kwetsbaarheid zien die hij met zo veel moeite trachtte te verbergen. En de angst. Op dat moment proefde ik heel even iets van wat al die jaren van leugens en toneelspelen hem hadden gekost. Ik vermoed dat ik misschien zelfs wel medelijden met die man had gehad, als hij mijn leven er en passant niet mee had verwoest en het leven van mijn zoon niet ernstig had beschadigd. Maar mijn behoefte om Ali nog een keer te zien was sterker dan de opwelling om met Gavin te blijven praten. Ik moest afscheid van haar nemen, en leren aanvaarden dat ze er echt niet meer was, dat er nooit meer glaasjes wijn en praatjes zouden zijn, dat ik nooit meer de kans zou hebben mijn excuses aan te bieden voor al die dingen waarbij ik haar in de steek had gelaten. Ik keek mijn man nog een ogenblik aan, draaide me om en liep de deur uit.

Het was zo druk bij de rouwdienst voor Ali dat de parkeerplaats van het rouwcentrum bij mijn komst al overvol was. Op de parkeerplaats stonden groepjes huilende leerlingen, overmand door oprecht verdriet, maar ook getroffen door Ali's gewelddadige dood, met de armen om elkaar heen, of ze fluisterden elkaar troostende woorden toe. Toen ik bij de ingang aankwam, merkte ik dat het daar ook zwart zag van de mensen die allemaal nog naar binnen wilden. Hoewel ik verwachtte personeel en leerlingen van school te zien en de musici die ik bij haar concerten had ontmoet, waren de meeste rouwenden mij vreemd. Ik keek in hun onbekende gezichten. Hoe kenden zij Ali en wie waren zij om me te beletten naar binnen te gaan? Er stonden zo veel mensen dat ik een moment de hoop koesterde dat ik niet op zou vallen, dat ik gewoon de zoveelste rouwende zou zijn in de mensenmassa die vond dat ze er recht op had om Ali te zien. Hoe langer ik in de rij moest staan, des te zekerder wist ik dat de bezorgdheid van Courtney en Gavin ongegrond was. Ik liep langzaam naar binnen, met gebogen hoofd, en ik had mijn haren loshangen, zodat mijn gezicht niet goed zichtbaar was. Maar net toen ik begon te geloven dat ik onopgemerkt naar binnen kon glippen, hoorde ik iemand mijn naam roepen.

'Jeanne… Jeanne Cross!' Hoewel het als een groet was bedoeld, kon niets de geschokte toon in de stem van Nora Bell verbloemen. Bij het horen van de naam die ik altijd zo gewoontjes had gevonden, maar die nu als een beschuldiging klonk, hield iedereen in de kamer zijn mond. Tientallen gezichten van bekenden en onbekenden volgden de blik van Nora Bell naar de plaats waar ik stond. Maar toen de mensen opschoven om mij beter te kunnen zien was er een opening ontstaan. Een opening waardoor ik duidelijk de kist kon zien staan, en daarin rustte op haar witsatijnen bed mijn vriendin Ali. De geur van lelies die zo deed denken aan haar parfum, maar die nu alleen maar misselijkmakend zoet rook, was overweldigend. Ik werd als altijd naar haar toe getrokken en liep dwars de kamer door, me volledig onbewust van alles en iedereen om me heen.

Omdat ze kennelijk op het verkeerde been werden gezet door

mijn lef, maakten de mensen plaats voor me, maar naarmate ik dichter bij het lichaam van Ali kwam, nam het gefluister toe. Ik knielde voor haar neer en staarde naar het zorgvuldig opgemaakte gezicht van mijn vriendin. Haar gezicht, glad en vredig, verried niets van haar woelige leven, of van de worsteling die aan haar gewelddadige einde vooraf was gegaan. Het was even sereen als de muziek die ze aan haar viool ontlokte, even sereen als het laatste deel van de *Paradise Suite,* die ik in mijn hoofd kon horen spelen toen ik naar Ali's gezicht staarde. Haar lippen waren een beetje getuit, alsof ze me elk moment iets kon toefluisteren, een laatste geheim dat ze met niemand anders wilde delen. Ik neeg mijn oor naar haar toe en raakte de ijskoude hand aan waarmee ze zulke krachtige muziek uit haar instrument had gehaald. Ik gaf haar een zoen op de wang en zag dat ik er een spoortje paarse lippenstift op had achtergelaten. De gebeden die bij dit soort gelegenheden hoorden, was ik vergeten, en ook wat ik tegen Ali had willen zeggen als ik haar zag. Het enige wat me te binnen schoot was haar naam, en die naam bleef ik herhalen. Dat was dus mijn gebed. *Ali… Ali.* Er was zo veel dat ik haar wilde zeggen, maar nu ik hier voor haar lichaam neerknielde, losten de woorden in het niets op. Maar dat was niet belangrijk; Ali, die altijd een luisterend oor had gehad voor iedereen die haar nodig had, kon me niet horen.

Ik begon zachtjes te snikken, vergat bijna waar ik was en dat er een heleboel mensen achter me stonden. Toen voelde ik een sterke hand op mijn schouder. Ik draaide me om en ontmoette de doordringende, droevige blik van George Mather. Hoewel zijn ogen droog waren, straalden ze een immens verdriet uit.

'Jeanne,' zei hij, en hij omhelsde me. Meer niet. Mijn naam, maar zo betekenisvol uitgesproken dat er van die ene lettergreep een genezende kracht uitging. Achter ons ontstond er een zacht geroezemoes, maar het enige wat ik hoorde was de adem van George in mijn oor; het enige wat ik voelde was de warmte van zijn aanwezigheid, de eerste echte troost die ik sinds de moord op Ali had ondervonden. Als ik nog twijfel had gekoesterd over hoe Ali's echtgenoot op mijn aanwezigheid tijdens de begrafenis zou reageren, wist ik nu het antwoord.

Na een tijd maakte George zich van me los en hield me met gestrekte armen vast. 'Dit moet extra afschuwelijk voor je zijn, Jeanne. Eerst verlies je Ali en dan krijg je al deze beschuldigingen over je heen.' Hij was zo tactvol om Jamies naam niet te noemen, en hij had het ook niet over die koude woorden uit de krant, die ook te horen waren geweest op het nieuws: JONGERE BESCHULDIGD VAN MOORD.

Ik sloot mijn ogen en knikte zwijgend.

George pakte mijn elleboog vast zoals hij die middag gedaan had in Giovanna's, en zei: 'Kom, ik wil je voorstellen aan Ali's familie.'

Aanvankelijk wilde ik dat niet. Maar toen dacht ik eraan hoe Ali nooit ergens voor terugschrok en dat dit wel het minste was wat ik voor haar kon doen. En misschien hielp ik Jamie het best door met opgeheven hoofd door die mensenmassa te lopen om daarmee mijn absolute vertrouwen in zijn onschuld te laten zien. Ik stak mijn hand uit naar de twee vrouwen die bij de kist de condoleances in ontvangst namen.

'Ik ben Jeanne Cross,' zei ik, nog voordat George kans had gehad me voor te stellen. 'Ali en ik waren goede vriendinnen.'

De moeder en de zus van Ali keken elkaar even vragend aan, maar toen stak de zus een hand naar me uit. 'George heeft ons een heleboel over jou verteld. Bedankt voor je komst. Ik weet dat Alice het op prijs zou hebben gesteld.'

Alice. Het was de eerste keer dat ik mijn overleden vriendin zo hoorde noemen en toen ik haar zus in de ogen keek, kreeg ik een andere kijk op Ali. Op waar ze vandaan kwam en waaraan ze was ontsnapt. Haar zus, die zichzelf voorstelde als Kathleen, leek op Ali, maar dan wat slonziger. Ali, maar dan met brede heupen en kort grijs haar. Ali, zonder het voordeel van de contactlenzen of de vonk die zo gemakkelijk oversloeg op een kamer, een viool, een mannenoog. Beide vrouwen hadden droge ogen en maakten een verstandige, maar ietwat stugge indruk. Maar hun blik werd aanzienlijk zachter toen ze naar George keken. Kathleen gaf hem zelfs een kusje op zijn wang.

'Ze was een fantastische en unieke vrouw,' zei ik, zoekend naar de juiste woorden. 'Wat zal het een schok voor jullie zijn geweest. Ik vind het zo erg voor jullie.'

'Eerlijk gezegd was het helemaal niet zo'n schok,' zei Kathleen droog. 'Ik heb altijd gedacht dat mijn zus op een gewelddadige manier om het leven zou komen. Bij een of ander spectaculair auto-ongeluk, of zelfs… nou ja, op deze manier. Al vanaf haar vroegste jeugd heeft Alice problemen aangetrokken.' Ik vond het merkwaardig dat ze zo onverbloemd voor haar mening uit-kwam. Even keek ik naar George. Zou Kathleen weten wie ik was?

Haar moeder, een oudere versie van Kathleen, in een simpele rok en blouse, bracht een zakdoekje naar haar ogen, maar sprak de harde woorden van haar oudste dochter niet tegen.

Ik wist niet goed hoe ik het had, en keek wat wezenloos het zaaltje rond. 'Er waren zo veel mensen die van haar hielden.' Ik had het nog niet gezegd of ik besefte hoe vreemd dit klonk uit de mond van de vrouw wier zoon van de moord was beschuldigd. Maar ik kon er niets aan doen. Ik vond dat iemand Ali moest ver-dedigen tegen het harde oordeel van haar zus.

'En evenzoveel die de pest aan haar hadden,' kwam Kathleens reactie er meteen overheen.

Op dat moment verbaasde haar moeder mij door mijn hand vast te pakken. 'Misschien vind je het wel prettig om te horen, Jeanne, dat wij niet geloven dat jouw zoon het heeft gedaan. Zo-dra we hem op tv zagen, wisten we dat ze de verkeerde persoon te pakken hadden. Je kunt bijna de onschuld in zijn ogen zien.'

Ik schoot opeens vol. 'Ik wou alleen dat er meer mensen zo over dachten,' zei ik, toen ik weer iets kon zeggen.

'Wij hebben de blik van moeders, is het niet zo, Jeanne?' vroeg de bejaarde vrouw. Haar ogen dwaalden heel even naar Ali in haar kist, voordat ze mij weer met een droeve glimlach aankeek. 'En moeders zien dingen die niemand anders ziet.'

Kathleen fronste haar voorhoofd. 'Waarom doen ze geen onderzoek naar dat vriendje? Als je het mij vraagt is hij de meest voor de hand liggende verdachte.' Ze keek even verontschuldigend naar haar zwager, die wat ongemakkelijk naast mij stond. 'Het spijt me, George, maar dat weet jij net zo goed als ik.'

Met een kneepje in de arm van haar zwager voegde ze eraan toe: 'Moet je je voorstellen, je bent getrouwd met een engel als George, en dan laat je je in met dat soort mensen!' Haar ogen, die topaaskleurig waren als bij Ali maar die haar uitstraling misten, tuurden vanachter haar brillenglazen naar Jack Butterfield, die zich als een rechtgeaard politicus, links en rechts groetend, door de mensenmassa bewoog.

Met zijn dikke, blonde naar achteren gekamde haren en zijn indrukwekkende gestalte, zag hij eruit als een filmster die zich een weg baant door een groep fans, en die goed oplet dat hij aan iedereen evenveel aandacht schenkt. Hoewel ik mannen als Jack nooit had vertrouwd, betrapte ik me erop dat ik bewonderend stond te kijken naar de prachtige snit van zijn pak en de innemende kuiltjes in zijn wangen die tevoorschijn kwamen als hij glimlachte. Maar toen hij in de buurt kwam van de kist waarin Ali lag, met haar handen kuis gevouwen in haar schoot, zoals ze tijdens haar leven nog nooit had gedaan, verloor het knappe gezicht van Jack Butterfield opeens alle kleur. Hij keek alsof hij was vergeten waarom hij hierheen was gekomen, met al die mensen erbij, en alsof hij, nu hij werd geconfronteerd met het levenloze lichaam van zijn minnares, eens te meer de schok van haar dood ervoer.

Onder de besmuikte blikken van de menigte liep hij naar het

voetenbankje toe en knielde. 'O Ali,' kreunde hij. Hij had duidelijk moeite zijn tranen binnen te houden.

Tegenover mij sloeg Kathleen haar ogen ten hemel, maar de drommen mensen keken gebiologeerd naar deze plotselinge uiting van mannelijk verdriet.

Een paar minuten lang zat Jack met zijn emoties te worstelen, en onderwijl streelde hij liefkozend over Ali's wang en haren; hij deed niet eens moeite om net te doen alsof hij bad. Toen iemand een hand op zijn arm legde, trok Jack voor de ogen van iedereen zijn schouders recht, snoot zijn neus in een zakdoek die hij uit de zak van zijn elegante pak had gehaald en stond op. Hij bleef een tijdje voor Ali staan en was zich toen duidelijk wél bewust van de ogen die op hem waren gericht. Daarna haalde hij iets uit zijn zak en schoof dat aan Ali's vinger. Pas toen hij wegliep, zag ik dat het een grote diamanten ring was. Hij schitterde opvallend in de kist.

Nadat hij langs de nabestaanden was gelopen, stortte Jack zich op een vrouwelijke kennis die getuige was geweest van zijn dramatische gebaar. Hij slikte zijn tranen weg en zei ter verklaring: 'Ali en ik hoopten te kunnen trouwen zodra haar scheiding rond was.' Toen voegde hij er met een blik op de kist aan toe: 'Ik was van plan haar de ring voor haar verjaardag te geven.'

'Over welke scheiding heeft u het?' kwam Kathleen tussenbeide. Ze ging tussen Jack en de vrouw in staan, die hij zo luidkeels had aangesproken dat iedereen in de buurt het had kunnen horen. 'Mijn zus was absoluut niet van plan zich van George te laten scheiden. Ik had eigenlijk begrepen dat ze genoeg had van u.'

Voor de tweede keer in een halfuur werd Jack lijkbleek. Toen kreeg hij zichzelf weer onder controle, wierp een blik op George en keek toen recht in de kritische ogen van Kathleen. 'Ik weet zeker dat er mensen zijn die zouden willen dat je dat geloofde, maar de waarheid was dat Ali en ik het beter met elkaar hadden dan ooit. We...'

'Alstublieft, meneer Butterfield, spaar ons,' zei Kathleen op snijdende toon. 'Mijn zus heeft het een paar dagen voor haar dood met u uitgemaakt. Dat weet ik omdat ik nog op de avond dat ze werd vermoord met Alice heb gepraat.' Ze begon harder te praten, en alsof ze wilde bewijzen dat ze hetzelfde gevoel voor drama had als haar zus, betrok ze alle mensen erbij die stonden toe te kijken. 'Alice heeft me verteld hoe bang ze die avond was, meneer Butterfield. En het was geen kind van zestien dat haar angst aanjoeg. Ze vertelde me dat u niet kon accepteren dat het voorbij was; dat u verscheidene keren midden in de nacht bent langsgekomen en op haar deur hebt staan bonzen en ook nog op haar slaapkamerraam toen ze niet opendeed.'

Terwijl de mensenmassa als uit één mond een kreet van afgrijzen slaakte, baande Jack Butterfield zich door de smalle doorgang bruusk een weg naar buiten.

Later, toen ik voor de laatste keer neerknielde om naar Ali's gezicht te kijken, zag ik dat de ring weg was. Ik wist niet precies wie ik daarover moest inlichten, maar kennelijk had iemand in de commotie rondom het vertrek van Jack het dure juweel heimelijk van de hand van de dode vrouw af gehaald.

25

Toen ik bij Giovanna's aan een tafeltje zat, werd ik op een on-aangename manier herinnerd aan de eerste keer dat ik daar met George Mather had geluncht. De doordringende knoflookgeur, de donkere ruimte waarin zware gordijnen de heldere zomerdag buitensloten, en de droevige sfeer van een voorbije wereld: ik voelde me weer even slecht op mijn gemak als toen George me vol wijn had zitten gieten en daarna de gelegenheid te baat had genomen door me allerlei persoonlijke vragen over Jamie te stellen. Ik wierp een blik op mijn horloge en zag dat hij te laat was. Ik kon nog steeds van gedachten veranderen en ervandoor gaan voordat ik misschien iets zou zeggen wat tegen mijn zoon gebruikt kon worden. Ik had geen flauw idee hoe Courtney en Gavin zouden reageren als ze wisten dat ik ging lunchen met de man van Ali. De man die had lopen rondbazuinen dat hij niet zou rusten voordat de moordenaar van Ali achter de tralies zat.

Maar ondanks mijn bange vermoedens en het juridische advies waar Gavin en ik voor krom moesten liggen, kon ik het niet opbrengen weg te lopen. Wat Gavin en Courtney niet wisten – en als puntje bij paaltje kwam, George ook niet – was dat ik niet langer het onnozele halsje was dat die eerste keer een schotel met antipasti met Ali's man had gedeeld. Ditmaal zou ik niet verzeild raken in onaangename discussies over de psychologie van pubers. Ditmaal zou ik zelf het heft in handen hebben.

Ik had een cappuccino besteld en nam daar kleine slokjes van, toen George verscheen. Hij verontschuldigde zich uitgebreid voor het feit dat hij te laat was en legde uit dat hij op de universiteit was opgehouden. Er was blijkbaar een student naar hem toe gekomen met persoonlijke problemen. Hoewel hij er duidelijk over wilde gaan uitweiden, kapte ik dat snel af. Ik was niet van plan om hem weer de kans te geven me met een of ander dramatisch verhaal uit de tent te lokken, zoals hij de vorige keer had gedaan.

'Het interesseert me niet waarom je te laat bent,' zei ik kortaf. Hoewel we bij Ali's rouwdienst één waren geweest in ons verdriet, zag ik George nu als mijn tegenstander. 'Wat ik zou willen weten is waarom je alsmaar belt en allerlei boodschappen inspreekt. Vroeg of laat vangt mijn man er eentje op.' Een dame aan een tafel naast de onze draaide zich om en keek naar ons.

George glimlachte, maar het was een glimlach waarin droefheid doorschemerde. 'Je doet net alsof we een stiekeme relatie hebben. Ik wil helemaal niet iets achter de rug van Gavin doen. Ik heb toch gezegd dat hij gerust mee kon komen lunchen?' Hij gaf een teken aan de serveerster en wees naar de bar. Ze wist kennelijk wat hij wilde hebben en kwam meteen aanzetten met een karafje met chianti en twee glazen.

Maar toen ze een glas voor mij neer wilde zetten, gaf ik haar te kennen dat ik dat niet wilde. 'Voor mij geen wijn, dank je. Ik houd het dit keer bij cappuccino.' Deze laatste opmerking was voor George bedoeld.

Nadat de serveerster ons met de menukaarten had achtergelaten, schraapte ik mijn keel. 'Je wist dat Gavin niet zou komen,' zei ik. 'Mijn man is zo verstandig dat hij het advies van de advocaat opvolgt.'

George nam langzaam een slokje wijn. 'Je klinkt net alsof je me niet vertrouwt, Jeanne,' zei hij met die glimlach die me altijd door merg en been ging. 'Dat kwetst me.'

'Zou ik dat dan wel moeten doen?'

'Het hangt ervan af wat je wilt. Als je hetzelfde wilt als ik – namelijk gerechtigheid voor Ali – kun je me zonder meer vertrouwen. Als je aan de andere kant hoopt dat de schuldigen niet gestraft worden, beschouw me dan als je ergste vijand.' Met zijn ogen, die zo donkerblauw waren dat ze in dit zwakke licht bijna zwart leken, keek hij me doordringend aan. Opnieuw had ik het gevoel alsof ik was terechtgekomen in de rechtszaal waar de talenten van George Mather ooit legendarisch waren geweest.

Ik duwde met zo veel lawaai mijn stoel achteruit dat de mensen zich naar ons omdraaiden. 'Ik denk dat mijn man gelijk heeft. Het was verkeerd om hierheen te komen.'

Toen George opstond om me tegen te houden, kreeg zijn stem iets smekends. 'Jeanne, alsjeblieft. Ga niet weg. Jij bent de enige met wie ik echt kan praten, de enige die, behalve ik, echt van haar hield.' De tranen schoten hem in de ogen.

Toen ging ik maar weer zitten. 'Ik heb een heleboel mensen zien huilen op die avond van de rouwdienst, George. Haar leerlingen. Mensen die haar muziek bewonderden. Jij en ik waren niet de enigen.'

'Ja, maar hoeveel daarvan kenden Ali echt, kenden haar zoals jij en ik haar kenden en hielden desondanks toch van haar?'

Ik staarde hem zwijgend aan, niet in staat om ook maar één naam te noemen.

'Mijn echtgenote was een fantastische vrouw,' zei George. Zijn ogen waren nog niet helemaal droog. 'En tegelijk ongelooflijk irritant. Niemand weet dat beter dan ik – of jij, Jeanne. Je zou misschien kunnen zeggen dat we tegen wil en dank van haar hielden.'

'Soms was ze zo egoïstisch dat ik haar bijna haatte,' gaf ik toe. 'Maar aan de andere kant begreep ze soms meer dan wie dan ook

– en ze was altijd volledig zichzelf. Ali was uniek.' Ondertussen was de serveerster weer op komen dagen om onze bestelling op te nemen.

Zonder mij te raadplegen bestelde George antipasti voor ons beiden. Toen de serveerster weg was, reikte hij over de tafel heen om mijn hand te pakken. 'Dat is eigenlijk de reden waarom ik wilde dat je kwam. Omdat niemand anders mijn verdriet begrijpt, net zoals niemand anders Ali begreep.' Hij sloot heel even zijn ogen, en toen hij ze weer opendeed, stonden ze verrassend vrolijk. 'Bovendien heb ik iets voor je meegebracht. Een klein bewijs van mijn achting.'

Hij wroette wat in zijn zak. Toen, nog steeds glimlachend, haalde hij een klein pakje tevoorschijn dat hij in zijn hand hield omdat hij nog niet wilde laten zien wat het was. 'Nou, wil je het hebben of niet?'

'Ik ben niet erg in de stemming voor spelletjes,' zei ik, dankbaar voor de komst van de serveerster, die tijdens het opdienen van de antipasti vrolijk stond te babbelen. Omdat we elkaar strak aankeken, hoorden we waarschijnlijk geen van beiden een woord van wat ze zei.

'Nou, dan laat ik jullie maar alleen. Smakelijk eten,' zei de serveerster ten slotte. Kennelijk hield ze onze blikken voor een teken van romantische interesse.

George stak zijn gesloten vuisten naar voren als een kind op de speelplaats. 'Toe maar, Jeanne. Rechts of links?'

Ietwat geërgerd gaf ik hem een tikje op zijn linkervuist. Het voorwerp dat hij vasthield viel kletterend op de tafel voor me. In het gebroken licht dat door een ruit van geslepen glas achter me kwam, glansde en schitterde het ding precies zoals het nog maar een week geleden had gedaan aan de levenloze vinger van Ali.

'Jíj? Jij hebt die avond de ring gestolen?' hijgde ik. Ik pakte het veel te grote ding op en draaide het keurend rond in het licht.

'Je hoeft niet zo onder de indruk te zijn, Jeanne. Het is maar een ring. Maar ik moet toegeven dat het van de kant van de heer Butterfield een verbluffend gebaar was.'

Ik liet het opzichtige ding om mijn vinger glijden en hield hem nog eens in het licht. Toen deed ik hem af en legde hem op de tafel tussen ons in, waar hij bleef liggen als een onbeantwoorde vraag. George schepte de antipasti op en dacht er heel attent aan dat ik zo van artisjokken hield, maar dat hij me geen plezier deed met vlees waar vet aan zat. Een minuut of vijftien zaten we eendrachtig zwijgend te eten, met af en toe een blik op het smakeloze geval midden op tafel. We waren het ding bijna vergeten toen de serveerster langskwam om te zien of we nog iets nodig hadden. Ze haalde de lege karaf weg, toen ze de ring in de gaten kreeg. 'O mijn god, gefeliciteerd!' zei ze overdreven. 'Ik zag al meteen dat jullie verliefd waren.' Ze knipoogde, deed toen een pas naar achteren en keek tactvol van George naar mij en omgekeerd. Ik kon zien hoe ze onder die glimlach een sluwe inschatting van de situatie maakte. Een man die mijn vader zou kunnen zijn… de veel te grote edelsteen… Blijkbaar hoopte ze dat zijn dwaze vrijgevigheid zich zou uitstrekken tot haar fooi, en daarom feliciteerde ze ons nog eens.

'Dank je wel, hoor,' zei George beleefd, waarna hij naar mij glimlachte. 'We zijn erg gelukkig.' Toen ik de ruimte rondkeek was ik me er weer van bewust dat we de aandacht trokken. George bespeelde de andere klanten zoals Jack Butterfield had gedaan op de avond dat hij de ring had aangeboden aan een dode vrouw. Hij pakte mijn hand vast en streek er liefkozend over.

Ondanks het feit dat het maar toneelspel was, voelde ik een golf van warmte toen George me aanraakte. Een bijna elektrische stroom die van de een naar de ander liep. Onmiddellijk trok ik mijn hand terug. Toen we weer alleen waren vroeg ik: 'Nou, ga je me nog vertellen waarom?'

'Ik weet niet precies wat je bedoelt. Waarom Jack mijn vrouw die ring heeft gegeven? Waarom ik hem heb meegenomen? Of misschien wil je weten waarom ik hem aan jou heb gegeven? Oké, als je wilt weten of ik eerzame bedoelingen heb, kan ik je slechts verzekeren…'

'Hou op met je grapjes, George. Dit is ernst. Mijn zoon zit aan de andere kant van de stad in de gevangenis, beschuldigd van een moord die hij niet heeft gepleegd. Ik heb geen tijd om…'

Zijn ogen stonden opeens ernstig, en voor het eerst sinds ik hem kende, keek hij kwaad. 'Ja, Jeanne, jouw zoon zit in een cel. En mijn vrouw ligt onder de grond. Denk je nu echt dat ik je heb gevraagd hierheen te komen louter voor mijn lol of voor die van onze serveerster?'

'Waarom dan wél?' vroeg ik, nu op wat zachtere toon.

'Ik heb je al eerder verzocht om duidelijker te zijn. Waarom wát?' Hij klonk als het soort advocaat dat ik voor Jamie zou willen hebben in plaats van de petieterige Courtney, die in de twee weken dat ze met de zaak bezig was nog steeds geen samenhangend of overtuigend verhaal uit Jamie had weten te krijgen.

'Oké, goed dan. Daar gaan we. Waarom heb je die ring gepakt? Wil je je problemen nog groter maken met een aanklacht wegens diefstal?' De serveerster kwam onze richting uit met een koffiepot, maar toen ze de spanning aan tafel voelde, trok ze zich weer terug.

George haalde zijn schouders op. 'Ik denk niet dat meneer Butterfield een aanklacht tegen me gaat indienen – niet na de manier waarop hij als een haas uit het rouwcentrum wegrende. En ook al deed hij dat wel, denk je nu echt dat ik dat erg zou vinden? Een royement als advocaat? Een vernedering? Of zelfs gevangenschap? Als je het zo bekijkt, betekent het de absolute vrijheid als je het enige waar je om geeft, verliest. Ik word nergens meer bang van, Jeanne.'

Zijn verdriet was bijna tastbaar; het was zo dichtbij en overweldigend dat ik het er benauwd van kreeg. 'Je hebt me nog steeds niet verteld waarom je hem hebt gestolen,' zei ik zacht. 'Of waarom je denkt dat Jack Butterfield haar die ring überhaupt gegeven heeft. Per slot van rekening is die man autohandelaar, geen miljonair. Waarom zou hij zomaar geld over de balk gooien?'

George schokschouderde op een manier die me pijnlijk aan Jamie deed denken tijdens zijn verhoor. 'Ik zal eerst antwoord geven op jouw eerste vraag – en wel met een tegenvraag. Je dacht toch niet dat ik mijn vrouw naar haar graf zou laten gaan met die ordinaire ring van die schurk aan haar vinger? Dat zou te bespottelijk voor woorden zijn.'

'Wil je daarmee zeggen dat je denkt dat Ali's zus gelijk heeft? Dat Jack haar heeft vermoord?' vroeg ik. Ik geneerde me dat mijn stem zo hoopvol klonk. 'Denk je dat hij haar die ring heeft gegeven omdat hij zich schuldig voelde?'

George schudde bedachtzaam zijn hoofd en nam nog een laatste slokje wijn. 'Je denkt aan het gesprek dat Kathleen en Ali zouden hebben gehad op de avond van de moord,' zei hij. In zijn stem klonk de droefheid onmiskenbaar door. 'Nou, ik vrees dat je daar niet al te veel fiducie in moet hebben. Al was het alleen maar omdat mijn schoonzus mij zeer is toegedaan. Volgens haar en haar moeder was ik het beste wat hun wilde, kleine Alice had kunnen overkomen. Aan de andere kant was meneer Butterfield de belichaming van alles wat hun tegenstond in het leven van Ali: hij is hun veel te expliciet seksueel. Geef het maar toe, Jeanne. Jij vindt hem ook aantrekkelijk. Ik heb wel gezien hoe je op de avond van de rouwdienst naar hem keek.'

Tegen mijn wil voelde ik hoe mijn wangen gloeiden. 'Eerlijk gezegd is hij helemaal mijn type niet,' mompelde ik.

'Nou ja, dat misschien niet. Maar Ali's type was hij wél,' zei George verdrietig, en hij draaide de ring die hij van de tafel had gepakt verstrooid om en om.

'Ali en Jack hadden niets gemeen,' zei ik. 'Dat heeft ze me zelf verteld; ze zei dat ze van hem af wilde, precies zoals haar zus vertelde.'

George werd nauwelijks getroost door deze openbaring, maar

hij knikte bedroefd. 'Daar kwam het uiteindelijk altijd op neer, het besef dat die goeie ouwe George haar liefde deelde voor muziek en voor filosofie, voor goede wijnen en voor theater. Maar ze werd steeds maar weer aangetrokken tot mannen als Butterfield, omdat ze wel degelijk iets met hen gemeen had, iets wat ze nooit met mij zou kunnen delen. Noem het maar een passie voor het leven, een hang naar risico's...'

Volgens mij was het meer een onverzadigbare zucht naar aandacht, dacht ik, en onmiddellijk vroeg ik me af hoe ik daarop kwam. Ali was mijn beste vriendin en ze was verdorie dood. Het had geen zin om haar karakter nu aan een analyse te onderwerpen. Ik stak mijn hand uit naar een van de chocoladerolletjes die George discreet had besteld en toen sneed ik een ander onderwerp aan. 'Je moet me één ding vertellen. Denk jij dat Jack het heeft gedaan?'

George tilde zijn koffiekopje op en staarde in het donkere brouwsel alsof hij daar de antwoorden kon zien. Daarna keek hij mij weer aan. 'Laat me het je recht voor zijn raap zeggen, Jeanne. De bewijzen tegen Jamie zijn nogal overtuigend. Onder de huidige omstandigheden moet ik zeggen dat ik geneigd ben het met de officier van justitie eens te zijn. En als jouw zoon Ali inderdaad heeft vermoord, dan zal ik er met alles wat ik in me heb voor vechten dat hij zijn gerechte straf krijgt.'

Ik legde mijn chocoladerolletje neer en pakte mijn portemonnee. 'Dus daarom heb je me hier uitgenodigd,' zei ik. Ik voelde mezelf kwaad worden. 'Zodat jij mijn hand kon vasthouden en net kon doen of je wist wat ik moet doormaken, en ondertussen maar hopen dat ik onverhoeds iets zeg waarmee ik mijn zoon nog verdachter maak.'

'Je luistert niet, Jeanne. Ik zei dat ik dénk dat jouw zoon het heeft gedaan; ik heb niet gezegd dat ik ervan overtuigd ben. En als ze het vonnis uitspreken over de persoon die beschuldigd wordt van de moord op Ali, moet ik daar absoluut van overtuigd zijn.'

Ik had mijn portemonnee nog in mijn hand en kon er elk moment vandoor gaan, maar ik was nog niet helemaal klaar. 'Als jij het bewijsmateriaal dan zo overtuigend vindt, wat let je dan nog? Waarom zit je dan niet daarginds bij de officier van justitie en doe je je best om Jamie als een volwassene terecht te laten staan, in plaats van hier chocoladerolletjes met zijn moeder te zitten eten?'

Terwijl ik op zijn antwoord wachtte, nam George op zijn gemak een hapje van zijn chocoladerolletje, en veegde toen zijn mond af met een servet. 'Ten eerste is er de tamelijk verontrustende kwestie van het motief. Een jongen die nog nooit eerder gewelddadig is geweest, gaat op een avond weg van huis en vermoordt de beste vriendin van zijn moeder na haar eerst met de punt van zijn mes uitvoerig te hebben gemarteld. Omdat ik me ook wel eens bezighoud met filosofie, is mijn eerste vraag: waaróm? En tot dusver heb ik nog geen enkele plausibele verklaring gehoord.'

'Hoopte je die van mij te krijgen?' vroeg ik. 'Een antwoord op jouw prangende vragen, zodat je met een gerust hart achter mijn zoon aan kunt gaan?'

George schudde weer bedroefd zijn hoofd. Toen nam hij mijn hand in de zijne. 'Je kunt het geloven of niet, maar zoiets zou ik jou nooit aandoen, Jeanne. Misschien dat ik laatst, toen Ali begon te vermoeden dat Jamie haar insluiper was, wat uit jou heb proberen te krijgen. Maar nu je zoon beschuldigd wordt van moord, zou ik je niet zo behandelen. Ik hoop dat je me goed genoeg kent om dat te geloven.'

Ik bleef hem in zijn zwaar omrande ogen kijken, terwijl George verder praatte. 'En daar komt nog bij, Jeanne, dat ik echt hoop dat het Jamie niet is. Ik geef om te beginnen gewoon veel te veel om je. En eigenlijk wil ik liever een echte schurk. Iemand op wie ik al mijn woede over het verlies van Ali kan koelen. Een kind dat de weg kwijt is komt daar nauwelijks voor in aanmerking.'

Ik trok mijn hand terug. 'Je hebt me nog steeds niet verteld waarom je me hebt uitgenodigd. Geef me – hoe noemde je dat ook alweer? – een *plausibel* motief.'

George lachte. 'Alsjeblieft, Jeanne, ga nu niet de advocaat uithangen. Daar zijn er al genoeg van. Ik geniet gewoon van jouw gezelschap, is dat niet voldoende reden? En dat ik gewoon met een vriendin wilde lunchen?'

Ik sloeg mijn armen over elkaar. 'In één woord? Nee. Niet in deze situatie. Daar is het veel te gecompliceerd voor en dat weet je.'

George gooide zijn hoofd in zijn nek en lachte. Voor even was hij bevrijd van zijn zware last. Maar toen hij me weer aankeek, stonden zijn ogen ernstig. 'Oké, Jeanne, als je het dan echt wilt weten: ik heb je hier uitgenodigd omdat ik denk dat er nog een flink aantal andere mensen rondlopen die hadden moeten worden nagetrokken, terwijl dat niet is gebeurd. Ik heb er dan ook een lijst van gemaakt.' Hij voelde in de zak van zijn sportjasje en haalde er een opgevouwen blaadje papier uit. Aan de koffievlekken en de vele kreukels kon je zien dat het vele keren open en dicht was gevouwen.

Ik tuurde nieuwsgierig naar de nog onzichtbare namen en vroeg: 'Moet je met deze lijst niet naar de politie? Wat moet ík ermee?'

'Als de politie er eenmaal van overtuigd is dat ze de schuldige hebben, stoppen ze met het onderzoek. Ze zijn nauwelijks geïnteresseerd in de persoonlijke verdenkingen van een treurende echtgenoot.' George en ik zaten zo dicht bij elkaar dat de serveerster, die naderbij was gekomen met onze rekening, zich weer snel uit de voeten maakte.

'Ik vraag het je nogmaals. Waarom ben je naar mij toe gekomen?'

'Wie heeft er verder nog belang bij dat de echte moordenaar wordt gepakt? Ik bedoel natuurlijk, als er iemand anders dan jouw zoon bij betrokken is.'

Toen ik wat meer zicht begon te krijgen op de beweegredenen van George, voelde ik me duizelig worden, een beetje zoals op de avond van het concert van Ali toen ik was flauwgevallen. 'Wat wil je dan dat ik doe? Moet ik voor detective gaan spelen? Denk je nu echt dat ik zou weten hoe…'

'Je bent een moeder die haar zoon wil redden. Je kunt alles doen wat je moet doen,' zei George en hij boog zich verder naar me over. 'En bovendien ben je slimmer dan je je voordoet, Jeanne. Er is een hele kant van jouw persoonlijkheid die maar weinig mensen hebben gezien. Ali wel natuurlijk, maar behalve zij…'

'Geef mij die lijst nou maar,' viel ik hem ongeduldig in de rede, meer nieuwsgierig dan iets anders. Maar toen ik het gele officiële papier in mijn handen had, merkte ik dat ik beefde. Ik aarzelde, een moment bang voor wat erop zou staan.

De vier namen waren genummerd en netjes uitgeschreven, als de antwoorden op vier vragen van een proefwerk op de middelbare school, of als een lijstje met dingen die je nog moet kopen. Er stonden alleen maar voornamen op de lijst:

1. Beth
2. Jack
3. Kathleen
4. Gavin

'Kathleen?' zei ik ongelovig. 'Dat mens zat in Minnesota. Hoe kun je de zus van Ali nu verdenken?'

'Daar heb ik mijn redenen voor,' zei George raadselachtig. 'Redenen waarvan ik je met alle plezier deelgenoot wil maken als ik wat meer te weten ben gekomen.'

We zwegen een moment, en toen zei hij: 'Ik moet toegeven dat ik wat verbaasd ben dat je zo heftig op de naam van Kathleen reageert. En helemaal niet op de laatste naam op mijn lijst.'

Ik vouwde het papier op en liet het midden op tafel liggen,

naast de ring. Toen keek ik George recht aan. En hoewel ik niet onmiddellijk iets zei, denk ik dat George mijn blik correct interpreteerde en er iets in las wat ik uit alle macht voor hem verborgen wilde houden. 'Als je het mij vraagt is jouw lijst met verdachten vrij voor de hand liggend. Daar zou iedereen mee op de proppen hebben kunnen komen.'

'Dit is geen tv-film, Jeanne. In het echte leven ligt de moordenaar meestal voor de hand.'

'In het echte leven heeft de echtgenoot het meestal gedaan. Een heleboel mensen zouden zeggen dat een in de steek gelaten echtgenoot die overal op de plaats van het misdrijf vingerafdrukken heeft achtergelaten, zélf als verdachte tamelijk voor de hand ligt.'

George begon weer te lachen. 'Zie je wel, je leert het al. Helaas heeft deze voor de hand liggende verdachte een waterdicht alibi. Maar ik wil dat jij dat soort dingen uit gaat zoeken. Waar waren ze die nacht en met wie? Wanneer hebben ze Ali voor het laatst gezien en waarom? Ik zou willen dat jij je met de twee mannen op de lijst bezighoudt; ik praat wel met Beth en Kathleen.'

'Maar ik zou niet weten hoe...'

'Natuurlijk wel,' viel George me krachtig in de rede. 'Je moet net doen alsof je aan hun kant staat. Maak gebruik van jouw eigen woede op Ali, van wat je zo-even tegen me zei over haar egoisme, bijvoorbeeld. Als je ze dan hebt waar je ze wilt hebben, moet je wat aandringen. Je hebt gezien hoe McCarty jouw zoon ondervroeg.'

'Ja, maar in tegenstelling tot McCarty kan ik ze niet voor een verhoor oproepen. Met Gavin, nou ja, misschien kan ik hem wel aan het praten krijgen – hoewel ik er in de afgelopen zeventien jaar ook niet bijzonder goed in ben geslaagd met hem te communiceren. Maar Jack Butterfield, hoe moet ik volgens jou in vredesnaam bij hem in de buurt komen? Ik ken die man niet eens.'

George herinnerde me eraan dat hij over een halfuur college moest geven, keek op zijn horloge en vroeg om de rekening. 'Ik heb alle vertrouwen in je, Jeanne,' zei hij, en hij gaf me tijdens het opstaan een klopje op mijn schouder. 'Je bedenkt wel iets.'

Het kwam me op dat moment het beste uit om het met hem eens te zijn, maar ik was niet van plan met Jack te gaan praten. Waarom zou ik, als ik al wist dat hij de moordenaar niet was?

Nadat hij de serveerster had betaald en haar een ruime fooi had gegeven, gaf George een knikje in mijn richting en liep in de richting van de deur. Hij was halverwege het restaurant toen hij blijkbaar bedacht dat hij iets was vergeten. Hij kwam terug naar de tafel en griste het verfomfaaide lijstje met verdachten weg. 'Vergeet je ring niet,' zei hij met een knipoogje, voordat hij met de soepele loop van een veel jongere man naar buiten liep.

Ik pakte de ring die Jack Ali had toebedacht en staarde er een paar minuten naar; hij schitterde zo dat het net leek alsof hij elektrische vonken afschoot in mijn handpalm. Toen stopte ik hem in mijn zak op de slinkse manier van een geboren dievegge en liep naar buiten.

26

In de dagen na mijn lunch met George was Ali constant in mijn gedachten. Tot dat moment had ik niet beseft hoe diep haar vriendschap ging. Op de een of andere manier had ze de hele tijd geweten – of in ieder geval een poosje – dat Jamie haar stalker was. Maar om mij te behoeden voor nog meer narigheid had ze niet naar de politie willen gaan. En uiteindelijk had deze trouw haar het leven gekost. Als Jack Butterfield gedeeltelijk schuldig was – hij bleek haar het pistool te hebben gegeven waarmee ze was doodgeschoten – dan was ik ongetwijfeld ook medeschuldig, omdat ik jarenlang mijn ogen had gesloten voor de waarheid.

Omdat ik niet kon slapen trok ik er 's nachts op uit voor wandelingen die niet zonder risico waren. Ik waagde me in donkere, regenachtige straten en af en toe zelfs in Paradise Park, waar Ali en ik een keer hadden gepicknickt. Maar in het holst van de nacht werd het gezellige parkje een angstaanjagende plek, een plek voor dieren, voor de vochtige geur van aarde, een plek waar de geheimzinnige krachten het voor het zeggen hadden die zich zo plotseling om Ali hadden geschaard. Ik dacht de hele dag op een ziekelijke manier eraan hoe ze onder de grond lag in haar met satijn beklede kist. Onder de aarde. Onder onze voeten. Onder de duisternis.

Tijdens mijn ritten van en naar de jeugdgevangenis in Somers waar Jamie werd vastgehouden, speelde ik in de auto bandjes van Ali's muziek af. Door middel van haar viool bleef ze tegen me praten. Haar vaardige vingers en het innerlijke vuur die haar dreven naar creativiteit en dwaasheid, vulden de auto. Soms was haar muziek boos en bedroefd; dan weer sereen, vol van een medelijden dat zo volmaakt was dat ik erbij moest huilen. Soms voelde ik haar aanwezigheid zo levendig dat ik kon zweren dat ze echt iets had gezegd, en elke keer had ze dezelfde boodschap, een simpele mededeling, bestaande uit drie woorden die over het graf heen reikten: *het is goed*. Als ik overmand werd door pijn en verdriet over het verlies van haar, voelde ik die boodschap in mij resoneren. En als ik bijna gek van angst werd over wat er met mijn zoon gebeurde, hoorde ik weer Ali's zachte stem, geruststellender dan ooit tijdens haar leven: *het is goed, Jeanne. Alles komt goed.*

Ik wist niet welke bezoeken aan Jamie de ergste waren: als hij me in feite negeerde, als hij uit het raam staarde in afwachting van mijn vertrek, of als hij me hoopvol aankeek, alsof hij geloofde dat ik een einde kon maken aan zijn nachtmerrie, zoals ik in zijn jeugd zijn angstdromen had verjaagd met een nachtlichtje en een kop warme chocola. Hoewel we dringend moesten praten over wat er de avond van de moord was gebeurd, zaten we meestal bij elkaar als vreemden bij een bushalte. Als ik wegging gaf ik hem altijd een blik met zelfgebakken brownies of chocoladekoekjes.

Het woordje 'maar' bleef door mijn hoofd spelen. Had ik me maar verzet tegen Gavin toen hij de afspraak met dr. Emory afzei. Had ik Jamie maar gedwongen hulp te zoeken toen ik besefte dat hij, net als zijn vader, een geheim en abnormaal leven leidde. Had ik Jamie maar niet in de steek gelaten om naar het huisje te gaan. Was ik maar niet zo blind en bang geweest; dan had ik Gavin misschien al lang geleden de waarheid gezegd, dan was Jamie misschien niet grootgebracht met de waanideeën die hem hadden vergiftigd.

Af en toe voelde ik een nieuwe woede in me opkomen, het soort woede dat mijn zoon al die jaren in stilte op zijn kamer had gekoesterd. Dan was ik woedend op Jamie omdat hij me buitensloot, woedend op zijn zwijgzame, boze vader en woedend op mezelf omdat ik te bang was geweest om de waarheid te zien. En heel af en toe vlamde mijn oude woede tegen Ali weer op, omdat zij alle vrijheid en eerlijkheid vertegenwoordigde die ons gezin zo node miste.

Maar waar Jamies boosheid vrij rondzweefde en zomaar terecht kon komen bij een onwaarschijnlijk doelwit als Ali, was de mijne gericht, met de precisie van een laserstraal. In mijn hoofd was er maar één die echt schuld had aan onze rampzalige levens, en die schuldige woonde in mijn huis. Hoewel Gavin attenter en mededeelzamer was dan ooit, wees ik al zijn pogingen tot verzoening af.

Omdat ik het advies van Courtney volgde, namelijk dat we naar buiten moesten treden als een sterk gezin, was ik thuis blijven wonen, maar ik had al mijn spullen uit de slaapkamer gehaald die ik zeventien jaar met Gavin had gedeeld. De eerste nacht sliep ik in de logeerkamer en daarna verhuisde ik naar de kamer van Jamie. Ik putte troost uit zijn basketbalposters en zelfs uit een oude opgerolde sok die ik hardnekkig op de grond liet liggen. Gek genoeg had ik, als ik ernaar keek, het gevoel dat Jamie elk moment thuis kon komen; ik zou zo meteen de telefoon horen gaan, zoals bijna constant gebeurde als hij er was. Zelfs Skyler leek het meer naar zijn zin te hebben als hij elke nacht lekker opgerold aan mijn voeten op Jamies bed lag. En hoewel ik accepteerde dat ik met Gavin in hetzelfde huis moest blijven wonen, betekende dat nog niet dat ik iets tegen hem moest zeggen. Na ons gesprekje op de avond van Ali's rouwdienst meed ik hem zo veel mogelijk. Zelfs als hij voorstelde om samen bij Jamie op bezoek te gaan, had ik allerlei tegenwerpingen.

'Waarom? Omdat we dan weer het gelukkige gezinnetje kunnen spelen? Denk je nu echt dat Jamie daarin trapt? Dat hij er ooit in is getrapt?' Ik stond in de keuken bij het aanrecht een gepofte aardappel met gesmolten kaas te eten. Het was het soort staande maaltijd waar ik sinds de arrestatie van Jamie op had geleefd. Gavin liet wat eten komen van DiOrio's, maar hij had zich er nooit over beklaagd dat ik niet meer voor hem kookte, dat ik zijn was niet meer deed, dat ik de kamer niet meer binnenging waarin we zeventien jaar, zwijgend en zonder aanraking, hadden geslapen.

Maar bij deze speciale gelegenheid was het geduld van Gavin op. Toen hij zijn mond opendeed, lalde hij een beetje. Sinds de moord was hij, net als ik, veel meer gaan drinken, maar die avond had hij kennelijk een onzichtbare grens overschreden. 'Hoor eens, Jeanne, of we het nu leuk vinden of niet, we hebben samen een zoon. Een zoon die ons nu meer dan ooit nodig heeft. En ik ben niet van plan mijn persoonlijke gevoelens voorrang te verlenen boven de behoeften van mijn zoon.' In zijn dronkenschap zag de pompeuze houding waarmee hij in de deuropening stond er bijna komisch uit.

'Goed zo, zelfingenomen tot het bittere einde. Daar heeft Jamie echt wat aan,' zei ik en ik mikte de aardappel keurig in de vuilnisbak. 'Ik ga ervandoor.'

Gavin snoof minachtend. 'En je vindt het kennelijk niet nodig je man te vertellen waarheen?'

Toen ik mijn jasje wilde pakken, stond Skyler opeens voor me, kennelijk in de hoop dat we gingen wandelen. 'Inderdaad niet. Maar daarom niet getreurd – ik beledig je in ieder geval niet door te gaan liegen. Niet zoals jij al die jaren hebt gedaan met je eindeloze conferenties en afspraken elders.'

Gavin trok een lelijk gezicht. 'Wie gedraagt zich nu zelfingenomen, Jeanne?'

Ik draaide me zo snel om dat ik het bord dat ik op het aanrecht had laten staan, ervanaf veegde. Het viel kapot op de vloer. 'Vind je ook niet dat ik enig recht heb om verontwaardigd te zijn? Na zeventien jaar verraad van jouw kant?'

Gavin maakte aanstalten het bord op te ruimen, maar ik ging tussen hem en de aardewerken scherven op de vloer in staan. 'Liggen laten,' beval ik. 'Je hoeft mijn spullen niet op te ruimen.'

Gavin zuchtte. 'Oké,' zei hij. 'Liggen laten. Maar geef mij niet de schuld van die snee in je voet als je straks op blote voeten de keuken in komt.' Hij stond daar met de veger en het blik in zijn hand.

'Dat doe ik wél,' zei ik uitdagend. 'Net zoals ik jou de schuld geef van Jamies problemen, en van de dood van Ali en van…'

Gavin legde zijn vinger tegen zijn lippen. 'In godsnaam, Jeanne. De ramen staan open. Je geeft bijna toe dat je denkt dat Jamie schuldig is.'

'Ik zei dat ik jóú de schuld gaf, niet Jamie. Jij, met je afgesloten kamers en afgesloten deuren.' Ik pakte mijn tasje, gefrustreerd en vol afgrijzen over de woorden die ik ging uitspreken. 'Het kan me niet schelen wat Courtney zegt, maar ik weet niet of ik hier kan blijven wonen.'

Gavin schoot naar voren en pakte mijn beide armen stevig vast. Zijn ogen waren donkerder dan ik ze ooit had gezien. 'Je gaat nergens heen, Jeanne,' zei hij. Hoewel hij zijn best deed normaal te klinken, was de dreiging in zijn stem duidelijk te horen. 'Doe je jasje nu maar uit en laat het bad vollopen, precies zoals je altijd doet.'

'Nu realiseer ik me pas waarom je Ali zo haatte,' zei ik. 'Je haatte haar omdat ze de waarheid zei en waarheid is iets waar jij nooit mee overweg hebt gekund.'

Alsof hij opeens ontzettend moe was, liet Gavin mijn armen los. Hij wist dat hij niet langer geweld nodig had om me te laten blijven. Ik kon op geen enkele manier bij hem vandaan, op geen enkele manier kon ik ontsnappen aan de wirwar van leugens en uitvluchten waaruit ons huwelijk, ons gezin bestond.

Gavin liep weg en sneed een limoen aan schijfjes. Hij schonk een stevige borrel voor zichzelf in uit de fles met gin die hij op het aanrecht had laten staan en vond het niet eens nodig er wat tonic bij te doen. Nadat hij een slok had genomen, draaide hij zich naar me om. 'Ali wist helemaal niet wat waarheid was,' zei hij op vlakke toon. 'Dat mens liep rond te paraderen en noemde zich "mevrouw Mather" en ondertussen dook ze het bed in met alle mannen uit de stad. Ziedaar jouw toonbeeld van eerlijkheid.' Gavin schudde vol walging zijn hoofd.

'Wie ben jij om je daar tegenaan te bemoeien,' zei ik.

'Dat heb ik ook niet gedaan,' kwam Gavin daar meteen overheen. Zijn ogen schoten vonken. 'Ik was niet degene die zich met het leven van iemand anders bemoeide, die mijn hoogstaande "waarheid" opdrong aan een echtgenote die er duidelijk niets van wilde weten.'

Ik liep achter hem aan de woonkamer in en ging voor het eerst in jaren tegenover hem zitten. 'Denk je er zo over? Dat ik het niet wilde weten?'

Hij nam een grote slok van zijn borrel. 'Hoezo? Wilde je dat dan?' vroeg hij. Hij wees met zijn kin in de richting van de studeerkamer, de kamer die weer op slot zat. 'Want als je dat wél wilde, dan had je volgens mij al jaren geleden jouw onderzoekjes kunnen instellen. Wees eerlijk, Jeanne. Op jouw eigen manier ben je net zo oneerlijk geweest als ik.'

Ik beefde toen ik opstond om een glas cognac in te schenken. Daarmee sloot ik me weer bij Gavin aan in mijn zoeken naar vergetelheid. Op zijn botte manier had hij de gedachten verwoord die me het meest dwarszaten: dat ik op de een of andere manier veel meer had geweten dan ik ooit zou willen toegeven, dat ik dingen had gezien die ik gewoon niet had willen accepteren. Had Ali die laatste keer dat we met elkaar praatten niet hetzelfde gezegd? Ik huiverde onwillekeurig toen ik aan dat gesprek dacht. Het gesprek dat ik al bijna uit mijn hoofd had gewist.

Ik zette mijn cognac neer en zei na een poosje: 'Misschien heb je wel gelijk. Misschien heb ik me willens en wetens dom gehouden. En mijn domheid is mijn gezin – is Jamie – ontzettend duur komen te staan. Maar nu niet meer, Gavin. Ik ga je niet nog langer beschermen.'

Ik stond weer op om naar de deur te gaan en Gavin stond op zijn beurt weer op om me tegen te houden. 'Ik ben bang dat het te laat is, Jeanne. Je kunt niet meer terug; we kunnen geen van beiden terug. Waarom doe je niet wat ik heb voorgesteld? Ga naar boven en neem een bad; neem een slaappil, want dat doe je toch bijna elke nacht?'

Hij praatte zacht, maar ik kon het nauwelijks verhulde dreigement niet meer negeren.

Ik besefte opeens hoe bang ik altijd voor mijn man was geweest. Ik was al die jaren bang voor hem geweest zonder dat ik het ooit tegenover mezelf had toegegeven. Maar dat was voorbij. Wat had George Mather ook alweer gezegd? *Het betekent de absolute vrijheid als je het enige waar je om geeft, verliest.* En op een bepaalde manier had ik de enige persoon van wie ik echt hield, verloren: mijn zoon, die zwijgend en stoïcijns in de jeugdgevangenis zat, en die vastberaden was zijn geheim nooit prijs te geven.

Ik boog mijn hoofd en liep naar de trap. Op Gavin zal ik de indruk hebben gemaakt van dezelfde onnozele en gemakkelijk te intimideren echtgenote die hij zo goed onder de duim had. Maar dit keer was alles anders. Dit keer zou ik niet de duistere waarheid wegduwen die bij me boven kwam drijven, de waarheid die licht en lucht nodig had en een afronding. Dit keer trof datgene wat ik op de avond van de moord niet had willen horen me als een mokerslag.

De volgende morgen stond ik op voordat het licht werd, want ik wilde het huis uit zijn voordat Gavin me hoorde. Ik wist dat ik zou moeten opschieten. Gavin was even voorspelbaar als de zonsopgang en liep elke morgen om zes uur al in zijn joggingspullen rond. Bij het spaarzame licht van een nachtlampje trok ik een short en een hemdje aan. In de badkamer bond ik mijn haren snel bijeen tot een paardenstaart, poetste mijn tanden en sloop zachtjes de trap af. Onder aan de trap bleef ik even staan, maar in Gavins kamer was het nog steeds stil. Het was nog donker toen ik bij Ryan's een grote beker koffie voor onderweg kocht. Ik dacht aan de morgen dat ik daar Brian Shagaury had ontmoet op hetzelfde vroege tijdstip. Ik was toen beslist een andere persoon geweest. Maar ditmaal, toen ik afrekende en weer in mijn auto stapte, had ik het gevoel dat zelfs het lot van Brian beter te verdragen was dan dat van mezelf. Net als Ali lag hij veilig onder de grond, immuun voor de niet-aflatende eisen van de waarheid.

Toen ik bij de jeugdgevangenis in Somers aankwam, was het nog praktisch donker. Een klein lichtje scheen vanuit een raampje: ongetwijfeld de plek waar de dienstdoende bewaker tv keek of een dutje deed tot de morgenploeg hem kwam aflossen. Ik zat minstens een uur buiten en nam kleine slokjes van het laatste beetje koude koffie, terwijl het om mij heen langzaam licht werd. Ik zag hoe de morgenploeg arriveerde. De mensen van de nachtploeg verlangden naar hun bed en zochten moe en suf hun auto op. Ik wachtte tot ik er redelijk zeker van was dat het ontbijt achter de rug was en dat de veertig jongens die daar waren ondergebracht, met onder hen mijn zoon, aan hun dagelijkse bezigheden waren begonnen.

Ik was blij te zien dat Glenn bij de receptie zat. Hij was een lange, magere zwarte man en hij was het enige lid van het personeel dat ik wel eens had zien lachen, de enige ook die me bij mijn naam noemde.

'Hoi Glenn,' zei ik. Ik deed mijn best om mijn stem zo normaal mogelijk te laten klinken. 'Ik weet dat het geen bezoekuur is, maar ik moet Jamie echt zien. Ik moet ergens met hem over praten.'

'Ha, mevrouw Cross! Ik zou u graag willen helpen, maar aan het bezoekuur valt eigenlijk niet te tornen.' Hij keek meelevend naar me omhoog. 'Tenzij er sprake is van een noodgeval.'

'Dat is er ook. Er is een sterfgeval in de familie. Mijn broer, de oom van Jamie,' stotterde ik. 'Een auto-ongeluk, gisteravond op Route 2. Ik weet niet of je het op de radio hebt gehoord.'

'Nee, sinds ik een nieuwe cd-speler in mijn auto heb, luister ik nooit meer naar het nieuws.' Glenn kwam van achter zijn bureau tevoorschijn en omhelsde me onhandig. 'Jeetje, wat naar voor u, mevrouw Cross…'

Ik maakte me los en voelde hoe ik tranen in mijn ogen kreeg. 'Dank je,' fluisterde ik. Ik wist niet precies of ik nou huilde om het verlies van mijn broer zo lang geleden of om mijn zoon. 'Denk je dat ik Jamie mag zien – een paar minuten maar? Ik wil niet dat hij het over de radio hoort.'

Glenn keek me een ogenblik onderzoekend aan, duidelijk ontroerd door mijn tranen. Toen pakte hij de telefoon en koos een nummer. 'Hallo Sherman,' zei hij, zonder zijn blik van me af te wenden. 'Waar is Jamie Cross op het moment mee bezig?' Er volgde een stilte en toen knikte hij. 'Goed. Denk je dat je hem naar mij toe kunt sturen? Ik moet iets met hem bespreken.' Hij knikte weer. 'Ja, dat doe ik meteen. Fantastisch. Bedankt, Sherman.'

Nadat hij had opgehangen zei Glenn: 'Het kan maar een paar minuten. Ik weet dat het hard is het joch iets naars te vertellen en dan weer weg te moeten, maar zoals ik al zei, bezoekuren zijn hier heilig. Ik zou waarschijnlijk ontslagen worden als ze wisten dat ik een uitzondering maakte.'

Ik zei dat ik zijn medeleven waardeerde, en daarna zaten Glenn en ik een poosje wat onhandig bij elkaar, totdat er bijna onhoorbaar op de deur werd geklopt. Zonder op een reactie te wachten duwde Jamie de deur open en vulde met zijn lichaam de deuropening.

Er was even iets van verbazing op zijn gezicht te lezen, toen hij mij zag, maar meteen daarna keerde de onbewogen uitdrukking die hij vanaf de avond van de moord had gehad, weer terug op zijn gezicht.

Glenn raakte even Jamies arm aan en zei: 'Je moeder moet je iets vertellen, Jamie. Ik zal jullie daarom even alleen laten.' Op weg naar de deur voegde hij er nog aan toe: 'Ik blijf in de buurt. Een paar minuten, oké, mevrouw Cross?'

Ik knikte, maar toen de deur dichtviel en ik alleen met mijn zoon was, voelde ik plotseling de paniek toeslaan. Wat wilde ik eigenlijk tegen Jamie zeggen? Hoewel het leugentje tegenover de bewaker me niet moeilijk was gevallen, moest ik nu opeens een noodgeval voor mijn zoon verzinnen. Ik voelde dat alleen de waarheid hier een kans had.

Er verscheen weer iets van nieuwsgierigheid op het gezicht van Jamie. 'Wat is er, mam? Er is toch niets met de hond gebeurd, hè?'

Ik moest onwillekeurig lachen. Zijn zorgen om de zwerver Skyler waren zo typisch voor mijn Jamie. De Jamie van vroeger, voordat de tijd en de leugens hem hadden veranderd in de verwarde jongeman die nu voor me stond. 'Met Skyler gaat het prima.'

Jamie knikte behoedzaam.

'Ik heb in jouw kamer geslapen, terwijl jij weg was,' zei ik onhandig. 'Ik voel me daar op de een of andere manier dichter bij jou.'

Toen ik het over thuis had, keek Jamie weer even afwerend als eerst. Hij liep naar het raam en staarde naar buiten, naar de zomerse dag die zich buiten ons afspeelde. 'Ben je daarom hiernaartoe gekomen, mam? Is dat de noodsituatie?'

'Nee, ik... moest je gewoon zien. Ik moest weten of het goed met je gaat,' stamelde ik.

Jamie draaide zijn gezicht naar me toe. 'Nou, hier ben ik dan,' zei hij. 'En het gaat prima met me. Nu heb je waar je voor bent gekomen, toch?'

Hij maakte aanstalten om naar de deur te lopen en hoewel ik wanhopig zocht naar iets waarmee ik hem tegen kon houden, schoot me niets te binnen. Buiten op de gang kon ik Glenn zijn keel horen schrapen, als teken dat onze clandestiene ontmoeting niet lang meer mocht duren.

Maar toen noemden Jamie en ik tegelijk elkaars naam. *Jamie? Mam?*

We moesten even lachen om onze botsende stemmen, en toen begon Jamie opeens te praten. 'Je moet niet in die kamer slapen, mam. Ik haat die kamer. Ik blijf nog liever mijn hele leven hier opgesloten zitten dan dat ik daarheen terugga.'

Hier kon ik op geen enkele manier onderuit. '*Waarom, Jamie?*' Ik kon alleen nog maar fluisteren, maar mijn vraag was er niet minder dwingend om. 'Wat is er in die kamer gebeurd?'

Jamie liep weer naar het raam en keek naar buiten. Toen hij zich naar me omdraaide, was zijn gezicht helemaal betraand. 'Dat weet je toch, mam. Laat me het niet hoeven zeggen. *Dat weet je.*'

Ik sloot mijn ogen en zag in gedachten Marcus voor me. Marcus, die heel even in mijn richting keek bij Ali's concert, met zijn grote, kwetsbare ogen. En toen pas begreep ik, begreep ik echt, wat Gavin van hem had gewild. Het was die kwetsbaarheid. Niet seks met een andere man, zoals ik aanvankelijk had gedacht, maar macht over een jongen. Dezelfde macht die hij eens over mij had gehad, toen ik ook naïef en kwetsbaar was geweest. Dezelfde macht die hij over de leuke jongen die voor me stond had gehad.

En toen dacht ik aan mijn mobieltje in het huisje op de dag waaraan ik nooit meer wilde denken. De laatste dag van Ali's leven. Ik was die avond vroeg op de veranda in slaap gevallen, was wakker geworden en liep strompelend in het donker naar de badkamer toen ik was blijven staan om het te pakken. Omgeven door het soort aardedonker dat je alleen maar in de bossen ervaart, had ik op het knopje gedrukt waarmee ik de voicemail kon afluisteren. Toen had ik met het hondje in mijn armen geklemd naar een van de laatste boodschappen geluisterd, de boodschap waardoor mijn hele leven met al het vreselijke ervan was ingestort.

Toen ik daar stond in dat benauwde kantoortje van Glenn, kon ik bijna de dennengeur ruiken van het huisje, kon ik bijna Skyler om zijn eten horen bedelen en de ruisende rivier buiten en beleefde ik weer het moment waarop ik op het knopje drukte en de stem van Jamie de kleine ruimte vulde die mijn hart deed breken vanwege de angst die ik erin hoorde. Het was waarschijnlijk de kortste boodschap op het antwoordapparaat, slechts een paar woorden die niet eens werden voorafgegaan door een groet. *Alsjeblieft, mam, je moet thuiskomen. Je kunt me hier niet alleen laten – met hem.* Hoewel de laatste twee woorden wat vervormd waren, bijna alsof hij ze tegen zijn wil uitsprak, waren dat de woorden die door mijn ziel sneden.

Vanzelfsprekend had ik onmiddellijk naar huis gebeld. Maar het enige wat ik aan de andere kant van de lijn te horen kreeg, was de kille stem van Gavin. Mijn man had die avond de telefoon opgenomen met zijn gebruikelijk vormelijkheid, maar toen hij in de gaten kreeg dat ik het was, was hij meteen met een scheldkanonnade begonnen. Jamie was niet thuis, zei hij. Als ik een goede moeder was geweest, had ik nu thuis gezeten; dan zou dit allemaal niet gebeuren. Toen ik besefte dat Gavin dronken was, had ik opgehangen.

Nu, net als toen, voelde ik dat ik was gaan beven. Op dat moment wist ik niet zeker wat Jamie bedoelde. Ik wilde niet toelaten waarom hij zo bang was om alleen met zijn vader te zijn. Feitelijk drong het nu pas echt tot me door wat hij me die avond had willen vertellen. Maar natuurlijk had Jamie gelijk: ergens hád ik het geweten. En dat maakte me misschien nog wel schuldiger dan Gavin.

'O Jamie, het spijt me zo,' zei ik, terwijl ik me tegen mijn zoon aan liet vallen. Op dat moment huilden we allebei; en het was Jamie die mij troostte en die steeds maar weer tegen me zei: 'Het was jouw schuld niet, mam. Je kon er helemaal niets aan doen.'

Eén moment lang, misschien wel het eerlijkste moment dat we in jaren hadden gedeeld, keken Jamie en ik elkaar aan. Ik zag hem zoals alleen een moeder dat kan, zag het opgeblazen omhulsel van zijn lichaam en het kleine jongetje dat daarin verstopt zat. Ik zag de opgekropte tederheid en woede die elke dag in zijn binnenste met elkaar in de clinch lagen, de jaren vol pijn die hij met chocoladerepen en met een opgeruimde glimlach had proberen te verjagen. Nu pas begreep ik hoe ongelooflijk dapper mijn zoon was geweest. Op dat moment had ik wel duizend vragen willen stellen en toch ook weer niet. *Wat had Gavin in die kamer met Jamie gedaan? En hoe lang had dat geduurd?* Ik deed mijn ogen dicht om dit vreselijke beeld uit te bannen.

Toen stond opeens Glenn in de kamer. 'Het spijt me, mevrouw Cross, maar Jamie moet nu echt terug naar de afdeling, anders heb ik heel wat uit te leggen.'

Met mijn ogen gevestigd op mijn zoon knikte ik. Maar toen ik ze heel even sloot, was Jamie weg en waren Glenn en ik alleen in de kamer. 'U ziet er niet zo goed uit, mevrouw Cross,' zei hij. Zijn stem klonk als van heel ver weg. 'Moet ik iemand voor u bellen?'

Ik veegde de tranen weg die over mijn wangen liepen. 'Dat is nu net het probleem, Glenn. Je kunt niemand bellen,' zei ik. 'Er is nooit iemand geweest.' Ik stond zelf verbaasd over wat ik er zomaar uitflapte. 'Niemand behalve Jamie en ik.'

Onder de ogen van de enigszins verwarde bewaker liep ik de deur uit, de zon in.

27

De volgende morgen ging de telefoon al vroeg. Ik sloop naar de deur van Jamies slaapkamer, waar ik had zitten wachten tot Gavin naar zijn werk ging, en ik luisterde door een kier wie er al zo vroeg belde. Vanuit de deuropening hoorde ik Gavin onder aan de trap in de telefoon praten. 'Waarom wil je Jeanne spreken?' vroeg hij aan de onbekende beller. Ondanks de overweldigende nieuwsgierigheid – en ja, de angst – die die woorden nog steeds bij me opriepen, was mijn verlangen om Gavin te mijden sterker.

Vanaf het moment dat ik de waarheid over wat hij Jamie had aangedaan tot me had toegelaten, was ik op Jamies kamer gebleven alsof het een gevangenis was, tenminste als Gavin thuis was. De gevangenis die het voor mijn zoon zijn hele leven was geweest. Ik keek elke avond hoe het licht langzaam wegebde. Ik bleef achter, eenzamer dan ooit, en ook banger, maar ik dwong mezelf in de huid te kruipen van Jamie en om op die manier zijn nachtmerrie te beleven. En elke morgen werd ik wakker en voelde me gespannener, eenzamer, wanhopiger. Het geluid van de telefoon zo vroeg in de morgen maakte dat gevoel alleen nog maar erger.

'Hoor eens, George, je weet denk ik wel hoe erg Jeanne en ik het vonden dat Ali dood is,' zei Gavin. 'Maar gegeven de situatie…' Hij zweeg een hele tijd. 'Eerlijk gezegd vind ik het vreemd dat je ons belt. We staan hierin niet aan dezelfde kant, George – of we het nu leuk vinden of niet. Jeanne heeft je niets te vertellen, en ik ook niet.' Hij brak het gesprek abrupt af en liet de telefoon kletterend op de haak vallen.

Ik wilde de trap af rennen om Gavin te vragen hoe hij het in zijn hoofd haalde namens mij te praten, maar mijn afkeer van hem was sterker dan mijn verontwaardiging. En misschien was ik ook wel bang om hem te zien. Bang voor wat ik zou kunnen doen.

Ik wachtte tot Gavin was vertrokken, sloop toen de trap af en zette een pot sterke koffie. En hoewel hij niet had kunnen weten waarom, had Gavin gelijk – George was de laatste met wie ik wilde praten. Zijn doordringende ogen wilde ik absoluut niet zien. Maar ondanks die afkeer draaide ik het nummer van zijn kantoor. Zoals ik al vermoedde werd ik begroet door een stem op een bandje. Kennelijk had George me ditmaal vanuit zijn huis gebeld – weg van de nieuwsgierige oren op zijn kantoor, van de studenten die daar vaak stonden te wachten, omdat ze wilden profiteren van zijn erudiete en scherpzinnige geest – net zoals aankomende musici zich rond zijn vrouw hadden verzameld. Ik zag hem in gedachten zitten in zijn badjas, een vermoeide oude man, verteerd door verdriet, en ik voelde me een klein beetje schuldig toen ik in zijn antwoordapparaat begon te praten. 'Het spijt me, George, maar ik kan vandaag onze lunchafspraak niet nakomen. Ik moet naar New Hampshire. Niets ernstigs, maar ik heb een akkefietje met een bon voor te hard rijden. Hoe het ook zij, ik wil er al een tijdje even tussenuit, dus ik ben waarschijnlijk pal voor de hoorzitting weer terug. Als ik kan, bel ik je dan wel.'

Daarna, voordat George of Courtney of wie dan ook mij kon vertellen dat het niet verstandig was de stad te verlaten, gooide ik snel een paar spullen in een weekendtas. Skyler zat aandachtig toe te kijken met een parmantig scheef kopje.

'We gaan naar huis, beestje,' zei ik tegen het hondje, dat me op de voet volgde. 'Naar het huisje.' Verbeeldde ik het me of keek de hond me bedroefd aan? Het leek net alsof ik in zijn ogen las dat we geen thuis meer hadden. Geen thuis, geen familie, zelfs geen goede vriendin die me tegen mezelf kon beschermen. Ik trok snel een short en een hemdje aan en schonk nog een kop koffie in voor onderweg. Vanuit de deuropening overzag ik de keuken. Ik had koffie op het aanrecht gemorst en had de room niet teruggezet – grove overtredingen volgens Gavins netheidscode. Maar ik ruimde niets op. En ik nam ook niet de moeite een briefje achter te laten waar ik heen ging en wanneer ik terug zou zijn. Wat zou Gavin kunnen doen? Me aangeven bij de politie?

Tijdens het grootste deel van de rit lag Skyler naast me op de voorbank van de auto te slapen. Maar toen het landschap veranderde en de bergen in zicht kwamen, ging hij waakzaam overeind zitten. En toen ik in het centrum van het plaatsje stopte waar hij de zwerver had uitgehangen, begon hij opgewonden te blaffen. Kennelijk prefereerde hij de gevaren en de onzekerheid van zijn vroegere leven boven de drukkende sfeer van mijn huis. Ik gooide hem een bot toe. 'Sorry, beestje, ik weet dat je wilt dat ik je vrijlaat, maar dat kan ik niet. Je kent hem nog niet, maar er is een jongen die jou hard nodig heeft. En daarom moet je mee terug.'

Omdat ik me realiseerde dat hetzelfde voor mij opging, betaalde ik vlug mijn bekeuring, en kocht toen een paar repen en een fles water bij de dorpswinkel. De bediende wierp me een sluwe blik toe. Klaarblijkelijk was het nieuws over de dood van Ali en het feit dat mijn zoon daarbij betrokken was, zelfs tot hier doorgedrongen, de plek waarvan ik abusievelijk had gedacht dat ik me er kon onderdompelen in de anonimiteit. Hoewel ik niet zat te springen om weer naar huis te gaan, terug naar de kamer die door Jamie 'een slechte plaats' was genoemd, en hoewel mijn zoon nauwelijks overliep van enthousiasme over mijn bezoeken, wist ik dat meer dan één dag weg van de jeugdgevangenis al te lang zou zijn.

Toen we de bergweg op reden begon Skyler opgewonden te janken. En ikzelf kreeg een gevoel van rust over me zoals ik dat sinds de moord niet meer had gehad, het veilige gevoel dat ik naar het huis uit mijn jeugd reed. Op de een of andere manier kon ik de onschuld van die tijd weer terugkrijgen, alleen al door een bepaalde weg te kiezen, door een bepaald huis binnen te gaan. Maar ik zat ook te piekeren over de werkelijke reden voor mijn komst hier, een reden waarom ik voor één keer mijn bezoek aan Jamie mocht overslaan om in deze moeilijke tijd de tocht hierheen te maken. Het was de herinnering aan dat mobieltje dat belde en de boodschap die Jamie erop had achtergelaten. 'Laat me alsjeblieft niet alleen, mam – met hem.' Alleen al bij die gedachte reed ik bijna de greppel in. Ik was inderdaad in de war geweest toen ik bij het huisje wegreed, maar hoe had ik nou dat mobieltje kunnen laten liggen? Vanaf zijn plekje naast me zat Skyler naar me omhoog te kijken alsof hij zich afvroeg of hij dit mens dat zich over hem had ontfermd, wel kon vertrouwen.

'Ik moet die telefoon hebben,' zei ik hardop. Ik zat tegen mezelf te praten hoewel het hondje vragend zijn kopje schuin hield, alsof hij zijn best deed het te begrijpen. Sinds ik me die woorden had herinnerd, en de toon van Jamies boodschap, had ik geweten dat als het in de verkeerde handen terechtkwam het zou kunnen worden gebruikt als bewijs van zijn gemoedstoestand op de avond van de moord. Nee, ik moest die wanhopig verhulde bekentenis van zijn afschuwelijke geheim wissen, voordat er nog meer schade werd aangericht.

Ik was nog zo'n vierhonderd meter van het huisje verwijderd toen ik vooruitkeek en zag dat de deur wijd openstond. Hoewel het alleen maar een open deur was, sloeg de schrik me om het hart, omdat het leek op Gavins beschrijving van de plaats van de moord. Volgens George was het eerste teken dat er iets verschrikkelijk mis was zoiets onschuldigs als een open deur. Ik deed wanhopig mijn best om kalm te blijven. Waar was ik per slot van rekening bang voor? Er lag toch geen slachtoffer van een moord in het huisje? Nee, er moest een logische verklaring voor zijn. Had ik soms in mijn paniek op de dag na de moord de deur zo open laten staan? Maar nee, ik herinnerde me duidelijk dat ik het huisje had afgesloten, zoals mijn vader altijd aan het eind van het seizoen deed. Dan deed hij luiken voor de ramen en sloot ten slotte de deur af met een hangslot. Ik werd overvallen door een bijna uitzinnige paniek toen ik naar het huisje toe liep.

Ik probeerde mezelf wijs te maken dat het vast kinderen waren geweest – kinderen die het huisje hadden gebruikt voor een zuipfeest of misschien voor een romantisch afspraakje. Of misschien had een stelletje tieners de deur wel opengetrokken gewoon uit een soort rebelse nieuwsgierigheid. Maar ik kon rationaliseren totdat ik een ons woog, ik trapte er niet in. Ik parkeerde de auto dwars op het zandpad en gooide het portier open. Skyler sprong onmiddellijk de auto uit en rende de bossen in, een eekhoorn achterna. Maar ik kon me nu niet het hoofd gaan breken over die hond. Ik rende naar het huisje toe. Zodra ik het schattige hutje, dat lichtelijk uit het lood stond, was binnengegaan stokte de adem me in de keel.

Er had iemand ongelooflijk in huisgehouden. Boeken waren uit het door mijn vader gemaakte boekenkastje getrokken en op de grond gegooid, laden waren uit kasten getrokken en geleegd, het bed was omvergegooid; zelfs de schimmelige spullen die ik in de koelkast had laten liggen, waren eruit gehaald en lagen te rotten op het aanrecht. Het hele huisje stonk ernaar.

Maar dat deed er allemaal niet toe. De inbreuk op mijn persoonlijke leven of het feit dat het huisje nu totaal onbewoonbaar was interesseerde me niet. En het interesseerde me ook niet of de vandalen iets hadden gestolen. Het enige wat ertoe deed was het mobieltje. Mijn blik ging meteen naar de keukentafel waaraan ik had gezeten toen ik het verschrikkelijke nieuws van Gavin hoorde. De tafel en alle andere oppervlakken in de kamer waren met woeste hand schoongeveegd. Een vaas met wilde bloemen die ik had geplukt omdat ik het gezellig wilde maken voor mijn zoon lag in scherven op de vloer, te midden van de andere rotzooi. In paniek begon ik erin te woelen op zoek naar het zilverkleurige mobieltje, en ik merkte niet eens dat ik mijn hand aan een van de glasscherven had opengehaald. Maar het ding was spoorloos verdwenen. Voor zover ik het kon zien, was het mobieltje het enige wat weg was. Omdat ik moeite had om adem te krijgen, liep ik naar buiten en haalde een hand door mijn haren. Toen ging ik weer naar binnen en begon wat rustiger en systematischer te zoeken. Ik vergat dat ik honger had, vergat het hondje dat ik buiten had gelaten en dat nu waarschijnlijk voorgoed weg was, vergat alles behalve dat ik absoluut dat telefoontje moest vinden.

In nauwelijks een uur had ik het hele huisje doorzocht, waarna sommige stukjes er nog wanordelijker uitzagen dan nadat de vandalen hun werk hadden gedaan. Toen ik eindelijk klaar was, wist ik zeker dat het voorwerp waarvoor ik weer naar New Hampshire was gekomen er gewoon niet was. Had de dief het ding zomaar meegenomen, gewoon omdat hij wel een mobieltje kon gebruiken? Per slot van rekening was het het enige ding van waarde in het huisje. Of was hij net als ik gekomen om te zoeken naar het bewijs dat was opgeslagen in dat kleine zilverkleurige dingetje? Maar wie wist er dan nog meer dat er een boodschap op de voicemail stond die het lot van mijn zoon kon bepalen? En wat was die persoon er precies mee van plan?

Buiten was Skyler in geen velden of wegen te bekennen. Ik stond daar en riep bijna een halfuur lang zijn naam, maar toen moest ik het opgeven. De hopeloze echo die door de bergen galmde zou een afspiegeling kunnen zijn van mijn gemoedstoestand. Het naamplaatje dat ik had vastgemaakt aan zijn halsband was hier volkomen zinloos. Wie zou hem ooit vinden? Maar ik had geen tijd om de hond te zoeken – niet nu mijn mobieltje kwijt was en de toekomst van mijn zoon op het spel stond.

Die avond draaide ik vanuit een motelkamer halverwege de terugweg het nummer van Courtney Rice. Ik ging zo op in mijn eigen drama dat ik niet in de gaten had dat het al na middernacht was, totdat ik aan de andere kant van de lijn de slaperige stem van de advocaat hoorde. Eén moment overwoog ik nog om op te hangen voordat ze besefte wie haar in haar slaap had gestoord. Maar pal voordat ik met een klap de hoorn op de haak wilde gooien, dwong het dwingende karakter van mijn vraag mij tot spreken. 'Courtney, ik moet met je praten. Ik moet je iets vragen.'

Aan de andere kant van de lijn werd er gezwegen, en ik stelde me voor hoe Courtney haar vingers door haar lange rode haren liet glijden om helemaal wakker te worden. 'Jeanne? Ben jij het?' vroeg ze ten slotte. 'Is alles goed met je? Er is toch niets met Jamie gebeurd?'

'Met Jamie gaat het goed,' zei ik. 'Of tenminste zo goed als het kan gaan met een kind dat zestien jaar lang door zijn ouders is verpest en dat nu wordt aangeklaagd wegens moord.'

'Het is laat, Jeanne,' zei Courtney. Als een echte advocaat probeerde ze me ter zake te laten komen. 'Wat is er?'

Ik haalde diep adem. 'Wat zou er gebeuren als Jamie inderdaad hiervoor werd veroordeeld, maar als het hof tot de conclusie kwam dat er verzachtende omstandigheden waren? Stel dat hij emotioneel helemaal in de knoei zat; zou hij dan de benodigde hulp krijgen?' Toen voegde ik er gauw, voordat Courtney de kans had te antwoorden, nog een andere vraag aan toe. 'Zelfs als we van het ergste scenario uitgaan, dan hoeft hij toch niet te zitten tot na zijn vijfentwintigste, hè?'

'We hebben het hier al over gehad,' zuchtte Courtney. 'Mits we het bij de jeugdrechtbank laten voorkomen, komt Jamie waarschijnlijk in het therapeutische circuit terecht, totdat hij eenentwintig wordt. Maar ik snap nog steeds niet waarom je hebt ge-

28

Op de ochtend van de hoorzitting kleedde ik me zoals Courtney me had opgedragen. In een donker jurkje tot op de knie,
dure schoenen en mijn haren netjes verzorgd, speelde ik nogmaals de rol die al jaren de mijne was: die van keurige echtgenote van dr. Cross. Toen ik mezelf in de spiegel aankeek moest ik
bijna lachen, zo ver was ik van dat minzame beeld afgedwaald.

Toen we die morgen in alle vroegte bij Jamie langsgingen,
voordat we naar de rechtbank gingen, was hij merkwaardig opgewekt. Vrolijker dan hij sinds zijn arrestatie was geweest. In zijn
kakibroek en een marineblauwe polo, zijn haren gekamd en met
gel keurig netjes in de juiste coupe, was hij bijna weer de oude.

'Moet je ons zien,' zei hij. 'We zien eruit als toen we nog netjes
met z'n drieën op zondag naar de kerk gingen. Het ideale gezin,
op naar de rechtbank.' Hij keek van Gavin naar mij. Het was de
eerste keer sinds zijn arrestatie dat we samen bij hem op bezoek
gingen en hij verviel weer in zijn oude rol, heel knap veinzend
dat alles in orde was, veinzend dat ik niet wist wat ik wist. Maar
met zijn blik leek Jamie de afstand tussen zijn vader en mij te me-
ten.

'Met sarcasme schiet je niet zo veel op, jongen,' zei Gavin
droogjes.

'Dat hoeft ook niet meer, pap. Ik heb net nog met Courtney gepraat. Ze zegt dat er geen kans is dat dit voor een gewone rechtbank komt. En het is al helemaal onwaarschijnlijk dat het tot een veroordeling komt. Bovendien, stel dat in het meest onwaarschijnlijke geval ze me toch veroordelen onder het jeugdstrafrecht dan krijg ik in een stad als deze op z'n hoogst vijf jaar in net zoiets als dit hier. Niet in een echte gevangenis. Zeg nou zelf, dat is toch niet zo gek?'

Door die opgefokte vrolijke houding heen zag ik nu pas hoe bang Jamie in werkelijkheid was. Ik greep zijn rechterhand vast en Gavin legde zijn hand op Jamies linkerschouder. Toen Jamie de aanraking van zijn vader probeerde te ontwijken, trok Gavin snel zijn hand terug en ik huiverde inwendig. Hoe vaak was ik niet getuige geweest van dergelijke voorvallen tussen vader en zoon, maar was niet in staat geweest – of niet bereid? – om te begrijpen wat ik zag? Slechts de noodzaak dat we deze rechtszitting als gezin moesten doorstaan, weerhield me ervan om Gavin te lijf te gaan toen hij onze zoon probeerde aan te raken.

'Hoe gaat het met Skyler, mam? Slaapt hij nog steeds op mijn bed?' vroeg Jamie. Hij trok zijn hand terug. Weken daarvoor had ik hem verteld dat Skyler iedere nacht op het voeteneind van zijn bed sliep en dat hij elke dag voor het raam zat, alsof hij wachtte tot zijn nieuwe baasje thuiskwam.

'Het gaat prima met hem. Een beetje eenzaam, maar verder prima,' loog ik, want ik kon het niet over mijn hart verkrijgen Jamie te vertellen dat ik het hondje in New Hampshire was kwijtgeraakt. Dit was weer zoiets wat ik voor mijn zoon zou moeten goedmaken als hij eenmaal vrij was. Voordat ze hem meenamen, gaf ik een kneepje in Jamies hand. En hij kneep even terug. Nog uren later kon ik de zweterige molligheid van die hand in de mijne voelen, het aarzelende van zijn greep, de angst.

Ondanks Jamies ogenschijnlijke optimisme was de zitting een nog grotere beproeving dan we ons hadden kunnen voorstellen. Toen we de rechtszaal binnenkwamen, deed het ons goed te zien dat er een groot aantal van Jamies vrienden en supporters aanwezig waren. Courtney had een indrukwekkende reeks getuigen opgetrommeld die voor Jamie kwamen pleiten: zijn vroegere hopman van de verkenners, onze predikant, twee vroegere leraren, inclusief Tom Boyle van de middelbare school, die tersluiks mijn kant op keek toen hij uit de getuigenbank stapte. Zijn blik was zo vol medelijden dat ik onmiddellijk mijn gezicht afwendde.

Allemaal zeiden ze hetzelfde: dat Jamie in elk opzicht een normale tiener was: respectvol, ijverig op school ondanks zijn leermoeilijkheden, met verantwoordelijkheidsgevoel, en populair. Toen er vragen over ons gezin werden gesteld, wisten de getuigen niet hoe vlug ze er een eed op moesten doen dat we allemaal voorbeeldige mensen waren; er werd melding gemaakt van de geweldige reputatie die dr. Cross genoot in de gemeenschap, van ons regelmatige kerkbezoek, van mijn betrokkenheid bij de oudervereniging en de welpen toen Jamie nog klein was. We hadden zo lang de schijn opgehouden en zo overtuigend, dat alle getuigen er hun hoofd wel om durfden te verwedden dat het allemaal echt was. Eerlijk gezegd, had ik dat, voordat ik Ali was tegengekomen en zij mij dwong de waarheid onder ogen te zien, waarschijnlijk met mijn eigen hoofd ook wel aangedurfd. Het was een afschuwelijke gedachte, maar ik vroeg me af of ik de dubbelzinnige beschuldigingen van Jamie wel zou hebben geloofd, als ik door de vriendschap met Ali niet zo veranderd was. Zou ik ze misschien terzijde hebben geschoven als iets wat ik verkeerd had geïnterpreteerd, iets waar ik later nog wel eens over zou nadenken?

Toen de volwassenen waren uitgesproken, getuigden drie vrienden van Jamie van zijn bekende gevoel voor humor, het feit dat hij vaak moest optreden als vredestichter in de vriendengroep en vooral dat hij zo normaal was.

Ze werden een voor een geconfronteerd met de vraag: 'Heeft Jamie ooit een overdreven belangstelling voor mevrouw Mather getoond?' Met een frisgewassen en onschuldig gezicht ontkenden Matt Dauber en Brad Simmons dit onmiddellijk. Ze hadden Jamie absoluut nooit over mevrouw Mather horen praten, behalve misschien om te zeggen dat ze een vriendin van zijn moeder was.

De spanning in de rechtszaal werd even verbroken toen Brad onder ede verklaarde dat het enige waar Jamie van bezeten was de pindarepen van Reese waren.

Tegen de tijd dat Toby Breen plaatsnam in de getuigenbank zag Courtney eruit alsof ze zich verveelde bij haar eigen vragen. Net als de anderen getuigde Toby dat Jamie in alle opzichten een normale tiener was en dat het enige uitzonderlijke aan hem zijn populariteit was. Maar toen ze vroeg of Jamie ooit speciale belangstelling voor Ali had getoond, friemelde Toby wat aan zijn das en keek toen zenuwachtig naar Jamie voor hij antwoordde.

'Ik zou niet bepaald willen zeggen dat hij belangstelling voor haar had, maar hij is in het begin van het schooljaar wel een paar keer nagebleven om met haar te praten,' zei Toby, die niet op durfde te kijken. 'Ik heb nog op hem gewacht, maar het duurde zo lang dat ik weg ben gegaan.'

'Waarover wilde hij met haar praten?' vroeg Courtney, die kennelijk werd verrast door deze onverwachte getuigenis. 'Misschien over een probleem in de klas? Of misschien had hij wel belangstelling voor muziek?'

De officier van justitie sprong op en protesteerde dat Courtney de getuige aan het manipuleren was. Maar Toby, die helemaal niet van plan was om zich te laten manipuleren, was zijn hoofd al aan het schudden. 'Jamie zat niet bij haar in de klas. En hij had de pest aan muziek – tenminste het soort dat mevrouw Mather speelde.'

'Waar hadden ze het dan over?' vroeg Courtney. Later zou ze

me bekennen dat ze de vreselijkste fout had gemaakt die een advocaat kon maken, namelijk dat je iemand een vraag stelt waar je het antwoord nog niet op weet. Maar het maakte niets uit. Toby haalde alleen maar zijn schouders op. 'Dat heb ik hem gevraagd,' zei hij met een onzeker lachje. 'Maar Jamie wou het niet zeggen.'

Op de keper beschouwd was de getuigenis van Toby nauwelijks schadelijk gebleken. Per slot van rekening was het niet ongebruikelijk dat een leerling nableef om met een leraar te praten, vooral niet als het een populaire lerares als Ali Mather betrof. Maar het nieuws dat Jamie alleen met Ali had gesproken over iets onbekends trof me als een donderslag bij heldere hemel. In tegenstelling tot de rechter, die schijnbaar niet bijzonder onder de indruk was van deze terloopse mededeling, kende ik Jamie. Hij was er niet het type naar om lange, intieme gesprekken met iemand te voeren – en al helemaal niet met een leraar. Ik vroeg me af waarom hij het met mij niet over zijn ontmoetingen met Ali had gehad. En waarom Ali, nadat we bevriend waren geraakt, er nooit met mij over had gepraat.

Maar toen ik daar op die harde bank zat, begon het verleden zich in mijn geest te hergroeperen: ik herinnerde me hoe Ali me onverwacht had opgebeld om te vragen of ze met mij mee naar school kon rijden. Op dat moment had ik me wel afgevraagd waarom ze míj daarvoor had uitgekozen. Maar nu realiseerde ik me dat haar onverwachte telefoontje waarschijnlijk pal na die bezoeken van Jamie was gekomen. Was er een verband tussen deze twee voorvallen? Had ze me daarom zulke indringende vragen gesteld over ons gezin?

Ik begon weer op te letten toen de laatste getuige van Courtney, Elise Winchester, een meisje van veertien dat tegenover ons woonde, bijna klaar was met haar verhaal. Dat ze maar een paar uur voor de moord op de stoep voor ons huis aan het skaten was geweest. En dat toen ze was gevallen en haar knie had geschaafd, Jamie naar buiten was komen rennen om haar overeind te helpen. 'Hij heeft een pleister voor me gehaald en iets te drinken en zo,' zei Elise met een verlegen glimlachje naar Jamie.

'Was dit iets wat Jamie Cross normaal gesproken niet zou doen?' vroeg Courtney.

'Nee,' antwoordde de zorgvuldig geïnstrueerde maar duidelijk oprechte Elise met nadruk. 'Jamie is altijd aardig voor mensen. Zo is hij nu eenmaal.'

Na Elise had Courtney geen andere getuigen meer.

Uiteraard kwam de officier van justitie aanzetten met een verhaal over de extreme wreedheid van de misdrijven en hij liet een hele reeks rechercheurs en artsen voorkomen die allemaal zeiden dat Ali niet gewoon was vermoord, maar dat ze systematisch was gemarteld. Het hevige gevecht tussen slachtoffer en aanvaller dat aan de moord vooraf was gegaan werd in detail verbeeld. De kapotgeslagen viool werd erbij gehaald. Maar natuurlijk werd de oppervlakkige snee in haar hals het meest benadrukt.

'Omdat hij alleen maar de punt van het mes gebruikte is de moordenaar nauwelijks door het huidoppervlak gegaan,' getuigde de patholoog-anatoom.

'En wat kan volgens u de bedoeling zijn geweest van zo'n precies uitgevoerde snee?' vroeg de officier van justitie.

'De dader was er duidelijk op uit mevrouw Mather angst aan te jagen. Misschien wilde hij wel dat ze hem smeekte haar niet dood te maken,' antwoordde de bejaarde arts op neutrale toon.

Ik kon er niets aan doen. Ik moest me omdraaien om naar de familie van Ali te kijken, die zich achter in de zaal bevond. Ali's moeder hield de hand van George stevig vast en huilde zachtjes tijdens de beschrijving van de bijzonderheden van de moord. Maar het gezicht van Kathleen verried een grimmige fascinatie – en nog iets anders. Was het misschien een glimp van triomf nu haar levenslange rivale zo vernederd was? Toen Gavin in de gaten kreeg dat ik naar de familie aan het kijken was en daarmee de altijd aanwezige aandacht van de nieuwsgierigen trok, gaf hij me een por in mijn zij.

Onmiddellijk richtte ik mijn aandacht weer op de gebeurtenissen voor in de rechtszaal. Maar het was al te laat. De pijn die ik in de ogen van George had gelezen, had me al tot in het diepst van mijn ziel geraakt; het was een verdriet dat een duidelijke afspiegeling was van dat van mezelf. *Wij waren de enigen die echt van haar hielden*, had hij gezegd, en op dat moment voelde ik scherp hoe waar die woorden waren. Het enige verschil tussen ons was dat George uit was op gerechtigheid voor Ali, terwijl ik alleen maar wilde wat het beste was voor Jamie: therapie, een kans om iets te doen aan die woede die zich in al die jaren in zijn binnenste had opgehoopt, een reden voor de niet-aflatende hoop die ik in zijn ogen zag.

Toen een door de aanklager opgeroepen psychiater getuigde dat gezien de aard van de misdaad en het gebrek aan wroeging bij Jamie mijn zoon nooit meer normaal in de maatschappij zou kunnen functioneren, wilde ik opstaan en gaan schreeuwen. Wat wist hij, na Jamie drie uur te hebben gesproken, nu van die jongen? Als hij zo briljant was, waarom had hij dan niet het schaamtevolle geheim ontsluierd dat achter zo veel van Jamies daden school? Maar zoals Courtney me had opgedragen, bleef ik zitten waar ik zat met een uitdrukkingsloos gezicht. Tijdens het moeilijkste deel van de getuigenverklaringen, toen rechercheur McCarty in de getuigenbank zat en zei dat Jamie 'nors' was geweest en emotioneel afwezig na de arrestatie, voelde ik dat ik begon te beven. Zoals Courtney al vreesde, beschreef McCarty de uitbarsting van Jamie op het bureau als een halve bekentenis.

'Onder druk,' zei McCarty, die Jamie recht in de ogen keek, 'gaf de beklaagde toe dat hij mevrouw Mather haatte. "Een heks" noemde hij haar. Een heks die haar verdiende loon had gekregen. Als u het mij vraagt, stond hij op het punt een volledige bekentenis af te leggen toen zijn advocaat daar een stokje voor stak.'

Uiteraard had Courtney onmiddellijk protest aangetekend. Maar dat deed er niet toe. Niet alleen had de rechter het gehoord, maar de persoon in de rechtszaal voor wiens oordeel ik veel banger was dan voor dat van de man op de rechterstoel, had die vernietigende woorden ook in zich opgenomen.

Toen we de rechtszaal verlieten in afwachting van de beslissing van de rechter – een beslissing die zou bepalen of Jamie de hulp kreeg die hij nodig had of dat hij misschien de rest van zijn leven in een reguliere gevangenis zou moeten doorbrengen – probeerde Gavin mijn hand te pakken, maar ik deinsde achteruit alsof ik me brandde aan zijn aanraking en ik begaf me in de mensenmenigte, op zoek naar George. Maar toen ik bij de plaats was waar Ali's familie had gezeten, was hij verdwenen.

Ik keek niet in zijn onderzoekende donkerblauwe ogen, maar recht in het vermoeide gezicht van de vrouw die ik zo vaak in normale omstandigheden had ontmoet. Voor mijn gevoel hadden Beth Shagaury en ik in een heel ander leven onschuldig staan babbelen in de gangpaden van de Stop 'n Save, over voetbal en over hoe duur die kinderpap toch was. Verloren in de kleurloze donkere kleding die al maanden geleden te groot voor haar was geworden, haar huid strak gespannen over uitstekende jukbeenderen, leek ze in niets meer op de verstrooide jonge moeder die ik toen had gekend. Ze was blijkbaar even verbaasd om mij te zien als ik haar. Maar voordat ik de kans had om een woord uit te brengen, sloeg Beth haar ogen neer, draaide zich abrupt om en verdween in de menigte.

Toen ik terugliep, op zoek naar Gavin en Courtney, zag ik mijn man staan, vertrouwelijk voorover gebogen en diep in gesprek verwikkeld met een van Jamies vrienden. Toen ik zag hoe dicht Gavin bij die kwetsbare jongen stond, bij dat kind, moest ik onwillekeurig huiveren. Ik draaide me om, liep door de mensenmassa heen en voelde me eenzamer dan ooit. Maar ook sterker. Terwijl hoofden zich naar mij omdraaiden en journalisten bij mij in de buurt probeerden te komen in de hoop commentaar te ontlokken aan de moeder van de beklaagde, hief ik mijn hoofd en liep zonder op of om te kijken naar buiten. Het interesseerde me niet meer wat voor indruk het zou maken dat Gavin en ik niet meer bij elkaar waren. Niets interesseerde me meer, afgezien van dat ongrijpbare dat Ali me had laten zien: de waarheid.

29

De keer daarop dat we in de rechtszaal bijeenkwamen, beefde ik zo erg dat ik bang was dat ik een scène zou maken door weer flauw te vallen. Toen ze Jamie binnenbrachten, glimlachte hij bleekjes en zijn blik ging van zijn vader naar mij. De rechter kwam een minuut later de rechtszaal binnen, maar ik hield mijn blik gericht op Jamies rechte schouders en zijn moedig opgeheven hoofd.

Terwijl de rechter wat in zijn papieren zat te rommelen en een glas water voor zichzelf inschonk, voelde ik weer die bijna overweldigende opwelling om me om te draaien en de blik van George Mather te zoeken. Er waren al verscheidene weken verstreken sinds die vreemde lunch bij Giovanna's. En hoewel we elkaar beloofd hadden dat we elkaar weer zouden ontmoeten om de resultaten van ons amateuristische speurwerk te bespreken, was dat nog niet gebeurd. Eigenlijk had ik na dat ene telefoontje van George op de morgen voordat ik naar New Hampshire ging, niets meer van hem gehoord. En hij had ook niet gereageerd op het flinke aantal boodschappen dat ik op zijn kantoor en op zijn antwoordapparaat thuis had achtergelaten. Toen ik de avond tevoren zijn nummer had gedraaid en luisterde naar de langzame, zorgvuldige stem op het bandje, was ik er bijna zeker van dat

George thuis was. Ik moest bijna wel concluderen dat hij me meed. De enige vraag was: waarom? Was hij simpelweg tot de conclusie gekomen dat ik er te dicht bij stond om objectief te kunnen kijken naar de dingen die ik zou kunnen ontdekken? Of had hij iets ontdekt waarvan hij niet wilde dat ik het wist? Had zijn privéspeurtocht hem tot de overtuiging gebracht dat hij en ik uiteindelijk toch niet aan dezelfde kant stonden? Mijn blik dwaalde beschermend naar Jamie toen de rechter zijn keel schraapte, op het punt de toekomst van mijn zoon te bepalen.

Mijn hart bonsde onderhand zo oorverdovend dat ik bijna niets begreep van zijn lange verklaring. Toen hij een tijdje stilstond bij de ernst van het misdrijf, wist ik bijna zeker dat hij Jamie naar een gewone rechtbank zou verwijzen. En als dat het geval was, was ik ten volle bereid om op te staan in de rechtszaal en hem eens goed onder de neus te wrijven waarom dat nooit moest gebeuren. Maar net toen ik al half voorover helde om op te staan voor de meest dramatische daad van mijn leven, veranderde hij van toon. Hoewel Ali, voorafgaand aan de moord, wreed en tot het uiterste was getergd met de punt van het mes van Jamie, geloofde hij niet dat de aanvaller de bedoeling had gehad te doden. Als dat wel het geval was geweest, zou hij dan niet zijn eigen wapen hebben gebruikt? Nee, het neerschieten zelf leek meer op een onbesuisde daad; er was geen bewijs van 'kalm beraad'. Uitgaande van die onbesuisdheid, van de sterke familieachtergrond van Jamie en de manier waarop hij in de gemeenschap stond, was de rechter van mening dat hij een uitstekende kandidaat was voor reclassering als hij voor dit misdrijf werd veroordeeld: de rechtbank had besloten dat de zaak van Jamie voor zou komen bij de kinderrechter.

Jamies vrienden begonnen onreglementair te juichen en werden de rechtszaal uit gezet, maar ik voelde hoe de spieren in mijn lichaam, die zich hadden schrap gezet om in actie te komen, weer verslapten. Het schouwspel van Toby en Brad die onder begeleiding de rechtszaal uit liepen, gaf mij de gelegenheid om me om te draaien en te kijken. Ik keek naar de plek waar de familie van Ali tijdens de verhoren had gezeten, in de hoop dat ik iets opving van de reactie van George. Maar tot mijn stomme verbazing was de stoel waarop George al die tijd had gezeten leeg. In de rij waar de drie mensen die haar het meest na hadden gestaan hadden gezeten, zaten nu alleen nog Kathleen en haar moeder, dicht naast elkaar. Toen ik de ontsteltenis op hun gezicht zag, wendde ik me vlug af.

Toen de rechter de rechtszaal verliet en Jamie door de bewakers werd weggeleid, voelde ik de druk van de emoties in de zaal in alle hevigheid op me afkomen. Ik werd verscheidene keren omhelsd – oprecht gemeend door Courtney, die rechts naast me stond, en daarna ook wat meer ingetogen door Gavin, die zich, nu het moment van spanning voorbij was, opeens bewust leek te zijn van de vervreemding tussen ons. En daarna door andere mensen: de sterke gemeenschap waarop de rechter had gedoeld toen hij tot zijn besluit kwam. De vrouw van onze predikant kwam dicht bij me staan. Ze wasemde een geur uit die me pijnlijk deed denken aan Ali. De ouders van Toby, Sharon en Walt Breen, allebei met tranen in de ogen, drukten hun gezichten tegen het mijne en zeiden dat ze honderd procent achter Jamie stonden; en dat dat altijd zo geweest was. Er was ook nog een hele rij anderen: leraren die bij mij op school gewerkt hadden, vrienden van Gavin en collega's, en ook zijn ouders, die de dag tevoren met het vliegtuig waren gekomen, buren, mensen naast wie ik jarenlang in de kerk had gezeten maar die ik nooit goed had gekend.

Ook al wist ik dat hun steun de niet-bestaande familie gold die we alleen maar gespeeld hadden, hun aanwezigheid deed mij ongelooflijk goed. Terwijl ik de tranen van mijn wangen veegde vroeg ik me af met hoevelen ze hier zouden zijn als ze wisten wie we echt waren. Desondanks was ik dankbaar voor de beschermende muur die ze rondom ons optrokken, die ons scheidde van de woede aan de andere kant: de aanklager die al plechtig beloofden dat ze in beroep zouden gaan, de vrienden van Ali uit de muziekwereld, en haar moeder en haar zus, die er eenzaam en verdrietig uitzagen. Hun betraande gezichten gaven aan dat ze het gevoel hadden dat ze in deze zaak nogmaals de verliezers waren.

Opnieuw speurde ik de zaal af naar George, maar ik kon hem niet vinden. Jack Butterfield was er ook niet om te eisen dat er recht zou worden gedaan aan de vrouw over wie hij nog steeds op huilerige toon sprak als zijn 'verloofde'. Zou het kunnen zijn dat Ali door haar mannen in de steek was gelaten nu ze hen niet langer met de betovering van haar lichamelijke aanwezigheid kon verblinden?

Maar toen ik rondkeek of ik een teken zag dat de minnaars aan wie ze zo veel van haar tijd en aandacht had besteed, haar niet hadden vergeten, zag ik weer de eenzame gestalte van Beth Shagaury naar de uitgang lopen. Ze liep, net als de vorige keer, met gebogen hoofd, zodat ik geen blik op haar gezicht kon werpen. Van alle mensen die hun verantwoordelijkheden even terzijde hadden geschoven omdat ze vonden dat ze voor iemand op moesten komen – ofwel voor Jamie, ofwel voor Ali – was de aanwezigheid van Beth wel het meest raadselachtig. Wat bezielde een jonge weduwe met vier kinderen en een mager inkomen om een oppas te huren, en telkens weer op te komen dagen voor het proces? Welk belang had zij bij het proces? Ik wist dat ze Ali had gehaat, maar míj verfoeide ze ook. In de rechtszaal die duidelijk verdeeld was in twee kampen, was Beth Shagaury waarschijnlijk de enige van wie men niet wist aan welke kant ze stond. Was ze voor mij en Jamie gekomen, misschien omdat ze geloofde dat hij het gedaan had en ze hem daarom zag als degene die namens haar wraak had genomen? Of was ze van gedachten veranderd over Ali, zoals zo veel mensen hadden gedaan sinds de violiste heilig was verklaard. Ik dacht aan de rouwdienst, waar collega's van school die nooit de naam van de muzieklerares in de mond hadden genomen zonder er een sappig roddeltje aan toe te voegen, in tranen gewag hadden gemaakt van hun warme vriendschap met Ali. Had Beth ook iets dergelijks ervaren? In plaats van haar de schuld te geven van de dood van Brian, zag ze nu misschien in Ali het slachtoffer dat ze zelf ook was. Of had ze in tegenstelling tot de rest van de scherp verdeelde groep mensen zo haar eigen beweegredenen?

Terwijl die vragen door mijn hoofd spookten, verdween Beth Shagaury uit het zicht. Maar toen ik op mijn tenen ging staan om haar in het oog te kunnen houden, werd ik aan mijn mouw getrokken door mijn schoonmoeder. 'Kom, Jeanne,' zei ze. 'Als we die journalisten maar eenmaal kwijt zijn, neemt Gavin ons allemaal mee uit eten.'

'Ik kan niet mee,' zei ik, voordat ik goed en wel wist wat ik zou gaan zeggen. 'Er is iets wat ik nu meteen moet doen.'

Ik maakte me van haar los, greep mijn tasje en baande me een weg door de groep mensen, Courtney, Gavin en mijn schoonfamilie in stomme verbazing achterlatend.

30

George Mather maakte de deur van zijn appartement open, nog voor ik tijd had om te kloppen. Vanwege de wilde harenkrans om zijn hoofd en zijn gekreukelde kledij vermoedde ik dat ik hem bij een dutje had gestoord. Toen hij me voor de deur zag staan, streek hij zijn haar met de palm van zijn hand een beetje glad en schraapte zijn keel. 'Kom binnen, Jeanne,' zei hij en hij deed een pas opzij. 'Je ziet eruit alsof je even moet zitten.'

Hij pakte me bezorgd bij de arm en liep met me het kleine appartement in dat hij had gehuurd nadat Ali en hij uit elkaar waren gegaan. Toen ik naar binnen stapte, knipperde ik onwillekeurig met mijn ogen. Alle gordijnen waren dicht en ik had even tijd nodig om aan de duisternis te wennen. Zou George normaal ook zo leven, of was het een afspiegeling van een diepe depressie die hem sinds de dood van Ali in haar greep had? Hij begon onmiddellijk allerlei dingen op te ruimen om een plaats voor mij vrij te maken.

'Tja, nu zie je eindelijk de trieste waarheid over de mannelijke soort, nietwaar, Jeanne? Onder al dat machogedoe zitten we met de handen in het haar bij de eenvoudigste karweitjes,' zei hij, en hij keek me weer even indringend aan als altijd. Hij zette een koffiekop weg die daar kennelijk al weken had gestaan. Daarna deed hij een kleine raamventilator aan die de muffe kamer met een fris briesje vulde en begon hij de gordijnen open te trekken. Stofjes warrelden in het zonlicht toen George in de keuken verdween. Maar al snel was hij er weer met een vol cognacglas.

Ik voelde me een beetje beledigd door de suggestie dat ik niet meer zonder alcohol kon, en stak een protesterende hand op. 'Het is elf uur in de ochtend, George. Voor mij geen cognac.'

'Een kop thee dan misschien? Dat dronken jij en Ali toch af en toe?' Hij glimlachte warm, alsof hij genoot van het beeld van ons tweeën als we lekker opgekruld als twee boekensteunen op de bank thee zaten te drinken en elkaar geheimen vertelden. Maar zoals altijd als hij de naam van zijn vrouw noemde, gleed er een donkere schaduw van verdriet over zijn gezicht. Ik merkte dat hij, toen hij naar het keukentje liep om thee te zetten, het cognacglas op tafel liet staan – misschien voor het geval ik van gedachten zou veranderen.

Terwijl George met veel gekletter in de keuken bezig was, als een man die in zijn eigen huis de weg niet weet, kon ik ongehinderd in het appartement rondkijken. Het was er benauwd en klein en hij had geen enkele moeite gedaan er iets van te maken. Behalve de uitpuilende boekenkasten langs alle muren stonden er bijna geen meubels die het spartaanse karakter van de kamer wat konden verzachten. Niets dan de sjofele bank waarop ik was terechtgekomen en een salontafel die onder de butsen zat. Te oordelen naar de rotzooi op het kleine rechthoekige tafeltje deed het dienst als de tafel waaraan George zijn eenzame maaltijden at en als bureau.

Ik zag George in gedachten voor me als hij de eenzame tocht aflegde tussen zijn kantoor en dit sombere, slordige appartement, en heel even stak mijn woede jegens Ali de kop weer op. Hoe kon ze zo'n man aan een dergelijk lot overlaten? Waarom had ze zich niet gerealiseerd hoe ze had geboft? Als ze zo verstandig was geweest om bij George te blijven, zou ze nog in leven zijn. Ja, in een heleboel opzichten had haar zus Kathleen gelijk: Ali had al jaren met dood en gevaar gespeeld, misschien haar hele leven al wel.

Omdat ik me wat beverig voelde van mijn eigen gedachten, maar ook van de chaos aan gevoelens in het gerechtsgebouw, nam ik toch maar een slokje van de cognac die George voor me had laten staan. Het brandde in mijn slokdarm, maar ik voelde ook dat er een rustgevende warmte van uitging. Toen George eindelijk terugkwam met de thee, had ik de cognac op.

Met een glimlach keek George naar het lege cognacglas. 'Je ziet er al veel beter uit,' zei hij goedkeurend. 'Wil je nog wel thee?'

'Ik kom hier niet voor thee,' zei ik. Door de sterkedrank had ik elke schroom afgelegd. 'Maar voor informatie. Waarom heb je me niet teruggebeld? Waarom was je vanmorgen niet in de rechtszaal?' Mijn stem klonk beschuldigend, bijna kwaad.

'Ik wilde je bellen, Jeanne. Eerlijk gezegd heb ik ontelbare keren jouw nummer gedraaid.' Hij zweeg even. 'Maar ik heb iedere keer weer opgehangen voordat er werd opgenomen. Ik vond dat ik beter kon wachten tot ik je meer te vertellen had.' Hij had het kennelijk over zijn eigen privéonderzoek naar de moord op Ali. Eén moment zag zijn gezicht er dreigend uit, toen hij verdiept leek in zijn eigen beslommeringen. Maar hij schudde de eenzaamheid die hem sinds de dood van Ali had omhuld, van zich af en ik zag dat hij zich weer van mijn aanwezigheid in zijn kamer bewust was. Hij glimlachte triest en schonk toen voor ons beiden een kopje thee in.

'Ik was er zeker van dat je de uitspraak van de rechter vandaag zou willen horen,' zei ik. 'Kathleen en haar moeder maakten de indruk dat ze wel wat steun konden gebruiken.'

'Ja, dat geloof ik graag. Maar ik denk niet dat ik degene ben die hun die steun moet geven.' Hij fronste geheimzinnig zijn voorhoofd toen hij aan zijn lastige schoonfamilie dacht. 'Vertel eens wat de rechter heeft besloten?'

'Bedoel je dat je niet eens de moeite hebt genomen de radio aan te zetten?'

'Blijkbaar niet.' George streek door zijn verwarde haardos.

'Moet ik van jou op de ochtendkrant wachten?'

'De rechter heeft bepaald dat Jamie zeer zeker in aanmerking komt voor begeleiding,' zei ik. De emotie waar ik tot dan toe nog geen tijd voor had gehad, greep me opeens bij de keel. 'Zijn zaak komt voor de kinderrechter.'

George greep onmiddellijk mijn hand vast. In zijn ogen was weer dat oprechte medeleven te zien waarbij ik altijd de neiging kreeg te gaan huilen. 'Wat zul jij opgelucht zijn, Jeanne,' zei hij. 'Ik ben blij voor je.' Hoewel hij had gezworen dat degene die Ali had vermoord daar de rest van zijn leven voor zou moeten boeten, voelde hij blijkbaar mee met de persoon die van de moord werd beschuldigd. Misschien wist hij wel meer?

Ik stond zo plotseling op dat ik de thee omgooide die gevaarlijk dicht bij de tafelrand stond. Ik lette er niet op en begon in de kamer te ijsberen omdat ik me geen raad wist. 'Om je de waarheid te zeggen, ben ik niet opgelucht,' gooide ik eruit. 'Ik ben pas opgelucht als dit allemaal achter de rug is. Als mijn zoon en ik ver weg van hier zijn, ver weg van alle mensen die iets af weten van dit ellendige verhaal. En als Jamie de hulp krijgt die hij nodig heeft.'

'Je klinkt bijna alsof je gelooft dat hij het gedaan heeft,' zei George. Zijn ogen kleurden donkerder blauw, zoals altijd als hij aandachtig luisterde.

'Natuurlijk is dat niet zo,' snauwde ik. 'Maar dat betekent niet dat Jamie geen psychologische hulp nodig heeft – vooral na al deze ellende.'

Opeens stond George op en ging weer de keuken in. Hij kwam terug met de cognacfles en een glas voor hemzelf. 'Ik ben eerlijk gezegd nooit zo'n theedrinker geweest.' Nadat hij de glazen had volgeschonken, liep hij naar zijn cd-speler en deed er een cd in. 'Ik heb dit laatst tussen haar spullen gevonden. Ik had het nog niet eerder gehoord,' legde hij uit.

Eerst schrok ik van het geluid van Ali en haar muziek. Maar toen het hypnotiserende geluid van haar viool de kamer vulde sloot ik mijn ogen en gaf me eraan over. Het was bijna alsof er een deur was opengegaan en zij was binnengekomen, alsof ze naast me op de bank zat en mijn haren streelde.

George was een hele tijd stil en toen ik zijn kant op keek, zag ik zijn betraande gezicht. Hoewel hij tijdens de begrafenis en de rouwdienst geen krimp had gegeven, maakte het geluid van Ali's muziek blijkbaar gevoelens bij hem los die hij zelfs bij het zien van haar levenloze lichaam in bedwang had kunnen houden.

'Sorry,' zei hij toen hij merkte dat ik naar hem keek, maar hij deed geen poging de tranen weg te vegen.

'Ik heb al zo vaak naar een van haar stukken willen luisteren, maar ik was bang om er een op te zetten,' bekende ik. Ik leunde achterover op de bank met het cognacglas in mijn hand en nam bedachtzaam een slokje.

'Het is een deel van Ali dat zelfs de moordenaar ons niet af heeft kunnen nemen,' zei George. 'Een deel van haar dat altijd bij ons zal blijven. En er is meer dan ik ooit heb kunnen denken. Ik heb de laatste tijd haar cd's door zitten nemen omdat ik kopieën voor haar vrienden wilde maken.'

'En haar familie dan? Heb je ook kopieën gemaakt voor haar moeder en voor Kathleen?' vroeg ik. Ik herinnerde me een eerdere bijna vijandige opmerking van George over zijn schoonfamilie en dacht op deze manier het gesprek nogmaals op dat precaire onderwerp te brengen.

George snoof. 'Haar familie heeft alleen maar belangstelling voor Ali's muziek vanwege het geld. Weet je wat Kathleen een paar dagen geleden tegen me zei? "Ik neem aan dat de royalty's naar jou gaan." Ongelooflijk, hè? Alsof ik achter Ali's geld aan zit.' George keek met een zeldzaam verbitterde uitdrukking op zijn gezicht naar de cd-speler.

'Ik krijg het gevoel dat de relatie tussen Ali en haar familie niet zo goed was,' zei ik. 'Eigenlijk heeft ze het maar één keer met mij over haar moeder gehad. En ik ben me nooit van het bestaan van Kathleen bewust geweest.'

'Net als een heleboel andere mensen begrepen ze Ali niet,' zei George, die zich meer op de muziek leek te concentreren dan op mijn aanwezigheid. 'Ze was zo anders.'

'Haatte Kathleen haar daarom? Omdat ze anders was? Of was het gewoon een ordinair geval van jaloezie?'

Toen ik het woord 'haat' noemde keek George enigszins geschokt, maar hij ontkende het niet. 'Het was duidelijk dat Ali in dat gezin gezegend was met al het talent en alle schoonheid. Maar dat was het niet alleen.'

Terwijl Ali's muziek over me heen stroomde, vergat ik mijn eigen problemen en ging ik helemaal op in het diepere mysterie van het leven van mijn dode vriendin. Nog maar een maand eerder dacht ik dat ik alles over mijn beste vriendin wist, maar nu begon ik me af te vragen of ik haar überhaupt had gekend. Sinds haar dood was ik er al achter gekomen dat ze geheime afspraken met mijn zoon had gehad. En nu werd het me langzaam duidelijk dat de vrouw die bij anderen geheimen verfoeide, er zelf een heleboel had.

'Ali was iemand die gewoon niet kon liegen. Zoals je weet kwelde ze me met haar eerlijkheid over Butterfield – en de anderen. En de mensen in haar omgeving mochten ook niet oneerlijk zijn.' Terwijl hij even zweeg om van zijn drankje te nippen, zag George er oprecht gekweld uit bij de herinnering aan de meedogenloze drang tot eerlijkheid van Ali.

Maar ik lette er niet zo op. Ik dacht meer aan de manier waarop Ali me de waarheid over mijn huwelijk had opgedrongen – en zelfs over Jamie. Ik wist niet zeker of ik haar dankbaar was voor die bemoeienis. Zelfs nu niet. 'Soms kan de waarheid wreed zijn,' zei ik.

'Bij Ali's familie was dat zeker zo,' zei George. Het leek net alsof de geest van Ali, bevrijd door de muziek, in hem was gevaren en alsof hij nu over dingen sprak die hij normaal gesproken voor zich had gehouden.

Toen ik hem nieuwsgierig aankeek, glimlachte George bedroefd. 'Je zei dat Ali bijna nooit over haar moeder sprak en nooit over Kathleen. Maar hoe zit het met haar vader – Alvin? De man die over de hele wereld vioolconcerten gaf? De man die haar heeft leren spelen? Ik neem aan dat Ali het nooit met je over hem heeft gehad.'

'Om je de waarheid te zeggen heeft ze dat wél,' zei ik. 'Ze heeft me verteld dat hij een briljant musicus was. En dat hij is gestorven toen zij nog heel jong was. Te jong om zich nog veel te herinneren.'

George schudde bedroefd zijn hoofd. 'Zelfs onze Ali had zo haar geheimen, hè? Zelfs voor haar waren er onderwerpen die je maar beter kon verdoezelen, bedekken met halve verzinsels.'

'Maar je hebt zelf ook net gezegd dat hij een talentvol musicus was,' zei ik. Ik wist niet meer hoe ik het had. 'Wat is er dan gelogen? Zeg je nu dat hij niet dood is?'

'O, de klootzak is wel degelijk gestorven, hoor. Maar niet voordat hij eerst zijn dochters met zo veel herinneringen had opgezadeld dat ze er een heel leven op konden teren. Ali was zestien toen haar vader op een avond naar boven ging naar zijn studio en een pistool in zijn mond stopte.' George sloeg zijn ogen naar me op. 'Weet je dat ik nu pas doorheb hoe ironisch dit allemaal is? Zowel vader als dochter is een gewelddadige dood gestorven in hun eigen studio.'

Maar op dat moment had ik geen aandacht voor de toevallige samenloop van omstandigheden bij de beide sterfgevallen. En ik was ook niet zo geïnteresseerd in de onthulling dat Ali's vader zelfmoord had gepleegd toen ze op zo'n gevoelige leeftijd was – zestien, precies even oud als Jamie. Nee, wat me verschroeide alsof iemand een brandmerk op mijn huid zette, was de duistere boodschap in het eerste deel van zijn verklaring. *Hij had zijn dochters met zo veel herinneringen opgezadeld dat ze er een heel leven op konden teren.*

'Waar heb je het over, George?' onderbrak ik hem ruw.

'Alvin was een egoïst tot en met. Een man die zijn vrouw tiranniseerde, en die de arme Kathleen genadeloos op haar donder gaf voor haar tekortkomingen, die haar wreed en onophoudelijk vergeleek met haar zus die mooier was en meer getalenteerd. Die twee hebben zo veel jaren geleden onder die nooit aflatende stroom van krenkingen dat ik denk dat ze er zelf in gingen geloven.'

'En Ali?' herhaalde ik. 'Je zei dat zij zijn lievelingetje was.'

Heel even wendde George zijn blik af. Toen keerde hij zich weer naar me toe. 'Je kent het verhaal,' zei hij raadselachtig. 'Ali was zijn lievelingetje. En zodoende ook degene op wie alle hoop en dromen van haar vader waren gericht. Degene die hij bijna kapot heeft gemaakt met zijn liefde.'

Ik was zo hevig begonnen te beven dat ik mijn drankje niet meer vast kon houden.

'Ik heb altijd gedacht dat Ali daarom wegliep van degenen die van haar hielden,' vervolgde George. 'Omdat ze haar vroegste ervaringen had opgedaan met een monster. Het… het misbruik, zoals men dat tegenwoordig noemt, heeft jaren geduurd. Pas op haar zestiende verjaardag is Ali ermee naar haar moeder gegaan. En die avond, terwijl Kathleen de verjaardagstaart voorzag van een roze glazuurlaag, is Alvin met zijn pistool naar zijn studio gegaan. Hij heeft hen allemaal, maar vooral Ali, met een erfenis aan woede en schuldgevoelens opgezadeld die ze haar hele leven met zich heeft meegedragen.'

Ik dacht eraan hoe vreselijk Ali had gehuild na de zelfmoord van Brian, en hoe ik haar aan de telefoon had gehoord toen ze George in tranen vertelde dat dit 'alles weer had doen herleven'. Nu begreep ik het eindelijk. George staarde me doordringend aan en daarom kreeg ik opeens in de gaten dat de muziek was afgelopen en dat de hele kamer in stilte was gehuld.

Voor het eerst voelde ik wat Ali en Jamie zo sterk verbond. Net zoals ik haar aanwezigheid in de kamer had gevoeld toen George het onvoltooide concert had opgezet. Ze begrepen elkaar zoals alleen lotgenoten dat kunnen. Op een bepaalde manier die ik niet kon beschrijven of begrijpen, wist ik zeker dat ze de duistere plaats in de ander herkenden.

Ik stond abrupt op en pakte mijn tasje. 'Ik moet naar mijn zoon,' zei ik, en ik was er zelf ook verbaasd over hoe dringend mijn woorden klonken. Hoewel ik besefte dat ik de verdenkingen van George ten aanzien van Jamie alleen maar erger maakte, kon ik niet anders. Het enige waar ik aan kon denken, was dat ik weg moest uit het bedompte appartement van George, weg van de duistere kennis in zijn ogen.

'Ga je nu nog naar Jamie toe?' vroeg George met een verbijsterde uitdrukking op zijn gezicht.

'Als ze me binnenlaten,' zei ik. 'Ik moet hem iets vragen.'

George liep met me mee naar de deur en keek me na. Ik was al halverwege de straat toen hij mijn naam riep. 'Als je toch daar bent, Jeanne, moet je de jongen een boodschap van mij overbrengen.'

Ik draaide me om en knipperde met mijn ogen tegen de zon van deze verbazingwekkend heldere dag.

'Zeg tegen hem dat hij zich geen zorgen moet maken,' zei hij. 'Deze zaak komt nooit voor de rechter.'

Ik deed een stap in zijn richting. Ik wist niet welke vraag ik hem het eerst moest stellen. Wat bedoelde hij met 'deze zaak komt nooit voor de rechter'? Verwachtte hij dat Jamie ging bekennen? Of wist hij wie de echte moordenaar was? 'Wat...?'

Maar George was de deur al aan het dichtdoen. 'Ik wou dat ik je meer kon vertellen, Jeanne. Maar dat kan ik niet. Nog niet.' Voordat ik hem kon tegenhouden, duwde hij de deur voor mijn neus dicht. En alsof dat nog niet duidelijk genoeg was, hoorde ik het slot dichtklikken. Ik dacht er even aan om net zo lang op de deur te blijven bonzen tot hij me had verteld hoe hij in godsnaam zoiets kon weten. Maar ik zag wel in dat dat zinloos was. Het was duidelijk dat George, net als Ali en zelfs Jamie, vastbesloten was zijn mond te houden totdat hij vond dat het moment van spreken was aangebroken. Dat ik hoog of laag kon springen, maar dat hij niet van gedachten zou veranderen.

31

Ik bofte: Glenn had weer dienst in Somers. Van alle bewakers maakte hij de meest meelevende indruk, misschien wel omdat hij me een keer had verteld dat hij ook een tijd in een dergelijke inrichting had gezeten toen hij ongeveer zo oud was als Jamie. 'Het hoeft niet het eind van de wereld te zijn,' zei hij eens toen hij me zag huilen toen ze Jamie wegbrachten. 'Sommige jongens kunnen zich hieroverheen zetten en gewoon verdergaan met hun leven.' Maar hoewel zijn woorden als troost bedoeld waren, werkte het toch niet zo. Het enige wat ik hoorde was de restrictie 'sommige'. Ja, sommige jongens, zoals bijvoorbeeld Glenn, waren in staat hun leven weer op te pakken en te herstellen van hun tijd in een inrichting, maar wat gebeurde er met de rest?

Maar toen Glenn met Jamie binnenkwam, zette ik mijn angsten snel opzij. Voor het eerst sinds zijn arrestatie – en als puntje echt bij paaltje kwam waarschijnlijk al sinds maanden daarvoor – lachte Jamie toen hij mij zag.

'Je bent alleen,' zei hij. De opluchting was duidelijk te zien. Zijn gezicht was opvallend veel smaller dan een maand geleden, en de kakibroek die in de gevangenis werd voorgeschreven zat slobberiger dan ooit.

'Tja, je zult het met mij moeten doen, jongetje,' zei ik. Ik moest mijn uiterste best doen niet in tranen uit te barsten bij het zien van die jongen die veel te vroeg geconfronteerd was met een lijden dat te groot was voor een kind. *Net als Ali.*

Ik wendde me tot Glenn die op een stoel in de hoek van de kamer was gaan zitten. 'Denk je dat Jamie en ik even alleen zouden mogen zijn?' vroeg ik. 'Ik verzeker je dat ik geen ijzerzaagje in mijn tasje heb zitten.'

Even aarzelde Glenn, maar toen ging hij na een blik van mij naar Jamie door de knieën. 'Het is tegen de regels, dat weet u, maar eerlijk gezegd zie ik niet in waarom niet. En ik heb wel zin om even een sigaretje te gaan roken.' Hij deed de deur open om weg te gaan, maar toen draaide hij zich om en voegde eraan toe: 'Mocht u iets nodig hebben, dan zit ik hier vlakbij.' Hoewel hij het niet zei, was het duidelijk dat hij ook waarschuwde dat we geen gekke dingen moesten doen.

Jamie liet zich op een stoel zakken en vroeg ongerust: 'Waarom was dat nou nodig? Glenn is een prima vent. Waarom moest hij weg van jou?' De blije uitdrukking die hij op zijn gezicht had gehad bij mijn komst, was verdwenen. Hij zag er bijna uit alsof hij bang voor me was. Of misschien was hij wel bang om überhaupt alleen te zijn met een volwassene.

Ik haalde mijn schouders op. 'Je bent afgevallen,' zei ik omdat ik met een neutraal onderwerp wilde beginnen. 'Ik was, denk ik, zo met die zitting bezig dat het me nu pas opvalt.'

'Het eten is hier vrij smerig,' zei Jamie glimlachend. 'En ze hebben hier geen chocorepen met pindavulling.'

'Nou, ik moet zeggen dat het je geen kwaad heeft gedaan; je ziet er goed uit,' zei ik. Het was waar. Hoewel het me niet was opgevallen dat hij heel geleidelijk was afgevallen was er nu een knappe jongeman onder al die vetlagen tevoorschijn aan het komen, een jongeman met mijn ogen en met de geprononceerde jukbeenderen van Gavin. De gedachte deed me pijn dat, ook al hield ik Gavin voortaan bij Jamie uit de buurt, hij er nog steeds zou zijn, namelijk in de gelaatstrekken van mijn zoon. Hoewel ik een pak met chocorepen in mijn tas had meegebracht voor Jamie, haalde ik het niet tevoorschijn. Mijn zoon schoot er absoluut niets mee op om zich nu weer vol te stoppen met nog meer verraderlijke zoetigheid.

We zaten elkaar een paar minuten stompzinnig aan te staren alsof we elkaar voor het eerst zagen, en toen stond Jamie opeens op. Zijn metalen stoel maakte een kletterend geluid op de linoleum vloer. 'Vind je niet dat we Glenn weer moeten roepen? Hij denkt vast dat we hier een uitbraak aan het beramen zijn.'

Ik schudde alleen maar met mijn hoofd. 'Zo meteen. Ik zou je een paar dingen willen vragen, Jamie. En ik wil niet dat Glenn of iemand anders dat hoort.'

'Vind je niet dat je me al genoeg gevraagd hebt?' vroeg Jamie nerveus. Hij liep naar het enige kleine raampje in de kamer en keek naar buiten. Ik zag aan zijn ogen dat hij niets liever wilde dan aan mijn vragen ontsnappen.

Ik voelde met hem mee in zijn angst, maar ik zette door. 'Waarom ben je die keren na school bij Ali langsgegaan, Jamie? Leg dat eens aan me uit, en dan roepen we Glenn.'

Jamies adem stokte van de zenuwen. Toen beukte hij opeens met zijn vuist tegen de muur. 'Wat wil je van me, mam? Ik bedoel, wat haalt het in godsnaam uit om hierover te praten? De dingen die gebeurd zijn veranderen er echt niet door.' Hij had zijn tanden op elkaar geklemd en hij begon steeds harder te praten. Ik was bang dat Glenn hem vanaf de gang zou kunnen horen en dat hij terug zou komen voordat ik mijn antwoorden binnen had.

'Je hebt gelijk. Het verleden verander je er niet mee. Wat jouw vader je heeft aangedaan, wordt er niet mee tenietgedaan en Ali komt er ook niet mee terug, maar misschien verandert er iets in de toekomst. Alsjeblieft, Jamie, je hoeft me alleen maar te vertellen waarom je naar Ali bent gegaan, naar een vreemde die jou niet eens lesgaf. En dan houden we erover op.'

Langzaam liep Jamie weer terug naar zijn stoel. Hij schudde zijn hoofd alsof hij het oneens was met zichzelf en hij haalde verscheidene keren zijn handen door zijn haar voordat hij begon te praten. 'Wil je dat echt zo graag weten?' vroeg hij. Hij zag eruit als een klein jongetje toen hij naar me opkeek.

'Nee, ik wil het helemaal niet graag weten,' zei ik. 'Maar ik ben je moeder, Jamie. Ik móét het weten.'

'Nou, goed dan,' zei Jamie. Hij was ondertussen weer opgestaan. Hij veranderde het kleine bezoekerskamertje in een kooi toen hij heen en weer liep en toen hij in gedachten terugging naar dat schoolgebouw, naar Ali's eerste schooldag, toen alles anders was geworden, voor Jamie en voor Ali zelf.

'Ik denk dat het in de tweede schoolweek was,' zei hij langzaam. 'En mevrouw Mather – Ali – kwam bij ons in de klas praten over gezondheid. Ze had het over… over misbruik.' Hij keek schichtig opzij toen hij dat woord uitsprak. 'Om een lang verhaal kort te maken, het was niet een van die saaie praatjes die we meestal te horen kregen. Het ging over dingen die haar echt waren overkomen. Dingen die haar vader had gedaan. Eerlijk gezegd was het vrij onsmakelijk. Oké, ik heb zitten luisteren tot ik er niet meer tegen kon en toen ben ik opgestaan en weggelopen. Ik wist nauwelijks wat ik deed, mam. Ik ben 'm gewoon gesmeerd. Ik geloof dat ik nog iets stoms heb gezegd als "neem me niet kwalijk, mevrouw Mather, maar ik denk dat ik moet overgeven". En dat was niet gelogen, ik dacht echt dat ik moest kotsen.'

'En was dat zo?' vroeg ik en ik realiseerde me dat Jamie er op dit moment ook vrij bleek uitzag. 'Heb je overgegeven?'

'Ik heb nog net het jongenstoilet gehaald en toen kwam alles eruit. Daar stond ik dus kotsend in de wc, met in mijn neus de stank van dat desinfecteermiddel dat de conciërge altijd gebruikt, toen ik plotseling in de gaten kreeg dat er nog iemand in het toilet was. En dat die persoon geen gebruik maakte van de pisbakken of zo. Iemand stond daar gewoon toe te kijken hoe ik aan het kotsen was. Nou, je raadt nooit wie het was.'

'Ali,' zei ik. Ik deed mijn ogen dicht en zag in gedachten de vriendin die zich niet zou laten weerhouden door een bordje waarop "heren" stond, en ook niet door het vooruitzicht dat ze een jongen bij een pisbak betrapte als ze vond dat ze een kind in nood moest helpen.

'Ze stond daar klaar met een paar natte papieren handdoekjes. "Voel je je al wat beter?" vroeg ze. Toen ik haar aankeek besefte ik dat ze het wist… dat ze alles wist. Als ik had gekund, dan zweer ik dat ik was weggerend en nooit meer was teruggekomen, maar ze stond me in de weg. Ik wist toen al dat ze vanaf dat moment mijn leven zou gaan verpesten.'

'Ali heeft jouw leven niet verpest, Jamie. Maar…'

Maar Jamie onderbrak me met een verbazingwekkende felheid. 'Ze had zich erbuiten moeten houden, mam. Wat had zij ermee te maken? Ik bedoel, als zij haar zieke verhaal aan de hele wereld kwijt wilde, oké. Maar wat gaf haar het recht om zich met mijn leven te bemoeien?'

'Ali wilde je alleen maar helpen, Jamie,' zei ik.

'Nou, je ziet hoe het met ons tweeën is afgelopen. Zij ligt onder de groene zoden. En ik zit vast tot mijn eenentwintigste – als ik dan tenminste vrijkom.' In Jamies stem klonk een verbittering door die ik nog nooit eerder bij hem had gehoord.

'Dus toen heeft ze je gevraagd of je na school bij haar wilde komen…' raadde ik.

'Ik wilde eigenlijk helemaal niet gaan, mam. Maar ik had niet veel keus. Ik was bang dat ze, als ik niet kwam opdagen, ermee naar de vertrouwenspersoon zou gaan. Of nog erger, dat ze het jou zou vertellen. Meteen die dag al kreeg ik het gevoel dat al mijn leraren me raar aankeken. Alsof ze het wisten. Alsof iedereen het wist. Ik weet dat het niet zo was, maar zo voelde het wel. Alsof dit hele ziekelijke onsmakelijke gedoe net zo duidelijk te zien was als een enorme pukkel op mijn neus of zoiets. Ik was niet van plan haar iets te vertellen. Ik was van plan om te liegen dat ik barstte, zoals altijd. Maar op de een of andere manier – ik denk dat het aan haar ogen lag – die ogen die wisten wat ik niet vertelde – hoe het ook zij, ze heeft het uit me gekregen.'

'Toen ben je voor het eerst bij haar geweest…' zei ik. Ik begon nu enige samenhang te zien en herinnerde me hoe vreemd Jamie zich die eerste schoolweken had gedragen. Gavin en ik hadden het er zelfs nog over gehad en waren tot de conclusie gekomen dat hij problemen met een medeleerling had, of bij een van de vakken. 'Maar ondanks het feit dat je er een vervelend gevoel aan overhield, ben je nog een keer terug geweest.'

'Ik had weer geen keus. Ik wilde weg omdat ik anders misschien als een klein kind was gaan janken, en toen greep ze me weer bij mijn kladden. Weet je wat ze tegen me zei?' Hij klonk nog steeds alsof hij het nauwelijks kon geloven.

Ik schudde mijn hoofd.

'Ze zei: "Oké, nu we de waarheid boven tafel hebben, moeten we beslissen wat we eraan gaan doen." *Wat we eraan gaan doen,*' herhaalde Jamie, en hij woelde weer met zijn handen in zijn haar. 'Alsof dat kon. Ik bedoel, wat kun je doen? Op de terugspoelknop drukken, terug in de tijd gaan en het verleden ongedaan maken? Volgens mij kon je het alleen maar nog erger maken…'

'Je bent dus nog een keer naar haar toe gegaan,' drong ik aan, omdat Glenn al ongeduldig voor de deur stond te kuchen.

'Ja, en die keer was nog erger,' zei Jamie. Hij ging tegenover me zitten en fluisterde haast. 'Die keer zei ze tegen me dat wat papa deed een misdrijf was en dat hij ervoor gestraft moest worden. Moet je horen – ze wilde dat ik mijn eigen vader bij de politie ging aangeven. En alsof dat nog niet genoeg was, wilde ze ook nog dat ik het jou vertelde. Nou, dat was voor mij echt een stap te ver. Ik ben weggelopen en heb tegen haar gezegd dat ze op het dak kon gaan zitten. Laat ze het maar tegen die vertrouwenspersoon vertellen, dacht ik. Dat is nog minder erg dan…'

'En daar is het bij gebleven?' vroeg ik. Onbewust was ik ook gaan fluisteren.

Maar bij die vraag sprong Jamie weer overeind. 'Natuurlijk is het daar niet bij gebleven, mam! Het is doorgegaan totdat Ali daar dood op de bank lag.'

Instinctief legde ik mijn vinger op mijn lippen, want ik dacht dat als Glenn of iemand anders hoorde wat Jamie net had gezegd, ze het als een bekentenis konden opvatten.

Maar Jamie luisterde niet. Hij had het weer over al zijn grieven tegen Ali; hij moest blijven lopen en ondertussen bewerkte hij zijn linkerhand met zijn rechtervuist. 'Voor ik het in de gaten heb, belt ze jou en vraagt ze om een lift naar school. Ik dacht, die vrouw probeert me te kwellen, door haar zit ik me de godganse tijd op te vreten over waar ze het elke dag met jou in de auto over heeft.'

'Dus jij besloot iets terug te doen,' zei ik. Ik ontdekte opeens een nieuwe betekenis in de voorwerpen die Jamie had weggenomen uit Ali's huis, in de besmeurde bladmuziek, de subtiele dreigementen. Zelfs de keren dat ik hem had betrapt bij het afluisteren van mijn telefoongesprekken vielen nu op hun plaats.

'Precies,' zei Jamie. Hij moest een klein beetje lachen bij de herinnering aan zijn terreurcampagne. 'Maar helaas was ze niet zo gemakkelijk bang te maken. Telkens als ik haar op school tegenkwam keek ze me recht aan – precies zoals ze me die dag in de wc's had aangekeken. En toen de hele zaak ontplofte en jij naar New Hampshire vertrok, begon ze me ook nog te bellen… ik bedoel, dat is toch ongelooflijk?'

'Wat wilde ze?' vroeg ik, en ik had weer diezelfde schuldgevoelens die ik telkens had als ik dacht aan de tijd die ik in het huisje had doorgebracht terwijl mijn zoon alleen thuis was met zijn kwelgeest.

'Ze zei dat ik niet alleen in huis met pap moest blijven. Ze bood zelfs aan dat ik wel bij haar mocht komen logeren. Alsof ik dat ooit zou doen. En toen ik zei dat ze me met rust moest laten, dat ze zich er niet mee moest bemoeien, zei ze dat als ik geen stappen ondernam, zij het zelf zou doen.'

'Maar hoe dan?' vroeg ik.

'Ze zei dat ze zelf naar de politie zou gaan. Je had haar moeten horen, mam. Ze zei dat het haar verantwoordelijkheid was als lerares. Wat een lulkoek.' Jamies gezicht was vlekkerig rood van woede. 'Op dat moment besloot ik haar te vermoorden,' zei hij op gedempte toon. 'Ik wilde het niet, maar ik had gewoon geen andere keus. Het klinkt misschien idioot, maar ik zag het als zelfverdediging. Ik bedoel, kun je je voorstellen dat pap de deur opendoet en dat hij een paar politieagenten ziet staan met een arrestatiebevel?'

'Jamie, je moet nu je mond houden,' zei ik, en ik keek achterdochtig de kamer rond omdat ik me opeens afvroeg of er misschien overal microfoontjes hingen. In wat voor parket had ik mijn zoon nu weer gebracht?

Maar Jamie was nu niet meer te houden. 'Maar ik heb het niet gedaan, mam,' zei hij. 'Ik heb haar niet vermoord. Dat is het gekke. Ik ben inderdaad naar haar huis gegaan met de bedoeling om het te doen. Ik had dat stomme mes van me bij me, en ik was helemaal opgefokt; ik zei alsmaar tegen mezelf dat ik er klaar voor was. En Ali was zo stom om me geen strobreed in de weg te leggen. Zelfs na alles wat ik haar had aangedaan, deed ze haar deur nog niet op slot. Ik hoefde niet eens in te breken. Toen, en nu moet je goed opletten, liep ik naar binnen met het mes in mijn hand, als de eerste de beste krankzinnige. En zij ligt gewoon op die bank. Alsof ze helemaal niet bang voor me was. Pas toen ik naar haar toe liep en dat mes op haar keel zette, had ze in de gaten dat ik het meende. En niet alleen dat ik het meende, maar ook dat ik stérk was. Ik denk dat ze tot dat moment had gedacht dat ik een jongetje was in een grotemensenlichaam. Maar toen besefte ze dat ik geen kind meer was...'

327

Ik deed mijn ogen dicht. Mijn gezicht was nat van de tranen. 'Maar je kon het niet doen. Je hebt het niet in je, Jamie. Zelfs toen je tot het uiterste getergd was, kon je het niet doen.'

Jamie liet zijn hoofd zakken en schudde het alsof hij teleurgesteld was in zichzelf. 'Ik had het gekund, ik denk echt dat ik het had gekund. Toen ik die viool kapotsloeg, gaf me dat zo'n goed gevoel dat ik dacht dat ik de hele wereld aankon. Maar toen ik haar sneed, keek ik in haar ogen en ze was zo bang. Ik wist hoe het was om zo bang te zijn... En het was net alsof ik wakker schrok uit een nachtmerrie. "Mijn god, waar ben ik mee bezig?" riep ik. Ik sprong op, rende weg en liet haar op de bank achter. Doodsbang en met een paar kleine sneetjes, ja dat wel, maar levend. Ali leefde nog toen ik die nacht bij haar wegging, mam. Ik zweer het je, ze leefde.'

Het was de eerste keer dat Jamie het hele verhaal over die nacht had verteld, de eerste keer dat hij het risico had gelopen de schande te openbaren die hij zo graag had willen verbergen dat hij er zelfs een moord voor overhad.

'Ik weet het, Jamie. En ik kan je dit beloven: je wordt niet gestraft voor een misdaad die je niet hebt begaan. Geen dag.'

'Maar hoe weet je dat zo zeker, mam? Je hebt pap gehoord – de bewijzen tegen mij zijn behoorlijk overtuigend. Zelfs hij gelooft dat ik het heb gedaan. En zelfs als ik alleen maar vijf jaar in de jeugdgevangenis word gestopt, ben ik toch in de ogen van de buitenwereld voor de rest van mijn leven een moordenaar.'

Ik pakte zijn handen vast en gaf hem net de geheimzinnige boodschap van George door, toen de deur openging en Glenn binnenkwam. Ik bleef Jamie strak aankijken en praatte heel duidelijk en voegde nog een roekeloos aanhangsel toe aan de verzekering die de man van Ali me had gegeven: 'Beloof me dat je je geen zorgen maakt,' zei ik, en ik hield Jamies handen vast alsof mijn leven ervan afhing. 'Want dit komt niet voor de rechtbank.'

'Maar hoe wéét je dat?' vroeg Jamie, die net als ik volledig was vergeten dat Glenn in de kamer stond. 'Hoe kun je dat nu in vredesnaam weten?'

'Omdat de persoon die het wél heeft gedaan, ieder moment door de mand kan vallen,' zei ik met een zelfverzekerdheid die je alleen maar krankzinnig zou kunnen noemen.

Die avond, toen ik thuiskwam, trof ik tot mijn opluchting een leeg huis aan. Kennelijk had Gavin zijn ouders mee uit eten genomen. Maar het leek me ook niet erg waarschijnlijk dat ik Gavins ouders nog vaak zou zien voordat ze weer naar huis moesten. Nu Gavin wist dat ik van het een en ander op de hoogte was, zou hij er vast voor zorgen dat ik niet de kans kreeg ze iets te vertellen.

Toen ik de woonkamer binnenkwam zag ik het lichtje van het antwoordapparaat knipperen. Met enige aarzeling drukte ik het knopje in en hoorde de stem van een onbekende man die zei dat hij werkte bij het dierenasiel in Towers, New Hampshire. 'Dit is een boodschap voor Jeanne Cross,' zei hij. 'Ik wilde u alleen laten weten dat we uw hondje gevonden hebben. Hij is vies en ietwat uitgehongerd, maar het ziet ernaar uit dat hij er niets aan overhoudt.'

Ik weet niet waarom, maar toen ik die woorden hoorden, liet ik alle tranen lopen die ik in het bezoekerskamertje had moeten inhouden. Op de een of andere manier vervulde het beeld van die kleine, gehavende, taaie bliksem me met zo veel hoop dat ik merkte dat ik moest lachen en huilen tegelijk.

32

Toen Katie Breen de deur openmaakte, hapte ze naar adem. Pas toen realiseerde ik me wat voor indruk ik moest maken op Toby's dertienjarige zusje. Ze stond in de helder verlichte deuropening in een flanellen broek en een T-shirt. Haar lange haren vielen half over haar ogen.

'Ha Katie,' kon ik nog net uitbrengen. Alsof het de normaalste zaak van de wereld was dat ik daar voor de deur stond in een regenbui en met een natte ondervoede hond in mijn armen. Alsof mijn leven in de afgelopen maanden normaal was geweest. Nadat ik de avond tevoren bij Jamie was weggegaan, was ik naar New Hampshire gereden waar ik Skyler had opgepikt, waarna ik met hem naar huis was gereden. Toen ik daar op de stoep stond, voelde ik pas dat ik de afgelopen vierentwintig uur niets had gegeten, afgezien van een paar donuts. Met mijn verregende plakharen en met een nauwelijks verholen wanhopige uitdrukking op mijn gezicht en een doorweekt hondje in mijn armen kon je het moeilijk een wonder noemen dat de tiener haar buurvrouw nauwelijks herkende. Ik was me opeens bewust van mijn uiterlijk, ging rechterop staan, duwde mijn hopeloos natte haren uit mijn gezicht en deed een poging om te glimlachen.

'O, mevrouw Cross,' zei Katie, en ze deed een pas opzij. 'Kom binnen.' Ze voelde zich duidelijk schuldig dat ze me niet had herkend.

Heel behoedzaam stapte ik op de mat met WELKOM erop, maar ik weigerde om nog verder het huis in te gaan. 'Ik wil niet dat jullie hele vloer nat wordt,' zei ik met een aarzelend lachje. Ik strekte mijn armen om te laten zien hoe de regen mijn windjack helemaal doorweekt had. 'Moet je zien! Ik ben doornat.' Nadat ik mijn jeep op mijn eigen oprit had neergezet, was ik impulsief twee blokken verder naar het huis van de familie Breen gelopen. Ik trok me niets aan van de striemende regen. Ook het hondje, dat zich kennelijk helemaal niet verbaasde over de wispelturigheid van het weer, was volledig onaangedaan en had geen kik gegeven toen het door zulk afschuwelijk weer werd gedragen. Maar toen we eenmaal in het gezellige huis van de familie Breen waren, begon Skyler zich in allerlei bochten te wringen omdat hij vrij wilde rondlopen. We hadden allebei op een wrede manier ontdekt dat de binnenkant van huizen gevaarlijk kan zijn. Een valstrik van het ergste soort.

Maar Katie keek ondertussen al niet meer naar mij, maar had al haar aandacht gericht op het hondje. 'O, jeetje, wat is hij schattig. Hoe heet hij?' vroeg ze, en ze liep gretig op het hondje af.

Maar op dat moment sprong Skyler uit mijn armen en begon naar de deur te blaffen, waardoor er in het huis een kettingreactie werd veroorzaakt. Eerst riep Sharon vanuit de keuken: 'Wie is daar, Katie?' En toen verscheen Toby boven aan de trap. Zonder acht te slaan op mijn verregende uiterlijk staarde hij naar het hondje, dat het idee om te ontsnappen allang had opgegeven en dat nu Katies hand aan het likken was.

Toby's eerste woorden waren gericht tot de hond. 'Skyler! Kom hier.' Toen wendde hij zich tot zijn zus. 'Dat is de hond van Jamie,' legde hij uit. 'Hij heeft me over hem geschreven vanuit… eh… vanuit die plaats waar hij nu is.'

Er gleed een schaduw over het gezicht van de jongen toen hij het over 'die plaats' had, en hij keek mij wat verlegen aan. 'Hallo, mevrouw Cross.' Hij keek meteen weer weg, op die typische pubermanier, en concentreerde zich weer op het hondje, dat nu in de armen van zijn zusje lag te spartelen.

Op dat moment duwde Sharon Breen, die ondertussen haar handen aan een theedoek afveegde, de deur open vanuit de keuken. 'Jeanne, wat sta je daar? Kom toch binnen. Mijn hemel, wat zie jij eruit! Je bent drijfnat. Zal ik iets warms voor je klaarmaken?' Haar blik ging naar de afdrukken van de pootjes die als donkere sneeuwvlokjes verspreid over haar glimmende houten vloer te zien waren. Maar toen wendde ze beleefd haar blik af en glimlachte naar me. 'Je kunt dat jasje beter uitdoen, anders krijg je nog longontsteking.' Ze stond al naast me en begon aan mijn windjack te sjorren.

Maar ik weerstond haar dringende verzoek. 'Ik kan niet blijven, Sharon,' zei ik. Ik probeerde mijn toon luchtig te houden, alsof ik gewoon een buurvrouw was die onverwacht in een stortbui was terechtgekomen toen ze haar hond uitliet, maar dat lukte me niet echt.

Sharon bespeurde de wanhoop in mijn stem. Ze zei tegen haar kinderen: 'Waarom nemen jullie Skyler niet mee naar de keuken om zijn pootjes schoon te maken? Er liggen doeken in het aanrechtkastje. En misschien ligt er ook nog wel een oud pak hondenkoekjes van Sam in een van de kastjes.' Sam was de oude golden retriever die een paar weken eerder een spuitje had gekregen. Maar dit keer veroorzaakte de herinnering aan die droevige dag bij de jongste leden van de familie Breen geen huilbuien meer, toen de naam van Sam viel. Al hun aandacht was gericht op de doorweekte Skyler, die duidelijk hulp nodig had.

'Kom maar, Skyler. Wil je een koekje?' zei Katie met haar lieve zangerige stem, en Toby probeerde de hond naar zich toe te lokken.

Toen we alleen waren zei Sharon: 'Weet je zeker dat je niet iets wilt drinken? Ik kan koffie voor je zetten. Of misschien wil je een

kop warme chocola?' Haar blauwe ogen stonden nog even vastberaden als tijdens al die keren dat ze Jamies zittingen had bijge-
woond. Bij het zien van die blik kon ik wel huilen van dankbaarheid. Ik had bij mijn weten nooit iets gedaan om een dergelijke
trouw te verdienen.

Ik schudde mijn hoofd, waardoor de druppels uit mijn haar in
het rond vlogen. 'Ik moet je om een gunst vragen, dat zei ik al.
Een vrij grote gunst, dus je hoeft echt niet meteen te antwoorden. Denk er maar een paar dagen over na.'

'Zeg het maar, Jeanne,' zei Sharon. Ze ging voor me staan in
haar onveranderlijke outfit van spijkerbroek en T-shirt. In al die
jaren dat ik haar kende had ik haar zelden in iets anders gezien.
'Ik wil alles voor je doen. Dat heb ik je al eens gezegd. Wat ik ook
maar voor je…'

'Het gaat om de hond,' zei ik, met een blik naar de keuken.
Daar waren de lieve woordjes van Katie en de kreten van Toby en
af en toe een blafje van Skyler te horen. De tieners waren kennelijk met een flinke schoonmaakbeurt bezig. 'Hij betekent zo veel
voor Jamie. Alleen het idee al dat als hij vrijkomt, er iemand op
hem wacht, iemand die blij is en onschuldig en onwetend van de
puinhoop die wij mensen ervan maken…' Ik zweeg en bibberde
een beetje toen de kilte van de regen door mijn huid drong.

'Ik vind het fantastisch dat je een hond voor Jamie hebt gekocht.
Je had niets beters kunnen bedenken,' zei Sharon Ze hield verbaasd
haar hoofd schuin. 'Maar waar heb je ons voor nodig?'

'Ik kan hem niet houden, Sharon,' viel ik met de deur in huis.
Ik deed mijn mond open om nog meer te zeggen, om uit te leggen waarom ik haar deze enorme gunst vroeg, maar ik kon geen
woord uitbrengen.

De ogen van Sharon stelden de voor de hand liggende vraag:
Waarom niet? Maar ze zei niets. Een paar seconden zwegen we,
terwijl zij probeerde te begrijpen wat ik zei, en wat nog belangrijker was: alles wat ik niet zei.

'Wil je dat wij Skyler in huis nemen?' vroeg Sharon. Het was de vraag die ik nog niet had gesteld.

Ik knikte.

'Maar wanneer? En voor hoe lang?' Sharon hield haar hoofd weer vragend schuin. Het deed me denken aan de uitdrukking die ik vaak op het gezicht van Toby had gezien als hij en Jamie in onze woonkamer videospelletjes zaten te spelen. Die onschuldige tijden leken al eeuwen geleden en dat was in een ander gezin gebeurd, niet in dat van mij.

'Nou, in afwachting van jouw besluit doe ik Skyler in pension bij de Rider Kennels, totdat ik iemand gevonden heb die hem wil hebben.'

'Doe je hem in een kennel? Vandaag nog? Maar waarom, Jeanne? Heeft het met Gavin te maken? Is hij allergisch voor honden?'

Maar ik boog mijn hoofd. De regen druppelde uit mijn haren op de glanzende houten vloer van Sharon. Het was ons beiden duidelijk dat ik niet meer wilde – of kon – zeggen. Er volgde een lange stilte waarin ik vastberaden naar de vloer bleef kijken. Ik voelde Sharons blik op me drukken. Opnieuw stelde ik de trouw van buren die dachten dat ze ons gezin kenden, op de proef.

'Hoe lang moeten we hem dan bij ons houden?' vroeg ze ten slotte.

Ik sloeg mijn blik naar haar op en zei: 'Ik ben bang dat ik dat ook niet kan zeggen, Sharon. In ieder geval tot Jamie vrijkomt. Misschien langer.'

Sharon keek me strak aan. Haar ogen waren licht als water en even helder. Ze wist dat ik veel meer van haar vroeg dan dat ze alleen maar voor een hondje moest zorgen. We bekeken elkaar met een openheid waarbij woorden overbodig waren.

En toen, met alle grootmoedigheid waar ze in de buurt om bekendstond, stapte Sharon naar voren om me te omhelzen. Ze lette niet op het regenwater dat van mijn jas af droop. 'Natuurlijk kan hij hier komen, Jeanne. En alsjeblieft zeg, je hoeft dat beestje toch niet in een kennel te doen? Hij kan vanavond hier komen, of nu al als je wilt. En voor zo lang als jij dat nodig vindt.'

Omdat ik geen woorden had om Sharon te bedanken, omhelsde ik haar nog wat steviger. 'Ik moet weg…' zei ik.

'Weet je dat zeker?' vroeg ze. Ze deed een pas achteruit om mij goed te kunnen aankijken. 'Ik heb net een enorme pan met marinarasaus gemaakt. We eten niets bijzonders – wat pasta en sla, misschien een sneetje knoflookbrood. Walt is over een halfuur thuis en je kunt met alle plezier blijven eten.'

Nog voordat ze de hele uitnodiging had uitgesproken, schudde ik al mijn hoofd. 'Bedankt, Sharon – voor alles. Maar Gavin verwacht me.' Toen ik de naam van mijn man noemde, kreeg ik iets hards over me. Iets wat kennelijk te zien was, want heel even was er een bezorgde uitdrukking op het gezicht van Sharon te zien. Ze keek me aan alsof ze voelde dat ik een gevaarlijke vrouw was geworden.

'Jeanne, is er iets waar je over moet praten? Ik weet dat we nooit zo goed met elkaar bevriend zijn geweest als jij met jouw vriendin Ali, maar hopelijk weet je dat wat je mij vertelt, niet verder komt.'

Ik probeerde een glad antwoord te vinden waarmee we dit gênante moment konden overbruggen. Dat het de spanning van het proces was bijvoorbeeld, of mijn zorg om Jamie. Er waren een aantal dingen die ik had kunnen zeggen, maar er kwam niets uit. In plaats daarvan schudde ik mijn hoofd en draaide me om.

Toen ik het huis uit liep, hoorde ik Skyler op de achtergrond een protesterend blafje geven. Ik had als baasje niet zo veel voorgesteld, maar hij wilde toch bij me blijven. Op mijn tocht naar huis voelde ik de leegte in mijn armen, de afwezigheid van de zachte warmte die me zei dat ik niet helemaal alleen was. Ik was blij dat het nog steeds regende; het zout van de tranen mengde zich met de regen op mijn gezicht toen ik mijn eigen straat in liep.

33

Toen ik het huis te voet naderde, zag ik dat overal de lichten aan waren. Een karikatuur van warme gastvrijheid, dacht ik, toen ik langzaam de heuvel op liep. Ondanks de felle regen haastte ik me totaal niet. Ik zat er niet om te springen mijn schoonfamilie te moeten zien. Of Gavin. Ik deed mijn doorweekte laarzen en jack in de bijkeuken uit en liep toen zo behoedzaam als een inbreker het huis door. Ik had hier zeventien jaar gewoond, maar ik voelde me er niet meer thuis. Misschien had ik dat wel nooit gedaan. Maar meteen toen ik de keuken in kwam, werd ik begroet door een stilte die me zei dat er iets veranderd was.

Gavins auto stond naast het huis, maar hij was nergens te bekennen. Hetzelfde gold voor zijn ouders, die in de dagen dat ze er waren geweest overal in het huis hun sporen hadden achtergelaten. De flessen van de rode wijn, die mijn schoonvader graag bij het eten dronk, waarbij hij, als hij zijn glas bijschonk, altijd zei dat het goed voor zijn hart was, stonden niet meer op het aanrecht. En de tijdschriften van mijn schoonmoeder, het soort dat vol staat met een tegenstrijdige mengeling van dikmakende recepten en tactieken om weer af te vallen, lagen niet meer verspreid over de keukentafel waar ze ze meestal liet liggen – waarschijnlijk om mij op ideeën te brengen. Toen ik in de garderobekast in de hal keek, waren hun jassen ook weg. Blijkbaar had mijn onvoorspelbare gedrag Gavin ervan overtuigd dat hij de steun van zijn ouders niet zo hard nodig had als hij eerst had beweerd. Ik kon alleen maar gissen naar wat hij hun had verteld zodat ze hun tickets hadden omgeboekt en drie weken eerder waren vertrokken dan gepland. Zou hij met ze zijn meegegaan? Ach nee, natuurlijk zou hij Jamie niet in de steek laten voordat het proces voorbij was. Alleen al omdat hij bang was dat het een rare indruk zou maken op het legioen van vrienden en kennissen die hem nog steeds zagen als die gewéldige dr. Cross.

Maar de verraderlijke geur van limoen, een geur die me deed huiveren in mijn natte kleren, vertelde me dat mijn man nog niet zo lang geleden in de keuken was geweest. Ik draaide me om en zag zijn schoenen netjes naast elkaar bij de deur staan. Alleen al bij het zien van hun intimiderende netheid voelde ik een koude rilling, en die werd niet veroorzaakt door de regen.

'Gavin?' riep ik, toen ik van de ene helder verlichte kamer naar de andere liep. Hij was niet in de woonkamer, waar hij op dat tijdstip meestal te vinden was. En ook niet in de eetkamer, waar hij meestal in zijn eentje de afhaalmaaltijden opat als we alleen in huis waren.

Maar toen ik de hal door keek, zag ik dat de deur van zijn studeerkamer op een kier stond. In de kamer waar ik sinds de avond van mijn noeste speurtocht niet meer was binnengegaan, waren alle lichten aan. In de meeste huizen gaf het een gevoel van veiligheid als er licht aan was, maar in ons huis maakten de felle lichten die onze lege kamers beschenen een onheilspellende indruk. Ik liep op mijn tenen naar de studeerkamer en riep Gavins naam. Maar het enige antwoord was stilte.

Pal voor de deur van de studeerkamer aarzelde ik. Ik werd tegengehouden door iets wat ik niet onder woorden kon brengen. Misschien stond de herinnering aan de eerste, de laatste, de enige keer dat ik in het heiligdom van mijn man was geweest, mij tegen. Als je erbij stilstond, was alles wat ons was overkomen een voortvloeisel geweest van dat uur waarin ik de sleutelservice had gebeld en begonnen was met het opgraven van Gavins geheimen. Mijn vlucht naar New Hampshire. De moord op Ali. De arrestatie van Jamie. Stel dat ik alles terug kon draaien, terug kon gaan naar de studeerkamer, de creditcard kon terugleggen die me uiteindelijk had geleid naar de dodelijke waarheid over mijn man, mijn zoon, mijzelf? Had ik al die dingen dan kunnen voorkomen? Maar natuurlijk wist ik dat dat niet mogelijk was. De wortels van onze tragedie zaten dieper dan een paar voorvallen op een bepaalde avond.

Ik schudde die zinloze gedachten van me af en liep weg bij de deur. Vanuit de studeerkamer was niets te horen: geen beweging, geen geritsel van papieren. Als Gavin daar was – wat ik vermoedde – was hij waarschijnlijk laveloos. Het was een vrij normaal verschijnsel in ons huis geworden dat Gavin in de studeerkamer of in de woonkamer laveloos te ronken lag. Maar dat het drinken van mijn man al jaren eerder was begonnen dan mijn eigen therapeutische alcoholgebruik, was weer zoiets waarover ik in mijn huwelijk tactvol had gezwegen.

Dit zou minder moeilijk kunnen worden dan ik had verwacht, dacht ik, toen ik me van de deur verwijderde. Misschien waren die paar harde woorden eerder op de dag, het dreigement dat ik zijn ouders de waarheid zou vertellen, waaruit hij kon opmaken dat ik überhaupt niet langer bereid was mijn mond te houden, voldoende geweest om Gavin bij me weg te houden. Maar toen herinnerde ik me waar ik voor was gekomen. Ik moest hem spreken, ook al was het voor het laatst.

Ik liep resoluut de trap op en bleef af en toe staan om mijn man te roepen. Maar het helder verlichte huis was overweldigend leeg. Hij was niet in Jamies kamer toen ik mijn hoofd daar om de hoek stak en een laatste blik wierp op de kamer die ik van mijn zoon niet meer mocht binnengaan omdat het volgens hem een slechte plek was. Ik voelde een rilling over mijn rug gaan en deed de lichten uit. Daarna liep ik naar de logeerkamer waarin Gavins ouders kort geleden nog hadden geslapen en deed ook daar de lichten uit.

Voor ik onze eigen slaapkamer binnenging, haalde ik diep adem. 'Gavin?' riep ik nogmaals, maar ik was te moe om nog luid te kunnen roepen. Net als alle andere kamers in ons huis was het er onberispelijk netjes – en helemaal leeg. Nu ik wist dat ik weg zou gaan, keek ik de kamer rond die ik al die jaren met mijn man had gedeeld. Hoe had ik dat in godsnaam volgehouden? Aan mijn kant van het bed stond het nachtkastje waarop ik de romans had liggen die ik als een bezetene las om maar bezig te kunnen zijn met de levens van andere mensen. En aan Gavins kant lagen dingen waar ik nog nooit naar had gekeken: het afsprakenboek waarin hij altijd zat te turen als hij met een militaire precisie zijn dagen indeelde, de wekker die het aantal uren aangaf dat hij zou moeten doorbrengen in de kamer die zowel voor hem als voor mij een gevangenis was. Zeventien jaar lang waren we door leugens gegijzeld. Door elkaar. Maar vooral door onze eigen angsten. Eén moment had ik bijna medelijden met hem. Toen dacht ik aan Jamie en een golf van misselijkheid overspoelde me. Ik liep naar de kast en pakte een koffer. Maar toen ik hem had opengedaan en de gapende leegte zag, besefte ik dat ik niet zo'n grote koffer nodig had. Een weekendtas was al voldoende.

Maar toen ik de weekendtas tevoorschijn haalde, begon ik na te gaan wat ik mee moest nemen: schoon ondergoed en een nachthemd? Mijn tandenborstel? Het boek waarin ik bezig was? Alle spullen die bij mijn oude leven hoorden, alles wat ooit zo belangrijk leek, deed er niet meer toe. Ik keek naar mijn bureau, waarop in een halve cirkel een paar ingelijste foto's van mijn familie stonden opgesteld. Van mijn ouders, die voor het huisje poseerden, van mijn broer, die trots een tamelijk armzalige forel liet zien die hij eerder op de dag in het riviertje had gevangen. En er stond een kiekje van Gavin, Jamie en mij op Cape Cod; het was ooit een van mijn lievelingsfoto's geweest. Met de wind in onze gezichten en de zee die een achtergrond vormde voor ons familiedrama, zaten we op het strand bij elkaar gehurkt, stompzinnig in de camera te lachen. Jamie moet ongeveer vier geweest zijn. Toen ik naar de foto keek, kon ik bijna de laatste sporen van zijn zachte babyhuidje voelen; kon ik de oceaan bijna ruiken. Ik bleef er nog even naar kijken, verwijderde hem toen van de plaats op mijn bureau waar hij minstens tien jaar had gestaan en smeet hem kapot tegen de muur.

Toen pakte ik de meest recente aanwinst van mijn verzameling van het bureau. Het was een foto die ik op een middag van Ali had gemaakt bij Paradise Pond. Ze liep met dichte ogen en met haar hoofd naar beneden; en haar haren werden net als bij de leugenachtige familie op het strand door de wind opgetild. Maar wat ik er het mooist aan vond, was haar heimelijke glimlach. Ze lachte om iets waar ze het kennelijk net met mij over had gehad. Ik nam het flesje met slaappillen mee dat ik onder mijn kussen had liggen, draaide het licht uit en ging de kamer uit zonder de foto's van mijn spaarzame geliefden mee te nemen. Wat had ik aan die foto's als hun gezichten voor altijd in mijn geest waren gebrand? Toen ik in de hal stond, schoot het me opeens te binnen dat ik de slaappillen ook niet meer nodig had. Ik nam het flesje en gooide het op Gavins kant van het bed. 'Misschien heb jij er nog wat aan,' zei ik tegen de lege plek die hij met zijn leugens had gevuld.

Ik maakte me op om nog een keer voor een laatste ontmoeting naar de studeerkamer te gaan en deed ondertussen overal de lichten uit. Ik draaide het licht uit op de overloop, in de eetkamer, in de hal beneden en in de badkamer op de begane grond. Hoewel ik wist dat ik mijn weg door het duister zou moeten zoeken als ik naar buiten ging, deed ik ook het licht uit in de keuken en in de bijkeuken. Ik had net mijn hand naar het knopje in de woonkamer gebracht, toen ik werd opgeschrikt door een geluid uit de studeerkamer. Ik maakte een sprongetje van schrik, maar herstelde mezelf en knipte het licht uit. De enige lichtbron in het hele huis kwam uit het heiligdom van Gavin.

Ik stond doodstil toen mijn man zich liet zien. 'Ga je ergens heen, Jeanne?' vroeg hij, leunend tegen de deurpost. Aan de vlekken in zijn gezicht en aan zijn lodderige ogen kon ik zien dat hij nog meer had gedronken dan gewoonlijk. Het leek er ook op dat hij had gehuild.

Ik deed een stap achteruit in een poging om op te gaan in de duisternis die ik in het huis had veroorzaakt. Hoewel ik wist dat ik iets luchtigs moest zeggen, bleef ik verstijfd staan. Zonder iets te zeggen stond ik daar. Ik was ongelooflijk op mijn hoede, maar niet in staat om me te bewegen.

Gavin grinnikte zachtjes. 'Je gaat bij me weg, hè? En zonder de beleefdheid op te brengen om behoorlijk afscheid te nemen. Foei toch, Jeanne, ik dacht dat je beter was opgevoed.'

Ik wist dat ik weg moest zien te komen zolang het nog kon. Maar ik moest en zou deze laatste scène van ons toneelstuk nog uitspelen. 'Je ziet waar al die goede manieren van ons toe geleid hebben.'

Ik draaide me om, maar met een verbazingwekkende lenigheid voor iemand die dronken was, schoot Gavin naar voren en greep me bij mijn arm. Hij torende boven me uit, groot en hartverscheurend knap als altijd. 'Heb je enig idee wat ik allemaal heb moeten doormaken om dit huwelijk te doen slagen?' vroeg hij met de tanden op elkaar geklemd.

Hij hield mijn arm zo stevig vast dat ik dacht dat hij zou breken. Ik wist dat ik er het verstandigst aan deed om niets te zeggen. Om muisstil te blijven staan totdat hij zijn zegje had gedaan. Maar ik kon mezelf niet dwingen mijn mond te houden. Niet meer. 'En ik dan? Wat heb ik allemaal niet moeten doormaken? En Jamie?' Mijn stem liet me in de steek toen ik de naam van mijn zoon noemde. *Jamie. En Jamie dan?* herhaalde ik in gedachten maar ik kon geen woord meer uitbrengen.

Tot mijn stomme verbazing merkte ik dat Gavin alle moed verloor bij het horen van de naam van zijn zoon. Hij liet me los en stapte achteruit de studeerkamer weer in. De tl-buis die de enige verlichting in het huis was, accentueerde zijn sombere gezicht en de holtes die er plotseling in waren verschenen. Hij sloot zijn ogen, en heel even dacht ik dat de onoverwinnelijke dr. Cross voor mijn ogen in huilen zou uitbarsten.

Omdat ik voor geen prijs het einde van het toneelstuk wilde missen, liep ik achter hem aan zijn kamertje vol geheimen in. Maar ik was nog niet binnen of hij sloeg met een klap de deur achter me dicht en schoof er de grendel voor die hij ooit had gebruikt om mij buiten te houden. Ik probeerde te verbergen dat ik steeds banger werd. Hij leunde tegen zijn bureau en keek me strak aan met een ongelooflijk gekwelde uitdrukking in zijn ogen. 'Dus nu weet je het, Jeanne,' zei hij. 'Wat ben je van plan met die wetenschap te doen?'

Hoewel ik nog steeds nat en koud was, voelde ik een hete elektrische stoot door mijn lichaam snijden toen ik besefte dat hij het niet alleen had over wat hij Jamie had aangedaan. Gavin ging er ook van uit dat ik nog iets anders wist.

34

'Ik moet weg,' zei ik, en ik slingerde mijn tas over mijn schouder. Ik zat tussen twee vuren. Ik wilde verschrikkelijk graag horen wat Gavin te zeggen had, maar ik was ook bang dat als ik het eenmaal wist, hij me niet meer kon laten vertrekken met zijn geheim. Ik schoof onopvallend de grendel van de deur van de studeerkamer weg en probeerde op nonchalante toon te praten en niet paniekerig over te komen.

'Wat bedoel je met "ik moet weg"? Je bent thuis, Jeanne. In voor- en tegenspoed, hier heb je voor gekozen. Je kunt nergens heen. En ik ook niet. Weet je dat onderhand nog niet?' In de stem van Gavin klonk de bekende scherpe spot weer door. En opeens torende hij boven me uit en kwam eindelijk de dreiging tot uiting, die er altijd was geweest en waarop ons huwelijk eigenlijk altijd gebaseerd was geweest. Ruw trok hij de tas van mijn schouder; ik kon alleen maar hulpeloos toekijken hoe de inhoud midden in de kamer op de grond viel en mijn doosje met blusher doormidden brak. Hoewel het een dronken, onhandig gebaar was, kreeg het door de kapotte blusher en door de munten die overal heen rolden, iets gewelddadigs.

'Ik... ik heb een afspraak,' zei ik. 'Als ik te laat ben, komen ze kijken waar ik blijf.' Ik zag mijn sleutels tussen de rotzooi op de

vloer liggen en stak mijn hand ernaar uit. De tas met mijn rijbewijs en de creditcards, de make-up en de bonnenboekjes van de
supermarkt, al die dingen waarvan ik ooit had gedacht dat ik niet
zonder kon, mochten wel blijven liggen. Het enige wat ik nu nog
wilde was mijn hulpmiddel om te ontsnappen: het sleutelbosje.

Maar net voordat ik het te pakken had, greep Gavin me weer
bij mijn arm. 'En wie zijn die "ze" dan wel?' vroeg hij spottend.
'We weten allebei dat Ali je enige vriendin was.'

Ik staarde hem met een uitdrukkingsloos gezicht aan en probeerde te taxeren hoe dronken hij was. Ik zag zijn roodomrande
ogen, hoorde zijn lichtelijk lallende spraak en schatte in hoeveel
kracht ik zou moeten zetten om hem even uit zijn evenwicht te
brengen – lang genoeg om de sleutels te grijpen en weg te rennen.

Gavin trok me dichter naar zich toe. 'Jeanne, je kunt toch wel
een klein drankje met mij blijven drinken? Een klein drankje en
een leuk gesprek. Heb je dat niet altijd gewild, Jeanne? Een gesprek? En nu we het daar toch over hebben, ik wed dat de briljan-
te Ali dat aanraadde als oplossing voor al onze huwelijksproblemen. "Jullie moeten meer met elkaar praten", zei hij, Ali's stem
op een honingzoete manier nabootsend.

Ik voelde opeens iets van de moed van mijn overleden vriendin in me en rukte me los. 'Ali zei dat ik bij je weg moest gaan,' zei
ik fel. 'Had ik maar op tijd naar haar geluisterd.'

Gavin glimlachte. 'Tjongejonge, wat zijn we vanavond op-
standig,' zei hij, terwijl hij de sleutels pakte en ze in zijn zak liet
glijden. Hij glipte langs me heen de keuken in, waar hij twee gin-
tonics klaar ging maken. Hoewel hij zijn best deed om ontspannen over te komen, kon ik de spanning in zijn schouders zien, de
moeite die het hem kostte om zijn dronkenschap te maskeren.
Nog één drankje en hij zou bewusteloos op de grond vallen. Dan
kon ik misschien stiekem de sleutels uit zijn zak halen.

Ik deed net alsof ik in mijn lot berustte, deed mijn jack uit, nam het drankje aan en liep langzaam in de richting van de woonkamer. Ik koos een plekje op het witte tweezitsbankje dat ik ondanks de onpraktische kleur had uitgekozen. Omdat ik haast nooit in die kamer zat – en nooit als Gavin er was – voelde ik me net alsof ik op bezoek was. Ik keek om me heen, nam nota van de smaakvolle inrichting, de oosterse tapijten, het mooie kersenhouten meubilair en de echte kunstwerken aan de muren. Het had troost moeten bieden, maar ik zag alleen maar de pijn die onder al dit uiterlijke vertoon verborgen zat. 'Waar wil je dan over praten?'

Gavin roerde in zijn drankje, maar ondertussen hield hij me de hele tijd in de gaten. 'Dat heb ik al gezegd. Ik wil weten wat je van plan bent te gaan doen nu je het weet.'

Ik wist niet wat ik moest zeggen, en nam toen maar een flinke slok van mijn drankje. 'Nu ik het wéét?' vroeg ik. Mijn stem klonk schor doordat ik in één keer te veel gin had binnengekregen. Ik keek Gavin in de ogen en nu zag ik er niet alleen wreedheid in, maar ook pijn. En ja, ook angst. We keken elkaar aan en ik had het gevoel dat er geen eind aan dat moment kwam. Ik maakte aanstalten op te staan, maar omdat ik me opeens duizelig voelde, bleef ik zitten. 'Wat wil je nu eigenlijk zeggen, Gavin?' vroeg ik. Ik probeerde zo normaal en zo redelijk mogelijk te klinken. 'Weet jij wie Ali heeft vermoord?'

'Natuurlijk weet ik wie dat kreng heeft vermoord; en jij weet het ook,' snauwde hij met iets van zijn vroegere ongeduld. 'Vind je niet dat we er langzamerhand mee naar buiten moeten komen?'

Gavin nam een grote slok, pakte de fles met gin en schonk zichzelf nog een keer bij. 'Oké, Jeanne, als jij niet het lef hebt het te zeggen, dan doe ik het wel. Jamie heeft Ali vermoord. *Onze zoon.* Jij weet het en ik weet het, maar dat wil niet zeggen dat de verantwoordelijkheid ook alleen bij hem ligt. Ik had waarschijnlijk moeten luisteren toen je zei dat Jamie ernstige problemen had.'

Ik schudde mijn hoofd alsof ik het leeg wilde maken. In mijn verbijstering kon ik alleen maar uitbrengen: 'Of misschien moeten we het in de rechtbank hebben over de jaren van emotioneel en seksueel misbruik die Jamie heeft moeten ondergaan. De *incest*. Misschien kan dat gelden als een verzachtende omstandigheid.' Ik zei het met een snik in mijn stem.

Ik dacht dat er zeker een woedende ontkenning zou volgen, maar na de eerste schok legde Gavin zijn hoofd in zijn handen en begon te huilen. Toen hij opkeek, zei hij: 'Ik zweer je, Jeanne, ik was die avond dronken. Straalbezopen. En het was alleen die avond, een krankzinnige dronkenmansdaad. Als je me niet gelooft, vraag het dan maar aan Jamie.'

'Om je de waarheid te zeggen geloof ik je inderdaad niet,' zei ik, en bij elk woord ging mijn stem omhoog. 'Niet dat het er iets toe doet. Of het nu één keer was of duizend keren, je hebt ervoor gezorgd dat Jamie hier zijn leven lang onder lijdt. En nee, ik ga hem hier niet naar vragen. Hij ging er bijna aan kapot toen hij er die ene keer over praatte. Ik wil hem dat niet nog een keer aandoen.' Plotseling waren onze rollen omgedraaid en stond ik over hem heen gebogen te kijken hoe hij hulpeloos zat te huilen. 'Geef jezelf aan als je Jamie echt wilt helpen,' voegde ik eraan toe. 'Ga naar de politie en beken wat je je zoon hebt aangedaan.'

'En dan alles opgeven waar ik zo hard voor heb gewerkt? Doe niet zo belachelijk, Jeanne. Dat is alleen maar schadelijk voor ons allemaal.'

Ik sloot mijn ogen en schudde mijn hoofd. 'Je snapt het nog steeds niet, hè? Er is geen "ons" meer, Gavin; dat is er nooit geweest.' En ergens voelde ik me, alleen al toen ik die woorden uitsprak, gereinigd, bevrijd, alsof alle monsters die ik in mijn eigen hoofd had gecreëerd, waren verschrompeld. Ik ging voor Gavin staan en stak mijn hand uit. 'Geef me mijn sleutels.'

Even aarzelde Gavin, maar toen slaakte hij een diepe zucht en stak zijn hand in zijn zak. 'Is dat alles wat je me te zeggen hebt?

"Geef me mijn sleutels"?' Toen ik de sleutelbos stevig vast had, draaide ik me om naar de deur. Maar vanuit de deuropening zei ik: 'Nee, dat is nog niet alles. Er is nog één ding.'

Gavin stak zijn kin naar voren op de aloude arrogante manier, die me de overtuiging gaf dat hij dit alles zou overleven. 'Ik luister.'

'Jij hebt Jamie nooit gekend. In al die jaren van kritiek, al die jaren waarin je hem onder de neus hebt gewreven dat hij niet de zoon was die jij wilde hebben, heb je nooit je zoon leren kennen zoals hij werkelijk is. En weet je wat, Gavin? Dat is heel jammer voor jou, want mijn zoon Jamie is een fantastische jongen. Het trieste is dat iedereen in de stad dat weet, behalve jij.'

'Natuurlijk ken ik de jongen. Alleen omdat ik wilde dat hij wat meer zijn best deed op school, misschien wat aan zijn gewicht…'

Op dat moment viel ik hem in de rede. Ik was niet van plan te blijven luisteren terwijl Gavin op de proppen kwam met het overbekende lijstje van Jamies tekortkomingen. Nu niet en nooit niet. 'Als je hem ook maar een beetje kende, zou je weten dat hij Ali niet vermoord heeft. Dat hij het niet had gekund.'

'Kom nou, Jeanne. We zijn allemaal tot zoiets in staat – als de druk te groot wordt. Je kunt het blijven ontkennen totdat je een ons weegt, maar Jamie is net als wij allemaal. Hij is ook maar een mens.'

Ik haalde mijn schouders op. 'Misschien heb je gelijk. Misschien is Jamie tot moord in staat. Misschien zijn we daar inderdaad allemaal toe in staat. Maar hoe kon je je zoon in de ogen kijken en niet weten dat hij de waarheid sprak?'

Gavin zat me met open mond aan te kijken toen ik mijn eigen vraag beantwoordde. 'Omdat je Jamie niet kent. Je zíét hem niet. Als je hem echt zag, had je hem nooit kunnen aandoen wat je hem al deze jaren hebt aangedaan. En als je hem echt kende, zou je weten dat hij de waarheid spreekt.'

Mijn hand lag al op de knop van de voordeur, een deur die ik bijna nooit gebruikte, toen mijn oog viel op een gewatteerde envelop die op het bijzettafeltje lag. Mijn adres was groot en slordig neergepend met een dikke zwarte viltstift. De schrijver had kennelijk haast gehad, alsof hij klaar wilde zijn voordat hij nog van gedachten kon veranderen.

'Dit is voor mij,' zei ik toen ik de envelop nieuwsgierig oppakte. Er stond geen afzender in de hoek.

'Ik wilde hem aan je geven,' zei Gavin, in het nauw gebracht.

'Natuurlijk, maar pas nadat je hem zelf uitvoerig had bekeken.' Hoewel mijn woorden sarcastisch waren bedoeld, klonk mijn stem alleen maar moe.

Maar Gavin reageerde alleen maar op de verbitterde toon. 'Ik dacht dat het einde van ons huwelijk belangrijker was dan de post. Sorry dat ik mijn prioriteiten niet op een rijtje heb.'

Ik betastte de envelop voorzichtig en voelde hoe groot het ding erin was en welke vorm het had; ik wist al precies wat het was. En ook wie het had gestuurd. Hoe kon ik Gavin vertellen dat de inhoud van het pakje veel wereldschokkender was dan de ontbinding van ons gezin? Dat de leugen die ik net nog had verteld plotseling bewaarheid was? Er was wel degelijk iemand die ik moest spreken – en gauw ook. Ik keek op de klok op het videoapparaat: het was bijna zeven uur, het tijdstip waarop hij vast al op weg was naar een voorspelbare plek. 'Ik moet gaan,' zei ik, niet meer in staat de uitputting uit mijn stem te weren.

'Nu?' vroeg Gavin. 'Dus er is echt iemand naar wie je toe gaat?'

Ik bleef een moment in de deuropening staan en keek naar zijn vertrouwde gezicht. Een gezicht waar ik afwisselend van gehouden had en bang voor was geweest, dat ik vertrouwd had en waar ik van had gewalgd. Ik had iets diepzinnigs te zeggen moeten hebben, iets wat onze zeventien jaren samen goed samenvatte, maar toen ik hem in de ogen keek, realiseerde ik me dat ik Gavin niets verschuldigd was. Uiteindelijk had ik alleen maar datzelfde zinnetje in de aanbieding: *ik moet gaan.* Het was dezelfde boodschap waarmee je aan de telefoon een vervelende beller

kon afschepen. Of een vage kennis die je in een winkel tegenkwam.

Omdat hij voelde dat hij al zijn kruit verschoten had en dat hij
mij niet langer kon gebruiken als een schild dat hem kon beschermen tegen de wereld, stond Gavin wat beverig op. 'Kun je
dan tenminste nog één vraag beantwoorden voor je weggaat,
Jeanne?'

Ik bleef hem aankijken.

'Zeg me wat ik moet doen,' zei hij.

We hebben daar waarschijnlijk nauwelijks een minuut gestaan, maar het leek veel langer. De vraag hing tussen ons in, in
onze smaakvol ingerichte kamer die vol stond met spullen die
ons niet gelukkig hadden kunnen maken.

'Ik weet het niet,' zei ik ten slotte. 'En eerlijk gezegd interesseert het me ook niet.' En met die woorden draaide ik me om en
liet ik hem achter in het donkere huis.

35

Ik ging naar buiten, waar ik tot mijn vreugde zag dat er van de regen niet veel meer over was dan een zachte nevel. Ik was net mijn leven uit gewandeld met niets anders bij me dan mijn autosleutels en de bruine envelop die op het bijzettafeltje had gelegen. Ik had geen idee waar ik die nacht zou slapen of welke wending de rest van mijn leven zou nemen. Maar ik was niet bang. Ik zou nooit meer bang zijn. Ik liep doelbewust, als iemand die nadat het uren aan één stuk heeft geregend, even een ommetje gaat maken. Weemoedig dacht ik eraan hoe trots Ali op me zou zijn.

Het was niet ver naar haar huis. Het was ook nooit zo ver geweest als ik altijd had gedacht, naar die andere wereld waarin zij leefde, een wereld van muziek en reizen, avonturen en onverschrokken eerlijkheid. Dat was iets wat ik van mijn vriendin had geleerd: dat de dingen waarvan je denkt dat ze niet voor jou bedoeld zijn, meestal achter een barricade in je eigen geest liggen. Zodra ik de hoek van de straat om kwam, zag ik haar gezellige huis afgetekend in de schaduw. Toen ik eerder op de avond naar mijn eigen grote huis in koloniale stijl was gelopen, had het gebaad in het licht; de duisternis in Ali's huis vormde hiermee een navrant contrast. Zelfs van een afstand kon je zien dat het er leeg was. Dat het er stil was. Binnen zou de muziek van Ali's viool niet meer klinken, er zou geen warmte meer zijn, geen geurige potten thee; door het raam zou je nooit meer een glimp opvangen van Ali die haar haren aan het borstelen was of die gracieus van de ene kamer naar de andere liep.

Toen ik het geluid hoorde van de zware voetstappen van George kon ik de eenzaamheid voelen die hij uitstraalde en die door de nevel naar me toe kwam en door mijn vochtige kleren sijpelde. Hoewel hij me nooit had verteld dat hij nog steeds elke avond om zeven uur naar haar huis kwam, dat hij zich nog altijd aan hun rituele afspraak hield alsof hij verwachtte dat ze van de veranda kwam aanrennen en hem bij de arm pakte voor een wandelingetje, wist ik dat hij er zou zijn. Trouw tot in de dood.

Toen George eindelijk uit het duister opdoemde, stond zijn gezicht somber en triest, maar er was geen verbazing op te zien. Zonder iets te zeggen nam hij me bij de arm, want hij was nu eenmaal een galante ouderwetse heer. Toen hij zijn ogen dicht-kneep en me zachtjes een kneepje gaf, had ik echt het idee dat ik een soort geestverschijning voor hem was. Ik was veranderd in Ali, even terug om nog een laatste ommetje te maken. We liepen zwijgend naar het eind van de weg en toen, zonder een woord te hoeven zeggen, keerden we om en liepen we terug. Maar nu trok George zijn arm weg en stopte hij zijn handen demonstratief in zijn zakken.

'Waarom doe je dit jezelf aan?' vroeg ik. 'Waarom kom je hier-naartoe? Is dat niet te pijnlijk?'

George haalde zijn schouders op. 'Sommige dingen zijn erger dan pijn,' zei hij. 'Iets vergeten, bijvoorbeeld. Of niets meer voe-len. Voor mij zijn die dingen veel erger dan verdriet.' We liepen nog een paar meter door en toen voegde hij eraan toe: 'En waar-schijnlijk is het ook een soort boetedoening.'

'Een boetedoening? Waarvoor?'

George zuchtte. 'Dat ik niet genoeg van haar gehouden heb, dat ik haar niet gelukkig heb kunnen maken. Als ik er die avond geweest was – nou ja, het is dom om spijt te hebben van dat soort dingen, hè?'

Hoewel ik wist dat er niemand zo veel van Ali had kunnen houden als George en ook wist dat niemand haar demonen de mond had kunnen snoeren, reageerde ik niet. In plaats daarvan voelde ik in mijn zak, haalde de envelop tevoorschijn en maakte die open, maar ik bleef wel gelijk met George oplopen.

Uit de envelop haalde ik het dunne mobieltje dat in New Hampshire uit mijn huisje was gestolen. Gestolen door George Mather, die er in een zeldzame vlaag van wanhoop en woede de boel kort en klein geslagen had. Afgezien van dat kleine dingetje was de envelop leeg. Er zat geen begeleidend briefje bij, geen dreigement, geen eis. Alleen het mobieltje. Toen ik het omhooghield, schitterde het in het licht van de straatlantaarn. George keek zonder enige nieuwsgierigheid in mijn richting.

'Heb je zin in een kop koffie?' vroeg hij opeens zonder me aan te kijken. Ik besefte dat hij me niet één keer echt had aangekeken sinds we elkaar op straat hadden ontmoet. Verbeeldde hij zich nog steeds dat Ali bij hem was? Ik herinnerde me dat ze vertelde dat ze vaak hun nachtelijke wandelingen afrondden met een kop koffie van Starbuck's.

'Als jij trakteert,' zei ik. 'Ik heb namelijk niet zo veel geld bij me. En kunnen we dan naar Ryan's gaan?' Ik hoopte dat de felle lichten in de donutzaak hem ondubbelzinnig duidelijk zouden maken in wiens gezelschap hij was.

Zonder te antwoorden pakte George me weer bij mijn arm en toen liepen we in zwijgende harmonie in de richting van Ryan's. Ik had het mobieltje nog steeds in mijn hand.

Door de spiegelruiten kon je zien dat de donutzaak leeg was en dat een eenzame werknemer de vloer al aan het dweilen was. 'Kennelijk gaan ze al dicht,' zei ik.

Onder de straatlantaarn keek George op zijn horloge. 'Het is pas halfacht,' zei hij. 'We hebben nog een halfuur.'

Een halfuur. Kon alles waar we over moesten praten worden afgehandeld in een halfuur? George dacht blijkbaar van wel. Hij duwde de deur open, waardoor een vrolijk belletje ging rinkelen. De tiener met de zwabber reageerde met een boze blik op onze binnenkomst. 'We gaan dicht,' zei hij geërgerd. Hoewel hij waarschijnlijk een paar jaar ouder was dan Jamie, kwam hij me vaag bekend voor. Ik wist bijna zeker dat ik hem voor ons huis had zien basketballen. En nu hij mij wat beter kon zien herkende hij mij blijkbaar ook. Aan de donkerder wordende kleur van zijn ogen was te zien dat hij wist dat ik de moeder van Jamie was. De moeder van iemand die van moord werd beschuldigd. 'Mevrouw Cross,' flapte hij eruit. 'Ik ben Roger Stewart, weet u wel? Ik… ik wou u zeggen dat ik in Jamie geloof. Dat doet onze hele groep.'

'Als je dat echt meent,' zei ik, hem recht in de ogen kijkend, 'zal spoedig blijken dat je gelijk hebt.'

George schraapte zijn keel. 'We willen alleen een kop koffie, jongeman. En misschien een paar van die beroemde citroendonuts, als er nog wat over zijn.' Hij haalde een twintigdollarbiljet uit zijn zak. 'Ga jij maar gewoon verder met waar je mee bezig was, dan ruimen wij onze eigen spullen wel op.'

Toen George tegen hem zei dat hij het wisselgeld mocht houden, kon er een lachje af bij de slungelachtige jongen. Hij stopte het geld in zijn zak en verdween de keuken in. 'Jullie kunnen hier gerust een poosje blijven zitten, hoor. Ik moet achter ook nog wat schoonmaken.'

'Bedankt,' riep George hem na. Hij droeg het dienblaadje naar een tafel in de hoek.

Zodra we zaten, wist ik meteen dat het verkeerd was geweest naar Ryan's te gaan. Om te beginnen was het er veel te licht. In deze felverlichte ruimte kon ik me niet verschuilen voor de priemende blik van George. Kon ik niet ontsnappen aan de pijn in die geloken ogen.

Toen we de koppen koffie voor ons hadden staan, haalde ik het telefoontje weer uit mijn zak en legde het tussen ons in op tafel. 'Ik neem aan dat je de boodschap hebt opgenomen,' zei ik zo onverschillig als ik kon.

Maar tot mijn verbazing schudde George zijn hoofd. 'Ik vertrouw erop dat je de juiste beslissing neemt, Jeanne. Net als Ali.'

Ik sloot mijn ogen en slikte moeizaam. Hij had niet iets kunnen zeggen wat me meer aangreep. Toen ik mijn ogen opendeed en George zag zitten, vond ik dat zijn gezicht er vreemd genoeg nog hetzelfde uitzag. Er was nog steeds dezelfde verbluffende verdraagzaamheid op te zien als altijd – verdraagzaamheid jegens zijn trouweloze echtgenote – en jegens mij. Gek genoeg keek hij absoluut niet kwaad of afkeurend.

'Hoe wist je het?' vroeg ik op een toon die opeens wat schor klonk.

George keek me even aan. Mijn woorden bleven in de lucht hangen in de donutzaak. Lang geleden was ik daar vaak met mijn ouders geweest voor een onschuldige traktatie, en later met mijn eigen gezin. *Hoe wist je het?* Hoeveel schuld lag er opgesloten in die vier onschuldige woordjes?

George haalde zijn schouders op. 'Op dezelfde manier waarop Ali dingen wist,' zei hij. 'Door intuïtie.'

Er volgde weer een gespannen stilte, waarin wij allebei van onze koffie dronken. Het wrede licht had geen medelijden met onze gezichten. 'Maar je moet me niet te veel eer geven. Eerst was ik net als alle anderen. Ik stond meteen klaar om de meest voor de hand liggende verdachte de schuld te geven. De belangrijkste reden waarom ik van alles overhoop haalde was dat ik er absoluut zeker van wilde zijn dat Jamie het gedaan had.'

'Weet je nog dat je me toen bij Giovanna's jouw lijst van mogelijke verdachten gaf? Verdacht je me toen al?'

'Ik zou nooit op zo'n manier misbruik van je hebben gemaakt, Jeanne. Nee, ik geloofde oprecht dat het een van de mensen op mijn lijst zou kunnen zijn. Maar nadat ik met ieder afzonderlijk had gesproken, raakte ik ervan overtuigd dat al die sporen nergens heen leidden. Toen heb ik toestemming gevraagd om jouw zoon te bezoeken.'

'Ben je bij Jamie geweest? Maar wanneer dan? Hij heeft nooit verteld…'

'Ongeveer een maand geleden. Pal voordat ik ophield met mijn telefoontjes aan jou. Het was pijnlijk voor hem om over de avond van de moord te praten, maar hij vond, denk ik, dat hij me dat verschuldigd was,' zei George. Hij nam een hap van zijn donut en veegde toen met een servet de suiker van zijn mond.

Plotseling schoot me iets afschuwelijks te binnen – dat Jamie de hele tijd had geweten wat ik had gedaan, dat hij me had willen beschermen. 'Heeft Jamie je verteld dat ik…'

'Nee,' zei George onmiddellijk. 'Ik ben ervan overtuigd dat hij het niet weet. En ook al was dat wel zo, dan nog geloof ik niet dat hij jou zou hebben verraden. Die zoon van jou is een fantastische jongen, Jeanne.'

Onverwacht schoten me de tranen in de ogen. 'Toe maar, zeg het maar… Heel anders dan een moeder die haar enig kind laat opdraaien voor een misdrijf dat zijzelf heeft gepleegd.'

'Er draait nog niemand voor iets op. Pas als er een veroordeling is. En ik wist dat jij dat nooit zou laten gebeuren. Dat wist ik nog eerder dan dat jij het zelf wist, Jeanne.' Hij reikte me een servet aan.

Wat heeft Jamie dan gezegd waardoor je er anders over ging denken?' Ik depte mijn ogen.

'Hij zei dat hij het niet had gedaan. Net als iedereen die wordt aangeklaagd. Het enige verschil was dat ik hem geloofde. Dat is, denk ik, het sterkste punt van een doorgewinterde advocaat, dat je leert mensen te doorgronden. Je moet weten wie er in aanmerking komt voor een Oscar en wie niet.'

'En jij kwam tot de conclusie dat dat niet gold voor Jamie?'

'Dat joch zou waarschijnlijk niet eens overtuigend kunnen liegen over niet gemaakt huiswerk – laat staan over een moord. Toen ik uit die jeugdgevangenis vertrok, wist ik zeker dat Jamie onschuldig was.'

'Maar als Jamie het niet wist en ik zelfs niet voorkwam op jouw lijst van verdachten, hoe kwam je dan bij mij uit?'

George dronk in één teug zijn koud geworden koffie op. 'Door Ali,' zei hij. 'Nadat ik die middag bij Jamie wegging, ben ik rechtstreeks naar Ali's huis gegaan. Net als jij vandaag. Ik heb waarschijnlijk wel een uur lopen ijsberen en herleefde de gebeurtenissen die Jamie had beschreven. Die nieuwsgierige buurvrouw van haar – ik ben haar naam even kwijt – liep ondertussen van het ene raam naar het andere om me niet uit het oog te verliezen. Ze moet een stijve nek hebben gehad toen ik klaar was.'

'Nora Bell,' zei ik behulpzaam. 'Dus toen ben je erachter gekomen?'

'Niet echt. Op dat moment dacht ik niet eens aan de moord. Ik dacht eraan wat er gebeurd was nadat Jamie die avond bij haar wegging. Ik dacht aan Ali en aan het feit dat er een snee in haar hals zat van de punt van het mes van Jamie – niet voldoende om echte schade aan te richten, maar wel degelijk voldoende om haar de schrik op het lijf te jagen. Ik wist gewoon wat haar volgende stap zou zijn. Ze zou de telefoon pakken...'

'Maar Jamie had de draden doorgesneden en haar mobieltje meegenomen,' hielp ik hem herinneren.

'Ja, dus moest Ali wel naar de nachtwinkel een paar blokken verderop rijden om te bellen. Ik zag in gedachten hoe ze een sjaal omdeed omdat ze geen opzien wilde baren, geen vragen wilde uitlokken. Omdat ze de jongen die ze probeerde te helpen niet verdacht wilde maken. Nog niet tenminste... De enige vraag was wie ze moest bellen. Ieder ander zou het eerst aan haar eigen veiligheid hebben gedacht en de politie hebben gebeld. Of zou in ieder geval mij gebeld hebben. Of desnoods Butterfield, verdomme. Maar we hebben het hier over Ali...'

Toen hij op dat punt was aangekomen, stroomden de tranen me over de wangen. Verscheidene keren hield George op met praten en veegde ze voor me af met alle tederheid die hij aan Ali zou hebben getoond als ze maar zíjn nummer had gekozen. Als ze hem te spreken had gekregen in plaats van mij. Roger was ondertussen uit de keuken tevoorschijn gekomen en stond naast de toonbank met de donuts ongegeneerd te luisteren naar ons gesprek. 'Wil je weg?' vroeg George. 'We kunnen ook ergens anders heen gaan…'

Maar ik schudde mijn hoofd. 'Het doet er niet toe. Roger mag best de eerste zijn die weet dat zijn geloof in Jamie gerechtvaardigd was.' Bij het horen van zijn naam bloosde Roger hevig en begon de al smetteloze toonbank te poetsen.

'Dus toen wist je het?' vroeg ik toen George en ik weer alleen waren.

'Ik wist dat Ali jou zou bellen voordat ze iets anders zou doen. Ze zou niet willen dat je hier volkomen onverwacht mee zou worden geconfronteerd. Maar meer wist ik niet. Ik wilde nog steeds niet geloven dat jij het gedaan kon hebben.'

'En toen dacht je aan mijn mobieltje.' We keken allebei naar het verraderlijke zilverkleurige telefoontje waarop nog steeds de stem van Ali stond van die avond. Hoewel ik de verwarde boodschap maar één keer had gehoord, was deze in mijn geheugen gegrift – precies zoals dat bij George het geval was. Terwijl we ernaar keken zoals het daar midden op tafel lag, hoorden we allebei weer de laatste boodschap van Ali. Elk wanhopig woord. Ze had niet veel gezegd, had zelfs niet verraden wat er was gebeurd, maar door de merkwaardige, smekende toon van haar stem wist ik dat het om iets ernstigs ging. *In godsnaam, Jeanne, ik moet je spreken! Het gaat om Jamie – hij heeft iets gedaan. Als je me niet meteen terugbelt, zal ik naar de politie moeten gaan… Jeanne, alsjeblieft!*

George schudde zijn hoofd, alsof hij de stem wilde vergeten

die hem achtervolgde. 'Uiteraard was mijn volgende vraag: wanneer had je haar boodschap gehoord? Was het die avond – vroeg genoeg om in je auto te stappen en naar haar huis te rijden? Natuurlijk hoopte ik nog steeds dat je erdoorheen had geslapen. Dat je het de volgende morgen had gehoord, toen je er niets meer aan kon doen.'

Ik keek hem vragend aan, in afwachting van zijn verklaring hoe hij erachter was gekomen wat ik had gedaan.

'Toen herinnerde ik me weer dat je iets had gezegd over een bekeuring voor te hard rijden die je daarginds in New Hampshire had gekregen. Ik wist dat je de meeste tijd in het huisje was geweest en niet op de snelweg, en daarom vroeg ik me af wanneer je kon zijn aangehouden voor te hard rijden.'

'Dus ik ben uiteindelijk door de mand gevallen omdat ik niet zo'n goede chauffeur ben?'

'Je was vlak bij de grens met Massachusetts toen je die avond werd aangehouden door de plaatselijke politie,' zuchtte George. De onvermijdelijke conclusie hing in de lucht.

In de stilte die volgde konden we Roger in het keukentje horen redderen. Hij deed hevig zijn best te verbloemen dat hij meeluisterde. George keek op zijn horloge. 'Het is kwart voor acht,' zei hij.

Hoewel het voelde alsof we uren in de felle lichten van de tl-buizen hadden gezeten, waren we er niet langer dan een kwartier geweest. En er waren nog maar vijftien minuten over van de tijd die ons was toegekend. Een kwartier waarin ik mijn verhaal moest vertellen en moest proberen George te laten begrijpen hoe ik in een onbesuisd moment de levens van bijna iedereen van wie ik hield, had verwoest.

36

'Je zult het misschien niet geloven, maar sinds het is gebeurd heb ik niet meer gedacht aan die nacht en aan wat er toen in Ali's huis is voorgevallen. Het ging niet alleen om de moord, het ging om alles wat er tussen Ali en mij is voorgevallen, om de woordenwisseling tussen ons die zo dodelijk was als pistoolschoten. Het is me bijna gelukt om het allemaal uit mijn geest te bannen. Eerlijk gezegd was ik, toen Gavin me 's ochtends belde met de boodschap dat Ali dood was, oprecht geschokt. En hoe meer ik veinsde dat ik er niets van af wist, hoe onwerkelijker het allemaal werd. Op de zeldzame ogenblikken dat mijn gedachten teruggingen naar die nacht in het huis, schakelde ik ze onmiddellijk uit – als een slechte B-film waar ik niet naar wilde kijken. En toen je me die dag in Giovanna's je lijst met verdachten liet zien, vroeg ik me echt af of je misschien gelijk had. Zou Jack het gedaan kunnen hebben? En hoe zat het met Beth Shagaury? Zij had in ieder geval een motief. Natuurlijk waren er momenten waarop ik opeens aan de ware toedracht dacht, maar ik hield me dàn gauw voor dat ik alles over die afschuwelijke nacht gedroomd had. Ik had Ali toch niet vermoord? Ik, haar beste vriendin? Je hebt het zelf gezegd: wij tweeën waren de enigen die echt van haar hielden. Hoe kon ik haar dan vermoord hebben? Ik neem aan dat een dergelijk zelfbedrog jou ongelooflijk in de oren klinkt, het wanhopige excuus van een moeder die haar eigen zoon in de bak liet zitten voor een misdrijf dat zij zelf gepleegd had. De enige die het echt begreep was Ali. Ali, die wist hoeveel dingen ik mezelf al die jaren had wijsgemaakt. Al die leugens die in feite de basis van mijn leven waren.

Hoe het ook zij, ik was die avond al vroeg in een onrustige slaap gevallen. Het was een slechte dag geweest, een dag waarin het kleine beetje gezond verstand dat ik nog bezat voortdurend op de proef was gesteld. Eerst had ik een aantal verontrustende telefoontjes van thuis gehad. En toen ik naar de gespannen stem van Gavin luisterde, voelde ik hoe mijn angst bijna het breekpunt bereikte. En toen belde Jamie natuurlijk ook nog en wist ik dat alles voorbij was. Ik moest naar huis om de waarheid van mijn huwelijk onder ogen te zien. De waarheid over mijn leven, een waarheid die nog duisterder was dan wat Ali me had onthuld toen ze me over Marcus vertelde.

Het moet al na middernacht zijn geweest, toen de telefoon ging. Omdat ik op de veranda sliep, hoorde ik het niet meteen, maar toen ik het wel hoorde, sprong ik meteen uit bed om de telefoon aan te nemen. Ik wilde me niet langer voor mijn familie en vrienden verstoppen. Maar zoals ik al zei, ik had vrij diep geslapen en het geluid van de telefoon drong pas tot me door toen Ali al iets zei op mijn voicemail. Haar laatste boodschap. Ik schrok verschrikkelijk, en tot overmaat van ramp merkte ik toen ik terug wilde bellen dat haar telefoon het niet deed.

Ik wist meteen dat Jamie de lijnen had doorgesneden. Je kunt je voorstellen hoe ik me die nacht voelde op mijn tocht naar Massachusetts. En het regende ook nog. Het kwam met bakken uit de hemel, alsof God de aarde wilde straffen – net als eerder vandaag. Ik had geen idee hoe snel ik reed. Dat was het laatste waar ik aan dacht. Als ik de auto had kunnen laten vliegen, had ik het gedaan. Maar toen ik werd aangehouden had ik niets bij me; ik had mijn portefeuille niet eens bij me, dus ik had geen rij-bewijs, niets. En alsof dat nog niet erg genoeg was, was de poli-tieagent zo'n machotype. "Ik zou u eigenlijk mee naar het bureau moeten nemen," zei hij toen hij ontdekte dat ik niets bij me had. *Had hij het maar gedaan* – weet je hoe vaak ik dat tegen mezelf heb gezegd? Maar aan de andere kant is dat slechts een van de vele dingen van die nacht waar ik spijt van heb.

Tegen de tijd dat ik bij het huis van Ali was, had ik het gevoel dat al mijn zenuwuiteinden in rafels in mijn lichaam hingen. Toen Ali niet onmiddellijk opendeed, begon ik in paniek op haar deur te bonzen; ik maakte zo veel lawaai dat het me verbaast dat Nora Bell niet opstond en haar licht aandeed. Maar vermoedelijk moet zelfs de grootste bemoeial uit de buurt ook wel eens slapen. Ik weet niet hoe lang ik daar gestaan heb in de striemende regen, maar toen Ali eindelijk opendeed was ik doornat. "Wie is daar?" vroeg ze vanachter de nog gesloten deur. Opnieuw kon ik de angst horen die in haar stem door de telefoon had geklonken.

Maar toen ze ten slotte de deur openmaakte, zag ik dat die angst haar alleen nog maar mooier had gemaakt. Haar haren hingen los in golven, en door alle opwinding van die avond had-den haar ogen en haar huid een soort glans gekregen. En ja, je had gelijk. Ze had een sjaal om haar hals die moest verbergen wat Jamie haar had aangedaan. Toen ze zag dat ik het was, sloeg ze haar armen om me heen en ik voelde hoe de onverschrokken Ali beefde onder haar dunne kleren.

"Jeanne, ik wist dat je zou komen," zei ze, alsof ik haar vertrou-wen in mij gerechtvaardigd had. "Goed dat je er bent."

Maar ze had haar warme woorden nog niet uitgesproken of ik voelde iets scherps in mijn ribben prikken. Toen ik terugdeinsde en de plek aanraakte, begon Ali zenuwachtig te lachen. Toen haalde ze het kleine zilveren pistool tevoorschijn dat Jack Butter-field haar had gegeven toen ze pas werd gestalkt.

"Alsjeblieft, neem dit stomme ding van me af," zei ze. "Ik heb nog nooit met een pistool geschoten. Ik ben waarschijnlijk vooral een gevaar voor mezelf."

Zoals zou blijken waren dit profetische woorden, maar op dat moment wisten we dat geen van beiden. Aangezien ik net zomin ervaring met pistolen had als Ali, pakte ik het ding en legde het op de salontafel tussen ons in. Het zag er zo klein en onschuldig uit dat ik er nauwelijks een echt wapen in kon zien.

"Vertel me wat er is gebeurd," zei ik. Ik had tot dan toe nog niets gezegd. "In jouw boodschap zei je…" Maar toen stierf mijn stem weg. Ik kon hetgeen ze over Jamie had gezegd gewoonweg niet herhalen. Maar precies op dat moment gleed de sjaal weg; en toen ik de verse wonden in haar hals zag, snakte ik naar adem. Plotseling begon de kamer om me heen te draaien, en voor de zoveelste keer in een paar maanden dacht ik dat ik flauw ging vallen.

Maar Ali was zo gefocust op wat ze wilde zeggen dat ze het schijnbaar niet in de gaten had. "Weet je nog die eerste keer dat ik je belde om te vragen of ik met je mee naar school kon rijden?" vroeg ze, en onwillekeurig trok ze haar sjaal wat strakker om zich heen, alsof die haar tegen verder onheil zou kunnen beschermen.

Hoewel het me een vreemd tijdstip leek om herinneringen op te halen, knikte ik en liet me op de bank zakken. Ik wilde best even teruggaan naar een tijd toen alles nog onschuldig leek. "Je had echt je knie bezeerd. Ik zag…"

Maar Ali schudde al ontkennend haar hoofd. "Ik heb een indrukwekkend verband omgedaan om het er echt te laten uitzien, maar eerlijk gezegd belde ik niet zomaar op. En het had ook niets te maken met wat voor blessure dan ook. Ik heb je gebeld omdat ik je iets moest vertellen."

Ik wist absoluut niet waar ze het over had en stond op om een glas cognac voor mezelf in te schenken, dat ik snel leegdronk. "Ik herinner me niet dat je in het begin veel hebt gezegd," zei ik. Ik zat nog steeds in de buurt van de kast met drank en vulde mijn glas nog maar eens bij. "Als ik het me goed herinner, was het die eerste week behoorlijk vervelend in de auto."

"Dat komt omdat ik wist dat je me niet zou geloven. Dat kon ik zien aan je hele houding, aan dat benepen glimlachje. Ook al had ik het je recht voor zijn raap verteld, dan nog zou je het op de een of ander manier hebben ontkend. Je zou mij niet hebben geloofd, en daarmee dus Jamie ook niet."

Toen de naam van mijn zoon werd genoemd, begon ik me zenuwachtig en onbehaaglijk te voelen; ik had er alles voor overgehad als ik toen had kunnen ontsnappen. Uit die kamer en uit de waarheid die ze me aan het opdringen was, waar ze al sinds ik haar kende mee bezig was geweest. Maar aan Ali kon je niet ontsnappen, en daarom dronk ik mijn glas leeg en stond op om mezelf nog eens in te schenken. "Dus je wilt zeggen dat onze hele vriendschap maar schijn was? Dat begrijp ik niet."

Daarop legde Ali onmiddellijk een hand op mijn arm. "Jeanne, je weet dat dat niet waar is. Misschien had ik in het begin wel een bijbedoeling om vriendschap met je te sluiten. Maar in de afgelopen maanden ben je de goede vriendin geworden die ik nooit heb gehad. Ik heb het altijd zo druk gehad met mijn muziek dat ik nooit tijd had toen ik nog jong was. En daar komt nog bij dat ik... nou ja, ik heb vrouwen nooit vertrouwd, denk ik." Toen keek ze opeens somberder. Ze hield nog steeds mijn hand vast en door de dunne stof van haar blouse meende ik haar heel licht te voelen huiveren.

Opnieuw nam ik een grote slok van de alcohol die mijn enige uitweg was uit de bijna ondraaglijke spanning. "En? Ben je er ooit toe gekomen om mij te vertellen wat je op je hart had?" vroeg ik op zo luchtig mogelijke toon. "Of bleek het zo onbenullig te zijn dat je het er maar bij hebt laten zitten?"

"Nogmaals, ik wilde zeker weten dat je eraan toe was. Dat je actie zou ondernemen. Als dat niet zo was, als je het nog steeds probeerde te ontkennen, dan was dat erger geweest dan dat je het nooit had geweten. Maar nu… na wat er nu is gebeurd, kan ik niet meer wachten."

Nog steeds. Daar had je het weer. Die woorden, die ze had gebruikt toen ze me verteld had over Marcus, toen ze suggereerde dat er iets was wat ik wist, wat ik altijd ergens wel had geweten maar wat ik nooit onder ogen had willen zien.

Ik sloot mijn ogen en voelde het effect van de drie cognacjes die ik snel achter elkaar had opgedronken. Ik had het gevoel alsof mijn schedel steeds groter werd. "Alsjeblieft, Ali, wat het ook is, ik vind dat we er tot morgen mee moeten wachten. Ik ga nu naar huis, naar Jamie toe. En misschien kan ik nog even slapen."

Daarop begon Ali woedend tegen me te schreeuwen. "Begrijp je dan helemaal niet wat ik zeg, Jeanne? Ik heb al veel te lang gewacht; dat hebben we allebei," zei ze, en met een dramatisch gebaar trok ze de sjaal weg. Ze rekte haar hals uit om me de oppervlakkige snee te laten zien die Jamie met zijn mes had gemaakt. Toen, kennelijk bij het zien van de doodsangst op mijn gezicht, raakte ze weer van haar à propos. "Het spijt me – ik had je moeten waarschuwen. Het is niet zo erg als het eruitziet." Toen keek ze naar mijn lijkbleke gezicht en zei: "Mijn god, Jeanne. Je ziet eruit als op die avond van het concert. Gaat het een beetje?"

Terwijl Ali naar de keuken liep om een glas water voor me te halen, stond ik op en liep in de richting van de deur. Hoewel ik met een vaart van honderddertig kilometer per uur rechtstreeks uit New Hampshire was komen rijden omdat ik per se wilde horen wat Ali te zeggen had, had ik er nu alles voor over om het *niet* te horen. Ergens in mijn door alcohol benevelde geest was het bij mij aan het dagen dat ik de beste jaren van mijn leven had opgeofferd – dat ik zelfs Jamie had opgeofferd – alleen maar om de waarheid uit de weg te gaan. De waarheid die het wezen van mijn huwelijk vormde.

Ik was eigenlijk al op weg naar de deur, omdat ik hoopte dat ik weg kon komen voordat Ali nog iets kon zeggen, of iets doen waarmee ze mijn leven zou verwoesten. Het klinkt idioot, maar ik had het gevoel alsof ik uit een brandend gebouw ontsnapte. En het lukte me nog bijna ook. Mijn hand lag op de deurklink. Maar toen dacht ik aan het pistool – het pistool dat Ali tevoorschijn had gehaald om zich tegen Jamie te beschermen. Natuurlijk kwam de onvermijdelijke vraag bij me op: stel dat Jamie terugkwam? Ook al was ze niet van plan het pistool te gebruiken, ze zou toch in haar onervarenheid misschien in paniek kunnen raken en schieten. Het was me duidelijk dat ik het kleine zilverkleurige pistool niet op de tafel kon laten liggen waar het tegen mijn zoon kon worden gebruikt. Ik besloot het mee te nemen – uiteraard alleen maar voor die ene nacht. Als alles weer wat gekalmeerd was, als deze hele nachtmerrie verleden tijd was, zou ik het teruggeven aan Jack Butterfield.

Maar ik had het pistooltje nog maar net in mijn zak laten glijden toen Ali in de deur verscheen. Ze keek lichtelijk ongerust en daarom dacht ik dat ze de diefstal had opgemerkt. Maar dat was helemaal niet wat haar dwarszat. "Het heeft geen zin om weg te lopen, Jeanne," zei ze vermoeid. "Ik kom toch achter je aan."

Toen ze het glas water op tafel zette, dacht ik weer dat ze misschien zou zien dat het pistool er niet meer lag. Maar ze vertrouwde me zo volledig dat ze kennelijk helemaal vergeten was dat daar nog even tevoren een dodelijk wapen had gelegen. Ik hield mijn hand in mijn zak om het metalen ding heen geklemd, voor het geval ze erover begon. Zo ja, dan was ik natuurlijk van plan om haar precies uit te leggen waarom ik het had weggepakt. Maar omdat ze niets in de gaten had, bleef ik het vasthouden.

Hoe het ook zij, er zaten Ali andere dingen dwars. Ze nam mijn vrije hand in haar beide handen en keek me doordringend aan. Vreemd genoeg stonden er tranen in haar prachtige topaaskleurige ogen. "Voordat we verder praten, wil ik dat je me iets belooft," zei ze.

Ik keek haar niet-begrijpend aan.

Maar ze liet zich niet weerhouden door het uitblijven van een reactie. "Beloof me dat je Jamie nooit meer alleen bij Gavin achterlaat."

Ik rukte me los en sprong overeind. Het was dezelfde belofte die Jamie me had afgedwongen toen ik de afspraak met dr. Emory had gemaakt. Maar hij had alleen maar gezegd: "Laat me niet alleen." Nu begreep ik voor het eerst dat hij echt bang was om alleen gelaten te worden met zijn vader. Nu pas besefte ik hoe volledig en tragisch ik mijn belofte had gebroken.

"Dat is belachelijk, Ali; Gavin is Jamies vader," zei ik. Ik probeerde me te verweren tegen mijn eigen opdringerige vermoedens en tegen Ali. Toen wierp ik een blik op de deur en mijn stem werd steeds paniekeriger.

"Jouw zoon was hier vanavond omdat hij me wilde vermoorden, Jeanne. Dit is geen onbenullig probleempje dat nog wel even kan wachten. Je moet het onder ogen zien, en wel nu."

Ik deed een pas achteruit alsof Ali me lichamelijk had aangevallen. "Eén trauma is wel genoeg," pleitte ik. "Eerst vertel je me dat de man met wie ik zeventien jaar getrouwd ben homo is, en nu heb je blijkbaar weer een nieuwe onthulling."

"*Homo?* Heb je jezelf dat wijsgemaakt? Dat Gavin homo is?"

Ik liep achteruit naar de deur en mijn hand ging instinctief naar de zak waarin ik het pistool had gestopt – bijna alsof ik dacht dat het me zou kunnen beschermen tegen datgene wat Ali me wilde vertellen. "Zei je dat dan niet? Dat Gavin verliefd was op Marcus?"

"Nee, ik heb zeker nooit het woord 'verliefd' in de mond genomen. En door wat er tussen Gavin en Marcus is gebeurd wordt jouw man nog geen homo. Mannen die homo zijn gaan achter andere mannen aan die homo zijn, Jeanne, niet achter jongens. Jezus, Marcus is net achttien en nog wat onzeker over zijn seksualiteit. Wat Gavin die jongen heeft aangedaan valt onder de noemer misbruik – met liefde heeft het niets uit te staan."

Toen ik mijn hoofd in mijn handen legde, had ik het gevoel dat de kamer om me heen tolde; al die felle kleuren zag ik in een felrode waas. "Alsjeblieft, Ali, laten we het hier morgen over hebben. Wat wil je van me? "

Maar de enige zorg van Ali gold nu Jamie. "Ik heb je net gezegd wat ik wil. Ik wil er zeker van zijn dat je Jamie en Gavin nooit meer samen alleen laat. Beloof me dat je die jongen nooit meer zo in de steek laat als laatst. Of ik zweer je dat ik de telefoon pak en de politie bel. Dan zal ik niet rusten tot ze hem weg hebben genomen van jullie beiden."

Als een kat die in het nauw gedreven is, keerde ik me tegen haar. "Niemand gelooft je," schreeuwde ik. "En ik ook niet. Iedereen hier in de stad weet dat het jou alleen maar gaat om aandacht. Ik weet niet beter of jij hebt dit jezelf aangedaan en nu probeer je Jamie de schuld te geven."

"Niet Jamie, Jeanne. Misschien was hij wel degene die vanavond mijn keel met een mes heeft bewerkt. Maar hij is niet het gevaar. Gavin is het gevaar. En jij ook. Mijn god, Jeanne, mensen als jij – *als mijn moeder* – jullie zijn de gevaarlijkste mensen van de hele wereld. Jullie zijn de zogenaamde goede vrouwen. De opofferende vrouwen. De vrouwen die een nest bouwen voor het kwaad en dan stilletjes doen wat ze maar kunnen om dat te beschermen." Ik had haar nog nooit zo woedend gezien. Het leek wel of haar woede een fysieke kracht was die de kamer was binnengekomen en mij in een hoek drong. Het was het soort woede, het soort confrontatie dat ik altijd ten koste van alles had gemeden.

"Ik… ik heb geen idee waar je het over hebt," stamelde ik. "Maar ik hoef hier niet naar te luisteren. En ik ben niet van plan…"

Maar toen deed Ali een stap naar voren en pakte me met verbazingwekkende kracht bij de schouders. "Je gaat nu naar me luisteren, Jeanne. Ditmaal heb je geen keus. En dan kom je in actie. Je kunt je niet langer achter van alles en nog wat verschuilen. Jij ziet niets. Jij hoort niets. Jij weet niets. God, Jeanne, als je eens wist hoe ik jou veracht."

Ali stond toen zo dicht bij me dat ik haar blik niet meer kon ontwijken. Ik keek in haar ogen, haar ogen die bang waren en boos. En ongelooflijk dapper. Nu begreep ik dat ze mij niet alleen dwong om de confrontatie met mijn demonen aan te gaan, maar dat ze zelf ook haar eigen demonen te lijf ging. Hoewel ze nu voor Jamie opkwam, was ze ook een oud gevecht van zichzelf aan het leveren. Ze zei dingen tegen me die ze kennelijk al heel lang tegen haar moeder had willen zeggen.

Ik zweer je, toen ik haar op dat moment in de ogen keek, heb ik nooit meer bewondering voor iemand gehad. Of meer angst. Ik kon zien dat Ali de macht had om alles te verwoesten – alle illusies en leugens die ik al die jaren met veel moeite in stand had gehouden. En ze was niet bang die macht te gebruiken. Als puntje bij paaltje kwam zou ze niet rusten voordat ze dat gedaan had. Eerlijk waar, ik wilde haar niet vermoorden. Ik heb haar nooit willen vermoorden, George. Maar ik moest haar tegenhouden. Ik moest zorgen dat ze haar mond hield. Ik kon haar niet aan iedereen laten vertellen hoe ik mijn zoon had laten stikken. En ik vond het vooral onverdraaglijk om naar haar te moeten luisteren. Ik moest haar tegenhouden… dat snap je toch wel?'

Toen ik op dat punt van mijn biecht was aangekomen, werd ik wakker als uit een lange droom en keek om me heen. In het halve uur dat ik aan het woord was geweest, had ik elk besef van tijd verloren, was ik vergeten waar ik was, was ik zelfs vergeten dat ik een publiek had. Ik was zo helemaal in die afschuwelijke nacht gedoken dat ik niet in de gaten had dat ik was opgestaan en liep te ijsberen door de fel verlichte donutzaak. Nu bleef ik staan en keek als een slaapwandelaarster om me heen; ik nam de bekende geelgeruite gordijnen in me op, de zwart-witte tegels van het linoleum, de gepleisterde witte muren. Van alle plaatsen waar je een moord kon bekennen lag deze plaats wel het minst voor de hand: het toneel van mijn meest onschuldige jeugdpleziertjes.

Toen ik merkte dat mijn gezicht nat van de tranen was, pakte ik een servet van de toonbank en keerde toen mijn gezicht naar mijn tweekoppige publiek: de diepbedroefde echtgenoot die zojuist de dood van zijn vrouw had herbeleefd, en de slungelige vriend van Jamie die me zat aan te staren met een mengeling van angst en geboeidheid in zijn ogen. Ik richtte me weer tot George.

'Het was in een oogwenk gebeurd,' zei ik. 'Ik was doof en blind van paniek toen ik dat pistool uit mijn zak haalde. En tegen de tijd dat ik besefte wat ik aan het doen was, was het te laat.'

'Ik moet één ding weten, Jeanne. Heeft ze geleden?' vroeg George. Zijn gezicht, waarop tijdens mijn verhaal het hele scala aan menselijke emoties te zien was geweest, was nu nat van de tranen.

Ik schudde mijn hoofd. 'Ze leek vooral geschrokken. Er was geen teken van pijn. Toen probeerde ze mijn hand te pakken, alsof het pistoolschot ons uit het verschrikkelijke toneelstuk waarin we optraden had gehaald en ons weer had herinnerd aan onze vriendschap. Aan hoeveel we om elkaar gaven. Aanvankelijk dacht ik dat ik haar niet had geraakt. Dat we weer op de bank zouden gaan zitten en de glazen die ze weer had bijgevuld zouden leegdrinken; we zouden niet meer over die afgrijselijke dingen praten en weer zijn zoals we vroeger waren geweest. Maar toen zakte ze achterover op de bank en zag ik het bloed. Ik zag haar ogen. Ik zat daar en keek toe hoe alles wat het wezen uitmaakte van Ali uit haar ogen verdween.' Ik zweeg even en ging toen verder. 'Maar toen concentreerde ze zich weer en kneep me in mijn hand. Ze heeft zelfs nog iets tegen me gefluisterd, George.'

Hij keek me aan. Misschien hoopte hij wel dat haar laatste woorden een boodschap voor hem waren geweest. Maar Ali was niet gestorven terwijl ze aan zichzelf dacht of aan een van de mannen van wie ze had gehouden – soms trouweloos en onvoldoende, dan weer met een hartstocht en zelfopoffering die haar onvergetelijk maakten. Nee, in de laatste woorden van Ali sprak ze haar zorg uit voor de jonge jongen in wie ze zo veel van zichzelf terugzag.

"Beloof het me, Jeanne," zei ze met schorre stem. Dat was het. "Beloof het me." En dat heb ik uiteraard gedaan; ik heb het haar beloofd – hoewel ik niet zeker weet of Ali me nog heeft gehoord.'

Weer werd het griezelig stil in de donutzaak, met alleen het geluid van de afwasmachine die achter in de zaak zachtjes stond te zoemen. En toen zei George: 'Dus daarom heb je de waarheid niet kunnen vertellen. Omdat je je belofte moest houden. Je kon jezelf niet aangeven en naar de gevangenis gaan, want dat zou inhouden dat Jamie voor altijd alleen zou zijn met Gavin.'

Ik knikte. 'Geloof me, het zou gemakkelijker zijn geweest om zelf naar de gevangenis te gaan dan om mijn zoon daar dag na dag te zien, om te zien wat het met hem deed. Maar voordat ik opgesloten zou worden, moest ik ervoor zorgen dat Jamie veilig zou zijn. Het ellendige was dat ik niet precies wist waartegen ik Jamie beschermde. Het lag natuurlijk voor de hand, maar ik wilde gewoon de puntjes niet met elkaar verbinden. Dat had ik jaren niet gewild. En zelfs nadat ik erachter was gekomen, wist niet goed hoe ik de informatie kon gebruiken om Gavin weg te houden bij Jamie. Vanzelfsprekend had ik de politie kunnen bellen, maar dan had Jamie tegen zijn vader moeten getuigen – iets wat hij nooit zou doen. En de enige andere persoon die op een overtuigende manier voor Jamie had kunnen getuigen was Ali. Nu zij dood was, moest ik iets bedenken waardoor Gavin door de mand zou vallen. En ik moest een nieuw tehuis voor Jamie vinden.'

'Voordat je vanavond naar me toe kwam, moet je een oplossing hebben uitgedacht,' zei George.

Ik ging weer tegenover hem zitten en knikte. Ik stak mijn hand in de zak van mijn regenjas en haalde er een kleine cassetterecorder uit. Nadat ik het bandje had teruggespoeld dat ik eerder op de avond bij Gavin in de studeerkamer had opgenomen, drukte ik zenuwachtig op de playknop. Het was maar een oude cassetterecorder van Jamie. Had ik wel echt de dronken bekentenis van Gavin opgenomen toen ik achter hem aan door het huis was gelopen? Had ik zijn edelmoedig klinkende belofte dat hij zichzelf aan zou geven opgenomen, een belofte waarvan ik al wist dat hij die nooit zou houden?

Eerst waren de stemmen die de donutzaal vulden gedempt en onduidelijk. Gavins stem en de mijne, twee onaangename stemmen, betrapt tijdens een strijd die al bijna twintig jaar duurde. Maar daarna stond ik blijkbaar dicht genoeg bij hem, en onze felle woorden knalden door de donutzaak, de ene bittere opmerking na de andere. Elk verwijt. Alles wat ik nodig had om Gavin voor altijd van Jamie weg te houden. Toen het bandje was afgelopen, gaf ik het aan George in bewaring. De klok aan de muur liet zien dat het bijna negen uur was – bijna een uur na de officiële sluitingstijd. Ik bood Roger mijn verontschuldigingen aan, omdat ik hem zo lang had opgehouden. 'Ik zou maar afsluiten als ik jou was; je ouders worden vast ongerust,' zei ik rustig, op en top de bezorgde ouder.

George staarde me aan met ogen zo donker dat ze bijna zwart waren. 'Zullen we?' vroeg hij. Alleen dat. De gewoonste woorden van de wereld. Maar in die woorden lag mijn lot verankerd. Dat van mij en van mijn gezin.

Zonder iets te zeggen pakte ik hem bij de arm.

Epiloog

Ik zat al bijna een jaar in de gevangenis toen ik bij Kerry langs werd gestuurd, een jonge gevangenispsychologe. Vanwege een halfslachtige zelfmoordpoging met een van de weinige stukken gereedschap die een gevangene ter beschikking staan, een plastic botermesje, was ik precies een jaar na de sterfdag van Ali op haar kantoor beland. Met een dergelijk stomp mes was er een intense combinatie van geduld, woede en zelfhaat voor nodig geweest om een paar druppels bloed uit een ader tevoorschijn te toveren. Maar zodra ik de felrode kleur van mijn eigen leven op mijn mouw zag sijpelen, wist ik dat ik wilde leven. Ik wist alleen niet waarom.

Ik verwachtte niet veel van de gevangenispsychologe. Zoals dat gold voor alle anderen in het penitentiaire systeem, was het grootste deel van de professionele hulpverleners gedesillusioneerd door alles wat ze gezien en gehoord hadden. Maar Kerry, die net was afgestudeerd en bij wie het idealisme nog intact was, was anders.

Eerst begon ze allerlei vragen op me af te vuren die ik had leren herkennen als de standaardvragen uit de psychiatrie, maar ik beantwoordde er maar één: *Was ik van plan het nog een keer te doen?*

'Jullie moeten me alleen uit de buurt van het plastic eetgerei houden,' zei ik, terwijl ik opstond. In toenemende mate betrapte ik me erop dat ik de rol speelde van de onwillige gevangene, zoals men dat van mij verwachtte.

'Die maatregel is al van kracht,' zei Kerry onverstoorbaar, en ze veegde een lok van haar glanzende blonde haren van haar wang weg. 'Zou je nu misschien willen gaan zitten? We zijn nog niet klaar.'

Het deed me denken aan de manier waarop sommige leraren in mijn vroegere leven tegen lastige leerlingen hadden gepraat. Ik zette mijn stekels op en bleef staan. 'Dat kan wel zijn, maar…'

'Jeanne, ik heb je dossier doorgekeken en jouw geval ligt erg… *gecompliceerd*,' viel de psychologe me in de rede. 'Ik denk dat je een dagboek moet gaan bijhouden.'

Ze maakte haar bureau open en haalde iets tevoorschijn wat eruitzag als een van die blauwe schriften die ze op school voor proefwerken gebruikten. 'Ik geef jou de opdracht mee dat je er iedere week eentje moet volschrijven.'

'Waarmee?' vroeg ik. 'Mijn zelfmoordneigingen?'

Kerry haalde haar schouders op. 'Als je daar graag over wilt schrijven, prima. Of misschien kun je gewoon je eigen verhaal vertellen. Elke keer een hoofdstuk.'

'Het laatste waar ik over wil denken is wat er is gebeurd,' zei ik.

'De dag dat je Alice Mather hebt doodgeschoten,' verbeterde Kerry die me strak aan bleef kijken. 'Het gaat niet om wat er is *gebeurd*. Het gaat om wat jij hebt *gedaan*.'

'Ze werd nooit Alice genoemd,' zei ik zachtjes. Ik voelde dat er iets in me begon te breken. 'Tenminste niet door iemand die ik kende.'

'Begin dan maar met hoe ze haar wél noemden. Of je kunt beginnen met de dag dat jullie elkaar ontmoetten.'

En die avond, alleen in mijn cel, deed ik dat dus. Natuurlijk kon ik mijn pen niet ter hand nemen zonder me Ali's dagboek voor de geest te halen. Het mooie boek met de rode zijden omslag dat ik voor het eerst had gezien in de lerarenkamer en voor het laatst toen ik het in de rivier gooide bij het huisje in New Hampshire, de nacht van de moord. Ik stelde me voor hoe het opzwol van het water; en dat de inkt en de passie van Ali's woorden en leven langzaam vervaagden, totdat alles uiteindelijk helemaal van de bladzijden was weggespoeld. Haar verhaal en het mijne, verdwenen in de tijd en de natuur.

Binnen een halfjaar had ik een stapel blauwe schriften volgeschreven en waren de therapiesessies waarnaar ik uit was gaan kijken, afgelopen. Kerry was zo trots op me dat ze haar professionele houding liet varen en me omhelsde. Ze rook zo schoon en jong dat ik er bijna van moest huilen. Maar toen mijn wang de hare raakte, besefte ik dat ik niet de enige was die was geraakt door de uren die we hadden gedeeld. En door de vooruitgang die we hadden geboekt. Toen schraapte ze haar keel en ging weer zitten. Ze had elke week dat we elkaar in de bezoekerskamer spraken, op dezelfde stoel gezeten.

Eerst zat ik haar verwachtingsvol aan te kijken omdat ik loftuitingen verwachtte voor mijn buitengewone inspanningen, zoals ik altijd van mijn leraren had gekregen. Maar Kerry was helemaal niet gefocust op mijn grammatica, mijn woordenschat of mijn stijl. Net als Ali bleef ze doorzeuren over omtrekkende bewegingen, de waarheid die ik weigerde te erkennen – zelfs in mijn eigen dagboek. De eerste keer dat ik schreef over de dag waarop Ali werd doodgeschoten, smeet Kerry woedend het dagboek op de tafel tussen ons in.

'Ik heb net een stel bladzijden gelezen over dat je de hond hebt gewassen, chocoladerepen hebt gegeten en naar boodschappen op je mobieltje hebt geluisterd. We hebben het hier over de nacht waarin je je beste vriendin hebt doodgemaakt, Jeanne. Was dat niet belangrijk genoeg om eerlijk te zijn?'

'Ik weet best wat er is gebeurd,' snauwde ik, en ik stond op uit mijn stoel op zoek naar een vluchtweg, mijn normale manier van doen. 'Maar dat betekent nog niet dat ik terug in de tijd wil gaan om het nog eens te beleven. Jij bent verdorie mijn therapeut; ik dacht dat jij hier zat om mij een beter gevoel te geven.'

'Eerlijk gezegd is het mijn taak om jou te helpen een gezonder mens te worden. Niet een zieke die denkt dat ze zich beter voelt.'

'Nou, als gezond zijn betekent dat ik moet gaan zwelgen in de slechtste tijd van mijn leven, bedank ik daarvoor,' zei ik, en ik drukte op het knopje waarmee we de cipier konden laten komen. 'Ik doe niet meer mee.'

'Zoals je wilt, Jeanne,' zei Kerry, die rustig haar spullen pakte. Geen van ons beiden maakte aanstalten het dagboek te pakken. Eerlijk gezegd was ik de kamer al uit en had ik mijn allerlaatste blauwe schrift al bijna in de prullenbak gegooid, zodat het voor altijd verloren was, toen ik opeens het soort panische angst voelde dat ik een keer als jonge moeder had gevoeld toen ik Jamie kwijt was in het winkelcentrum. 'Wacht even, ik ben iets vergeten,' zei ik tegen de cipier.

Gelukkig was het een van de aardigere cipiers, anders was ik het verfomfaaide schrift waaraan ik me nu vastklampte alsof het een reddingsvlot was, zeker kwijt geweest. Ik barstte bijna in tranen uit toen ik het nog op tafel zag liggen waar ik het zo koppig had laten liggen. Ik nam me heilig voor om beter mijn best te doen, maar die week was ik nog steeds niet in staat om over Ali te schrijven. Om over die nacht te schrijven.

Noch Kerry noch ik was verbaasd, toen we er allebei de week daarop weer op hetzelfde tijdstip zaten, alsof onze kleine woordenwisseling nooit had plaatsgevonden. Mijn medegevangenen vermoedden dat ik de therapie trouw bleef volgen omdat ik hoopte dat Kerry voor me zou getuigen op de zitting waar over een voorwaardelijke invrijheidstelling werd beslist. Maar als het erop aankwam, was ik bang om te worden vrijgelaten. Bang om een normaal contact te hebben met mijn zoon in de wereld daarbuiten. En aangezien het duidelijk was dat ik uiteindelijk wel vrij zou komen, wilde ik echt de gezonde Jeanne worden die Kerry voor ogen stond. Hoe hevig ik ook het tegendeel beweerde.

En zo kwam er weer die dag die ik niet kon vermijden. De dag waarop ik niet langer een plek had om te ontsnappen aan de waarheid. Nadat ze het hoofdstuk had gelezen waarin de bijzonderheden stonden over mijn bekentenis tegenover George, duwde Kerry het schrift over de tafel naar me toe. 'Lees het eens hardop voor,' zei ze.

Natuurlijk sputterde ik tegen, maar ik wist ook al dat Kerry niet zou opgeven totdat ik deed wat ze wilde. Met bevende handen opende ik het schrift bij de laatste pagina's. En toen voegde Kerry er nog een laatste wens aan toe: 'Je moet het lezen alsof je met Ali aan het praten bent.'

En op de een of andere manier, tot mijn oneindige verbazing en verdriet, lukte me dat.

In de gevangenis, waar je hele wereld is afgebakend door muren, onderscheid je je van de anderen door de dingen waarmee je de lege plek naast je bed vult. Veel gevangenen die worstelen met een nieuw omarmde godsdienst hangen kruisbeelden en andere godsdienstige symbolen op; anderen vallen liever in slaap met de levensgrote beeltenis van een beroemd sekssymbool boven hun hoofd. Maar in de vrouwenvleugel worden de meest opvallende plaatsen altijd ingenomen door kinderen. Zodoende grijnzen de kiekjes van kinderen die zijn achtergebleven je tegemoet vanuit bijna iedere cel. Er zijn gepolijste schoolfoto's met keurig gekamde haren en korrelige kiekjes van peuters die de eindeloze verjaardagen en vakanties vieren die voorbijgaan zonder de aanwezigheid van een moeder die de kaarsjes aansteekt of de huiskamer versiert.

Mijn muur is niet anders. Foto's die vijf jaar beslaan geven de tijd aan uit het leven van mijn zoon, een tijd die ik heb gemist. Er zijn foto's die genomen zijn in de jeugdgevangenis, waar hij bij-

na een jaar heeft gezeten nadat hij was veroordeeld voor het toebrengen van lichamelijk letsel bij Ali op de avond van de moord.
Gelukkig hebben ze de weken meegeteld die hij daar al gezeten
had vóór mijn bekentenis. Hoewel hij manmoedig glimlacht op
alle foto's (meestal genomen als hij met de een of andere op-
voedkundige activiteit bezig was, zoals houtsnijden of metaalbe-
werking) voel ik de eenzaamheid van het glanzende fotopapier
af spatten. En de schaamte. Niet alleen schaamte voor zijn eigen
misdrijf. Maar ook nog de last die hij met zich meedraagt voor
Gavins wandaden. En voor de mijne. Af en toe heb ik de neiging
gevoeld om die vroege foto's weg te halen, om ze gewoon in een
la te stoppen, maar iets houdt me altijd tegen – misschien omdat
ik zelfs in die trieste, schaamtevolle kiekjes de groeiende kracht
zie van Jamie. Ik zie tekenen van de man die hij aan het worden
is. De moedige, eerlijke man die door Ali werd herkend, lang
voordat iemand anders dat deed.

Maar het zijn de meest recente foto's waar ik elke morgen het
eerst naar kijk en ook pal voordat ik in slaap val, en tijdens de
uren dat ik denk dat ik het geen seconde langer meer in dit leven
kan uithouden. Er zijn foto's bij die Sharon Breen heeft genomen
in de twee jaren die Jamie bij hen in huis heeft gewoond; eentje
van een sterk gestroomlijnde Jamie in zwembroek bij het zwembad van de familie Breen; en een andere waarop de jongens gekleed klaarstaan voor de manifestatie bij de diploma-uitreiking,
waar ze als broers tegen elkaar aan leunen en waarop de zorgen
van het verleden bijna worden uitgewist door een verblindende
glimlach. Ik weet niet hoe vaak ik die foto in mijn hand heb gehad en me heb afgevraagd of het voor Jamie nu allemaal echt
voorbij is. Of hij het allemaal achter zich heeft kunnen laten. Zo
te zien heeft hij dat op allerlei belangrijke manieren inderdaad
gedaan. Zijn rapportcijfers, die weliswaar lang niet zo briljant
waren als die van Toby, waren goed genoeg voor toegang tot een
klein college in Californië, waar hij constant op een heel behoor-

lijk niveau heeft gewerkt en waar hij een heel nieuwe vrienden-kring heeft weten op te bouwen.

Hoewel we het er nooit over hebben gehad, weet ik zeker dat hij zijn beslissing om naar een verafgelegen college te gaan heeft genomen omdat hij niet altijd geassocieerd wilde worden met die sensationele dag waarop zijn moeder en zijn vader gearresteerd werden voor afzonderlijke misdrijven. Natuurlijk mis ik de regelmatige bezoeken van het begin, maar de wetenschap dat Jamie floreert op een plek waar niets hem herinnert aan zijn verleden geeft me nog meer voldoening dan de vreugde van zijn gezelschap.

Op de meest recente foto die ik heb, staat Jamie met zijn vriendin Julianne, op de dag van zijn eenentwintigste verjaardag. Dat is mijn favoriete foto, de foto van een lange, knappe jongeman die onverschrokken in de lens van de camera kijkt, naar een toekomst waar hij niet langer bang voor hoeft te zijn. Hij voldoet nog steeds niet aan de rigide eisen die de maatschappij stelt aan lichaamsomvang – en dat zal waarschijnlijk ook nooit gebeuren – maar ver weg van de constante kritiek van Gavin voelt hij zich eindelijk lekker in zijn eigen vel. En zonder mij in de buurt, die hem de hele tijd stimuleert in zijn verslavende eetgedrag, is hij veel minder dwangmatig geworden.

Natuurlijk bewaar ik zijn brieven; ik lees en herlees ze totdat de velletjes papier gerafeld en besmeurd zijn van verlangen. Sinds mijn komst in de gevangenis heb ik niet veel andere post gekregen. Ik heb geen familie behalve Jamie, en doordat ik zo veel van mijn vroegere leven geheim moest houden, heb ik ook niet veel nieuwe vriendschappen kunnen sluiten. Ik krijg lang niet zo veel verjaardagskaarten en vakantiegroeten als mijn celgenote, die ze altijd maanden nadien nog heeft hangen. Alleen Sharon Breen denkt altijd aan de dagen die een speciale betekenis hebben. Haar kaarten heb ik ook bewaard. Hoewel het allemaal simpele kaarten zijn uit de supermarkt, haal ik ze tevoorschijn als ik de moed dreig te verliezen. Deze buurvrouw, die me meer heeft gegeven dan ik ooit heb verdiend, herinnert me aan de wezenlijke goedheid en grootmoedigheid die we allemaal in ons hebben.

Af en toe voegt Sharon er een krantenknipsel aan toe waarvan ze denkt dat ik het misschien wel interessant vind. Een kort stukje in *De Gazette*, bijvoorbeeld, berichtte de bewoners van Bridgeway dat George Mather zijn advocatenpraktijk had hervat. Ik kan alleen maar gissen naar de reden waarom hij het beroep weer heeft opgenomen dat hij jaren daarvoor had laten vallen. Maar ik vermoed dat na de dood van Ali en mijn daaropvolgende proces hij tot de conclusie was gekomen dat de speurtocht naar wijsheid en waarheid soms effectiever wordt uitgevoerd in de smoezelige en vaak oneerlijke wereld van een doodgewone rechtszaal, dan in een bedompt kantoor van een filosofiefaculteit. En George was niet de enige man wiens levenspad was veranderd door de dood van Ali. Een paar maanden nadat George was teruggekeerd naar het werk waar hij zo'n talent voor had, werd er beslag gelegd op de zaak van Jack Butterfield en ging hij weg uit Bridgeway. Ik kon alleen maar raden naar wat hij had gedaan met de verlovingsring die hij voor Ali had gekocht en die ik in een envelop bij hem in de bus had gegooid, kort nadat George hem aan me had gegeven. Het krantenartikel dat Sharon opstuurde ging niet in op de details van zijn faillissement, maar ik wist zo ook wel hoe het zat. Ik had het in zijn ogen gezien op de avond van de rouwdienst, had het verdriet gezien dat alsmaar in een kringetje ronddraaide. Met iedere draai werd er weer een stukje van zijn ziel weggenomen.

Soms vroeg ik me af wat Ali ervan zou denken als ze kon zien hoe haar dood de aantrekkelijke zakenman had veranderd, de man die eens bekendstond om zijn opschepperige zelfvertrouwen en gladde glimlach. Rationeel wist Ali wel dat de mannen in haar leven van haar hielden. Maar het grote drama van haar leven was dat ze hen diep in haar hart nooit geloofde.

Maar het nieuws waarnaar ik het meest uitkijk zijn de alle-

daagse notities van de gewone dingen des levens; vroegere vrienden van Jamie of leerlingen die ik kende van school die een beurs
hebben gewonnen of die hun basistraining bij de marine achter
de rug hebben, of die trouwen of een kind krijgen met een mo-
derne, optimistisch klinkende naam. Toen ik de afdeling met de
huwelijksadvertenties doorkeek, zag ik tot mijn stomme verbazing een bekend gezicht. Hoewel ik vaak aan de bruid op de foto
had gedacht, zag ze er zo oprecht gelukkig uit dat ik pas na een
poosje zag dat het Beth Shagaury was. Ik vermoed dat het helemaal geen uitzonderlijk verhaal is: een weduwe laat een pijnlijk
verleden achter zich en hertrouwt. Maar ik kijk vaak naar dat
knipsel alsof het me iets kan vertellen. Alsof er een belofte, nog
dieper dan een huwelijksgelofte, werd gedaan in dat glanzende
geluksmoment van Beth Shagaury.

Er kwamen eerst ook haatbrieven, voor het merendeel akelige
en verwarde brieven van de vele leerlingen die mijn slachtoffer
hadden geadoreerd. Daar ik ze op geen enkele manier zou kunnen duidelijk maken dat ik Ali net zo erg miste als zij – zo niet erger – heb ik ze allemaal onbeantwoord gelaten. Ik heb ook een
bijzonder verbitterde brief van de moeder van Gavin gekregen
waarin ze me, heel voorspelbaar, van alles de schuld gaf – niet alleen van de moord op Ali maar ook van Gavins hang naar puber-
jongens. Nadat ik haar brief had gelezen, met meer droefheid
dan woede, heb ik hem in piepkleine dunne confettiachtige
reepjes gescheurd. En ja, heel af en toe laat Gavin iets van zich
horen. In het begin stonden de brieven vol met dezelfde kille
woede waardoor ik jarenlang doodsbenauwd voor hem was geweest. Hij was boos over de opgenomen bekentenis, die had ge-
resulteerd in een veroordeling wegens verkrachting. En bovendien gaf hij mij de schuld toen er andere jongens aangifte deden,
jongens met wie de geweldige Gavin vriendschap had gesloten
en die hij vervolgens had misbruikt toen hij coach was van hun
basketbalteam en toen hij les aan ze gaf op de zondagsschool. Als

je de eerste brieven van Gavin moest geloven, waren al die beschuldigingen mijn schuld. Ik had van hem een doelwit gemaakt voor alle jongens uit de stad die aandacht wilden hebben, of die hun eigen verknipte fantasieën op iemand anders wilden projecteren.

Gelukkig zag de jury de dingen anders. Gavin kreeg een lange gevangenisstraf voor zijn misdaden; hij komt pas in aanmerking voor een voorwaardelijke invrijheidstelling vlak voordat hij vijftig wordt. In de afgelopen maanden is hij begonnen aan het moeilijke, maar wezenlijk helende proces van het erkennen van de waarheid. Niet alleen heeft hij toegegeven dat de beschuldigingen terecht waren, maar hij wijt zijn pedofilie ook niet meer aan ons inhoudsloze huwelijk; volgens zijn therapeuten gaat hij goed vooruit.

De afgelopen Kerstmis liet Gavin verheugd weten dat hij een kaart had gekregen van Jamie, de eerste vorm van communicatie tussen hen in vijf jaar. En hoewel een dergelijk gebaar me in het verleden met doodsangst zou hebben vervuld, accepteerde ik het nu als een noodzakelijk onderdeel van Jamies genezing. Gavin en Jamie zullen nooit een normale vader-zoonrelatie hebben, maar ik ben blij dat Jamie sterk genoeg is om een begin te maken met het vergevingsproces. Dat was het enige wat Ali nooit heeft kunnen doen bij haar eigen overleden vader, en op de een of andere manier denk ik dat haar dat meer heeft gekost dan ze ooit heeft toegegeven.

Maar de brief waarnaar ik het meest heb verlangd (afgezien van die van Jamie natuurlijk) heb ik nooit ontvangen. Ik begon naar George Mather te schrijven toen ik hier ongeveer een jaar zat. Omdat ik besefte dat ik hem tijdens die lange, onsamenhangende bekentenis in de donutzaak nooit mijn verontschuldigingen had aangeboden voor mijn daad, nam ik de pen ter hand. Ik vond dat dat het minste was wat ik kon doen na alles wat ik van hem had afgenomen. Ik heb vermoedelijk geen enkel recht om iets terug te verwachten, maar sinds die eerste brief heb ik elke dag de post in de gaten gehouden, hopend op een antwoord dat nooit is gekomen.

Waarom George niet heeft teruggeschreven weet hij alleen. Het enige wat ik kan zeggen is dat zijn zwijgen niet voortkomt uit een onvermogen om te vergeven. Ik heb die nacht in het meedogenloze licht van de donutzaak van Ryan's in zijn ogen vergiffenis gezien, zelfs toen hij probeerde de details van de laatste ogenblikken van Ali tot zich door te laten dringen. Zijn gezicht straalde ook een en al vergiffenis uit bij mijn proces, waarbij hij elke dag aanwezig was. En op de dag van mijn veroordeling, toen hij opstond om als slachtoffer een verklaring voor te lezen om voor de rechtbank de aanwezigheid op te roepen van de talentvolle musicus, de inspirerende lerares en de fascinerende vrouw, die ik had weggenomen toen ik in een opwelling Ali Mather neerschoot, deed hij iedereen opschrikken – vooral mij – toen hij eindigde met een verzoek om mij mild te beoordelen. Uiteraard heb ik geprobeerd hem te bedanken toen hij langs me heen liep, maar George had maar één ding te zeggen: hij had het voor Ali gedaan.

In elk geval werd ik, grotendeels dankzij de grootmoedige opmerkingen van George, voor doodslag veroordeeld en niet voor moord. Dat betekent dat ik over krap vijf jaar voorlopig in vrijheid kan worden gesteld. Soms huiver ik als ik denk aan het opbouwen van een heel nieuw leven op zevenenveertigjarige leeftijd. En ja, als ik vrijkom, ben ik precies even oud als Ali. Telkens als ik het moment dat ik vrijkom naderbij voel komen en als ik me dan afvraag waar ik heen zal gaan en wat ik zal doen met de vrijheid die ik eigenlijk nooit echt heb gekend, haal ik het fotootje tevoorschijn dat ik in mijn la bewaar. Het is een foto die ik die dag in Paradise Park heb genomen: Ali met haar haren in de wind en met geheimzinnig gesloten ogen. Ondanks de kwellingen uit haar eigen verleden en ondanks de gure wind die er die dag vanaf de vijver waaide, glimlachte ze. Het is die glimlach die me op de been houdt.

Dankwoord

Elke schrijver zou een literaire agent moeten hebben als Alice Tasman. Haar bijdrage aan de totstandkoming van dit boek bestond uit: vertrouwen, vasthoudendheid en een verbazingwekkend goed oog voor details. Haar betrokkenheid bij mijn personages en mijn werk is van cruciaal belang geweest – zowel voor deze roman als voor mij als persoon.

Ik ben ook dankbaarheid verschuldigd aan Mollie Glick en Jennifer Weltz van het literaire agentschap van Jean V. Naggar. Zij hebben mijn manuscript op de hoofdpunten doorgelezen en ze stonden klaar met suggesties en met steun.

Mijn redacteur, Laurie Chittenden, was er griezelig goed in om mij een compleet andere kijk op een personage te laten krijgen door een paar adjectieven weg te strepen of door een beslissende vraag te stellen. Telkens als ze mijn manuscript onder handen had genomen, werd de roman sterker, intenser, levensechter. Ik heb geluk gehad dat ik met haar mocht werken.

Mijn geluk hield aan toen Julie Doughty de teugels in handen nam. Met haar enthousiasme en haar zorg was ze een geweldige fan van dit boek en ze heeft veel gedaan om de angsten van een nieuwbakken schrijver de kop in te drukken.

Ook wil ik Nellie Lukac en Stacy Francis bedanken voor het lezen van de eerste versies van dit verhaal, voor hun wijze en scherpzinnige kritiek en voor hun liefhebbende steun.

Drie internetgroepen hebben deze eenzame krabbelaarster kennis doen maken met echte schrijvers en fantastische vrienden: dank aan Readerville, aan de schrijvers van Publisher's Marketplace, en aan de vrienden van mijn weblogs – *I'm Really Not a Waitress* en *Simply Wait* – voor hun advies, hun kameraadschap en voor nog veel meer.

Wat dichter bij huis hebben de vrienden die ik gemaakt heb tijdens mijn baan als serveerster op allerlei manieren mijn werk gesteund. Ze hebben manuscripten gelezen en stonden klaar met suggesties. Ze hebben geholpen met onderzoek, hebben op slechte dagen thee gezet en op goede dagen een fles opengetrokken. Ze hebben mijn baan overgenomen als ik absoluut moest schrijven en ze hebben mijn lunch betaald als ik blut was. Ze hebben er altijd in geloofd. Dank aan Gina Cacciapaglia, Aileen Duarte, Patricia Howe, Rona Laban, Janet Linehan, Laura Mysliewiec, en aan al mijn vrienden in New Seabury en in het Sheraton Hotel.

Dank aan mijn *cugina*, Alison Larkin Koushki, voor alle inzichten en inspiratie, en voor onze gezamenlijke avonturen.

Gabe, Josh, Nellie, Jake, Lexi en Emma: alles wat ik schrijf en alles wat ik doe, draait om jullie. Bedankt voor alles. Ik houd van jullie.

Vijfentwintig jaar geleden kwam er een jongeman, Ted Lukac geheten, aan een van mijn tafeltjes zitten. Hij heeft mijn leven veranderd. Ondanks het magere bewijsmateriaal geloofde hij me toen ik zei dat ik schrijfster was, en hij is daar altijd in blijven geloven. Hij was de eerste lezer van dit manuscript en hij heeft daarna talloze latere versies gelezen. Niet alleen zijn suggesties waren van onschatbare waarde, maar ook zijn liefde, zijn steun – alles eigenlijk.